REBEARTH2

NEMESIS

JUREK MARTINSSON

Jurek Martinsson, Jahrgang 1975, IT-Mensch mit Hang zum Bergsport, Musik, Fotografie und Fachwerkgebastel, hatte als großer Sci-Fi-Fan schon in den 90er Jahren die Idee, eine Geschichte selbst zu schreiben, aber erst im Frühjahr 2017 entstanden die ersten Zeilen der Reihe RebEarth.

Der Auftakt der fünfbändigen Reihe mit dem Titel „RebEarth1 - Quarantäne« erschien im August 2023 im Selfpublishing.

Jurek ist als erfahrener IT-ler im Bereich des Forschungsdatenmanagements an einer großen deutschen Universität beschäftigt. Darüber hinaus setzt er sich für Nachhaltigkeit in der Digitalisierung ein.

Impressum

1. Auflage Juli 2024

www.jurek-martinsson.de

© 2024 Jurek Martinsson

Titelbild: Sai Tama / CharlVera by pixabay.com

Umschlaggestaltung & Satz: S. Hallwaß · www.kreativ-druck.com

Herstellung und Verlag: BoD – Books on Demand, Norderstedt

ISBN 9783759712493

REBEARTH 2
NEMESIS

BEREITS ERSCHIENEN

QUARANTÄNE

FOLGENDE BÄNDE

REFUGIO
TARELLION
HARMAGEDON

VORWORT

Danke, dass ich euch vom ersten Teil QUARANTÄNE soweit begeistern konnte und ihr euch entschlossen habt, den zweiten Teil NEMESIS zu lesen!

Nach der Veröffentlichung des ersten Bandes und der durchweg positiven Resonanz, habe ich mich für euch ins Zeug gelegt, baldmöglichst den zweiten Teil hinterher zu liefern und die geneigte Leserschaft nicht in der Luft hängen zu lassen. Die gute Nachricht ist, dass die Überarbeitungen des zweiten und auch des dritten Bandes REFUGIO teilweise parallel stattgefunden haben und meine große Hoffnung darin besteht, REFUGIO vielleicht ebenfalls noch im Jahr 2024 zu veröffentlichen. Wir werden sehen, die Hoffnung stirbt zuletzt ;-)

Apropos Hoffnung. Wir haben bei unserer Protagonistin schon jetzt eine gewisse Entwicklung feststellen können, nichtsdestotrotz ist Aida noch längst nicht am Ende ihrer Reise angekommen.

Der Mars, die Ares-Mission, war eine heftige Zäsur im Leben Aidas, aber auch innerhalb der Konvergenz blieben die Ereignisse nicht folgenlos. Die fieberhafte Suche nach den Drahtziehern des Erdwiderstandes, den Köpfen der ERA geht nun in die nächste Runde.

Ein wiederkehrendes Feedback bzw. Kritik erreichte mich zu den Hintergrundinformationen, zu den vielen Personen und Bezeichnungen. Daher habe ich hinten im Buch noch ein Glossar/Dramatis Personae angefügt und erweitert.

Zu den Danksagungen aus dem vorgehenden Teil muss ich noch zusätzlich die Person erwähnen, die mir im Sommer 2016 maßgeblich den Anstoß dazu gegeben hat, meine kreative Seite zu nutzen und endlich anzufangen zu schreiben, statt nur darüber nachzudenken. Vielen Dank Surangama ‚Rintu' Lala Dasgupta :-)

Hinzu kommen ein paar äußerst fleißige Testleser, der mir durch ihr Feedback unheimlich weitergeholfen haben. Ein besonderes Dankeschön an Dani, Leander, Mirko, JB3 und mein Schwesterlein.

JUREK MARTINSSON, JULI 2024

PROLOG

Q7 - im siebten Jahr der Quarantäne
224nZ - 2080AD

Fari stand am Fenster und blickte abwesend hinaus in die Dunkelheit des Alls. Seine Kabine war in Dämmerlicht gehüllt, die Atmosphäre im Raum war derer von Ga-Yee nachempfunden, so dass er die Gelegenheit genoss, ohne Anzug und Helm reisen zu können.

Trotzdem machte er einen beunruhigten Eindruck. Eine kurze, aber nichtsdestotrotz aufwühlende Meldung über den Geheimdienstkanal, hatte ihn für einen Moment aus der Fassung gebracht. Nun wartete er auf den ausführlicheren Bericht aus seiner Abteilung.

Endlich, ein sanftes Tonsignal kündigte die Nachricht mit dem von ihm erwarteten Bericht an. Er drehte sich zu seiner Tischkonsole herum um und sprach hinein.

»Nachricht öffnen.«

Fari trat näher an seinen Tisch heran, beugte sich zu dem transparenten Screen herunter und setzte sich langsam. Er las die Nachricht aufmerksam, wobei die Farben in seinen großen Pupillen nervös zu schimmern begannen.

Er las die Nachricht noch einmal und überprüfte die vertrauliche Signatur des Absenders. Dann suchte er das passende Dossier aus der Datenbank heraus und verglich die Daten dort mit denen aus der Nachricht. Fari atmete tief durch und ließ sich zurück in seinen Sessel sinken.

»Computer, einen Kanal zur hohen Rätin Gonalika öffnen. Ich benötige die höchste Dringlichkeit und maximale Verschlüsselungsstufe.«

Es dauerte einen Moment und Fari trommelte derweil nervös mit den Fingern auf seinen Desk. Dann wurde er durch ein erneutes Tonsignal davon unterrichtet, dass der geöffnete Kanal nun für ihn bereit stand.

Die Stimme aus der Konsole meldete sich zu Wort.

»Der gewünschte Kanal wurde geöffnet… Hinweis: Aufgrund der derzeitigen Entfernung zum nächsten Subraum-Relais beträgt die Verzögerung leider bis zu…«

»Nein, dann nur Aufzeichnung und Übertragung. Asynchron!«, unterbrach er die Meldung ungeduldig.

Das System signalisierte ihm die Aufnahmebereitschaft. Er atmete kurz durch und begann zu sprechen.

»Hören Sie bitte, Hohe Rätin, wir haben einen unglaublichen Fang gemacht. Unsere Leute bringen das Objekt gerade unter Verschluss zur Basis nach Theti-7. Es handelt sich um das gesuchte Zielobjekt mit dem Tarnnamen Nemesis, sie finden alles weitere in der Datenbank. Ich lasse einen neuen Kurs setzen und komme so schnell wie möglich nach. Nemesis hat eindeutige Verbindungen zum inneren Kreis, so nah dran waren wir am Zielobjekt Kallor noch nie zuvor.«

Er zögerte einen Moment und dachte kurz nach, bevor er fortfuhr.

»Und noch etwas. Wir brauchen Aida Tammimi und Mohini Patel. Das ist eine einmalige Gelegenheit, diese Verbindung endlich zu nutzen.«

Er hielt wieder kurz inne.

Nemesis.

Hatte er jetzt endlich den Schlüssel in der Hand? Endlich einen entscheidenden Trumpf?

Fari versuchte sich wieder zu fassen.

»Ende der Nachricht! Sofortige Zustellung.«

Er drückte auf eine andere Schaltfläche und stand wieder auf. Nach ein paar Sekunden meldete sich eine Stimme aus dem Desk.

»Com-Offizier SubCo Kiranev, diensthabender Brückenoffizier, wie kann ich ihnen helfen, Herr?«

»SubCo, ich ordne eine Kursänderung nach Theti-7 an, wir haben einen Prioritätsflug. Unterbinden Sie bitte nach Geheimhaltungsprotokoll die Durchflugaufzeichnungen der Sprungtore. Sagen Sie bitte unsere anderen Termine ab. Und wecken Sie den Lord Commander, ich brauche ihn auf einer sicheren Leitung.«

»Jawohl Commander, meine Ehre!«

»Meinen Dank.«, antwortete Fari abwesend und blickte sich suchend um. Dann griff er nach Anzug und Helm.

KAPITEL 1

»Zum wiederholten Male haben sich Ereignisse auf dem Mars für die Erde als fatal herausgestellt. Schon im Sommer 2059, als die konkurrierenden Fraktionen in ihrem Wettlauf um die Ressourcen dieser roten Kugel beinahe einen Weltkrieg auslösten, stellte sich die Frage, ob dieser Planet überhaupt eine Bedeutung für die Menschen haben sollte. Das gottlose Streben nach Expansion und Kolonisation wird uns nun seit etlichen Jahren als Spiegel vorgehalten. Hunderte getötete Menschen, dutzende von toten Aliens... Soll der Mensch sich um seine Angelegenheiten auf seiner eigenen Welt kümmern, so wie wir es von unseren Eroberern auch verlangen. Nur dann wird uns auch Gott helfen, auf der Welt die er für uns geschaffen hat.«

Artikel im »UNDER HIS EYES«-Magazin,
NORAM, 2080

Ares, der Mars und die schrecklichen Ereignisse dort, lagen nun fast ein Jahr zurück und ich spürte immer noch die Narben der Verletzungen.

Sowohl die äußerlichen, als auch die in meinem Inneren.

Ich blickte zurück auf die Aida, die ich noch vor wenigen Jahren gewesen war. Jung, ungestüm, rebellisch, zornig und unbeherrscht. Herausgerissen aus meinem bisherigen Leben, aus meiner Kultur, aus meiner traditionellen Umgebung in den Bergen Marokkos.

Einiges davon habe ich auch nach dieser Zeit noch gespürt, obwohl ich so viel über das Universum, die Erde und vor allem über mich selbst lernen musste. Oder besser gesagt, lernen durfte. All die harten Prüfungen, die ich in dieser Zeit durchmachen musste, schienen den Sinn zu haben, mich stärker und reifer zu machen. Auf der Erde herrschte noch die Quarantäne, das Besatzungsregime der Konvergenz.

Und ich befand dies nun für richtig. Ich kannte meine Wurzeln, derer war ich mir immer bewusst, aber ich war noch lange nicht am Ende damit, aus mir heraus zu wachsen. Das konnte ich spüren.

Sieben Jahre nach der Verhinderung des dritten Weltkrieges, der drohenden Zäsur für die ganze Menschheit, war es immer noch nötig, den Planeten und seine Bewohner vor sich selbst zu schützen. Die meisten Fraktionen kooperierten nun mehr oder weniger mit der Besatzungsmacht.

Und offensichtlich ging es den Menschen und der Umwelt auf dem Explorationsobjekt Arda immer besser. Man näherte sich einem wirksamen Impfstoff gegen die große Seuche an, die Luft wurde langsam atembarer, die Meere zeigten erste Anzeichen einer Erholung. Nach den Jahrzehnten des umfassenden Leidens wurden fast alle satt und konnten auch medizinisch halbwegs versorgt werden.

Aber all dies überwog immer noch nicht die Skepsis oder gar den Hass gegenüber den Fremden. Den außerirdischen Teufeln. Den Besatzern.

Die Konflikte zwischen den Fraktionen waren zunächst in den Hintergrund gerückt, aber die einzig reale Einheit der Menschen fand sich leider in der Ausbreitung der ERA wieder. Der Zulauf und die Unterstützung für diese Gruppe war immens und die Anschläge der ›Earth Resistance Army‹ wurden immer dreister und heftiger.

Hunderttausende von Opfern wurden in Kauf genommen, nur für diese Idee eines Widerstandes, der den Menschen mehr schaden als nützen würde.

Wir, also wir wenigen ›Eingeweihten‹ und unsere Mentoren, agierten in der Hoffnung, dass dies alles nur möglich war, weil die ERA diese Unterstützung von außen erhielt, wie wir durch die Erkenntnisse aus der Ares-Mission, unter großen Opfern erfahren mussten.

Der Codename für das gesuchte Zielobjekt war Kallor, angelehnt an eine Figur aus einem Fantasy-Zyklus, den ich während meiner Zeit im Krankenhaus begonnen hatte zu lesen. Der schreckliche Hochkönig Kallor, der Verräter im ›Spiel der Götter‹.

Etliche Vermutungen kursierten, ob es sich gar um einen Überläufer aus unseren eigenen Reihen handeln könnte. Ebenso wäre ein Spion aus der Zenketi-Allianz möglich, die der Konvergenz offen feindschaftlich gegenüberstand. Aber auch kamen Saboteure aus der Conosca-Handelsföderation in Frage, Piratenbanden, die jahrzehntelang das Outer-Rim unsicher gemacht hatten und nun gierig auf das erweiterte Konvergenz-Territorium herüber schielten.

Oder stammte Kallor etwa aus dem ominösen Reich der Vreeja, über das wir so gut wie nichts wussten? Es waren so viele Fragen offen, die wenigen Spuren die es gab, waren einfach nicht eindeutig genug.

So war klar, wir mussten versuchen, in den Erdwiderstand einzudringen, um mehr zu erfahren. Und um endlich dem Terror auf der Erde Einhalt zu gebieten. Groß angelegte Militäroperationen lieferten keine brauchbaren Ergebnisse und im Rat wurde hitzig diskutiert, wie man mit der verfahrenen Situation umgehen sollte. Die Stimmen für eine massive Invasion oder einen kompletten Rückzug aus der Exploration der Erde hielten sich die Waage. Noch.

Mein Entschluss, mich für das Ausbildungsprogramm des Protektoren-Nachrichtendienstes einzuschreiben, reifte in der Phase meiner Genesung. Jeka war hin- und hergerissen, ob sie mich davon abhalten sollte. Aber ich wollte es so, ich sah darin einen Teil meiner Bestimmung, der ERA und dem vermuteten Alien-Verräter das Handwerk zu legen.

Mohini und ich schafften es ins Programm und so verbrachten wir die Monate mit intensivem Training für einen möglichen Einsatz auf der Erde. Ich lernte eine Menge über gängige Infiltrationstechniken, psychologische Kampfführung, Überlebenstraining und alles was dazugehörte.

Es war ein verdammt harte Zeit, denn nicht nur das Lernen an sich war eine wirklich heftige Angelegenheit, sondern auch die ständig abgehaltenen Übungen und Manöversituationen.

Das Überlebenstraining fand im ewigen Eis statt, in der Wüste, im Dschungel, in Schwerelosigkeit, unter Wasser und in beängstigenden Höhlenlabyrinthen, was ich mit Abstand am meisten hasste. Auch gehörten verwüstete Monde oder Planeten mit dreifacher Erdanziehungskraft zu unseren Trainingsfeldern.

Diese Zeit war extrem anstrengend aber auch sehr lehrreich für mich. Auf dem Weg zum Frieden lernte ich die Techniken des Krieges, war das nicht perfide? Aber ich tat dies freiwillig, ich spürte die innere Bestimmung, genau dies, zu genau dieser Zeit zu tun. Andere Frauen in meinem Alter hätten vielleicht besseres mit ihrer Zeit anzufangen gewusst. Vielleicht auch mal einen netten Typen kennengelernt, wer weiß? Meine

Eltern hätten sich so etwas sicherlich gewünscht. Eine brave Ehefrau, die sich rührend um eine wachsende Familie kümmert, anstatt als Rebellin in die Fußstapfen ihrer Brüder und Cousins zu treten.

Ich gebe zu, dass sich ein Teil von mir manchmal nach einem anderen Leben sehnte. Aber ich war damals noch jung und wollte mich einfach nicht dem Rollenverständnis unserer irdischen Kulturen beugen.

Es widerstrebte mir, mich in irgendwelche angeblichen vorgezeichneten Schicksale einzufügen. Schicksale, die die Tradition meiner Fraktion oder das allgemein herrschende Patriarchat auf der Erde verlangte.

Mich trieb etwas anderes an. Der Mars hatte mir gezeigt, dass ich nicht tatenlos zusehen durfte, wie wir Menschen uns und unseren Planeten weiter zugrunde richteten.

Meine Freunde, meine neue Familie, sie alle hatten neue Aufgaben gefunden. Im Ausbildungsprogramm, in der medizinischen Forschung, Robert sogar im archäologischen Corps der Edukatoren.

Nur ich selbst konnte den Drang zu kämpfen nicht ablegen, diese Besessenheit davon, der Ungerechtigkeit etwas entgegensetzen zu müssen.

Wenn ich auf mein jüngeres Ich zurückblicke, kann ich es manchmal nicht fassen. In mir brodelte eine unsägliche Wut, und stur wie ich war, war ich nicht bereit, die bestehenden Verhältnisse so hinzunehmen, wie sie waren.

Wir mussten die Welt verändern. Und dabei würde uns die Konvergenz helfen.

Ich bewunderte meine Freunde dafür, welche Wege sie gefunden hatten, um sich für die Rettung der Erde einzubringen, aber ich selbst fand nur diesen Drang zu kämpfen und erkannte darin mein tragisches Talent.

Ich wäre sicherlich nicht so überzeugt davon gewesen, wenn ich nicht gewisse Fähigkeiten an mir entdeckt hätte, die mir diesen Weg bereiteten.

Kurz vor meinem zwanzigsten Geburtstag steckte ich mitten in einem Manöver zusammen mit den Bridgeburners, den legendären Spezialtruppen der Protektoren.

Unser Team dockte an einen schweren Kreuzer der Koroneta an und wir kämpften uns mühevoll über zwölf Stunden ohne Pause durch das gesamte Schiff. Von der Antriebssektion hinten, bis ganz nach vorne zur Brücke. Dort angekommen, brachen wir vor Erschöpfung zusammen. Ein Trupp aus SpecOps und unsere Ausbilder von den Bridgeburners wurden auf der Brücke eingeschlossen, als plötzlich der Selbstzerstörungsmechanismus des Kreuzers ausgelöst wurde.

Wir saßen in der Falle und das riesige Schlachtschiff stürzte brennend, ohne Energie, Lebenserhaltung und künstliche Schwerkraft auf einen unwirtlichen Planeten hinunter. Es war absolut faszinierend, dass man nicht erkennen konnte, welcher Teil des Manövers nun Simulation und welcher einfach nur geschickte Inszenierung war. Es kam der Moment, wo der Crash auf den Planeten stattfand. Hierzu wurde, wie ich später erfuhr, eine Explosion simuliert, die in diesem Augenblick einen Ort-zu-Ort-Teleport kaschieren sollte.

Das war zu dieser Zeit ein heikles Manöver für die dutzenden von lebenden Wesen, denn die Teleporter-Technologie der Konvergenz etablierte sich gerade erst zaghaft. Selbst im militärischen Bereich wurde diese Technik noch als höchst experimentell angesehen und durfte nur unter erheblichen Sicherheitsbestimmungen verwendet werden. Nicht so schön einfach, wie man es vom ›beamen‹ auf dem Raumschiff Enterprise kannte.

Nein, solch ein Teleport war ein gefährlicher Höllenritt.

Wir fanden uns im zertrümmerten Wrack auf der Oberfläche des Planeten wieder, die Simulation lief sofort am Boden unter stetigem Beschuss weiter und gönnte uns keine Sekunde Pause. Raus aus dem Wrack, Deckung suchen, überleben. Die Oberflächensituation selbst hatten wir in der Gruppe schon einige Male durchgespielt, dies gehörte zur obligatorischen Taktikausbildung. Ein nahe liegendes Bunkergebäude hatten wir schon unzählige Male eingenommen, wir kannten die Räume, Winkel und Gänge wie unsere eigenen Hosentaschen.

Das Team war bestens eingespielt und so ging es trotz heftiger Erschöpfung ganz gut vorwärts. Die Tür zu einem Wachraum erwartete uns, wie immer. Die Gruppe postierte sich dort herum, einer musste sprengen, zwei gaben Deckung. Ein großer Knall und dann ging es hinein in das dunkle Loch. Diesmal war ich vorne. Die Tür flog durch die Explosion auf, ich stürmte direkt durch den Qualm hinein.

Aus purer Gewohnheit rief ich:

»Gesichert!«, als ich eine wohlbekannte Stimme hinter mir vernahm.

»Nein, nicht gesichert.«

Ich drehte mich schnell herum, aber schon schleuderte mich ein Feuerstoß gegen die Wand. Im Mündungsfeuer blitzte Commander Dotep Tolanus grinsende Fratze auf.

Bevor ich wieder auf dem Boden aufschlug, beendete sich die Simulation um uns herum und ich landete hart auf dem mit Holokacheln ausgestatteten Untergrund.

Erschreckt und verwirrt lag ich schwer keuchend da, trotz Schutzpanzer und HoloSim fühlte sich so ein Schuss immer noch an wie ein heftiger Faustschlag.

Meine Kameraden stürmten ebenso verwirrt in den Raum hinein und nahmen angesichts des anwesenden Offiziers erst einmal Haltung an. Dieser schritt langsam zu mir herüber. Ich spuckte den Staub und Dreck aus, den ich trotz der HoloSim geschluckt hatte und grinste den alten Senekai-Krieger frech an.

»Commander, es ist immer wieder eine Freude euch zu sehen. Ich hoffe ihr seid mit der Leistung der Truppe soweit zufrieden.«, frotzelte ich in Richtung meines alten Führungsoffiziers.

Er lachte kurz und reichte mir seine Hand.

»Komm steh auf, Kadett, heute stehen für dich noch ein paar andere Aufgaben auf dem Programm.«

Ich ließ mich von ihm hochziehen, als eine Stimme über uns ertönte:

»Kadett Tammimi fällt bis auf weiteres aus. Die ganze Truppe noch mal raus in den Gang, Fortsetzung der Simulation in 5 Minuten.«

Meine Teammitglieder stöhnten auf und wir klatschten uns schlapp ab, als ich mit Dotep den Gebäude-Komplex durch den Gang verließ.

»Hab ich irgendwas falsch gemacht? Oder ist irgendwas passiert?«, fragte ich Dotep verunsichert, da er nichts weiter sagte.

»Ach was sollst du denn falsch machen, kleine Streberin.«, entgegnete er mir schmunzelnd und knuffte mich leicht an die Schulter. Dann wurde seine Miene wieder ernsthafter.

»Es haben sich dort draußen ein paar Dinge im Spiel der Mächte ereignet. Das Schicksal möchte wohl, dass du darin eine neue Rolle spielst.«

»Du warst wieder zu lange bei den Tarù-Mönchen, oder woher kommt dieses geschwollene Geschwafel?«

»Haha, Kleines, ein bisschen mehr Respekt bitteschön! Vielleicht wirst du demnächst auch mehr Zeit bei denen verbringen, das hängt ganz von dir ab.«

»Na dann bin ich mal gespannt.«

»Komm, unser Schiff wartet, wir haben heute noch einige Lys vor uns.«

*

Doteps neuer Jäger schaffte es dank einer günstigen Route durch die Tore, die Strecke bis nach Tarù an einem Tag zurückzulegen. Es gab nur wenige Schiffe dieser Größenordnung, die die Distanzen zwischen den Sprungtoren so schnell überwinden konnten. Diese neue Schiffsklasse, mit ihren wesentlich effizienteren Antrieben wurde seinerzeit in den Dienst der Flotte gestellt.

Ich wachte erst eine Stunde vor der Ankunft beim Sprungtor wieder auf. Die Erschöpfung der letzten Wochen hatte mich in einen langen, tiefen Schlaf geschickt. Die Zeit reichte gerade noch für ein kurzes Frühstück an Bord und eine erholsame Dusche, dann traten wir schon ins Tarù-System ein.

Tarù, die Zentralwelt der Konvergenz, der Sitz der Regierungsorgane und der Räte. Eine wunderschöne und beeindruckende Welt, die ich bis dahin nur zweimal besucht hatte. Hier befand sich das Zentrum der Macht der Konvergenz, dort wo alle Fäden zusammenliefen und die Welten ihre Einigkeit zeigten.

Der weitläufige Ratskomplex mit seinen imposanten Gebäuden und kleinen Gartenanlagen dazwischen, war eingebettet zwischen dem Ozean und dem großen Vorplatz, der den Komplex von der Hauptstadt selbst trennte.

Das Büro der Ratsherrin Gonalika war groß, hell und äußerst geschmackvoll eingerichtet. Durch die riesige

Glasfront eröffnete sich ein herrlicher Ausblick über die anderen Regierungsgebäude, inmitten der weitläufigen, parkähnlichen Anlage.

Der Raum wurde dominiert von dem großen Tisch, der in Form eines platt gedrückten Fisches gebaut war. Die ›Schwanzflosse‹ diente dabei als Gonalikas persönlicher Arbeitsbereich, der Körper des Fisches hingegen bildete einen Konferenztisch, um den sich knapp ein dutzend Sitzgelegenheiten drapierten.

Auf dem Arbeitsbereich des großen Tisches standen nur eine Konsole und ein paar kleine Foto-Tabs, auf denen Bilder von anderen Wesen in einer Art Dauerschleife durchliefen. Ich vermutete, es waren Bilder ihrer Familienmitglieder, die in traditionelle Porokanii-Gewänder gekleidet waren.

Dotep und ich saßen etwas verloren an dem großen Teil des Konferenztisches, vor uns stand jeweils eine Tasse mit einem dampfenden Gebräu. Nach etlichen Minuten summte es endlich an der Tür und deren Verriegelung sprang auf. Ein ganzer Tross von Leuten betrat den Raum, an der Spitze einige Ratsassistenten mit Getränken und Häppchen auf Tabletts.

Denen folgten dann hochrangige Offiziere der Protektoren nach, die von Dotep abwechselnd etwas herzlicher, dann wieder unterkühlt-distanziert begrüßt wurden. Einigen von ihnen stellte er mich kurz vor, aber es war klar, hier war etwas dringliches angesagt, was keinen Spielraum für Small Talk bot.

Als endlich alle saßen, rauschte die Hohe Rätin Gonalika höchstselbst in den Raum. In ihrem Schlepptau eilten ihre persönliche Assistentin und meine Freundin Mohini mit hinein. Alle Anwesenden erhoben sich und zollten der Hohen Rätin mit einer kurzen Verbeugung den gebührenden Respekt.

Gonalika blieb vorne an ihrer Konsole stehen und wartete ab, bis sich alle wieder gesetzt hatten. Mohini kam gleich zu mir und umarmte mich kurz, bevor sie sich auf den freien Platz neben mir setzte.

Die Hohe Rätin wartete noch kurz ab, bis alle Assistenten den Raum verlassen hatten und drückte dann auf eine Schaltfläche an ihrer Konsole.

Ich bemerkte dass mein Com-Gerät sofort offline ging und auch die Geräuschkulisse im Raum wirkte von einem Moment auf den anderen seltsam gedämpft, wie in einem schalltoten Raum. Eine durchaus übliche Sicherheitsmaßnahme, wie ich wusste.

»Gut, sehr geehrte Wesen, ich bin erfreut über die schnelle Ermöglichung unseres heutigen Zusammentreffens. Ich begrüße hier die relevanten Entscheidungsträger der Dezernate Justiz und Protektion für unser gemeinsames Missionskommando. Die Voraussetzungen wurden zuvor in angemessener Runde besprochen, aufgrund des Geheimhaltungsstatus werden wir uns jetzt nur in diesem Kreis über die weiteren Rahmenbedingungen unterhalten.«

Ein paar der Anwesenden blickten zu mir und Mohini herüber und ihre Skepsis uns gegenüber war eindeutig spürbar. Zwischen all den hochrangigen Militärs und Geheimdienstlern wurden wir zwei Ardai spürbar als störende Fremdkörper wahrgenommen.

Gonalika tippte wieder auf eine Schaltfläche und hinter ihr erschien ein Bild der Erde. Der Zoom brachte den Südamerikanischen Kontinent in den Fokus, das SURAM-Territorium. Über einem großen Stadtgebiet an der Süd-Ostküste waren etliche Rauchsäulen zu erkennen, ebenso waren noch aktive Brandherde zu erkennen.

»Vor etwa vier Tagen Arda-Zeit haben unsere Protektor-SpecOps einen Anschlag in der SURAM-Zone vereiteln können. Auch wenn die Bilder einen anderen Eindruck vermitteln, noch Schlimmeres konnte verhindert werden.«

Sie hielt einen Moment inne und das Bild wurde durch etliche Statistiken und Markierungen erweitert.

»Bei dieser Operation in Sao Paolo wurden durch Feindkräfte der ERA leider größere Zerstörungen an den zentralen Energieanlagen angerichtet. Ein großflächiger Austritt gefährlicher Substanzen hat Bergungs- und Rettungsarbeiten erheblich behindert und die Opferzahlen unter der Zivilbevölkerung in die Höhe getrieben. In dem ausgebrochenen Chaos konnten wir einige ERA-Leute auf der Flucht töten oder festnehmen. Bei den meisten von ihnen handelt es sich vermutlich nur um Hilfstruppen aus niederen Rängen. Aber dabei ist uns ein ganz besonderer Fang ins Netz gegangen, wie Sie sehen.«

Ein neues Bild erschien auf dem großen Screen.

Oh Gott, das war ich!

Nein. Oder doch? Verdammt, wer war das?

Nun schauten tatsächlich alle zu mir herüber, manche mit einem Ausdruck des Vorwurfes im Gesicht, manche mit purer Neugier und einige veränderten keine Miene ihres professionellen Pokerfaces.

Hilfesuchend blickte ich Mohini an, die mich mit großen Augen anstarrte.

Dann blickte sie kurz nach vorne, dann wieder zu mir.

»Das, ich...«, stammelte ich und kniff die Augen zusammen um das Bild dort vorne vermeintlich besser erkennen zu können.

Nein, die Nase der Person war etwas dicker und die Augen dunkler als meine... nein das war ich nicht.

»Sie hat ein Alibi, hohe Rätin«, warf Dotep ein und deutete dabei auf mich.

›Danke Dotep‹ dachte ich zuerst erleichtert, bevor ich den spöttischen Unterton seines Kommentares realisierte.

Gonalika winkte ab und sprach weiter.

»Natürlich hat sie das, sonst wären wir ja nicht hier, oder?«

Sie richtete den Blick auf Mohini und fragte sie direkt:

»Mohini Patel, würden Sie uns bitte freundlicherweise kurz erklären, wen wir hier vor uns haben?«

Mohini erschrak ein wenig bei der Erwähnung ihres Namens und wandte sich wieder nach vorne.

»Ähm, Madam Hohe Rätin, ähm, ich denke wir sehen hier Nesrin Mereyem Sistani.«

Sie schluckte kurz, bevor sie fortfuhr.

»Sie wurde am 3. November 2052 in Mumbai geboren, indischer Subkontinent, ASIATIC-Fraktion.«

Sie schaute kurz zu mir herüber, dann lehnte sie sich zurück und sprach weiter.

»Nesrins Eltern waren Flüchtlinge, Feinde des Kalifats, wie sie immer sagte. Ihre Mutter war eine Jahud aus dem früheren Israel und ihr Vater stammte aus dem Iran.«

Ich konnte mich nicht mehr zurückhalten.

»Woher weißt du das alles?«, platzte es aus mir heraus.

Mohini schwieg und starrte vor sich hin.

Auf dem Hauptscreen erschien eine Karte von Mumbais riesigem Flüchtlingsslum und zoomte einen rot umrandeten Bezirk heran. Gonalika fuhr mit ihrem Vortrag fort.

»Miss Patel und Miss Sistani wuchsen zusammen

auf. Ihre Kindheit und Jugend verbrachten sie im Slum und traten später der gleichen Gang bei. Nesrin Mereyem Sistani brachte es bis zur Anführerin einer der einflussreichsten Organisationen dort. Sie war maßgeblich an harten Übergriffen gegen Kalifatsangehörige beteiligt und konnte sich unter dem Kampfnamen Nemesis einen exzellenten Ruf in der Terroristenszene Ardas erarbeiten. Sie ist bekannt für ihre präzisen Anschlagspläne, ihre nahezu perfekte Tarnung und die Ausarbeitung von Fluchtrouten. Sie steht im Verdacht, in direktem Auftrag der inneren Kreise der ERA zu handeln.«

»Und wo ist diese Nemesis jetzt?«, fragte ich.

Gonalika schaute mich ernst an, bevor sie fortfuhr.

»Sie befindet sich zur Zeit an einem sehr sicheren Ort, das muss ihnen allen hier zum jetzigen Zeitpunkt als Information genügen. Die Frage die wir heute und hier vorab klären müssen ist, ob Miss Tammimi und Miss Patel dazu bereit sind, die Reise zu diesem verborgenen Ort anzutreten, um der Terroristin Nemesis weitere Informationen über die ERA zu entlocken.«

Mohini lehnte sich in ihrem Stuhl zurück, atmete tief durch und schaute die Hohe Rätin fest an.

»Das heißt, Sie wollen, dass ich meine ehemals beste Freundin verrate? Meine Schwester, die Frau, die mit mir zusammen durch die tiefste Scheiße gegangen ist? Sie können gar nicht wissen, wie oft mir diese Frau meinen Arsch und meine Pussy gerettet hat. Ist das tatsächlich ihr Ernst?«

Dotep setzte an etwas zu sagen, aber Gonalika hob ihre Hand und fiel ihm ins Wort, während sie um den großen Tisch auf uns zu schritt.

»Miss Patel, hier geht es gar nicht darum, ihre Freundin Nesrin zu verraten. Sie wird so oder so für lange,

lange Zeit in einem Hochsicherheitsgefängnis vor sich hinrotten, isoliert von jeglicher Außenwelt, solange die ERA den Planeten Arda oder gar den Rest des Halio-Systems terrorisiert.

Ob Sie sie nun verraten oder nicht, meine liebe Mohini, das ist für diese Person irrelevant.

Nesrins Weg ist vorgezeichnet. Vielleicht können wir dieses Schicksal für sie verbessern, wenn wir Nemesis zur einer Kooperation mit uns bewegen. Dann hätte sie vielleicht die Chance auf ein neues Leben, ohne Terror, ohne ein Leben im Untergrund.

Denn eines steht so felsenfest wie kaum etwas anderes, Nesrin Mereyem Sistani wird niemals wieder die Gelegenheit bekommen, irgendetwas mit Waffengewalt oder ähnlichem anzurichten. Der Weg der Terroristin Nemesis ist nun für immer beendet, meine liebe Mohini Patel. Schenken Sie ihrer Schwester Nesrin die Chance für ein neues Leben?«

Gonalika stand jetzt direkt vor uns und blickte Mohini fest an. Noch eindrücklicher als zuvor, mit einem Funkeln in den Augen, fuhr sie fort:

»Junge Frau, hier geht es einzig und allein um zwei Fragen die Sie sich stellen müssen: Erstens, wollen Sie dem Terror auf Arda zu einem baldigen Ende verhelfen, so wie Sie sich vor ihrer Geheimdienstausbildung bei uns verpflichtet haben?«

Mohini starrte sie ausdruckslos an. Gonalika streckte dann plötzlich ihre Hand in meine Richtung aus bevor sie weitersprach.

»Und die zweite Frage die Sie sich stellen sollten, meine liebe Mohini Patel: Was können wir alle hier gemeinsam tun, um Aida Tammimis Leben möglichst umfassend zu schützen, wenn wir Sie in der Rolle von Nemesis zur Infiltration der ERA hinunter nach Arda schicken?«

KAPITEL 2

»Wer einmal die Gastfreundschaft der Geruni genießen durfte, möchte nie wieder etwas anderes erleben.«

Spott aus den Annalen der Novari-Republik, ca. 1500 vZ

Ich starrte auf die regenbogenfarbenen Linien, die draußen vor dem Sichtfenster unserer Kabine vorbeizogen.

Mohini und ich lagen beide auf der großen Couch inmitten des Quartiers und eine Zeit lang hatte keine von uns etwas gesagt.

Uns beiden steckte noch die Besprechung vor Stunden in den Knochen. Gonalika hatte uns kurz und knapp erklärt, worin unser Auftrag bestehen würde und dann folgte ein hastiger Aufbruch zur Orbitalstation, wo schon Doteps Schiff auf uns wartete.

Es fühlte sich an wie eine Flucht, ein Flug ins Ungewisse, zu einem unbekannten Ort am anderen Ende der Konvergenz.

Mohini hatte irgendwann gar nichts mehr gesagt, aber mehr oder weniger schweigend ihre Zustimmung zu der Operation gezeigt.

Einem Gedanken folgend, fragte ich sie in die unangenehme Stille hinein.

»Scheiße, als du gesagt hast ich sehe einer guten Freundin sehr ähnlich, hast du Nesrin gemeint, oder?«

Mohini starrte mich ungläubig an, den Kopf auf ihre Hände aufgestützt.

»Aida, sei nicht so naiv. Denkst du es gibt es noch

mehr von eurer Sorte? Pah.«

Ich legte meine Hand auf ihren Arm.

»Es tut mir leid, ich wusste doch auch nichts davon. Und dass ich dieser Nesrin so ähnlich sehe ist ja wohl nicht meine Schuld, oder?«

Mohini schnaubte verächtlich.

»Ich glaube, die wussten es die ganze Zeit. Mach dir nix vor Aida, es hat bestimmt seinen Grund warum die uns zusammengebracht haben. Ich glaube da jetzt nicht mehr an einen Zufall. »

Ja, den Anschein hatte es tatsächlich. Es war einer dieser Momente, in dem ich mich nicht wie ein Teil der Sache fühlte, sondern nur wie ein Instrument der Mächtigen.

Aber vielleicht war das der Lauf der Dinge, wir waren Instrumente des ganzen, wir ließen uns zu Soldatinnen ausbilden und die Entscheidung dazu fiel aus freiem Willen. Sendungsbewusstsein und Leichtsinnigkeit gingen Hand in Hand, eng umschlungen.

Ich dachte, ich wüsste genau auf was ich mich eingelassen hätte, aber nun war wieder so eine Ungewissheit mit im Spiel.

Ich wollte es genauer wissen.

»Was hat euch so tief verbunden? Du hast noch nie etwas über deine Zeit in Mumbai erzählt.«

»Warum auch? Ich dachte, was zählt schon die Vergangenheit? Seit Sildron gibt es nur noch eine neue Zukunft für mich. Weißt du, ich bin froh das alles hinter mir gelassen zu haben.«, seufzte sie.

»Das war wohl falsch gedacht. Die Vergangenheit holt einen dann doch immer wieder ein.«, meinte ich dazu.

»Hmm, ich hab geglaubt, mir kann das nicht mehr passieren, da lebt keiner mehr der mich noch kennen könnte, soweit ich weiß. Zumindest dachte ich das bisher. Dass mal jemand meine Nes wieder ausgräbt hätte ich nicht für möglich gehalten.«

Mohini setzte sich aufrecht hin und begann zu erzählen:

»Weißt du, ich hätte damals nie gedacht, das Nesrin so weit kommen würde. Ich wusste immer, dass sie die Power hatte wirklich was zu erreichen. Sie war schon immer stark, sie war in der Lage mindestens drei Schritte weiter zu denken als ihre Gegner. Schau, als sie so alt war wie du jetzt, war sie schon der Boss einer Gang, die unser ganzes Viertel fest in der Hand hatte. Und ich war immer an ihrer Seite. Sie vertraute mir völlig, bis... na ja, bis wir uns aus den Augen verloren. Als Kinder in diesem Scheiß-Moloch war es die Hölle, wenn du nicht nur klein und verloren sein möchtest. Mich hat mein großer Bruder aufgezogen, an unsere Eltern kann ich mich gar nicht mehr erinnern. Mirza und seine Jungs haben auf uns aufgepasst, dann irgendwann auch auf die Neue, das kleine wütende Mädchen aus dem Kalifat. Nesrin war mehr als nur ein Mitglied der Gang, sie war für mich wie eine Schwester, für Mirza vielleicht auch ein bisschen mehr.«

Mohini musste ein wenig schmunzeln, bevor sie fortfuhr.

»Ich glaub die beiden dachten, ich würde ihnen nicht auf die Schliche kommen, aber ich wusste, hey da läuft doch was! Wir waren doch eine Familie, absolut OK für mich.«

Dann blickte sie wieder ernster drein.

»Dann kam irgendwann der Tag, als die Wichser aus dem Randviertel kamen. Sie wollten Mirzas Revier haben, um jeden Preis. Sie haben uns gnadenlos niedergeballert, es war widerlich. Ich wurde dabei verletzt und hatte keine Chance irgendwas zu tun. Ich musste mit ansehen wie mein eigener Bruder und meine besten Freunde neben mir verbluteten. Und dann kam Nesrin...«

»Was hat sie getan?«, konnte ich meine Neugier nicht mehr zügeln.

Mohini bekam einen sonderbaren Ausdruck in den Augen, als sie sich an die Geschehnisse von damals erinnerte. Sie schluckte kurz bevor sie weitersprach.

»Nes hat alle Verantwortlichen der anderen Gang in der nächsten Nacht persönlich besucht. Sie machte keine Gefangenen, sie kannte keine Gnade, nur kaltblütige, gezielte Rache. Zwölf gegnerische Gangmitglieder sind dabei draufgegangen, so viele wie am Tage zuvor auf unserer Seite sterben mussten.

Am nächsten Morgen hat sie uns dann verkündet, dass sie Mirzas Platz übernehmen würde. Sie sagte, wenn einer der Jungs etwas dagegen haben sollte, dann wäre jetzt der Zeitpunkt gekommen zu verschwinden. Zwei der drei Jungs, die nicht zu ihr stehen wollten, überlebten die folgende Woche nicht.«

Ich war wirklich beeindruckt, gar eingeschüchtert, von dem was Mohini da erzählte.

»Das ist Wahnsinn, diese Nes muss wirklich eine ganz schön harte Nuss sein. Eine Killerin. Aber wie kam sie dann zum Widerstand? Von einer knallharten Gangsterlady zur ERA-Heldin? Das passiert doch nicht einfach so, oder?«

»Na ja, sie war immer getrieben von der Idee, Rache für die Vertreibung ihrer Familie zu üben. Sie hasste das Kalifat, sie wollte der Fraktion und deren Kräften immer einen möglichst großen Schaden zufügen, irgendwann, wenn sie die Gelegenheit dazu bekommen würde.

Dafür hatte sie sogar irgendwann Kontakte zur Geheimpolizei der ASIATIC-Behörden geknüpft. Die waren extrem aktiv bei der Vermittlung von perspektivlosen Slumdogs für die Armee oder Undercover-Sabotagetrupps. Die freuten sich über jedes freiwillige Kanonenfutter, dass sie verheizen durften. Aber Nes hatte keinen Bock auf einen Posten als einfache Fußsoldatin, dazu war sie zu clever und ließ sich nicht für irgendwelche Opferaktionen vereinnahmen. Im Laufe der Zeit bekam sie immer bessere Angebote und dann war sie immer öfter für Tage oder gar Wochen verschwunden. Anfangs erzählte sie mir und einigen wenigen im inneren Kreis unserer Community noch, wie sehr sie diese Kommandoeinsätze mochte, wie aufregend das alles war. Und wie erfolgreich sie dabei war. Die hatten sie tatsächlich zur Scharfschützin ausgebildet und Nesrin agierte fortan als Killerin. Und damit verdiente sie auch richtig gutes Geld. Man merkte, dass ihr immer weniger daran lag, das daily Business im Ghetto mitzumachen. Sie wollte raus aus allem, sie wollte Größeres erreichen.

Eines Tages ließ sie uns dann einfach sitzen. Sie packte ein paar Sachen zusammen, gab mir einen Datenchip mit Kontaktdaten für den Notfall und dann war sie einfach verschwunden.

Erst ein paar Jahre später, kurz nach dem Tag Q, tauchte sie plötzlich auf und warb ein paar von uns für eine Widerstandsgruppe gegen die Aliens an. Dann verschwand sie wieder spurlos. Sie war nur noch ein Geist.«

»Eigentlich schon irgendwie beeindruckend.«, murmelte ich anerkennend.

»Ja, sie war, oder… sie ist eine wirklich beeindruckende Person. Aber ich hatte immer mehr Angst vor ihr. Wir teilten nicht mehr dasselbe. Und ich hatte auch auf das alles keinen Bock mehr.«

»Das kann ich mir vorstellen. Was hast du in der ganzen Zeit gemacht?«

»Na ja, ich hab versucht den Familienbetrieb soweit aufrecht zu erhalten, aber die Strukturen brachen durch die Besatzung immer mehr zusammen. Irgendwann kam einfach ein Typ aus Bangkok zu mir und erzählte Nesrin hätte ihn geschickt. Er fragte mich ob ich mit ihm mitkommen wollte, unseren Planeten zu verteidigen. Es klang für mich sinnvoller als mich mit anderen Gangs und Slumdogs um Straßenblöcke zu streiten. Gerade zu dieser Zeit. Auf einmal wurde die Welt tatsächlich größer als unser verkacktes Ghetto, das wurde mir da erst so richtig klar und ich konnte Nesrin besser verstehen. Ich ging mit ihm mit. Ich wollte es wissen. Und ich fühlte mich irgendwie stolz, jetzt auch Teil einer größeren Sache zu sein. Das Gefühl ich würde nun für etwas gutes kämpfen, das war Wahnsinn.«

»Kommt einem irgendwie komisch vor nach dieser Zeit, oder?«, fragte ich sie und schüttelte den Kopf.

»Ja. Man kanns vielen dort unten nicht verdenken, dass sie immer noch dem alten System und dem alten Weltbild hinterherrennen. Aber klar, die meisten haben den Blick von außen nie gehabt, so wie wir beide.«

Sie zögerte einen Moment bevor sie mich fragte:

»Aber sag mir, kommen dir nicht auch von Zeit zu Zeit Zweifel? Gerade jetzt, wenn man sich so fremdbestimmt fühlt? Wir sind doch noch nicht wirklich frei, oder?«

Ich schüttelte den Kopf und antwortete:

»Nein, wirklich frei sind wir nicht. Zumindest solange nicht, bis die Erde wieder frei sein sollte. Egal, ob mit oder ohne Konvergenz. Außerdem haben gerade wir beide uns dazu entschieden unseren Beitrag zu leisten, der darin besteht als Agentinnen oder Soldaten für eine Sache zu kämpfen. So wie wir es schon einmal getan haben. Ob wir das diesmal für die richtige Seite tun wird vermutlich nur die Zeit zeigen. Ich kanns nur hoffen, denn gerade das jetzt hier fühlt sich irgendwie richtig an. Und wir kämpfen, weil es in unserer Natur liegt, Mohini. Gerade du und ich, könnten wir denn anders? Könntest du dir etwa vorstellen, auf irgendeinem abgelegenen, beschaulichen Planeten weitab von allem anderen seelenruhig darauf zu warten, bis sich auf der Erde die Probleme von alleine lösen?«

Mohini musste prusten.

»Nein, irgendwie gar nicht...«, lachte sie.

Ich begann sie weiter aufzuziehen:

»Ach klar kannst du das Mohini-Schatz! Stell dir das mal richtig vor wie du dann im wunderschönsten Sari, umringt von einhundert Bollywood-Tänzern einen dicken, nackten, leuchtend-grünen Psevor heiratest! Das ist doch genau dein Ding oder?«

Bumms, hatte ich ein Kissen im Gesicht und hörte sie lauthals lachen.

Als wir uns wieder etwas beruhigt hatten, musste ich ihr die Frage stellen, die so offensichtlich im Raum stand.

»Bin ich ihr wirklich so ähnlich?«

Mohini blickte mir tief in die Augen und seufzte.

»Nein und Ja. Du hast auch so ein Kämpferherz, das wissen wir beide. Aber in dir steckt noch so viel anderes. Nesrin war auch mal so wie du, aber sie wurde härter, kälter, berechnender je älter und erfahrener sie wurde.

Ich glaube das unterscheidet euch fundamental. Wie weit würdest du gehen, Aida? Wie weit könntest du in ihrer Rolle selbst aufgehen und unsere Feinde überzeugen?«

»Keine Ahnung. Vielleicht ist das ja alles eine ziemlich beschissene Idee von Gonalika und dem Rest der Hohen Wesen.«

»Ich bin mir da auch nicht sicher. Ich hab Angst um dich, Aida. Du bist meine Freundin und meine Schwester. Ich will dich nicht verlieren.«

»Eintritt ins Sprungtor in 60 Sekunden.«, ertönte eine sanfte Stimme aus dem Off.

Wir blickten beide durch die Fenster hinaus.

Die Sterne verlangsamten sich draußen und das Schiff bremste auf die notwendige Unter-Licht-Geschwindigkeit herunter, um das Sprungtor sicher passieren zu können.

»Hast du eine Ahnung wo's hingehen könnte?«, fragte Mohini.

»Nein, keinen Schimmer Schatz. Ich dachte zuerst an Ga-Yee, zu Fari. Aber dann wären wir schon längst da, Tarù und Ga-Yee sind direkt miteinander durch die Tore verbunden.«

Nun spürten wir den Übergang und die Lichter draußen verschwammen zu verrückten Mustern, die auf mich immer noch beängstigend wirkten.

Ich schaute Mohini an und schlug ihr auf die Schulter.

»Komm prügeln wir uns eine Runde, im Hinterdeck gibt es einen Übungsraum, wo Dotep ein paar nette Spielzeuge herumliegen hat. Das lenkt ab und macht unsere Ärsche knackiger.«

*

»Ich grüße euch, Ratsherr Efaeton, wie kann ich euch dienlich sein?«

Gonalikas leicht gelangweilter Ton missfiel dem Angesprochenen sichtlich, ebenso auch die Tatsache, dass sie keinen Moment lang ihren Blick von der Konsole abwandte.

Sie war sehr bedacht, möglichst beschäftigt zu wirken und dem angesprochenen bloß nicht zu viel Aufmerksamkeit zukommen zu lassen.

Auf der anderen Seite des Tisches saß ein stämmiger Loveki, der sichtlich um Fassung bemüht war, als er ansetzte, sein Anliegen vorzubringen.

»Hohe Rätin, als Dezernatsleiter für Exploration steht es mir zu, alle Informationen zur Kenntnis zu bekommen, die die aktuellen Explorationsobjekte betreffen. Und dazu gehören auch Operationen der Protektoren außerhalb der Routine, die auf ebenjenen Objekten durchgeführt werden.«

Gonalika ließ sich nicht von ihrer Aufgabe abbringen und zögerte ihre Entgegnung einen unangemessen langen Moment heraus.

»Da muss ein Missverständnis vorliegen, lieber Efaeton, die letzten Operationen spielten sich alle im Rahmen der üblichen Maßnahmen ab, alles reine Routine.«

Efaeton legte seine vierfingrige Hand etwas zu schwungvoll auf die Tischplatte, als er protestieren wollte. Gonalika hob nun doch ihren Blick und funkelte ihn vorwurfsvoll über den Rand ihrer Konsole hinweg an.

»Das kann nicht ihr Ernst sein Hohe Rätin! In Sao Paolo haben hunderte von Wesen ihr Leben gelassen, davon unzählige Konvergenz-Bürger. Sie werden mir doch nicht erzählen wollen, dass die nachfolgende Ermittlungsaktion mit unzähligen SpecOps-Kräften als reine Routine zu verbuchen ist, oder?«

Er beugte sich über den Tisch und fuhr entschlossener fort.

»Außerdem haben mir meine Quellen zugetragen, dass mehrere Feindsubjekte unter höherer Geheimhaltungsstufe ohne die übliche Internierung auf Ares oder Sildron herausgeschafft worden sind. Das ist lediglich für Beta- oder gar Alpha-Targets erlaubt! Erzählen sie mir nicht, da wären nur ein paar niederrangige ERA-Terroristen weggeschafft worden, da steckt doch eindeutig mehr dahinter, oder?«

Gonalika wandte sich nun endgültig von ihrer Konsole ab und lehnte sich seufzend in ihrem Sessel zurück.

»Nun hören Sie mir mal gut zu mein lieber Ratsherr. Ihr Dezernat wurde nicht umsonst mit der Schließung der eigenen Aufklärungsabteilung bedroht. Mit dem Ares-Desaster hat sich ihr Ressort wahrlich nicht mit Ruhm bekleckert. Selbst wenn... also gesetzt den Fall, dass irgendetwas außer der Reihe mit höherer Freigabeebene vorliegen würde, dürfte ich ihnen darüber nichts, aber auch rein gar nichts preisgeben. Das wissen Sie doch selber gut genug.«

Er lehnte sich in seinen Stuhl ebenfalls wieder zurück und schaute mürrisch drein, seine violett gemusterten Schuppen begannen dabei zu verblassen.

»Ich ging fest davon aus, dass ihr mir etwas entgegenkommen würdet. Gerade, weil ich euch ohne Widerstand einige meiner besten Leute aus der Abteilung überlassen habe. Gerade diese Ardai Semjonova an der ihnen so sehr gelegen war. So schlecht kann diese Abteilung nicht gearbeitet haben.«

»Wir sind euch auch weiterhin dankbar dafür. Es wäre ja schade darum gewesen, die talentiertesten Mitarbeiter für etwas zu bestrafen, was die vorgesetzte Ebene aufgrund unzureichender Planung...«

Efaeton schnaubte wütend und stand auf.

»Hohe Rätin, ich bin äußert unzufrieden mit dieser Situation und verlange eine größere Transparenz und Kooperation! Ich werde das mit einer höheren Stelle besprechen müssen.«

»Ja, geehrter Ratsherr, dazu kann ich ihnen nur raten. Wir sind hier keine Entscheidungsträger, wir sind nur Diener der höheren Interessen der Konvergenz, zum Wohle aller.«

Er schnaubte wieder, drehte sich um und stampfte aufgebracht zur Tür. Als diese sich öffnete blickte er noch mal wütend zu ihr zurück.

»Wenn nun die Geschicke der Exploration in den Händen der Protektoren liegen, was unterscheidet uns dann noch von gemeinen Eroberern und Besatzern? Habt ihr euch das auch schon mal gefragt?«

Mit diesen Worten verließ er den Raum.

Die Tür schloss sich zischend hinter ihm.

Gonalika lehnte sich wieder zurück und blickte auf den Screen vor sich. Eine Stimme aus der Konsole meldete sich zu Wort.

»Er scheint wirklich sauer zu sein und fühlt sich absolut übergangen.«

»Na ja, kein Wunder mein lieber Fari. Efaeton hat eine komplette Abteilung verloren und er wurde hart in seinen Kompetenzen beschnitten. Das würde uns beiden auch nicht passen.«

»Du hast Recht. Solange das Loch in dieser Abteilung noch nicht gefunden wurde, stehen wir alle sowieso in fragwürdigem Licht da. Die Stimmung in der Ratsversammlung ist verdammt schlecht, der Hohe Lord Edukator wird diese Sache nicht mehr lange deckeln können. Wenn sein eigener Dezernatsleiter jetzt krakeelend zu ihm kommt, wird er handeln müssen. Unsere beiden Ardai sind übrigens unterwegs, ich breche in einem Zyklus auf, hier gibt es noch ein paar Dinge zu regeln. Hast du dir schon einen Vernehmungstaktiker ausgesucht?«

»Ja, den besten. Dich.«

Ein kurzes Schweigen.

»Du weißt, dass ich für die Ardai zu stark bin. Ich möchte nicht... dass jemand zu Schaden kommt.«

Sie drehte sich zur Seite und blickte aus dem Fenster.

»Fari, für diesen Fall brauchen wir das Stärkste und Beste, was wir aufzubieten vermögen. Es geht darum, alles aus dieser Nesrin herauszubekommen, was wir können. Alle Zeichen deuten darauf hin, dass sie der Schlüssel sein wird. Glaubst du immer noch an einen Zufall? Das einfach so diese beiden Ardai-Mädchen auftauchen und dann auch noch in dieser Konstellation?«

»Ja... aber erinnere dich... wir hätten Aida damals beinahe in der Wüste auf Sildron verbrennen lassen. Nur weil wir sie für Nemesis hielten, wurden alle gerettet. Denk daran. Wir dürfen nie vergessen, warum wir das alles tun. Im Krieg gilt es Opfer zu bringen. Aber wir stehen auch dort wo wir sind, weil wir Dinge überwinden müssen. Wenn wir schon Opfer bringen, dann muss es einen Sinn ergeben.«

»Wo liegt der Sinn in dem was wir hier tun? Was meinst du? Einen heruntergekommenen Planeten, irgendeine bedeutungslose Randwelt zu retten?«

Sie seufzte und fuhr fort:

»Die Ardai müssen es irgendwie selbst schaffen. Das ist der Punkt. Wir können ihnen nur helfen, aber solange die Befreiung von uns auferlegt wird, werden sie es immer als Zwang betrachten. Ich frage mich manchmal selbst, ob wir besser nicht eingegriffen hätten.«

»Erinnere dich daran, wie wir dich einst vorgefunden hatten, auf deinem völlig zerstörten Mond. Hätten wir euch auch dort einfach zurücklassen sollen?«, entgegnete ihr Fari.

»Hör auf, ich erinnere mich nur zu gut daran. Die Geschichte wiederholt sich und diese jungen Mädchen erinnern mich ständig an meine Vergangenheit, das weißt du genau.«

»Ja, ich verstehe dich. Du siehst dich als schützende Mutter für die beiden Mädchen, stimmt's?«

Sie schaute streng hinüber zur Konsole.

»Sei nicht so respektlos deiner Hohen Rätin gegenüber! Das kann erhebliche Folgen haben, ich lasse dich direkt zu Nesrin in die Zelle sperren.«

Sie stimmte für einen Moment in Faris Lachen ein, wurde dann aber wieder ernst.

»Bring mir die Mädchen heil wieder, darum bitte ich dich. Und wenn das bedeutet, diese wahnsinnige Terroristin dafür besonders hart rannehmen zu müssen, dann soll es so sein. Wir haben hier ein Alpha-Target, mit etwas Glück führt sie uns zu Kallor und der ganze Spuk auf Arda ist nächstes Jahr vorbei. Wir brauchen endlich Frieden in diesem Sektor. Das ist alles was am Ende zählt.«

*

Der Raum wirkte erstaunlich groß, man konnte dessen Wände in der Dunkelheit nur noch erahnen.

Ein großer lang gezogener Tisch von mindestens fünf Metern Länge stand darin. Die Tischplatte erstrahlte in gleißend hellem Licht und ließ dadurch die Umgebung noch krasser in tiefer Schwärze versinken.

Nesrin saß mittig an einer Längsseite und konnte sich nicht mehr daran erinnern, wie sie in diesen Raum gekommen war. Und wie sie sich an diesen Tisch gesetzt hatte. Hatte man sie betäubt hierher gebracht? Sie wusste es einfach nicht und das ungute Gefühl in ihrem Inneren zog sie langsam in diese neue Realität hinein.

Sie blickte sich vorsichtig um und konnte auf der gegenüberliegenden Tischseite einen weiteren Stuhl erkennen.

Sonst herrschte rundherum nur pure Dunkelheit.

Nesrin versuchte aufzustehen, aber etwas hielt sie am Stuhl fest, etwas unsichtbares, nicht wie Fesseln, eher wie eine plötzlich zunehmende Anziehungskraft.

Wie lange war sie schon hier? Minuten? Stunden? Was war eigentlich passiert?

Nesrin wunderte sich. Dieses kaum gekannte Gefühl in ihr, war das etwa Angst?

Wie lächerlich. Ein nervöses Grinsen zuckte über ihr Gesicht.

Sie konnte sich nicht mehr erinnern, wann sie das letzte mal so etwas wie Angst empfunden hatte.

Aber ebenso konnte sie sich nicht mehr sofort daran erinnern, was zuvor geschehen war.

Sie grübelte nach und einige Gedankenfetzen rasten durch ihr Bewusstsein.

Sao Paolo.

Die SpecOps.

Das dumpfe Dröhnen einer Explosion hallte als Erinnerung in ihrem Schädel nach.

Irgendetwas war gehörig schief gelaufen. Und jetzt war sie war wohl eine Gefangene der Alienkreaturen, verdammt.

In diesem Moment trat eine Gestalt aus dem Dunkeln, direkt ihr gegenüber. Sie erschien einfach aus dem Nichts und wurde vom hellen Licht des Tisches angestrahlt.

Nesrin erschrak sichtlich. Die Gestalt trat näher und nahm Platz am Tisch.

Sie starrte den Neuankömmling einen Moment lang an und empfand sofort Abscheu gegenüber dem glasbehelmten Wesen.

Sie ließ sich zu einer kurzen Bewegung nach vorne verleiten, als ob sie nach ihrem Gegenüber greifen wollte, aber prompt wurden ihre Hände auf die gleißend helle Tischplatte gezogen und von einer unsichtbaren Kraft fixiert.

Das behelmte Wesen starrte sie an, durch das leicht golden schimmernde Visier konnte Nesrin seine riesige Augen erkennen, die sie regelrecht zu durchleuchten schienen.

»Hallo Nesrin Mereyem.«

Woher wusste die Kreatur ihren Namen?

»Mein Name ist Fari. Darf ich dir meine beiden Protokollanten vorstellen?«

Er deutete nach rechts und links, wo plötzlich zwei weitere Gestalten aus dem Dunkel traten und an den schmalen Kopfenden des Tisches stehen blieben.

»Gunis vom Volke der Kentara und Domias vom Volke der S`raasii, direkte Nachbarn der Erde also.«

Die beiden Gestalten setzten sich und legten ohne weitere Regung ihre Tabs vor sich hin.

Fari begann zu sprechen, ohne auf das Tab zu blicken, dass er beiläufig zur Seite schob.

»Nesrin Mereyem Sistani, geboren am 3. November 2052 in Mumbai. Vater Alireza Sistani, geboren am 11. August 2028 in Isfahan, gestorben im Kampfeinsatz am Indus 2059. Mutter Rahel Feinman, geboren am 7. Mai 2030 in Bethlehem, gestorben im Slum von Mumbai bei einer Schießerei, Anfang 2061.«

Er hielt einen kurzen Moment inne, um sich zu versichern, dass er ihre volle Aufmerksamkeit hatte.

Nesrins Blick wurde fester, aber sie zeigte keine Regung.

»Deine Eltern kamen als Flüchtlinge aus dem Kalifat. Wegen religiöser Säuberungen in den späten Vierzigern fanden sie Unterschlupf in der ASIATIC-Fraktion. Dein eigener Lebensweg führte in eine kriminelle Gang, du warst maßgeblich an blutigen Bandenkriegen im Slum beteiligt. Aber persönlich viel interessanter finde ich die Zeit, in der du als Auftragsmörderin für den ASIATIC-Geheimdienst gearbeitet hast. Und zuletzt, ich betone dabei, zuletzt, hattest du eine wirklich steile Karriere in den Diensten der ERA. Ich würde mal sagen, wir haben hier eine sehr, sehr wütende Ardai vor uns.«

Nesrin starrte ihn weiter stoisch an.

»Ich weiß, Nesrin Mereyem, du würdest jetzt gerne die Hände wieder frei haben, lässig die Arme verschränken, dich zurücklehnen und amüsiert und cool abwarten was nun weiter passiert.«

Ihre Hände waren nach Faris Worten plötzlich wieder frei und sie wirkte für einen Moment verunsichert.

Vermutlich weil es darum ging, genau das nicht zu tun, was ihr gegenüber gerade ausgesprochen hatte.

»Du kannst dich locker machen Nesrin Mereyem. Egal was du spielen willst, ob cool, ob verschlossen, ob schwach oder weinerlich. Das ist hier vollkommen egal. Du wirst nicht glauben wie viel Zeit wir haben.«

Nun reagierte sie auf die Kreatur, die sie abgrundtief verachtete.

»Dann könnt ihr mich auch genauso gut in eine Zelle verfrachten. Ganz einfach. Und dann könnt ihr gerne warten bis ich Bock darauf habe mit euch zu reden. Auch ganz einfach, oder?«

Fari schaute sie an. Scheinbar unerträglich lang passierte nichts.

Dann stand er auf und sagte:

»Gut, dann darfst du zurück in deine Zelle Nesrin Mereyem.«

Auch die beiden Protokollanten erhoben sich und verschwanden in der Dunkelheit.

Nesrin saß da und wartete, was nun passieren würde. Nichts.

Kein Geräusch, keine Bewegung.

Sie saß wieder allein am Tisch im dunklen Raum.

Die Minuten schienen zu verrinnen. Waren es fünf? Zehn? Fünfzehn?

Langsam beschlich sie eine gewisse Ungeduld und sie versuchte aufzustehen.

Plötzlich schrumpfte der Tisch zusammen auf die Fläche eines aufgeschlagenen großen Buches.

Das Licht erlosch. Sie drehte sich um und tastete verwirrt um sich, erschrak als sie kalte Wände berührte.

Ein neues Licht erschien, weit über ihrem Kopf strahlte ein kalter Spot zu ihr herunter.

Im halbdunklen konnte sie erkennen, dass sie in einem winzigen Raum stand. Nur eine einfache Pritsche an der Wand, eine Art Wasserstelle in der anderen Ecke.

Sonst nichts.

Es wirkte auf sie, als ob sie am Boden eines Kamins stehen würde, die Kammer hatte ein Grundfläche von nicht mal zwei auf zwei Metern, das elend kaltweißblendende Licht schien Dutzende von Metern über ihr zu hängen und warf scharfe Schatten auf den Boden.

*

»Und? Wie ist euer erster Eindruck?«, fragte uns Fari,

während Mohini und ich unsere Masken ablegten.

»Ihr findet wirklich dass wir uns ähnlich sehen? Ich weiß ja nicht...«, fragte ich zurück. Mohini stupste mich an und zischte:

»Eitles Weib.«

»Sie ist einfach nicht so frech wie du Aida. Aber jetzt im Ernst. Ich weiß, es waren nur ein paar Minuten, in denen wir sie beobachten konnten. Was habt ihr aus dieser Situation erkennen können? Mohini, du konntest sie am besten.«

Mohini überlegte kurz und fuhr sich über das Gesicht.

»Ich konnte ihr die Anspannung schon ziemlich anmerken. Ich war etwas verwundert, denn sie kann auch noch wesentlich kühler daherkommen, wenn sie will. Ich denke, die fremde Situation hier in Gefangenschaft und in völliger Ungewissheit kennt sie so nicht und sie weiß noch nicht damit umzugehen.«

»Mal abgesehen von der Inszenierung, Fari, ich hatte selber auch ein wenig Angst.«, bemerkte ich dazu.

Mankunin, ein echter Kentaraner und langjähriger Mitarbeiter von Fari, half mir beim Abnehmen meiner Verkleidung.

Auf dem Weg nach draußen, durch die düsteren hohen Gänge des Komplexes, bemerkte Mankunin meine skeptischen Blicke auf die düstere Umgebung.

»Ich weiß nicht ob Fari euch schon ein paar Details über diesen Ort erzählt hat, viel Zeit war ja noch nicht.«

Fari nickte ihm zu, so dass er fortfuhr.

»Vor einigen tausend Jahren befand sich hier ein Außenposten der Geruni, einem Volk, das den Galaktischen Krieg als Mitglied der Novari-Republik nicht überlebte. Das Gestein dieser unterirdischen Militärbasis hat eine besondere kristalline Beschaffenheit, die jegliche Signale und Wellen abschirmt. Strahlung und... was uns bis heute Rätsel aufgibt, Empathie, Telepathische Kontakte und Schwingungen zwischen lebenden Wesen werden hier blockiert.«

Fari fuhr fort.

»Dieser Ort unterdrückt jegliches Gespür für Nähe und Lebendigkeit. Jegliche Verbindung zu anderen Wesen oder gar zum Geist des Universums sind hier nicht mehr zu spüren. Man könnte sagen, dies ist der einsamste Ort der Galaxis, selbst wenn man nur wenige Schritte voneinander entfernt steht.«

Ich wusste, oder besser, ich fühlte genau was er meinte. Es war nicht nur die Optik, die etwas unglaublich bedrückendes hatte. Da war mehr. Oder, wenn man es genau nahm, viel, viel weniger.

»Ja, deswegen werden wir uns jetzt wieder nach oben in Richtung der Oberfläche bewegen und unseren Gast ein wenig dabei beobachten, wie sie mit sich selbst und ihrer Einsamkeit zurechtkommt.«

Das alles war gruselig, ich wollte nicht in Nesrins Haut stecken, wahrlich nicht.

Wir fuhren mit dem Lift wieder an die Oberfläche des kalten, grauen Mondes, hoch zu den intakten Überresten der ehemaligen Geruni-Basis.

Durch die Fenster der Station konnte man gerade noch den letzten Lichtstreif erleben, bevor sich der große Gasplanet vor den schwächlichen braunen Zwerg schob, der das Zentralgestirn dieses Systems bildete.

Selbst die tödliche Wüste Sildrons bot mehr Trost als dieser Ort, dachte ich mir noch, als uns auch hier die Dunkelheit wieder umschloss. Wenigstens leuchteten hier die Sterne über einem und ein naher Nebel färbte den schwarzen Himmel tröstend ein.

KAPITEL 3

»Das Erlangen von Informationen mithilfe der Nutzung körperlichen und geistigen Zwanges, ist auf dem gesamten bewohnten Territorium der Konvergenz verboten. Zum Schutze des Lebens und der Unversehrtheit der Wesen, darf keinerlei Gewalt oder ähnliche Unbill angewendet werden.«

Artikel 23.42 der Charta der Konvergenz,
in der Fassung von 154 nZ

»Für den Schutz der Gemeinschaft und höherer Güter der Konvergenz im Sinne der Charta, können Ausnahmen für unbewohnte Territorien, Explorationsgebiete und dem Kriegsrecht unterworfene Areale gewährt werden. Die Mittel der List und der Täuschung als Vorspiegelung falscher Tatsachen sind hierbei temporär zu erlauben. Eine nachgelagerte Aufklärungspflicht gegenüber der zu verhörenden Person...«

Auszug aus der Ergänzung zum Artikel 23.42
der Charta, beschlossen durch den Rat 174 nZ

Wir mussten warten. Es verging eine ganze Woche, ohne dass man bei Nesrin eine tatsächliche Veränderung verspürte.

Ihre Essensrationen wurden ihr nicht persönlich überbracht, es gab keinerlei Einfluss oder Reiz von außen, der ihr ein Gefühl von Zeit geben durfte.

Sie musste selbstständig von Zeit zu Zeit in ein Fach

in der Wand schauen, ob eine Mahlzeit für sie bereit stand.

Keinerlei Regelmäßigkeit wurde ihr gegönnt, kein Takt der ihr das Leben vorgab.

Ich erfuhr erst einige Zeit später, dass ihrer Nahrung Medikamente zugesetzt wurden, die ihr Zeitempfinden dehnten.

Dann, nach ungefähr zehn Tagen, beobachteten wir, dass sie begann Selbstgespräche zu führen.

Zuerst verhalten, dann flüsternd und später deutlich vernehmbar.

Da wir nicht den ganzen Tag vor den Beobachtungs-Monitoren sitzen konnten, vertrieben wir uns die Zeit mit Sprachübungen. Mohini brachte mir Hindi bei, mitsamt den Feinheiten ihres Ghetto-Slangs, mit dem sie aufgewachsen war.

Die automatischen Sprachlernsysteme funktionierten zusammen mit spezialisierten Meditationstechniken, was bei mir schnell zu einem Erfolg führte. Damit hatte ich in den Jahren zuvor schon meine Englisch- und Deutschkenntnisse zusammen mit Anton aufbessern können, aber auch viele Phrasen aus verschiedenen Sprachen der Konvergenz waren mir mittlerweile geläufig.

Als Dreingabe sattelten wir noch einen Grundstock Farsi und Hebräisch drauf, um alles noch ein wenig authentischer zu gestalten, denn wir wussten nicht, ob ERA-Leute mit israelischer oder iranischer Herkunft auf Nemesis warteten.

Trotz aller Langeweile auf diesem Mond, die Sprach-Lern-Prozedur war extrem anstrengend für meinen Geist.

Nach drei Stunden täglichem Intensivkurs brauchte ich die Ruhezeit, um das erlernte überhaupt noch verarbeiten zu können.

Später am Tage versuchten wir es dann noch mit zwei oder drei Stunden körperlichem Training, um die Zeit auf Theti irgendwie sinnvoll zu nutzen.

Das alles konnte Nesrin nicht.

Es war am 16. oder 17. Tag, da ließ sie den ersten frustrierten Schrei erklingen.

Sie fluchte und schimpfte, bekam sich aber nach kurzer Zeit wieder unter Kontrolle.

Es dauerte noch weitere drei Tage, bis ihr endgültig der Kragen platzte.

Ich war gerade mit zwei Sicherheitsleuten per Shuttle draußen auf dem Nachbarmond unterwegs, da erreichte mich die Nachricht von Fari, dass es nun endlich losginge.

Wieder zurück in der Basis standen wir zu viert hinter den Monitoren und schauten dem Wachpersonal über die Schulter.

Selbst mit meinen Einsteigerkenntnissen konnte ich sehr gut dem Inhalt ihres wilden Gebrülls folgen.

Blanker Hass auf ihre Gefängniswärter war zu verstehen, es war eindeutig, sie begann zusammenzubrechen.

Fari gab uns zu verstehen, dass nun die nächste Phase unseres Spiels begann.

Frisch maskiert betrat ich hinter Fari und Mohini den großen dunklen Raum mit dem leicht erhellten Kubus in der Mitte, in dem Nesrin gefangen saß.

Trotz aller bisherigen Erfahrungen war es für mich immer noch absolut surreal, was hier Mithilfe von Projektionstechnologie möglich gemacht wurde.

Man hatte eine Art Holodeck installiert, allerdings mit der Möglichkeit, den Objekten eine einseitige Transparenz zu verleihen.

Man konnte von außen ganz klar in ihre Zelle hineinblicken als wäre es nur ein Glaskasten, aber Nesrin selbst hatte den Eindruck, von festen Wänden umgeben zu sein, eingeschlossen am Boden eines Lichtschachtes.

Sie hockte auf ihrem Bett, drückte sich die Fäuste gegen den Schädel und murmelte ständig etwas vor sich hin.

Fari winkte uns zu, wir sollten uns jeweils seitlich des Kubus postieren, kaum merklich leuchteten Markierungen im Boden für uns beide auf.

Als ich einen langen Moment so dastand und erwartungsvoll in das innere des Kubus starrte, verspürte ich plötzlich eine Präsenz, so als ob jemand neben mir stünde.

Im gleichen Augenblick hob Nesrin aufmerksam den Kopf und starrte vor sich, als ob sie ein Geräusch vernommen hätte.

»WER IST DA?«, brüllte sie und rutschte an die Wand in ihrem Rücken.

»Was wollt ihr von mir?«, brach es etwas leiser und verzweifelter aus ihr heraus.

Dann änderte sich die Gestalt des ganzen Raumes schlagartig.

Das Licht von oben erlosch, der lange Tisch erschien wieder, wurde immer heller und man erkannte eine durchaus geschockte Nesrin, die anstatt auf ihrem Bett nun wieder auf einem Stuhl saß.

Sie blickte sich erschrocken um.

Fari trat an den Tisch heran, genau so wie bei ihrer ersten Begegnung.

»Nesrin Mereyem, Hallo.«

Sie schien ihn anfauchen zu wollen wie eine übellaunige Katze.

Aber dann versuchte sie schwer atmend ihre Beherrschung wiederzuerlangen.

Fari setzte sich, faltete die Hände und legte sie entspannt auf dem Tisch vor sich ab.

Nesrin schien uns nicht zu bemerken als wir uns leise wieder an die beiden Schmalseiten setzten.

»Was wollt ihr von mir?«, fragte Nesrin mit zitternder Stimme, sichtlich um Fassung ringend.

Fari legte den Kopf etwas schief, so als ob er sie neu einschätzen wollt.

Dann antwortete er ihr.

»Nesrin Mereyem, die Frage ist: Was willst du?«

Die Wut schien bei ihr überhand zu nehmen, aber sie konnte sich gerade noch beherrschen.

»Was interessiert es euch, was ich will? Habt ihr Scheißaliens mich einfach nur aus Spaß gefangen? Oder weil ich so niedlich aussehe?«

Fari schob seinen Kopf wieder auf die andere Seite. Seine Stimme hatte etwas überfreundliches, etwas so beunruhigend nettes, dass es tatsächlich sogar mich vor ihm gruselte.

Diese Seite von ihm hatten wir nie kennengelernt, zum Glück.

»Nesrin Mereyem, du weißt von uns allen am besten, warum du hier bist. Du hast das Wissen dazu in dir. Du besitzt alle nötigen Fakten, alle wichtigen Erfahrungswerte.

All das steckt in dir.

Wir können auch gerne darüber reden. Aber zuerst möchte ich von dir, Nesrin Mereyem, wissen, was DU willst.«

Ich bemerkte eine Textnachricht auf meinem Tab. Mohini hatte geschrieben, dass Nesrin durch die ständige Nennung ihres vollen Namens noch viel wütender werden würde.

»Nesrin Mereyem,....«, setzte Fari gerade wieder an, als es tatsächlich aus ihr herausplatzte.

Sie brüllte, sprang auf und wollte über den Tisch zu Fari gelangen.

Der Tisch aber schien sie förmlich festzusaugen, gerade so, dass kaum noch Distanz zwischen ihrem und Faris Gesicht übrig blieb. Wenige Zentimeter nur, so dass sich ihr Atem auf Faris Visier niederschlug.

Fari zuckte kein bisschen zurück, sein Blick blieb ruhig und gelassen.

Nesrin versuchte sich vom Tisch loszureißen, aber gab ihr Vorhaben bald auf.

Sie hatte einfach keine Chance.

Als sie sich resigniert in ihren Stuhl zurück lehnte gab der Tisch ihre Hände wieder frei.

»Nesrin Mereyem, hör mir zu. Du weißt warum du hier bist und ich glaube auch, dass du schlau und fantasievoll genug bist, um zu wissen, wie es für dich hier weitergeht. Also überlege gut, was du willst und was du dir wünscht. Für deine Zukunft, falls es eine geben soll.«

Dann stand Fari unvermittelt auf und wir beide taten es ihm nach. Er drehte sich schon zum gehen um, hielt aber noch kurz inne und blickte sie über seine Schulter hinweg an.

Er erhob die Hand und streckte einen Finger in die Höhe.

»Ach, noch etwas, was du wissen solltest Nesrin Mereyem. Für dich wird es nur eine einzige Chance geben jemals wieder diese Zelle zu verlassen und die Freiheit zu erleben. Nur eine einzige.«

Sie starrte ihn verständnislos an. Damit hatte er definitiv ihre Neugier geweckt.

Mit verächtlichem Ton trotzte sie sich ein paar Worte

ab.

»Und wie soll diese Chance aussehen? Ein Geständnis? Wollt ihr mein Geständnis haben, dass ich als Terroristin eure Leute fertiggemacht habe? Das ich versucht habe euch widerliche Kreaturen von meinem Heimatplaneten zu vertreiben? Oder dass ich auch Aufträge der ERA ausgeführt habe?«

Sie legte den Kopf in den Nacken und lachte laut auf, bevor sie Fari wieder frech angrinste.

»Das könnt ihr alles haben wenn ihr wollt! Ich bin stolz auf alles, was ich getan hab.«

Dann zog sie nicht gerade ladylike ihre Nase hoch und rotzte vor Fari auf den Tisch.

Fari nahm seine Hand runter, schüttelte langsam den Kopf und sprach mit seiner netten, freundlichen Stimme zu ihr.

»Nein, nein, Nesrin Mereyem... was sollten wir denn mit einem Geständnis anfangen? Einem Geständnis über die ganzen offensichtlichen Dinge, die du gerade genannt hast? Nein, nein, das wäre zu einfach.«

Er näherte sich langsam wieder dem Tisch und sprach weiter zu ihr.

»Deine einzige Chance hier herauszukommen wird sein, wenn jemand anderes deinen Platz hier einnimmt. Das ist alles, mehr nicht.«

Wieder war Verwirrung in Nesrins Gesicht zu erkennen.

Dann wandte sich Fari erneut von ihr ab und ließ sie einfach so sitzen.

Nesrin setzte gerade dazu an, noch etwas in die Dunkelheit hinein zu sagen, als die große Tafel vor ihr verschwand und der Raum wieder zu der kleinen Zelle zusammenschrumpfte.

Nesrin saß wieder auf ihrer Schlafpritsche und starrte fassungslos in eine Ecke.

Ich bin mir nicht mehr sicher, aber dies war einer der ersten Momente, in dem sie begann, mir wirklich leid zu tun.

*

Wir hatten den Raum und die Holo-Szenerie gerade verlassen, als Mankunin direkt zu uns kam.

Er lief aufgeregt neben uns her und berichtete ein paar Neuigkeiten.

»Wir haben Kontaktversuche zu Nesrins Kommunikationsgerät registriert und verfolgen im Moment die Quelle zurück. Es gibt zahlreiche Zwischen-Hops, vermutlich um die Kommunikationswege zu verschleiern. Aber es wird ein veralteter Verschlüsselungscode benutzt. Mit etwas Glück haben wir die Nachricht in einigen Stunden geknackt.«

»Das hört sich gut an.«, entgegnete ihm Fari nachdenklich.

»Allerdings setzt uns das nun ziemlich unter Druck, da Nemesis auf Arda als vermisst gilt. Entschlüsseln Sie die Nachrichten so schnell wie möglich und dann müssen wir das Risiko eingehen, eine Antwort zu schicken.«

»Commander, wir wissen nicht ob es vielleicht verabredete Zeichen oder Codes gibt, die uns Nemesis niemals preisgeben würde.«, warnte Mankunin.

Fari dachte einen Moment über seine Worte nach.

»Uns rennt die Zeit davon.«

Er wandte sich an uns.

»Was meint ihr? Mohini, du kennst sie besser als jeder andere von uns.«

Mohini zögerte.

»Vielleicht sollte ich direkt mit ihr reden? Was meinst du dazu Mankunin?«

»Lasst uns parallel vorgehen, wir versuchen auf maschineller Ebene Nesrins Kommunikator zu decrypten, das wird sicherlich noch einen Moment dauern. Dann haben wir noch einen gewissen Zeitversatz, bis die Ergebnisse hier bei uns ankommen. In der Zwischenzeit können wir nur hoffen, dass Nemesis durchblickt hat, was wir von ihr wollen und wohin die Reise gehen soll. Wir müssen sie unbedingt aus der Reserve locken.«

»Sobald sie gesprächsbereit ist, stellt sich die Frage, ob ich dann das ganze weiterführe, oder ob wir Mohini das Gespräch übergeben sollten.«, fügte Fari hinzu.

»Ich bin bereit.«, sagte Mohini mit fester Stimme.

»Ich glaube, wir müssen ihr klar machen, dass sie schon lange nicht mehr in eigener Regie gehandelt hat, sondern auch nur als Instrument von Kallor und dem inneren Zirkel der ERA gebraucht wurde.«

»In gewissen Sinne sind wir auch nur Werkzeuge.«, warf ich ein und zog mir dadurch die skeptischen Blicke der Anwesenden zu.

»Na ja, aus ihrer Sicht, versteht ihr? Warum sollte sie Mohini denn direkt vertrauen? Mohini ist doch vermutlich auch manipuliert, gehirngewaschen oder sonst was. So würde ich an Nesrins Stelle denken.«

»Ja, da hast du wohl recht.«, grummelte Fari nachdenklich.

»Aber was für die weitere Mission wichtig sein könnte, wenn ab jetzt Mohini ins Spiel kommt, habe ich durch die Beobachtung von Nesrin eine bessere Chance, sie kennenzulernen. Ich kann ihr Verhalten studieren, ihre Art zu sprechen und wie sie auf gewisse Dinge reagiert. Alles was ich später brauchen könnte. Ich muss nicht nur lernen, wie man ein kühler, kontrollierter Felsbrocken wird, weil das läuft im Prinzip immer aufs gleiche hinaus. Aber die Persönlichkeit eines

Menschen äußert sich an anderen Stellen, wisst ihr was ich meine?«

Fari nickte und berührte meine Schulter.

»Gut, Aida, Mohini, bereiten wir uns darauf vor, euch jetzt direkt ins Rennen zu schicken. Ich hoffe wir haben damit Erfolg. Was wir hier durchziehen ist ziemlich heikel. Die Zeit rennt uns davon, wir dürfen uns aber davon nicht das geringste anmerken lassen.«

*

Nun waren mittlerweile schon viele Stunden vergangen und ich döste in meiner Koje.

Dann erklang endlich die Durchsage, dass es losgehen würde und riss mich aus dem Halbschlaf.

Wir sollten zu einem kurzen Briefing kommen, damit uns Mankunin auf den neuesten Stand bringen konnte.

Den Zugang zu Nesrins Kommunikator hatte man aufbrechen können, aber die Nachrichteninhalte waren schwierig zu entschlüsseln.

Nesrin selbst saß wieder an dem großen Tisch.

Eine halbe Stunde zuvor hatte sie in Richtung der Wände und der Decke gerufen, dass sie bereit für ein weiteres Gespräch sei.

Seitdem wartete sie mit wachsender Ungeduld darauf, dass endlich etwas passieren würde.

Ich nahm im Überwachungsraum Platz und beobachtete die hochauflösenden Monitore, auf denen ich Nesrin aus verschiedenen Blickwinkeln beobachten konnte.

Jede Regung, jede Zuckung, jede Pore konnte ich visuell erfassen.

Sogar Infrarot- und Enzephalografie-Daten standen mir zur Verfügung, ebenso der Zugriff auf ihre Hautreaktionen, den Puls, ihren Blutdruck und ihre Augenbewegungen.

Nesrin stand unter totaler Überwachung jeglicher Facetten ihres Seins, es war faszinierend und erschreckend zugleich.

Nur in ihre Gedanken konnten wir nicht hineinschauen.

Mankunin, Fari und ein junger S`raasii saßen um mich herum. Die Spannung war kaum erträglich, Nesrins Nerven waren ebenfalls bis zum zerreißen gespannt, wie die Monitore in feinsten Nuancen zeigten.

Dann betrat endlich Mohini den Raum.

Nesrin konnte sie erst erkennen, als sie sich an den Tisch direkt vor sie hinsetzte, auf den Platz, wo Fari zuvor gesessen hatte.

Mohini schlug ihre Beine übereinander und legte ihre Hände locker auf die Knie. Dann lächelte sie Nesrin freundlich an.

»Hallo Nes-Di. Wie gehts dir?«, sagte sie in ihrem Heimatdialekt.

Nesrin starrte sie ungläubig an. Die Monitorwerte zeigten eindeutig wie in ihr die Wut aufkeimte.

Für uns war es wie der Blick eines Erdbebenforschers der auf dem Seismometer schon die Vorzeichen des Grauens erahnen konnte, während auf der Oberfläche selbst noch nichts zu spüren war.

Wir betrachteten einen Vulkan kurz vor seinem Ausbruch.

In der freien Natur wären in diesem Augenblick die Vögel erschreckt aufgeflogen und die Hunde würden beginnen zu heulen.

Nesrin richtete suchend ihren Blick halb nach oben, dorthin wo sie die anderen, ihre Beobachter oder wen auch immer vermutete. Dann rief sie wütend:

»Was soll das denn jetzt? Wollt ihr mich wieder mit

so einer Holoscheiße beeindrucken oder was?«

Fari sprach in der Gewissheit, dass Mohini über den kleinen Empfänger im Ohr mithörte.

»Lös die Projektion auf. Vielleicht schafft das wieder mehr Vertrauen. Zeig ihr, dass der Raum zwar eine Projektion ist, aber du echt bist.«

»Nes, vertrau mir, ich bin es wirklich«, sprach Mohini mit sanfter Stimme und reichte ihre Hand herüber zu Nesrin. Diese zögerte und schüttelte nervös den Kopf.

»Steh besser auf Nes.«, sagte Mohini dann und erhob sich.

Dann sprach sie laut und deutlich.

»Projektion auflösen. Raum im Rohzustand zeigen.«

Die Umgebung veränderte sich und gab die Wabenstrukturen der Projektionstechnik an den Wänden zu erkennen. Nesrin blickte sich erschreckt um und geriet leicht ins Schwanken.

Der Tisch begann sich aufzulösen und bevor sie mit dem Hintern auf den Boden knallte, stand sie schnell auf, als der Stuhl sich unter ihr zu dematerialisieren begann.

Mohini stand immer noch vor ihr und streckte ihre Hand aus.

Nesrin ergriff vorsichtig Mohinis Hand und spürte deren echte Wärme.

Die Anwesenheit eines realen Menschen, vermutlich auch eines Menschen den sie kannte und einst wie ihre eigene Schwester liebte, war für Nesrin unbegreiflich und nach Wochen der gefühllosen Isolation traf es sie wie ein elektrischer Schlag.

Sie geriet zitternd ins Wanken, aber Mohini trat auf sie zu und legte ihre andere Hand auf Nesrins Schulter. Nesrin zuckte ein wenig zusammen, aber ihre Gegenwehr schien für diesen Moment zusammenzubrechen.

Beide fielen sich in die Arme und Nesrin konnte einen kurzen Schluchzer und ein paar Tränen nicht mehr weiter zurückhalten.

»Was?... was machst du hier?«

Mohini nahm sie fester in den Arm. So wie das letzte mal vor so vielen Jahren, bevor sich ihre Wege trennten.

»Ich bin hier, um dich zu retten Didi.«

Nesrin versteifte sich und befreite sich aus der Umarmung. Nase an Nase blickte sie Mohini tief in die Augen.

»Wie kommt es, dass DU hier in einer Position bist, um MICH retten zu können. Warum bist du hier? Wo sind wir überhaupt?«

Nesrin entfernte sich von Mohini und trat ein paar Schritte zurück.

»Ich kann dir das alles erklären Nes. Aber dazu musst du mit mir reden und mir vertrauen.«

Nesrin machte eine verächtliche Geste.

»Dir vertrauen? Ich weiß doch noch nicht mal, ob du doch nur eine Projektion von diesem kakerlakenköpfigen Alien und seinen hässlichen Schergen bist.«

»Nein, das bin ich definitiv nicht, das kann ich dir versichern. Ich bin genau die Mohini, die dich am Tage von Mirzas Tod getröstet hat, bevor du losgezogen bist um ihn zu rächen. Ich bin genau die Mohini, die schon immer wusste wie sehr du ihn geliebt hast und die Mohini, die dich immer wie ihre eigene Schwester geliebt hat.«

Nesrin blinzelte, zögerte, sprach dann mit zitternder Stimme.

»Das können genauso gut diese Aliens aus Mohinis Kopf herausgepresst haben.«

Sie begann zu schreien, warf die Arme nach hinten und drehte sich im Kreis, als ob sie umringt von Leuten stehen würde:

»Warum macht ihr das nicht einfach mit mir? Presst es doch einfach raus! Was soll diese ganze Show hier? Fickt euch!«

Fari sah zu mir rüber, ich war etwas verwirrt, denn ich konnte seinen Gesichtsausdruck nicht wirklich deuten. Erkannte ich etwa Spott oder Belustigung in seinen Augen?

Mit einem gewissen herrischen Ton, der uns von Mohini nicht bekannt war, begann sie Nesrin anzubrüllen.

Der Übersetzungscomputer kam nicht mehr richtig hinterher, aber die Brocken die aus dem Slum-Dialekt herausgesiebt werden konnten, enthielten viele Flüche und Zurechtweisungen. Es wirkte, als ob eine Mutter aus dem Slum von Mumbai ihr ungezogenes Gör nach Strich und Faden zusammenstauchte.

Nesrin war sichtlich beeindruckt, begann aber sofort zurückzuschießen.

Fari und Mankunin schauten mich fragend an, aber ich konzentrierte mich achselzuckend weiter auf die Monitore.

Nesrin wollte Mohini packen, diese wehrte den Griff aber ab und die Lage wurde angespannter. Es sah für uns so aus, als würde es auf eine Prügelei hinauslaufen.

»Sollen wir reingehen?«, fragte ein Wächter hinter Mankunin.

Ich hob die Hand und gebot ihm zu warten, ich wollte das sehen, ich wollte die Reaktionen Nesrins genauer studieren. Wir mussten sie weiter aus der Reserve locken.

Und da war er, der erste Schlag, den Mohini gekonnt abwehrte und sofort konterte. Nesrin taumelte kurz und hielt dann inne. Sie versuchte die Beherrschung wiederzuerlangen und ich erkannte etwas in ihren Augen aufblitzen. Schaltete sie wieder auf den kühlen Killer-Modus um? Erlangte sie ihre innere Stärke wieder zurück?

Nesrin verschränkte die Arme und sprach in die unsichtbare Runde.

»Gut, ich gehe mal davon aus, dass das hier zu nichts führen wird, egal ob ich die echte Mohini oder nur ein Abbild von ihr verprügeln würde.«

Mohini gab einen verächtlichen Laut von sich und ließ sich zu einer Bemerkung verleiten, die in ihrem unverwechselbaren Ton erklang.

»Als ob du mich hier verprügeln könntest Didi, wer hat dir denn beigebracht wie man die blöden Wichser am besten umhaut?«

Mohini winkte ab und man konnte erkennen, dass ein kurzer Anflug eines Lächelns über Nesrins Gesicht huschte.

»Du bist doch weich geworden. Hast dir als Kollaborateurin hier den dicken kleinen Arsch noch breiter gesessen, was willst du eigentlich?«

»Erzähl mir nix über meinen Arsch, guck dich doch mal an, Bitch.«

Sie sprangen aufeinander zu. Wir schreckten hoch und die Wachen rückten am Eingang mit gezogener Betäubungswaffe vor.

Es sah so aus, als würden sie sich jetzt zerfetzen wollen, aber Nesrin klammerte sich an Mohini fest.

»Scheiße Mo, was machst du hier?«, schluchzte Nesrin in ihren Armen.

»Unsere Ärsche retten, mehr nicht, Nes.«, antwortete sie mit brüchiger Stimme.

KAPITEL 4

»Jeder, der zu lange seine Zeit auf Theti-7 verbringen musste, nahm dieses schwere, bedrückende Gefühl von Einsamkeit mit sich. Danach war es egal, wo man sich befand, ob in einer engen Forschungskapsel oder irgendwo in der Wüste Sildrons, überall sonst konnte man wenigstens leichte Nuancen eines belebten Universums erahnen. Der Effekt war erschreckend und faszinierend zugleich. Ein Teil des Meditations-Trainings der Mönche von Tarù wurde hier seit Jahrhunderten abgehalten, das wohl nicht ohne Grund.«

Auszug aus dem Dossier über Theti-7 im KONNET

Wir saßen zusammen unter einer Kuppel im oberen Teil des Gebäudes. Der luxuriöse Besprechungsbereich war im Gegensatz zum Rest der Station mit Tischen und bequemen Sitzgelegenheiten einigermaßen einladend ausgestattet.

Man erblickte einen gigantischen Sternenhimmel ohne die ansonsten störende Atmosphäre dieses Mondes. Das Licht des Zentralgestirns wurde immer noch durch den großen Gasriesen abgeschattet, den dieser Mond umkreiste.

Ich hatte mir wieder meine Maske angezogen und saß zusammen mit Fari, Mohini und Nesrin an einem der Tische in der Nähe der Kuppelwand.

Nesrin war vollkommen mit ihrer üppigen Mahlzeit beschäftigt, während wir anderen nur mit unseren Getränken ausgestattet waren. Mir war während unseres

Aufenthaltes nach und nach der Appetit vergangen und ich hoffte inständig, das Nesrin diesem Kapitel hier bald ein Ende setzen würde.

Ich schwankte ständig in meinen Gefühlen. Hasste ich sie etwa? Nicht unbedingt ihrer Taten wegen, sondern weil sie uns diesen Aufenthalt hier bescherte? Oder bemitleidete ich sie, auch weil wir hier zusammen ausharren mussten? Alles hing im Moment an ihr.

Um uns herum stand ein Trupp schwer bewaffneter Wachen in Bereitschaft, die ständig jede Bewegung der gefangenen Terroristin im Blick hatten.

Der Entschluss, sie in einem anderen Umfeld als in ihrer Holozelle zu interviewen, fiel relativ schnell und einstimmig.

Die Zeit drängte und wir entschlossen uns dazu, einen Schritt weiter auf sie zuzugehen, in der Hoffnung damit näher zu ihr vordringen zu können.

Sie glaubte allem Anschein nach, dass Mohini die echte Mohini war. Oder spielte sie einfach nur mit? Selbst Fari konnte in dieser Phase nicht wirklich dahinter blicken und war immer noch skeptisch.

Nachdem sich die erste Gier etwas gelegt hatte, fing Nesrin an mit vollem Mund zu sprechen.

»So, ihr wollt also, dass jemand anderes hier meinen Platz übernimmt, richtig?«

Fari nickte und bestätigte sie.

»Genau. Das wäre für alle beteiligten von Vorteil.«

»Und vermutlich soll das nicht einfach irgendwer sein, oder?«, fragte sie weiter mampfend.

»Auch wieder richtig. Ich sehe, du hast dir Gedanken gemacht Nesrin Mereyem.«

Sie ließ die Gabel sinken und starrte Fari böse an.

»Lass das mal mit meinen Vornamen sein, du Schmock. Das geht mir gehörig auf den Geist. Sag entweder nur Nesrin oder Frau Sistani, aber lass den Scheiß mit dem vollen Namen das nervt.«

Fari blickte sie einen Moment prüfend an und stimmte ihr dann zu.

»Nun Gut. Zu welchem Schluss bist DU gekommen, Nesrin...«

Er ließ absichtlich eine kleine Pause an der Stelle entstehen, wo er normalerweise ihren zweiten Vornamen erwähnt hätte.

Sie legte die Gabel beiseite und griff zum Nachtisch.

»Na ja, es kann sich ja nur um jemanden handeln, der für euch vielleicht wichtiger ist als ich. Vermutlich jemand aus der Kommandoebene der ERA? Da seid ihr bei mir an der falschen Adresse, mit denen habe ich nichts zu tun.«, antwortete sie und widmete sich nun dem Schokomuffin.

Mohini mischte sich dazu ein.

»Erzähl doch keinen Bullshit Nes! Für die Aufträge der ERA hattest du nicht nur Kontakt zu irgendwelchen niederen Rängen. Damals in Mumbai hast du schon von Leuten erzählt, die dich beauftragt haben. Und das waren keine kleinen Lichter. Oder war das nur Angeberei von dir?«

Nesrin zuckte nur mit den Schultern und antwortete mit vollem Mund.

»Alle tot, mittlerweile, keine Ahnung von wem jetzt meine Aufträge kommen.«

Ich blickte Fari ärgerlich an, während sie genüsslich das letzte Stück Muffin herunterschluckte. Verdammt, jetzt fängt sie an, Spielchen zu spielen. Kaum heraus aus der Holozelle, denkt sie, sie säße am längeren Hebel, das Miststück.

Fari zögerte noch einen Moment und stand dann unvermittelt auf. Er blickte vorwurfsvoll auf Nesrin herunter, die sich verwundert die letzten Krümel vom Mund wischte.

»Nun gut Nesrin, wenn das für dich so ist, dann brauchen wir auch keine Geschichten mehr mit der simulierten Zelle zu veranstalten. Dann tut es auch eine echte, solide Zelle, von der wir dann lediglich den Schlüssel wegwerfen. Mohini hat sich wohl geirrt was dich angeht. Ich bezweifle nun, ob du uns auf irgendeine Weise nützlich sein wirst.«

An die Wachen gewandt sprach er:

»Bringt sie weg, wir sind hier fertig, sie hat keinen Wert mehr.«

Zwei der Wachen näherten sich Nesrin von hinten und griffen ihr unter die Achseln. Sie zerrten sie nach hinten über den Stuhl hinweg, der klappernd umfiel. Ihr linkischer Versuch sich mit einem Löffel zur Wehr zu setzen wurde durch den harten, panzerhandschuhbewehrten Griff des Soldaten im Keim erstickt.

Sie zerrten sie zum hinteren Ausgang und ihre Versuche, sich aus der Umklammerung der gepanzerten Zwei-Meter-Hünen zu befreien, waren von vorneherein zum Scheitern verurteilt.

Wir erhoben uns ebenfalls und folgten Fari schweigend zum gegenüberliegenden Ausgang.

Alle, außer Nesrin natürlich, waren auf diese Option vorbereitet gewesen, mittlerweile hatten wir einen erschreckend guten Einblick in die Vernehmungstaktiken und schauspielerischen Kniffe von Fari und seiner Crew.

»Was wollt ihr von mir?!?! Verdammt, was soll das ganze hier? Mohini! Was wollt ihr?!?!! Scheiße noch mal!«, brüllte sie mit hysterischer Stimme.

Die Tür zum Lift öffnete sich und Nesrin wurde unsanft hinein bugsiert. Wortlos und ohne jegliche Duldung von Widerstand. Keiner von uns schenkte ihr dabei besondere Aufmerksamkeit, bis Nesrin noch mal laut schrie, kurz bevor sich die Lifttür schloss.

»Wollt ihr diesen beschissenen Alienüberläufer haben oder was? Das miese Stück Dreck habt ihr doch selbst in der ERA platziert, oder? Ihr miesen Arschlöcher, das könnt ihr mir nicht anhängen! Wenn ihr euren Spion haben wollt, dann bitte.«

Fari drehte sich nun zu ihr um und winkte knapp mit der Hand.

Eine Wache reagierte prompt und betätigte einen Knopf im Lift.

Mohini und ich wandten uns nun ebenfalls der Lifttür zu, die wieder aufglitt. Fari signalisierte den Wachen nun etwas deutlicher, dass sie Nesrin wieder herüberbringen sollten.

»Das ist ein überaus interessantes Angebot Nesrin. Unterhalten wir uns doch darüber.«

Wir setzten uns wieder an den Tisch und warteten, bis Nesrin zurück zu uns eskortiert wurde.

Als alle wieder saßen, sprach Fari zu Nesrin mit einer Eiseskälte in seiner Stimme, die ich von ihm noch nie zuvor in solch einer Intensität vernommen hatte.

»Ich will keine Spielchen mehr, Nesrin. Es geht hier um Menschenleben, um unschuldige Wesen auf deinem Heimatplaneten. Wir wissen beide Soldaten sind nun mal Soldaten, die Kriege die gekämpft werden müssen, sind oft unvermeidlich. Aber tagtäglich sterben auf der Erde unschuldige Menschen, weil sich eine Gruppe von Terroristen einen Dreck um euch und eure Kinder schert. Also, sag mir jetzt, wen hast du mir anzubieten? Wer könnte deinen Platz hier einnehmen? Wen sollen wir anstatt deiner für den Rest seines erbärmlichen Lebens wegsperren?«

Nesrin zögerte wieder. Sie blickte Mohini und mich hilfesuchend an, kam aber zu dem Schluss, dass es wohl keinen Sinn machen würde, weiter Widerstand zu leisten.

»Es... es gibt da so einen Typen, der im Kommandorat sitzt. Ich hab ihn kennengelernt, als wir in der Vorbereitung zur Al-Dschauf-Mission steckten.«

Sie schnaufte tief durch und wischte sich mit beiden Händen übers Gesicht. Sie musste sich einen Moment lang sammeln und trank vorsichtig einige Schlucke Wasser.

Ich hatte das Gefühl, dass nun eine Maske von ihr abfiel und ich mehr von ihr erkennen konnte. Aus nächster Nähe betrachtet fielen mir nun noch weitere Details auf, ihre Augen, ihre Fältchen. Die Art und Weise, wie sie versuchte die Situation einzuschätzen.

Dieser Moment war für mich sehr einprägsam ich saugte alles an ihr auf, was ich erfassen konnte. Und ich verstand noch mehr, warum gerade ich für diese Mission auserwählt worden war. Ich konnte es nicht genau sagen, aber ja, da waren Ähnlichkeiten vorhanden, die für oberflächliche Betrachter ausreichend sein könnten. Auf jeden Fall für die Augen von Außerirdischen. Aber würde es für die Augen von Menschen, die Nesrin besser kannten, ausreichen?

Sie räusperte sich und fuhr fort.

»Dieser Typ, er war bei einem Treffen anwesend, dass wir in der gesicherten Basis in Manila hatten. Normalerweise war ich nie bei solchen Treffen dabei, aber diesmal wollte irgendjemand aus dem Kommandorat unbedingt, dass ich mit von der Partie war.«

»Um was ging es bei diesem Treffen?«

Nesrin schaute wieder herüber zu Mohini. Zu mir. Zu Fari.

»Ich sollte einen Sheik, einen hohen General aus der Kalifatsfraktion beseitigen, damit einer der ASIATIC-Oberen seinen Einfluss vergrößern konnte. Der General stand der gemeinsamen ERA-Sache sehr kritisch gegenüber und ich sollte dafür sorgen, dass er aus dem Weg geräumt wird. Der Sheik wollte seine Leute nicht für sinnlose Aktionen opfern.«

Ich musste mich sehr beherrschen, keine Gefühlsregung zu zeigen, was mir die Maske zum Glück vereinfachte.

»War dabei der Rote Vogel im Spiel? Suzako?«

Nesrin ließ kurz ihr Erstaunen durchblicken, bevor sie darauf antwortete.

»Ja, Suzako ist sozusagen die rechte Hand dieses sonderbaren Typen aus dem Kommandorat.«

»Gut, kommen wir auf ihn zu sprechen, was weißt du über ihn?«

»K.«

»K?«

»Ja, alle nannten ihn nur K. Wir munkelten nur, dass er kein Mensch wäre, aber als er dann leibhaftig in der Besprechung saß, fühlte ich es. Die Art wie er sich bewegte, seine Augen, fast alles an ihm kam mir vollkommen fremd vor. Er sah aus wie ein Mensch, aber er verhielt sich anders. Ich äußerte meinem Kontaktmann gegenüber meine Bedenken. Ob wir nicht Angst hätten, dass die Aliens uns nun unterwandern würden. Er meinte dazu nur, ich solle mir keine Sorgen machen, es wäre alles in Ordnung damit. Ich solle mich auf meine eigene Mission konzentrieren.«

»Warum war K in dieser Besprechung anwesend?«

»Er hat uns umfangreich mit Hintergrundwissen versorgt, wie wir das Truppenschiff zum Absturz bringen könnten. Er und Suzako redeten von Codezugängen für Sekundärsysteme, die man nutzen würde. Nachdem ich dann die Anweisungen für meinen Auftrag bekommen hatte, durfte ich wieder verschwinden.«

»Gut. Wie ist der Status zu deinem Kommandooffizier?«

Nesrin grinste.

»Den Bastard habt ihr bei eurer Razzia in Atlanta vor ein paar Monaten getötet. Seitdem bin komplett selbstständig unterwegs. Danke dafür.«

»Und wie kommst du dann an deine Aufträge? Die werden dir ja nicht einfach per Brieftaube zugeschickt oder?«, fragte Mohini.

»Ich denke, es geht nun erst mal um einen von diesen Typen aus dem Kommandorat? Was hat das mit mir und meiner Arbeitsweise zu tun?«

»Nes, glaubst du, dass du jemals wieder runter auf die Erde kommst und so weitermachen wirst wie bisher?«, bohrte Mohini bei ihr nach und hielt dabei ihre Hand fest.

»Solange die ERA dort unten weitermacht, wirst du hier sitzen. Solange wirst du unsere Heimat nicht mehr wiedersehen. Du wirst diese Kontakte nie wieder in deinem Leben brauchen Nes, das schwöre ich dir.«

Fari fuhr an Mohinis Stelle fort, diesmal wieder etwas impulsiver.

»Nesrin, willst du tatsächlich die weitere Entwicklung auf der Erde in den Händen eines amoklaufenden Fremden belassen? Ist dir eigentlich klar was du da entdeckt hast?«

Nesrin starrte beide verwirrt an.

Ich mischte mich ein, was auf allen Seiten verwunderte Blicke hervorrief.

»Frau Nesrin, wir Kentaraner sind Nachbarn, nicht weit entfernt von eurem System. Wir sind sehr unglücklich über die Gewalt in diesem Sektor und würden euch sehr gerne helfen. Aber solange dieser fremdartige unter euch weilt und das Feuer immer wieder anfacht, das Unschuldige verbrennt, empfinden wir tiefe Traurigkeit. Ich kann euch nur darum bitten, helft uns dabei diesen Verbrecher dingfest zu machen und wir garantieren euch eine Koexistenz in Frieden und Freundschaft.«

Über den Knopf in meinem Ohr hörte ich Mankunins Kommentar.

»Nicht schlecht, du hast gut dazugelernt Aida.«

»Nes, Didi, bitte. Vertrau mir. Alles auf der Erde wird zu einem guten Ende gelangen, wenn wir K aus dem Verkehr ziehen können. Er manipuliert alles in seinem Sinne. Aber für dich Didi, ist diese Reise vorbei, glaub mir.«

Nesrin schüttelte zornig den Kopf.

»Ich kann meine eigenen Leute nicht verraten. Ich kann das nicht. Ich habe solange dafür gekämpft, das könnt ihr nicht von mir verlangen.«

Mohini schlug mit der Faust auf den Tisch und brüllte sie an.

»Dann liefere uns diesen K, verdammt! Das ist kein Mensch, das ist keiner von uns! Das ist ein außerirdischer Spion, der die gesamte Menschheit manipuliert und die Erde als Geisel nimmt!«

»Ich, ich muss darüber nachdenken...«, flüsterte Nesrin und blickte fragend in die Runde.

»Gut, dann sind wir für heute erst mal fertig«, beendete Fari die Sitzung und stand auf.

*

Nesrin wurde nun in einer neuen Zelle auf der Oberflächenbasis untergebracht, diesmal in einer echten, aber mit etwas mehr Platz, Komfort und sogar einem Fenster.

Ich konnte derweil nicht schlafen und vertrieb mir die Zeit oben in der Aussichtskuppel. Der Mond würde bald hinter dem Gasriesen hervortreten, man konnte schon die ersten hellen Streifen in dessen Atmosphäre als Corona erkennen. Es würde bald wieder Tag werden, wenn man das hier so nennen darf und ich grübelte über die Situation nach.

Die Sache könnte immer noch schief gehen. Was wäre, wenn Nesrin sich weiter auf stur stellte? Oder sie uns doch nur etwas vorspielte?

Die Zeit rannte uns davon, aber das durften wir uns weiterhin nicht anmerken lassen. Nicht solange wir uns ihrer Kooperation nicht sicher sein konnten.

Nicht nur der Erfolg einer Mission war davon abhängig, sondern womöglich auch mein Leben. Das wurde mir nun noch einmal bewusster als je zuvor.

Nun hatte ich einen Bezug, ja, eine Art Beziehung zu der Person, die ich spielen sollte.

Der Kommunikator meldete sich plötzlich und riss mich aus meinen Gedanken. Es war Mohini.

»Aida, wir haben einen Hinweis. Nesrins Com-Gerät wird per Stimme und Irisscan aktiviert. Wir brauchen sie noch mal und ein Live-Relay zur Aktivierung... Verdammt.«

Sie klang äußerst aufgeregt. Ihr setzte die ganze Geschichte heftigst zu, das merkte ich ihr an.

»Ich komme sofort.«, antwortete ich ihr und machte mich auf den Weg.

Man hatte unsere Gefangene geweckt und wieder in den Holo-Raum gebracht. Unausgeschlafen und relativ schlecht gelaunt saß sie dort am Tisch und wartete darauf, dass irgendwas passierte.

Ich setzte mir die Maske auf und betrat den Raum, Fari traf gerade ein und folgte mir. Mohini war zu meiner Verwunderung noch nicht da.

Fari machte keine großen Umschweife, er kam sofort zur Sache.

»Hallo Nesrin, was passiert, wenn du längere Zeit nicht erreichbar bist? Wer fragt nach dir? Vermisst dich irgendjemand?«

Nesrin brachte tatsächlich ein freches Grinsen zustande, als sie darauf antwortete.

»Oh, ihr habt meinen Kommunikator gefunden und beißt euch nun die Zähne an der Verschlüsselung aus? Das ist ja witzig. Tja, mit eurem lächerlichen KI-Verbot kommt ihr da wohl nicht weiter.«

»Sind wir etwa schon wieder an dem Punkt angelangt, wo wir über deine Spielchen reden müssen? Wenn du helfen willst, dann tu es. Wenn nicht, dann lassen wir dich einfach in Isolationshaft verrotten.«

Fari rückte näher an sie heran.

»Und das möchtest du nicht, oder? Nesrin, wir machen dir Angebote für eine Bewährung und für Hafterleichterungen, die dir laut deiner Strafakte eigentlich nicht zustehen würden. Aber das geht nur wenn du mitspielst, ist dir das klar?«

Nesrin schaute ihn forschend an.

»Ihr seid alle sehr ungeduldig. Ihr habt keine Zeit mehr, habe ich recht?«

Sie lehnte sich zurück.

»Wohin kann ich gehen, wenn ich euch verrate wie alles funktioniert?«, fragte sie mit einem gönnerhaften Unterton.

»Fast überall hin, Nesrin. Anfangs, natürlich erst mal nicht zurück auf die Erde, solange die Lage dort noch so brenzlig ist. Aber sobald sich alles beruhigt hat, bist du frei. Mit einer Generalamnestie. Das ist der Plan.«

»Ich glaub euch kein Wort.«, gab sie ungläubig zurück.

Fari seufzte.

»Was müssen wir tun damit du uns glaubst?«

Sie beugt sich wieder nach vorne und blickte Fari provokativ an.

»Lasst es mich so sagen... ich WILL euch nicht glauben. Ihr habt unseren Planeten als Besatzer kolonisiert, jetzt zieht ihr hier mit mir eine Show ab. Ihr habt meine Schwester hierher verfrachtet und umgedreht. Habt ihr das getan um mich auf eure Linie zu bringen? Was soll das ganze? Wenn ihr den Erdwiderstand knacken wollt, müsst ihr euch was anderes einfallen lassen. Dabei helfe ich euch nicht.«

Fari starrte sie an.

»Ist das dein Ernst? Ist das dein letztes Wort dazu?«

Nesrin starrte zurück, antwortete aber nicht.

Fari stand auf, verließ den Tisch rasch, sodass ich mich schnell aufrappeln musste, um hinterherzukommen. Als er an den Wachen vorbei kam sprach er zu ihnen.

»Schafft sie weg, verschärfte Isolationshaft!«

Ich hatte Probleme ihm so schnell zu folgen, zog mir draußen im laufen die Maske und die Handschuhe aus. Fari war wirklich aufgebracht und musste seine Gefühle im Zaum halten.

»Wir müssen mit Gonalika reden, so schnell wie möglich. Wir kommen hier nicht weiter.«

KAPITEL 5

»Resozialisierung für Arda-Terroristen? Ich glaube, Sie alle haben sich Quaheli-Würmer eingefangen, die an ihren Synapsen knabbern. Pflügen Sie den Planeten einfach um und dann überlassen wir ihn seinem Schicksal. Ich frage mich, wo ständig diese vollkommen unbegründete Hoffnung aus dem Kreisen der Exploration und der Justiz her stammt, diesen Barbaren eine Gemeinsamkeit mit den Werten der Konvergenz einzutrichtern. Sollen die doch von den Conosca-Piraten einverleibt werden, aber nicht ständig weiter unsere wertvollen Ressourcen binden. Es gibt wichtigeres in dieser Galaxis, als diesen Haufen Müll im Hinterhof von S'raas und Kentara.«

Der Gesandte der Loveki in der Ratsdebatte
um die Resozialisierung von Ardai, 224 nZ

Drei Tage nach den letzten Gesprächen mit Nesrin fand eine Krisensitzung auf Sildron statt, zu der Mohini und ich eilends verfrachtet wurden. Die Messages auf Nemesis Kommunikator konnten in den zurückliegenden Tag zumindest teilweise ohne ihre Hilfe entschlüsselt werden. Aber immerhin konnten einige Quellen der Nachrichten auf der Erde trotz der Verschleierungstechniken lokalisiert werden.

An den jeweiligen Sendeorten wurden meist nur temporäre Relays gefunden, bei den Nachrichten handelte sich nur um kurze Statusabfragen, wobei die letzte aber dann doch etwas persönlicher ausfiel als erwartet.

„N? RUΔLIVE? T."

Wir entschlossen uns dazu, zu antworten. Aus den letzten, gespeicherten Antworten von Nem konnten wir uns ein paar Dinge soweit zusammenreimen und versuchten es nun einfach, ins blaue hinein:

„MFINE BUT BUSY. WΔIT4.N."

Das Senden schlug zuerst fehl und wir versuchten es mehrmals vergeblich. Bis endlich eine Stunde vor unserem Treffen plötzlich eine Entgegennahme und Empfangsbestätigung signalisiert wurde.

Wir konnten das Signal über mehrere Hops hinweg bis nach Sydney zurückverfolgen. Die eigentlich geplante Sitzung wurde verschoben und wir versammelten uns nun in einer der Operationszentralen auf Sildron.

Für Sidney gab es schon seit längerem Hinweise auf eine geheime Basis der ERA und jetzt bot sich die Gelegenheit, Nägel mit Köpfen zu machen.

Gebannt verfolgten wir über die Screens im Operations-Room des Kommandeurs, wie SpecOps-Einheiten das betreffende Gebäude erstürmten. Das komplette Viertel der Metropole war abgeriegelt, sogar Orbitalartillerie war auf das Areal gerichtet.

Ein versteckter Kellerzugang führte in ein Tunnelsystem unter dem Haus, das in keinem bekannten Plan verzeichnet war, ein guter Hinweis auf ein Versteck der ERA.

Die Gegenwehr wies auf relativ schlecht ausgebildete Widerständler hin, und so wurde der unterirdische Komplex innerhalb von wenigen Minuten gesichert.

Vier Männer und zwei Frauen, die meisten aus der ASIATIC-Fraktion, konnten mit Betäubungsgas während des heftigen Schusswechsels außer Gefecht gesetzt werden. Sie wurden nach und nach gefesselt und einer visuellen Identifikation unterzogen.

Das Bild eines bärtigen, hellhäutigen Europäers oder Norams erschien groß auf einem der Screens. Match! Die Datenbank konnte ihn identifizieren und seine Daten wurden auf dem Screen eingeblendet.

Ein SpecOps-Offizier las die Informationen für uns laut vor.

»Thomas Goddard, Franko-Kanadischer Herkunft, geboren am 12.2.2049 in Montreal. Er ist Mitglied des exileuropäischen Zweiges der ERA. Wir haben eine 87%ige Wahrscheinlichkeit für eine direkte Verbindung zu Nemesis, über zwei Links besteht eine Verbindung zum Anti-Muslimischen Netzwerk der NORAM-Fraktion und zur GILEAD-Miliz. Weitere Möglichkeiten werden gerade errechnet.«

Gonalika trat nach vorne an den Screen.

»Hier haben wir vielleicht einen Hebel, um Nemesis doch noch zum Reden zu bringen. Nemesis und ihre Kontakte sind bisher die nahesten Treffer, die wir am Kommandorat und insbesondere am Objekt mit dem Codenamen Kallor haben.«

Sie blickte fragend in die Runde und erntete durchweg Zustimmung.

»Ich habe ihnen noch weitere Informationen mitgebracht, um das Lagebild zu vervollständigen. Ich bitte Sie um ihre voll Aufmerksamkeit, denn alles was nun folgt, ist von erheblicher Brisanz. Nicht nur für diese Mission.«

Neugierige und verwunderte Blicke wurden kurz gewechselt, aber nach wenigen Sekunden war sich die Hohe Rätin der vollen Aufmerksamkeit aller Anwesenden sicher. Dann fuhr sie fort.

»Aufgrund der Beschreibungen von Nemesis besteht

eine hohe Wahrscheinlichkeit, dass unser Zielobjekt Kallor aus einer der folgenden Spezies stammen könnte.«

Eine Liste mit Wahrscheinlichkeiten erschien auf dem Screen.

»Wir haben hier zum Beispiel die Xeenua, die Kerenti, die Soo 'naa, Nord-Hemisphärler der Sungati oder Kontinental-Teloni aus dem Territorium der Konvergenz.«

Einige empörte Laute waren aus der Gruppe zu vernehmen, aber Gonalika fuhr unbeirrt weiter fort.

»Hinzu kämen natürlich noch nicht-Konvergenzler, wie die Honooga aus der Zenketi-Allianz, die Goron und die Firna aus dem Outer Rim. Ebenso möglich wäre auch ein Dijar aus dem Muon-Raum.«

Sie zoomte in die Liste hinein und beleuchtete die Konvergenzangehörigen intensiver.

»Wenn wir die Listen potenzieller Überläufer verschiedenen Analysen unterziehen, erhalten wir extrem unterschiedliche Ergebnisse. Sie können sich vorstellen, dass wir unzählige psychologische Profile, teils unter strengstem Verschluss, für diese Analyse checken mussten. Wer war während seiner Laufbahn für Konvergenzeinrichtungen als labil bekannt oder zumindest in irgendeiner Weise auffällig. Wer könnte das nötige Wissen besitzen, um eventuell als Militärischer Berater für eine Gegenseite arbeiten zu können? All diese Fragen mussten wir der Analyse beifügen, ohne dabei zu viel Aufsehen zu erregen. Das Ergebnis können wir zur Zeit auf drei lebende und elf tote, oder als vermisst gemeldete Individuen eingrenzen. Bei den Toten und Vermissten haben wir uns auf die besonderen Umstände ihres Ablebens konzentriert.«

Die Spannung knisterte im Raum. Was Gonalika uns da präsentierte, bot eine unglaubliche Menge an Zündstoff.

»Da jeder potenzielle Name hier bei uns erhebliche politische Verwicklungen nach sich ziehen würde, werde ich diese Namen erst dann ins Spiel bringen, wenn wir wirklich sicher sind.«

Ein Raunen des Unmutes ging durch den Raum.

Ein S`raasii-Protektor meldete sich wütend zu Wort.

»Das kann doch nicht euer ernst sein, Hohe Rätin! Wir arbeiten hier zusammen als offizielles Missionskommando und versuchen diesem Terror endlich den Garaus zu machen! Jetzt belästigen Sie uns nicht mit irgendwelchen diplomatischen Spitzfindigkeiten, Ratsherrin!«

»Sie müssen mir dabei schon vertrauen. In diesem Stadium der Mission sind die Details viel zu heikel. Wenn es tatsächlich jemanden aus unseren eigenen Reihen geben sollte, der zu solch einer Tat fähig wäre, hätte das weitreichende innenpolitische Konsequenzen. Aber nicht nur das, ebenso haben die Verdächtigungen in Richtung unserer galaktischen Nachbarschaft das Potenzial dazu, verheerende Kriege auszulösen! Das ist es, worum es zur Zeit auf Arda geht! Wir haben es hier nicht mehr mit einem lokalen Konflikt auf einem unserer Explorationsobjekte zu tun, sondern die Tragweite reicht bis hinauf auf galaktisches Niveau! Ich erwarte von ihnen allen das nötige Verständnis für die vorläufige Geheimhaltung. Sie wird bis auf Widerruf durch das Trium höchstselbst angeordnet und aufrecht erhalten.«

Wieder ging ein von äußerstem Unmut geprägtes Raunen durch den Raum, als ein Koroneta-Offizier zu uns hereintrat. Gonalika bemerkte ihn und nickte ihm zu. Sie blickte hinüber zu mir und sprach dann weiter.

»Unsere junge Ardai-Kriegerin wird nun so schnell

wie möglich mit Thomas Goddard zusammentreffen und für uns der erste Test sein, ob eine Infiltration überhaupt möglich ist. Wir treffen uns in 6 Zyklen wieder, wenn nicht noch irgendetwas unvorhergesehenes in der Zwischenzeit passiert. Meinen Dank!«

Der Koroneta-Offizier trat nun zu mir und grüßte knapp. Ich folgte ihm, während im Raum noch weiter heftig diskutiert wurde.

Er begleitete mich auf einen der tiefschwarzen Koroneta-Jäger der Mekanti-Klasse, der für seinen schnellem Sprungantrieb bekannt war. Im Gegensatz zu den bisherigen Reisen auf den Schiffen, musste man hier die Zeit aufgrund der immensen Beschleunigungskräfte in speziellen Gel-Schalensitzen eingetaucht verbringen.

Der Pilot drückte mir einen kleinen Injektor in die Hand, als ich mich endlich in den Sitz gequetscht hatte.

Als ich ihn fragend anschaute, meinte er nur trocken.

»Damit du mir nicht in den Vogel kotzt.«

*

Es war ein Höllenritt und ich hatte tatsächlich das Gefühl, durch die Bewegung mit irrsinniger Überlichtgeschwindigkeit zu altern und durch den Zeitwolf gedreht zu werden. Im Raumsektor rund um Arda existierte kein Sprungtor und ich verstand nun den Piloten und die Absicht hinter der ekelhaft brennenden Injektion.

Es vergingen unzählige Stunden, bis das Signal für die Verzögerung ertönte und ich dann letztendlich doch noch kotzen musste. Es ging vorbei am Jupiter, über den Asteroiden-Gürtel hinweg zum Mars.

Schon wieder zum Mars, na toll.

Ich verspürte ein tiefes Unbehagen bei diesem roten Monster, aber zum Glück handelte es sich um einen kurzen Zwischenstopp im Sonnensystem.

Dann war es bald soweit, ein kurzer Sprung bis in die Nähe des Mondes und dann schwenkten wir in einen Erd-Orbit ein.

Meine Gefühle überrollten mich tatsächlich, nach all den Wochen der Missionsvorbereitung, den Monaten meiner Ausbildung, hatte ich einen Aspekt fast vollkommen vergessen. Meine Heimat selbst.

Ich war so aufgeregt, dort unten war sie zu sehen, meine Erde! So wunderschön hatte ich diesen Planeten nicht mehr in Erinnerung.

Aber tatsächlich, ich durfte im letzten Jahr so viele schöne und schreckliche Planeten und Monde kennenlernen, aber nun schwebte ich zum ersten Mal über meinem eigenen Heimatplaneten, diesem wundervollen Juwel inmitten der sternenbesetzten Schwärze des Alls.

Ich wurde in diesem Moment so unfassbar traurig, wie schon ganz lange nicht mehr.

Man hatte mir erzählt, dass die Astronauten von früher oft von dieser besonderen Perspektive berichteten, die ihr Leben veränderte. Wenn man zum ersten Mal diese große blaue Murmel von oben sah und man von einer tiefen Liebe zum eigenen, verletzlichen Planeten ergriffen wurde.

Ich weinte, als ich durch das Fenster hinunterblickte und hörte erst damit auf, als die Seitenflanke eines schwarzen Koroneta-Kriegsschiffes meine Sicht auf die Erde wieder verdeckte.

Meine wenigen Habseligkeiten waren in wenigen Minuten zusammengepackt und ich machte mich bereit für das Andockmanöver.

Das Schott der Schleuse öffnete sich und tief in Gedanken versunken trat ich in den einsamen Korridor dahinter.

Plötzlich öffnete sich eine Lifttür, ein helles Licht schien daraus hervor und blendete meine müden und an die Dunkelheit adaptierten Augen.

Jemand stürmte aus dem Lift und rannte freudig rufend auf mich zu.

Es war Jeka!

Mein bisschen Gepäck schleuderte ich achtlos davon und schloss meine alte Freundin und Mentorin fest in die Arme. Wir freuten uns so sehr und vergossen viele Tränen bei unserem Wiedersehen, nach so langer und entbehrungsreicher Zeit.

Wir lagen uns noch in den Armen, als weitere Besatzungsmitglieder zu uns stießen und ihre Ungeduld zum Ausdruck brachten. Ja, klar, wir waren hier auf dem Schiff um wichtigere Dinge zu erledigen. Aber diesen Moment hätte man uns ruhig noch ein wenig gönnen können.

Meine Freundin und ich zogen missmutig weiter zum Arresttrakt des Schiffes, wo schon gleich die erste Aufgabe auf mich wartete. Jeka briefte mich mit den Details für die geplante Begegnung, während wir durch die Gänge eilten.

Wir mussten es drauf ankommen lassen, eine vermeintliche Nesrin zu Thomas hineinzuschicken. Eine geschauspielerte Nesrin, die möglichst vertraut mit ihm umgehen sollte.

Ich konnte mir kaum vorstellen, wie wir Thomas so einfach manipulieren sollten, aber man hatte schon alles soweit vorbereitet.

Wegen seiner zahlreichen schweren Schussverletzungen war er bis zum Rande mit Schmerzmitteln vollgepumpt.

Seine Zelle war leicht abgedunkelt, Maschinen erzeugten viele Hintergrundgeräusche und ein dicker

Kopfverband schränkte seine Wahrnehmung noch zusätzlich weiter ein.

Wir mussten es einfach versuchen.

Die Tür zu Thomas Zelle öffnete sich und ich wurde unsanft hineingestoßen. Ich erkannte im dämmrigen Licht sein Krankenbett in der Mitte des kleinen, aber vollgestellten Raumes.

Er lag dort angeschlossen an einige Monitoring-Systeme und mehrere Infusionen.

Langsam trat ich an das Bett heran und stellte fest, dass er sehr unruhig schlief.

Ich beobachtete ihn eine Zeit lang, während sich seine Augen unter den Lidern bewegten.

Dann wurden die Bewegungen sanfter und sein Atem schien auch ruhiger und tiefer zu werden.

Ich berührte vorsichtig seine Hand und wartete ab, was nun passieren würde.

Zuerst flatterten seine Lider für einen Moment, dann schlug er die Augen auf. Er schaute verwirrt wie durch einen Schleier nach oben und ließ dann seinen müden Blick etwas schweifen. Dann schien er meine Gestalt zu bemerken. Er lächelte und griff nach meiner Hand.

»Mery, du...«

Dann wurde seine Miene ernster und er versuchte mich konzentrierter mit seinem Blick zu erfassen.

»Was machst du hier? Haben Sie dich auch geschnappt?«

Sein Gesichtsausdruck wurde verzweifelter, er versuchte sich aufzurichten.

»Bin ich daran Schuld? Hab ich dich verraten? Es tut mir leid, Mery, es tut mir so leid. Ich wollte das nicht!«

Ich drückte ihn sanft mit der anderen Hand an der Schulter wieder zurück.

»Es ist alles OK. Sie hatten mich schon lange vor dir.

Dich trifft keine Schuld.«

Er umfasste mich nun mit beiden Händen und entspannte sich wieder. Er nannte sie, mich, also Mery. Ein Glück, dass wir das schon mal herausgefunden hatten.

»Der Kommunikator war's, oder? Ich hatte mich schon gewundert...«

OK, also musste hier irgendetwas falsch gelaufen sein, zum Glück hatte ihn das nicht komplett misstrauisch gemacht.

»Wie lange haben sie dich schon? Sao Paolo?«

»Ja, dort haben sie mich geschnappt. Ich konnte nichts mehr tun.«

Er überlegte.

»Ich hab in Rio drei beschissene Tage auf dich gewartet. Ich hatte gehofft, dass ich dich in Alumbrera wieder treffe.«

Ein Schreck durchfuhr ihn direkt nach seinen Worten.

»Sie hören mit, oder?«

Ich lächelte ihn an und sagte:

»Es ist alles gut, es ist vorbei. Sie wissen Bescheid.«

»Was ist vorbei?«, fragte er mit einem verzweifelten Ausdruck in den Augen.

»Sie haben gewonnen. Die ERA wurde komplett aufgelöst. Es ist alles vorbei.«

Er wollte sich wieder aufrichten aber ihn verließen dabei die Kräfte.

Er atmete schwer und schüttelte den Kopf.

»Das ist doch ein Albtraum... was soll das?«

Er wurde sichtlich wütend und die Stimme in meinem Ohr meldete sich zu Wort.

»Aida, ich glaube nicht das deine Improvisation zielführend ist, er wird sich wehren.«

Ich fuhr unbeirrt fort, rüttelte sanft an Thomas Arm.

»Hör mir zu Thomas, K hat uns verraten, er hat uns

alle verraten, das miese Stück Alienbrut! Verstehst du was ich sage?«

Seine Ungläubigkeit wich und sein Blick wurde zusehends klarer.

Was würde jetzt passieren?

»Hör auf damit Aida, das ist zu gefährlich, das wirft uns wieder zurück! Wir müssen auch seine Betäubungsmedikation wieder erhöhen.«, erklang es irgendwo in meinem Ohr.

Thomas Gesicht nahm einen verächtlichen Zug an.

»Tja Mery, ich hab dir schon immer gesagt, dass das Arschloch uns eines Tages ans Messer liefern wird. Du weißt ganz genau, ich hab ihm noch nie vertraut, diesem verschlagenen Alien-Bastard.«

Das saß. Das war ein Treffer ins Schwarze.

Thomas sprach sichtlich aufgeregt weiter, was ihn heftigst anstrengte. Aber er war nicht zu bremsen.

»Du wolltest mir nie glauben, nein er war der große Mentor, der unsere Sache unterstützte, der große Rebell aus dem All, der uns zeigt wie man diese Konvergenz besiegen kann. Ich hab dir immer gesagt, der Kampf ist ganz allein unsere Sache, das ist unser Planet! Dieser Scheiß-Freak hat uns die ganze Zeit nach Strich und Faden verarscht!«

Er drehte sich weg und legte sich wieder hin. Die Kraft hatte ihn verlassen, der kurze Gefühlsausbruch hatte ihm rapide die Kräfte geraubt.

»Das könnte ein Treffer gewesen sein, Aida.«, sagte die Stimme in meinem Ohr missmutig.

»Lass mich bitte noch etwas schlafen, Mery. Ich, ich bin so unfassbar müde.«

»Vielleicht darf ich morgen wieder zu dir. Schlaf gut.«

Ich war mir immer noch nicht sicher, wie weit die

Vertrautheit zwischen Mery und Thomas ging. Es war eine Sache, im halbdunkeln neben jemandem unter Einfluss eines beachtlichen Drogen-Cocktails zu sitzen und dabei nur ein paar Halbsätze von sich zu geben. Aber innigere Gesten, vielleicht sogar der Austausch von Körperlichkeiten? Ich war ja selbst noch nie wirklich mit jemandem zusammen gewesen.

Waren Mery und Thomas nur Freunde?

Waren sie nur Kameraden? Oder dann doch mehr?

Ich hatte während meiner Ausbildung so viel gelernt. Ich hatte Nesrin Mereyem bis ins kleinste Detail studiert, wie sie vertraut mit Mohini sprach, wie sie ihre Kämpfernatur und ihr knallhartes Wesen zeigte.

Aber nun, als ich unerwartet früh in die Rolle der ›Mery‹ hineingestoßen wurde, nützte es mir scheinbar wenig. Ja, klar, oberflächlich schien es zu klappen. Aber wie würde es weiter gehen?

Ich war darauf eingestellt, irgendwie in ein Rebellenszenario der ERA hineinzurutschen. In ein Umfeld, dass hoffentlich ähnlich meiner Vergangenheit im Widerstand des Kalifats funktionieren würde. So naiv hatte ich mir das ganze tatsächlich vorgestellt und darauf fühlte ich mich gut vorbereitet.

Aber ein engeres Beziehungsding zu einem ERA-Terroristen?

In diesem Moment überkam es mich schaudernd. Die Erkenntnis, dass ich vieles einfach gar nicht wusste.

Ich war zwanzig, ich war jung, und wenn ich meinen Freunden Glauben schenken sollte, auch halbwegs ansehnlich. Aber seit mir und meinem heimischen Umfeld meine Weiblichkeit bewusst wurde, war ich darauf programmiert, mich gegen jeglichen männlichen Übergriff erfolgreich zur Wehr zu setzen.

Niemand, aber auch niemand des anderen Geschlechts war mir jemals derart nah gewesen.

Ich wusste nichts davon, was körperliche Nähe zu einem Mann ausmachte. Aber meine Intuition sagte mir, versuch es einfach.

Was soll schon passieren. Es gehört mit zum Spiel.

Ich beugte mich zu Thomas hinunter, zögerte kurz, und gab ihm dann einen leichten Kuss auf die Stirn.

Er öffnete seine Augen nicht, aber er lächelte und brummte kaum verständlich vor sich hin.

»Jetzt wird die alte Mery auch noch gefühlsduselig oder was?«

Dann schlief er einfach ein.

Ich trat den Rückzug an. Das konnte alles oder nichts bedeuten. Super.

Draußen empfing mich Jeka und begann sofort zu meckern.

»Verdammt, was hast du dir dabei gedacht? Das hätte ziemlich in die Hose gehen können! Deine Stimme ist noch nicht vollständig angeglichen und wir wissen doch nichts darüber, wie ihr zueinander steht!«

Ich atmete tief durch, bevor ich ihr antwortete:

»Vertrau mir, Jeka. Ich war selbst lange genug im Widerstand, es geht um Gefühle, es geht um Loyalitäten und Verrat. Und sieh was dabei rausgekommen ist.«

Sie knuffte mich in die Schulter und grinste.

»Du hast Glück gehabt junge Dame, verdammtes Glück. Und jetzt ab zum nächsten Briefing, dieser Tag ist noch nicht lange nicht vorbei.«

KAPITEL 6

»Ich weiß, wir haben damals unsere Kompetenzen bei
weitem überschritten. Und die Statuten der Charta
der Konvergenz extrem großzügig ausgelegt. Aber
die Chance auf Frieden war zum greifen nah. Das wir
allerdings die Sprengkraft unserer Erkenntnisse so
unterschätzten, lag wohl in der Natur der Sache. Wir
wollten es nicht glauben. Es ging immer nur darum,
die Integrität der Konvergenz zu bewahren, den Frieden in der Galaxis zu sichern und auch diese bemit-
leidenswerte Welt zu retten. Dass das Schicksal einen
anderen Weg für uns längst vorgezeichnet hatte, war
damals nicht zu erahnen.«

Ein fingierter Prozess. K steht unter Anklage mit
anderen hohen Vertretern der ERA und wir
bieten Thomas Goddard und Nesrin Mereyem
eine Amnestie als Kronzeugen an. Man macht ihm eine
Menge Versprechungen, signalisiert, dass er bald frei-
kommen würde, einzig die Führungsriege der ERA
muss sich in einem Kriegsverbrecherprozess verant-
worten.«

Alle starrten auf den Screen, wo Fari in die Runde
blickte und Reaktionen auf seinen Vorschlag erwartete.
Gonalika trat von der Seite vor den Screen und schaute
ebenso fordernd in die Runde, die sich an ihrem Konferenztisch versammelt hatte.

Drei Lord-Commander und drei zivil gekleidete, aber aufwendig geschmückte Gestalten diskutierten über Faris absurd klingende Idee.

»Werte Anwesende, bisher scheint die Angelegenheit erfolgreich zu unseren Gunsten zu verlaufen. Wir sollten den Fortgang nun für uns nutzen. Unser Ziel kann nicht mehr fern sein. Wie ist ihre Meinung? Sollen wir mit dem Spiel fortfahren oder haben hier unsere anwesenden Edukatoren noch Bedenken?«

Edukator Donir meldete sich zu Wort.

»Werte Räte, werte Protektoren. Mir scheint, diese Geheimoperationen sind nun soweit fortgeschritten, dass eine Umkehr ausgeschlossen sein möge. Ich befürworte eure Bemühungen jetzt und hier, missbillige sie aber in Vergangenheit und Zukunft, das sage ich euch gleich.«

Eine weitere Edukatorin, Herrin Elisandru sprach.

»Die Exploration dieses Planeten ist in unseren Augen sowieso gescheitert, ich sehe keine Veranlassung mehr, diese geheimen Spiele noch weiter zu unterstützen. Ich sehe hier nur ein großes Übungsfeld für unsere Protektoren und dies alles auf Kosten von Wesenleben der Konvergenz. Wir sollten die Entscheidung dem Trium und dem Großen Rat vorlegen, dies darf nicht weiter im Hinterzimmer verbleiben. Mit Verlaub Hohe Rätin Gonalika, ich vertraue eurer fachlichen Kompetenz, aber nicht mehr dieser Sache selbst. Ich erinnere nur daran: Kolonisation war nie die Absicht der Konvergenz.«

Alle Augen richteten sich auf die dritte anwesende Zivilperson. Noomakea, den Hohen Rat für Exploration.

»Kolonisation war und wird nie die Absicht der Exploration sein, dass wisst ihr genau so gut wie alle anderen hier. Diese Unterstellung ist infam und entbehrt dem nötigen, gebotenen Respekt. Euer Heimatplanet selbst wurde vor über 120 Zyklen durch erfolgreiche Exploration ein geachtetes und großartiges Mitglied der Konvergenz.«

Gonalika griff ein, bevor der Disput zu eskalieren begann:

»Halt, halt, halt, bevor wir uns hier streiten, werte Wesen, bitte ich euch um die Freigabe der nächsten Aktion, um wenigstens zu einem vernünftigen Abschluss zu gelangen. Ich biete ihnen allen mein Amt an, wenn diese Mission scheitern sollte, dies schwöre ich im Namen der Weisheit des Tarù. Wenn wir Kallor haben, haben wir den Schlüssel zu Arda und damit die Garantie für den Frieden im gesamten Sektor, bis hinaus zum Outer Rim. Ich gebe ihnen allen recht, dass wir baldmöglichst das Trium und den großen Rat mit einbeziehen müssen. Aber auch aufgrund der Tatsache, dass wir noch nicht wissen wer hinter dem Objekt Kallor steckt, wird es garantiert zu Verwicklungen innerhalb der Konvergenz kommen. Keiner von uns wäre über die Erkenntnis glücklich, wenn es ein Xeenua, Kerenti oder gar Soo'na wäre, der unter der Maske dieses Kallor-Objektes steckt! Bevor wir uns kritisch mit der Exploration auseinandersetzen, müssen erst alle Fakten auf den Tisch. Bis dahin gilt die Direktive der Exploration als ausdrücklichem Wunsch der Außenpolitik der Konvergenz. Wir können eine fast 200 Zyklen gewachsene Tradition nicht von Heute auf Morgen über Bord werfen. Nicht die nahezu heilige Mission, Frieden und Stabilität in der Galaxis zu verbreiten und zu bewahren.«

Elisandru sprach ihr dazwischen:

»Dieses ganze Sendungsbewusstsein hat ein gefährliches Niveau erreicht, das unsere Möglichkeiten bei weitem überschreitet! Wir müssen damit aufhören! Wir haben die Grenzen unserer Einflussnahme längst erreicht und stehen an mindestens zwei Fronten vor einem Krieg!«

Gorn, ein alter Koroneta-Krieger und der Ranghöchste Lord Commander im Geheimdienstrat pflichtete Elisandru bei.

»Wir haben unsere Kapazitäten weitgehend ausgeschöpft, wir dürfen Arda nicht mehr länger dieses Maß an militärischer Aufmerksamkeit schenken. Wenn die Ardai sich nicht einigen und keinerlei Anstalten machen, der Konvergenz beitreten zu wollen, dann müssen sie als unabhängige Welt ihren eigenen Weg gehen. Und das mit all ihren eigenen Problemen. Ob das nun zu etwas führt oder nicht, das liegt dann nicht mehr in unserer Macht.«

Pokon, ein junger, hochgewachsener Senekai, fügte hinzu:

»Wenn es nun so sein soll, dass wir unsere Außengrenze zum Outer Rim und bis hinaus zu den Vreeja ziehen müssen, dann soll es wohl so sein. Eine Erweiterung des Territoriums der Konvergenz bis hinter Sildron, Kentara, S`raasii und den Xeenua-Kolonien ist heikel, aber machbar. Auch wenn sich der gesamte Sektor durch seine Ausdehnung kaum sichern lässt.«

Gorn dreht sich zu ihm um und herrschte ihn an.

»Es liegt nicht in unserer Macht, dies zu entscheiden! Wir sind hier lediglich zusammengetroffen, um die geheimdienstlichen Angelegenheiten zu regeln. Die Entscheidungen über Strategien und Grenzverläufe werden immer noch durch das Trium und den Großen Rat gefällt.«

Gonalika übernahm wieder das Wort.

»Richtig. Für die weitreichenden Themen sind wir

hier nicht zusammengekommen. Das wäre alles nur Spekulation. Aber zur konkreten Mission, die hier in der Warteposition feststeckt, brauche ich eine Entscheidung!«

Einige aus der Runde funkelten sie böse an, andere signalisierten ihr Zustimmung.

Aber niemand sagte etwas und alle warteten ab, was Gonalika als nächstes tun würde.

Sie seufzte und zögerte, blickte in die schweigende Runde und wartete noch einen Moment ab.

»Dann lassen Sie uns darüber abstimmen, wie ich das Thema mit dem Trium kommunizieren soll. Aussitzen können wir es nicht.«

*

»Das Trium vertraut euch, Hohe Rätin Gonalika, aber wir übernehmen damit eine große Verantwortung. Die Kaste der Edukatoren und deren Hohe Ratschaft stimmt nicht mit euren Praktiken überein. Es steht viel auf dem Spiel und wir riskieren Leben und den Verlust an Glaubhaftigkeit in unserem rechten Tun. Vergeudet das Vertrauen nicht für niederes. Wenn die Wesen auf Arda ein besseres Leben haben können und so das Universum es vorgesehen hat, sie in unsere Familie aufzunehmen, dann sollten wir die Gelegenheit ergreifen. Wenn eure Mission nicht erfolgreich ist, stehen wir vor der schweren Wahl, den Einsatz größerer Gewalt zu erwägen oder gar das Explorationsprogramm für Arda zu beenden. So, oder so, häufen wir einen von drei unterschiedlich hohen Bergen von Schuld an, Schuld gegenüber den lebenden.«

Gonalika verbeugte sich dankbar und demütig vor den dreien des Triums.

Die anwesenden Hohen Räte der Justiz, der Exploration, der Protektoren und der Edukatoren taten es ihr nach.

»Ich danke euch, für euer Vertrauen und für die Unterstützung, diese schwierige Entscheidung in Eintracht fällen zu dürfen.«, antwortete Gonalika ehrfürchtig.

»Unser Dank.«

»Unsere Ehre.«

Das Trium verließ den großen Balkon vor dem Triumstrakt, der eine fantastische Aussicht über das ganze Regierungsviertel und den nahen Ozean bot.

Die versammelten Hohen Räte, die obersten Vertreter ihrer Kasten, standen noch für einen Moment beieinander und ließen sowohl die Worte als auch die besondere Atmosphäre auf sich wirken.

»Lasst euch bloß nicht dazu verleiten, dass es ein Sieg für euch wäre, Gonalika. Das Trium hat uns alle gewarnt.«, brummte der Hohe Edukator Cekenlik nach einer Weile unzufrieden.

Namaho Chisan, der Hohe Lord Protektor, beugte sich ebenfalls zu ihr herüber und raunte ihr zu.

»Keiner von uns will einen verdammten Krieg auf Arda. Wenn wir hier richtig durchgreifen wollen, muss das Okton einberufen werden, das hatten wir seit fast einer Generation nicht mehr.«

Noomakea fand, dass es nun genug mit dem feierlich, andächtigen Ton war und sprach laut in die Runde.

»Dann gehen wir lieber den Weg von Gonalika. Ein massiver Angriff auf die ERA würde zigtausende von Ardai-Leben kosten, vielleicht sogar mehr. Aber den Rückfall in die Zeiten vor der Quarantäne würden die Ardai wohl nicht dauerhaft überstehen.«

»Na immerhin haben wir ihr Nuklearwaffenpotenzial zerstört. Auf dem ganzen Planeten gibt es weder ausreichend Uran noch Plutonium, mit dem sie ein größeres Unheil anrichten können.«, antwortete Namaho.

»Sollen sie sich halt mit Keulen ihre Köpfe einschlagen.«

Gonalika quittierte diese Bemerkung mit einem vorwurfsvollen Blick, beschloss aber, darauf nicht mehr weiter einzugehen. Die Zeit drängte.

»Also, dann machen wir weiter? Ich danke euch auf jeden Fall für eure Unterstützung.«, seufzte Gonalika.

Der wortkarge Hohe Rat der Justiz bewegte kaum merklich seinen Kopf als Zeichen der Zustimmung und blickte wehmütig hinaus in Richtung der Bucht.

»Es gibt zu viele Stimmen, die einen Abbruch der Exploration fordern. Ich neige fast auch dazu, diese Tradition in Frage zu stellen. Aber andererseits kann und darf es nicht sein, dass unser System durch so etwas wie den Fall Kallor untergraben wird. Wenn das der Grund ist für die Probleme auf Arda, dann ist es der falsche Grund, die Exploration abzubrechen. Wir können das nicht auf sich beruhen lassen. Wenn am Ende dabei herauskommt, dass wir es mit einem internen Verrat zu tun haben, wäre das eine absolute Katastrophe, die unsere Gemeinschaft in ihren Grundfesten erschüttern wird.«

»Ich teile eure Sorgen vollkommen, mein lieber. Das ist der Grund, warum wir hier nicht aufgeben und zurückweichen dürfen. Wir benötigen dringender als alles andere die Aufklärung dieser Sache. Noch dringender als den Frieden auf Arda selbst.«

»Harte, aber ehrliche Worte, Gonalika. Sehen Sie zu, was wir tun können, um einer Verschwörung oder einem Krieg mit unseren Nachbarn zu entgehen. Wir sind der Garant für Frieden in diesem Teil der Galaxis, aus einer zweihundertjährigen Tradition heraus. Nicht auszudenken, wenn wir wieder in die alten Zeiten der Barbarei zurückfallen sollten.«

Sie musterte den Hohen Rat der Justiz noch einen Moment lang und fragte ihn dann direkt, mit einem sonderbaren Ausdruck in den Augen.

»Dreiundzwanzig Punkt Zweiundvierzig?«

Er lachte kurz und schüttelte amüsiert den Kopf.

»Da sind wir mit der Operation längst darüber hinaus. Machen Sie ihren Job Gonalika, ich mache meinen, lassen Sie das meine Sorge sein. Lieber lasse ich mich danach wegen Verstoßes gegen die Charta zusammen mit ihnen allen hier vor ein Gericht zerren, als für hunderttausende von Toten verantwortlich zu sein. Bringen Sie Nemesis und ihren Kameraden zum reden, soweit das ohne Gewalt möglich ist. Um den Rest kümmern wir uns später.«

Gonalika lächelte ihn dankbar an und wandte sich zum gehen.

Namaho Chisan schüttelte den Kopf dazu und blickte die anderen drei vorwurfsvoll an.

»Ich hoffe inständig, Sie alle wissen, was wir da tun. Wo fängt ein Verrat an und wo hört er auf?«

Gonalika kniff die Augen zusammen und musterte ihn einen Moment lang.

»Der Verrat an der Konvergenz und an unserer Zivilisation findet längst statt. Und ich will herausfinden, wer dahintersteckt, koste es was es wolle.«

»Koste es was es wolle... genau das ist das Problem.«, entgegnete er ihr leise, bevor er grußlos vom Balkon des Triums abzog.

*

Thomas saß in einem der Verhör-Zimmer, mit Jeka

an seiner Seite, die sich als seine Anwältin ausgab.

Vor ihm befand sich ein großer Screen, auf dem man einige edel gewandete Wesen versammelt erkennen konnte. Fari saß etwas abseits der Versammlung, Mankunin war direkt in der Bildmitte zu sehen.

»Ardai Thomas Goddard, haben Sie unser Angebot klar und deutlich vernommen? Ist Ihnen dabei noch etwas unklar?«

Jeka schaute ihn herausfordernd an.

»Ja, also, wenn ich ihnen weitergehende Informationen über meine Verbindungen in der ERA liefere, können Sie daraus mildernde Umstände für die anstehenden Prozesse erwirken?«

Er blickte von Jeka wieder zurück zum Screen.

»Richtig, Ardai Thomas Goddard. Wie ihnen ihre Anwältin schon mitgeteilt hat, möchten wir die Erde gerne in Frieden zurücklassen. Allerdings sollten die Kriegsverbrecher nicht ungeschoren davonkommen. Die Personen, die sie und ihre Leute jahrelang im Glauben gelassen haben, dass der Kampf in der ERA unerlässlich wäre. Da es sich bei ihresgleichen, also den Kämpfern der ERA um eine große Menge an Ardai handelt, möchten wir Arda helfen, im Zuge einer Generalamnestie einen Friedensprozess einzuleiten.«

»Darf ich fragen, wozu es einen Friedensprozess auf der Erde geben soll?«, fragte Thomas verwundert.

»Nun ja«, begann Mankunin zu erklären.

»Der Widerstand hat zwar bisher einen Verlust von 35.784 Angehörigen der Konvergenz verschuldet, aber die Zahl der menschlichen Opfer im Rahmen ihrer Anschläge beläuft sich auf weit über einer halben Million. Wir denken, dass die Bevölkerung von Arda hierzu eine Rechenschaft einfordern wird. Nicht wir werden verurteilen, das werden ihre eigenen Leute tun.«

Thomas wirkte sichtlich verwirrt durch die Zahlen, die er da genannt bekam. Ungläubig schaute er sich um.

»Hören sie, Herr Goddard, es geht dabei nicht um die Aliens, es geht dabei um uns selbst.«, drang Jeka auf ihn ein.

»Ja, Herr Goddard, wie ihre Anwältin schon sagt, uns geht es lediglich darum, bei der Aufklärung von Kriegsverbrechen zu helfen. Und einer der größten Verbrecher ist jemand, der nicht auf die Erde gehört. Dieser Person müssen wir die größte Verantwortung anlasten, da sie mit ihren umfassenden militärischen Kenntnissen das Leid von so vielen Wesen unnötig vergrößert hat.«

Fari meldete sich zu Wort.

»Herr Goddard, wenn wir genug Beweise gegen K haben, können wir bald mit den Prozessen beginnen. Und in ein paar Wochen werden sie selbst in Freiheit wieder auf der Erde weilen.«

Thomas zögerte, bevor er antwortete.

»Warum hat euch Mery die Infos nicht gegeben? Sie ist doch viel tiefer in der Organisation drinnen?«

»Ardai Thomas Goddard, ihnen ist doch klar, dass wir die Aussagen gegeneinander prüfen müssen, oder? Es geht hier um Leben und Gerechtigkeit, dabei sollen keine Fehler oder falsche Beschuldigungen das Verfahren behindern, verstehen sie?«

Jeka nickte Thomas zu. Er blickte sie betrübt an und atmete tief durch. Dann nickte er und begann zu erzählen.

*

Die Tür zu Nesrins Zelle wurde unerwartet geöffnet und sie richtete sich von ihrer Pritsche auf. Gegen den helleren Flur konnte sie die Gestalt im Durchgang zuerst nicht erkennen, aber dann trat Mohini zu ihr herein.

»Was willst du Didi?«

»Komm bitte mit, wir haben was für dich.«, antwortete Mohini knapp.

Begleitet von vier Wachsoldaten, an den Händen fixiert mit einer elektronischen Fessel, trottete Nesrin schlecht gelaunt neben Mohini her durch die Gänge der Station.

»Wie lange wollt ihr mich noch in diesem Loch verrotten lassen?«

Mohini antwortet ihr, ohne zu ihr herüberzusehen.

»Solange wie es nötig ist. Du weißt, wie du dafür sorgen kannst, dass das hier ein Ende findet.«

»Ach ihr könnt mich mal.«

Sie erreichten einen kleinen Vernehmungsraum und Mohini deutete auf den Sitzplatz, ihr gegenüber. Nesrin wurde von einem der Wachsoldaten sanft aber bestimmt in den Stuhl gedrückt.

Mohini zückte ihr Tab und wischte etwas darauf herum.

»Ah ja, hier steht es. Wir sind in Alumbrera auf ein paar Dinge gestoßen, die dich interessieren könnten. Dein Koffer mit neuen DigIDs, 50.000 NORAM-Dollars, ein paar sehr interessante Waffen mit Konvergenztechnologie.«

»Woher...«, fuhr Nesrin für einen Moment entrüstet auf, versuchte sich dann aber sofort wieder zu beherrschen.

»Dann haben wir deine sicheren Unterkünfte in Juarez und Seattle durchsucht. Auch nicht schlecht. Weitere Waffen, Gold, Platin, eine super Ausstattung hattest du da, Respekt, Respekt, Schwester.«

Mohini schaute wieder auf, beugte sich weiter vor zu

Nesrin und musterte sie mit einem provokanten Ausdruck.

»Bist du sicher, dass du das alles nur für die ERA und für die Freiheit der Erde veranstaltet hast? Du bist nichts weiter als eine bezahlte Killerin. Das macht dich wertlos und uninteressant. Jetzt erst recht.«

Nesrin feixte dazu.

»Na dann könnt ihr mich ja genauso gut gehen lassen.«

»Glaubst du das wirklich?«

Nesrin stieß ihr gewohntes, verächtliches »Pfft« aus.

Mohini stand auf und sagte:

»Na ja, so wie es aussieht ist Thomas dann doch um einiges gesprächiger und damit wesentlich wertvoller für uns. Einen schönen Gruß von ihm, ich soll Mery ausrichten dass er sehr enttäuscht darüber ist, dass sie sich als Kollaborateurin zur Verfügung stellt. Als Verräterin an der ERA.«

Das saß wie eine Ohrfeige. Nesrin war sichtlich der Schreck in die Glieder gefahren.

»Was habt ihr mit ihm vor? Und warum tischt ihr ihm diese Lüge auf?«

Mohini wartete noch einen Moment ab, bis sie sich sicher war, dass der nächste Satz den nächsten Treffer landen würde.

»Weißt du, liebe Nes, wir schicken ihn über das Tunnelsystem in Manila in die Basis runter. Dort wird er dann Bescheid geben, dass du tot bist. Gefallen in Sao Paolo. Er ist bereit deine Aufträge anzunehmen. Thomas ist ein wirklich guter Junge, Nes.«

»Das könnt ihr nicht machen!«, schrie Nesrin außer sich.

»Sie werden ihn töten! Er weiß doch gar nicht, wie die Kommunikationsketten dort unten funktionieren.

Außer Suzako kennt uns doch keiner gut genug, um dort reinzukommen. Er weiß nichts. Thomas weiß gar nichts!«

Mohini lächelte leicht.

»Aber du. Wenn du Thomas retten willst und uns damit den Kontakt bis zu K herstellst, haben wir einen Deal, Schwester. Dann überlebt ihr das vielleicht beide.«

Nesrin schlug die Hände vors Gesicht.

Mohini bohrte noch mal nach.

»Haben wir einen Deal, Nes?«

Nesrin krallte ihre Finger in die Haare und zog daran, sie knurrte wie ein wildes Tier.

»Dieser beschissene, kleine Idiot, diese dämliche kleine Schwuchtel. Fuck. Fuck!!!«

»Haben wir einen Deal, Nes?«, fragte Mohini noch mal eindringlicher.

Nesrin beugte sich vor, schlug mit der Fessel auf den Tisch und brüllte Mohini an.

»Ja, scheiße noch mal! Deal! Und jetzt fick dich Schwester und lass mich in Ruhe!«

KAPITEL 7

»Der Einsatz von künstlichen Intelligenzen auf dem
Territorium der Konvergenz wird auf Antrag der
Tarù-Kaste und der Mehrheit der Repräsentanten für
weitere 100 Jahres-Zyklen ausgeschlossen. Ausnahme-
genehmigungen für den Betrieb und die Forschung an
lokal begrenzten Kleinsystemen unterliegen einer aus-
reichenden Prüfung der zuständigen Fachbehörden
auf Jumunia Prime und Geneidis.«

*Ratsbeschluss zur Verlängerung des KI-Bannes
in der Konvergenz vom 1.7.4.103 nZ*

Es war ein wirklich perfides Spiel, was wir mit
Thomas und Nesrin spielten.

Mit ihm leierten wir immer wieder lang und
breit die Prozessvorbereitungen durch. Ich hielt ihn
in meiner Rolle als seine Freundin und Kameradin
Mery aus der vermeintlichen Ferne meiner Zelle mit
Videobotschaften bei Laune und ermutigte ihn immer
wieder, dass wir hier das richtige tun würden. Zeitver-
zögerungen und Bildstörungen suggerierten ihm, dass
ich, dass Mery irgendwo weit entfernt in einer Zelle
hockte.

Auf der anderen Seite der Konvergenz trotzten
Mohini und Fari unserer Gefangenen Nesrin in müh-
samer Kleinarbeit immer mehr Informationen ab, die
eine vermeintlich sichere Infiltration für Thomas ermöglichen sollte.

Es war ein pures Psychospiel, das uns allen das Äußerste an Kreativität abverlangte.

Der Hinweis auf Thomas Vorlieben zum eigenen Geschlecht hatte mir zumindest ein entspannteres Verhältnis zu ihm ermöglicht. Zwischen uns lief nichts als Paar, sondern nur eine gute, kameradschaftliche Freundschaft. Das machte es für mich einfacher, definitiv.

Es war so und so schon schwierig genug, die jeweiligen Fassaden aufrecht zu erhalten, aber das Vorspielen einer Liebesbeziehung wäre für mich einfach nicht möglich gewesen.

Nach dem Absetzen der schweren Betäubungsmittel, die im Zuge seiner Genesung nötig waren, unterbanden wir den persönlichen Kontakt, bis auf kurze Videocalls, wenn es notwendig wurde.

Mery, also die echte Nesrin, fühlte aber mehr für ihn, als sie zugeben wollte. Das war unser Glück, sonst wären wir mit dieser Art Geiselnahme vermutlich ins leere gelaufen.

Es dauerte noch weitere Wochen, bis wir alle soweit waren, die Mission endlich in die heiße Phase zu bringen. In dieser Zeit war ich mit Sprachtraining und sogar Schauspielunterricht beschäftigt.

Auf Tarù durfte ich eine kurze Auszeit für ein intensives Meditationstraining nehmen.

Für ein paar Tage war ich ohne Druck und für eine Weile durfte ich dort vergessen, was der eigentliche Zweck meines Seins für die nächsten Wochen sein würde.

Während dieser Tage in der ruhigen Abgeschiedenheit des Tarù-Klosters, brachten mich die Priester ein Stück näher auf den Weg zu innerer Ruhe und Gelassenheit, auch wenn draußen der heftigste Sturm drohte.

Es war nur der Einstieg, aber ich war froh einen tieferen Zugang zur spirituellen Kraft des Tar-U-Lian zu bekommen. Es war eine besondere Energie, die ich auftanken durfte und eine Gewissheit, dass alles was ich tun würde, einem höheren Zweck dienen würde. Nicht nur für mich, sondern auch für viele andere Wesen.

Heftige Träume suchten mich allerdings in den Nächten heim. Es waren nicht unbedingt Albträume, aber ständig war irgendetwas in Bewegung, etwas in mir kämpfte und ließ Gedankenströme wirbeln, in einer kaum gekannten Intensität.

Einer der Priester, dem ich davon erzählte, beruhigte mich. Ich hätte sehr, sehr viel zu verarbeiten, die Seele bräuchte dies, die Eindrücke dieser großen neuen Welt müssten von mir erst verinnerlicht werden. Es wäre ganz normal und er zeigte mir weitere Übungen zur Versenkung in die Meditation, die mir dabei helfen würden.

Noch war ich hin und hergerissen, zwischen meinen Zweifeln und der Überzeugung, dass ich die anstehende Mission schon durchstehen würde.

*

Dann, eines weiteren Tages der Ungewissheit, war es dann endlich soweit.

Das Missionskommando war in der Lage einen Auftrags für Nemesis entgegenzunehmen. Die Ermordung eines hohen Kalifatsrepräsentanten stand auf dem Plan und er sollte während der anstehenden Friedenskonferenz der Erdfraktionen in Kapstadt beseitigt werden.

Das Kalifat hatte den Wunsch geäußert, an der Seite der andren Fraktionen, gleichberechtigt in den neu gegründeten Weltkooperationsrat eintreten zu wollen.

Dieser Rat sollte sich als offizieller Vermittler zwischen den Erdfraktionen und der Quarantäne-Administration der Konvergenz formieren, was grundsätzlich schon mal eine gute Entwicklung für die Erde bedeutete.

Mit dem Rat sollte ein Grundstein für den Übergang der Erde in die Freiheit und Selbstbestimmung der Erde gelegt werden, hier würden die ersten Fraktionsübergreifenden Friedensgespräche stattfinden.

Aber, die ERA hatte natürlich kein Interesse daran, diesen Kooperationsrat als Erfolg zu feiern und ein Mord gegen einen der mächtigsten Fraktionsvertreter wäre ein willkommener Anlass, die Kontrahenten der Fraktionen wieder gegeneinander aufzuhetzen.

Unsere Missionspläne nahmen immer konkretere Formen an und ich war fasziniert, welche Maßnahmen von Seiten der Protektoren im stillen getroffen wurden, um auf der Erde nicht einen leisen Verdacht aufkommen zu lassen, man wäre zu gut auf einen Anschlag vorbereitet.

Die Absicherung der Konferenz wurde komplett den Erdfraktionen überlassen, nur die Sicherung der Repräsentanten der Konvergenz wurde mit einem überschaubaren Kontingent der Protektoren gewährleistet.

Das Engagement der Erdfraktionen um eine Friedenskonferenz wurden bestmöglich unterstützt und jeder sollte sehen können, dass die Bemühungen von der Menschheit selber ausging und kein Diktat der Konvergenz waren.

Ich bohrte während der Briefings noch mal nach, denn mir war es schleierhaft, wie die Konvergenz mit ihren ethischen und moralischen Vorstellungen einen Mord anordnen konnte.

Fari versicherte mir, dass dieses Problem geregelt werden würde und ich mir keine Sorgen um das Leben meiner Zielperson machen sollte. Ich wusste, der

General war ein bekannter Kriegsverbrecher und auch er zog im Hintergrund seine Fäden mit der ERA oder auch anderen Untergrundorganisationen. Mir persönlich lag sein Leben nicht am Herzen, aber ich diente nun einer Organisation, die höhere moralische Werte besaß, als alles was ich von der Erde kannte.

Also vertraute ich auf diese Organisation und konzentrierte mich auf meine Aufgaben.

Ziel unserer Mission war es, den Mord-Auftrag scheitern zu lassen. Der Anschlag sollte im letzten Moment vereitelt werden und ich würde mich der vorbereiteten Fluchtwege bedienen. So sollte ich dann möglichst zusammen mit meinen ERA-Kontaktleuten vor Ort untertauchen.

Wohin auch immer.

Ab diesem Zeitpunkt wäre ich dann ganz auf mich alleine gestellt.

Meine Nase wurde operiert, so dass die Ähnlichkeit mit der sieben Jahre älteren Nes noch größer wurde. Mir wurde ein Mittel verabreicht, dass meine Haut ein paar Jahre älter und vernarbter aussehen ließ. Ich nahm schon seit Monaten ein Depotmittel zu mir, das meine Stimme rauer und tiefer klingen ließ, damit auch sie der von Nesrin immer ähnlicher wurde.

Wir modifizierten Nesrins Waffen und ich übte mit ihnen bis ich jedes noch so kleine Detail daran auswendig wusste und blind meine Ziele traf.

Kurz vor Beginn der Mission testeten wir mein Auftreten direkt in unmittelbarer Konfrontation mit einem wachen, nüchternen Thomas. Er schöpfte keinerlei Verdacht, auch nicht nach Tagen wiederkehrender Besuche. Das war erschreckend und ermutigend zugleich.

Ich übte Nesrin, ich lernte Nesrin. Ich wurde Nesrin. Ich wurde Nemesis.

Jeka begleitete mich in diesen Tagen ständig, sie gab mir Kraft und zerstreute meine Zweifel.

Sie war meine Mentorin, meine Freundin, meine große Schwester.

Wir weinten beide wieder, als wir uns an Bord des Shuttles im Himmel über Lesotho voneinander verabschiedeten.

»Wir sehen uns wieder, auf jeden Fall!«, sagte sie zu mir und ja, sie würde recht behalten.

Ich hatte zuvor zahlreiche Fallschirmsprünge geübt, aber die nächtliche Landung in den Drakensbergen des südlichen Afrika, war eine ziemliche Herausforderung für mich.

Das Gelände war wild und undurchsichtig, schroffe Felsen und Schluchten machten das ganze noch viel gefährlicher. Ich hatte Glück und landete nicht weit von meinem Zielpunkt entfernt.

Von hier aus musste ich mich bis zum Morgengrauen durch Schnee und Eis bis zur alten Diamantmine von Letseng durchschlagen, die als Einstiegspunkt für mich diente. Hier war ein Auto für mich versteckt und meine Waffenausrüstung hinterlegt.

Mit höchster Konzentration auf die Landung und den anschließenden Marsch durch Nacht und Kälte, brauchte ich einen Moment, um zu realisieren, dass ich zum ersten mal wieder auf der Erde war.

Tatsächlich hatte ich den Fuß wieder auf meinen Heimatplaneten gesetzt. In einer tiefdunklen Nacht, in der man nur durch ein paar Lücken in der Wolkendecke ein paar Sterne erkennen konnte.

Klar hatte ich gelernt mich zu konzentrieren und sehr fokussiert an meine Aufgaben heranzugehen.

Aber in diesem Augenblick war ich trotzdem von meinen Gefühlen überwältigt, dem Glück, meine eigene Erde wieder unter den Füßen zu spüren.

Aber auch vor der Angst vor dem was da kommen möge.

Ich versuchte mich ein wenig zu orientieren, suchte nach Sternen die ich vielleicht wiedererkennen könnte. Aber leider blieb mir nicht genug Zeit, mich den Eindrücken hinzugeben, schleunigst packte ich zusammen.

Es dauerte eine Weile, den richtigen Eingang zum Tunnel auf dem weitläufigen und verfallenen Areal zu finden. Die Müdigkeit vom stundenlangen Marsch über das verschneite und vereiste Gelände war groß und der Morgen graute schon. Der Weg führte mich durch einen unscheinbaren Schuppen, eine versteckte Falltür im dreckigen Boden, eine Treppe nach unten und schließlich in eine Sackgasse aus lehmiger Erde.

Dort aktivierte ich einen kleinen Sender und ein Teil der Lehmwand löste sich auf. Der Lehm gab eine massive Stahltür frei, in dessen Mitte sich ein Scannerterminal befand.

Mein Gesicht und meine Augen wurden erfasst.

In den letzten Wochen hatten die fähigsten Datenspezialisten dafür gesorgt, dass in den Kommunikationsnetzen der Erde meine Genetischen Speicherdaten und die Irisscans nach und nach ausgetauscht wurden. Nesrin hatte mit aktiven Kontaktlinsen und speziellen, alternierenden Biomarkern stets ihre Spuren verwischt, so dass es hoffentlich nicht weiter auffallen würde, wenn ein Check mal nicht funktionieren würde. Wenn wir alles richtig gemacht hatten und auch Nesrin tatsächlich so sauber gearbeitet hatte, wie sie es immer behauptete, dürfte es kaum noch reale Spuren auf der Welt von ihr geben.

Nur eine der zahlreichen, schwer berechenbaren Variablen in diesem Spiel.

Die Tür öffnete sich und ich beeilte mich, durch den langen, abschüssigen Gang weiter voran zu kommen. Nach einem halben Kilometer zweigten lauter Seitengänge ab, ich verließ mich dabei auf die Routenführung meiner Com-Einheit.

Die Basis war seit mehreren Jahren verlassen und so weit abseits, dass sie ideal zum Untertauchen war. Ich erreichte meine abgeriegelte und fast atomschlagssichere Wohnkammer, die so hergerichtet war, als ob ich hier problemlos die letzten Monate seit dem Sao Paolo-Zwischenfall hätte versteckt leben können.

Ich deckte mich mit meinen benötigten Gerätschaften ein, futterte erst mal etwas von den bereitstehenden Rationen und machte mich dann auf zum Schuppen mit dem Auto. Wir hatten hin und her überlegt, ob es besser wäre schon nachts aufzubrechen, allerdings gab es hinüber zum Territorium von Südafrika nächtliche Straßensperren, die sich als problematisch erweisen würden.

Hier, an der Südspitze Afrikas, befand sich das Gebiet der sogenannten Neutralen Republik Südafrika, die sich gegenüber allen Blöcken und Fraktionen bisher relativ unabhängig behaupten konnte.

Zig Millionen Flüchtlinge aus dem Rest Afrikas aber auch aus Europa hatten das Land überflutet, das nun mit Hilfe der Konvergenz versorgt wurde. Bei den anderen Fraktionen als Kollaborateure verschrien, hatte die Republik einen pragmatischen Weg gefunden, mit der Alien-Besatzung umzugehen.

Mein Waffenkoffer war so angepasst, dass er unsichtbar neben den Akkuzellen im Fahrzeugboden eingesetzt wurde. Das verminderte natürlich die Reichweite, aber garantierte mir ein elegantes Passieren der Straßensperren.

So brach ich dann mit meinem Hybrid-Geländewagen eine Stunde nach Sonnenaufgang in Richtung Westen auf. Die Maloti-Range und die Drakensberge ließ ich bald hinter mir zurück.

*

Etwa sieben Stunden und drei Kontrollposten später kam endlich die Stadt Bloemfontein in Sicht und ich machte mich auf die Suche nach der geplanten Unterkunft in der Geburtsstadt von J.R.R. Tolkien.

Es war schon wirklich schicksalhaft, hier unterzukommen. Tolkiens Begriff Arda war durch einen Zufall zur offiziellen Bezeichnung für unsere Erde in der Konvergenz geworden.

Arda, mir gefiel der Name nach und nach immer besser, vor allem wenn er nicht mit Abscheu ausgesprochen wurde, sondern mit einem Anklang von Hoffnung auf etwas neues.

Und, ich fasste es kaum, ich hatte zum ersten Mal in meinem Leben ein richtiges Hotelzimmer! Mir fiel es tatsächlich schwer, damit einigermaßen souverän umzugehen. Ich hüpfte auf dem Bett herum, duschte stundenlang und musste gegen den Drang ankämpfen, die Minibar zu leeren. Nicht des Alkohols wegen, aber einfach für den Spaß.

Ok, ich durfte nun nicht auffallen. Aber gehörte es etwa dazu, sich die ganze Nacht im Zimmer einzuschließen? Ich glaubte, nein.

Nachdem ich mich unter der Dusche fast aufgeweicht hatte, machte ich mich ein wenig zurecht und zog hinunter in die Hotelbar. An der Theke stand ein Kellner und putzte Gläser mit professioneller und gelangweilter Coolness. Er lächelte mir freundlich zu, und ich kam nicht umhin dies zu erwidern.

Wir schauten auf den großen Nachrichten-Screen, dessen Ton ausgeschaltet war und die Breaking-News des Tages liefen. Die Medizinische Fakultät auf Jumunia-Prime hatte endlich eine Möglichkeit gefunden, die virusverseuchten Bereiche in Europa zu scannen und die Sporen des Virus zu identifizieren.

Das war eine Sensation und selbst für mich war diese Nachricht neu. Überall wurden begeisterte Menschen in den Flüchtlingslagern gezeigt, die in der Hoffnung auf eine neue Zukunft in ihrer angestammten Heimat schwelgten.

Aber noch war die Zeit für ein Rückkehr nicht gekommen, die Konvergenz-Behörden warnten davor, zu früh zurückzukehren. Die Dekontamination wäre erst dann möglich, wenn man ein Mittel gegen das Virus oder gar eine Impfung gefunden hätte. Man machte Fortschritte aber es würde vermutlich noch Monate oder Jahre dauern, bis die Regionen wieder gefahrlos bewohnbar werden würden.

Während wir die Nachrichten gebannt verfolgten, versuchte der Kellner von Zeit zu Zeit ein Gespräch mit mir zu beginnen, ich wich ihm aber, so nett ich konnte, höflich aus.

Aber warum eigentlich? Wäre es nicht verdächtig, sich so übertrieben distanziert zu geben?

Irgendwann fragt ich ihn dann doch.

»Wo kommst du her? Auch hier aus Südafrika?«

»Nein, ich bin in Salerno geboren, Süditalien.«

»Oh, dann hoffst du sicher auch ganz besonders, dass man bald wieder zurück nach Europa darf, oder?«

Er beugte sich zu mir herüber über die Theke, stützte seine Ellenbogen auf und seufzte.

»Ich kann mich gar nicht mehr erinnern, aber meine Eltern erzählen immer wieder davon. Es war wohl wie in der Wüste, man konnte die Landschaft kaum von der in Nordafrika unterscheiden, so trocken und ausgezehrt war es dort. Meine Familie wollte schon dort weg, bevor der Virus kam. Die Asche des Vesuvs hat dann in den 50ern seinen Rest dazu beigetragen.«

»Oh, das tut mir leid. Es ist so faszinierend, was man mit Heimat verbindet. Wenn die Heimat selbst einen zum weggehen zwingt, ist es ja noch mal schwieriger. Man hängt irgendwie daran, aber man weiß auch, dass man von ihr vertrieben wurde.«

»Ja, so ist das manchmal. Meine Nonna hatte immer erzählt, wie es ganz früher war, als dort noch Bäume standen und die Felder noch Früchte trugen. Sie ist leider dort geblieben, begraben in der staubigen Erde. Sag, wo kommst du her?«

Ich überlegte. Mehr Legende oder mehr Wahrheit? Was war verdächtiger, was klang natürlicher?

»Von überall und nirgendwo.«, antwortete ich ihm mit einem lächeln.

»Schon klar.«, gab er etwas enttäuscht zurück und lehnte sich wieder an die rückwärtige Theke.

»Neinnein, das war nicht böse gemeint. Da ist zu viel verlorene Heimat, die ich hinter mir lassen musste. Ich bin auf dem Weg in ein neues Leben, weißt du? Ich bin aus dem Kalifat geflohen, um als Frau auf eigenen Füßen zu stehen.«

Er schaute mich an, diesmal mit einem etwas versöhnlicherem Blick.

»Das war sicher nicht einfach, das glaub ich dir. Na ja, vielleicht ändert sich ja daran was. Hast du von der Friedenskonferenz gehört? Vielleicht wird dann ja alles besser.«

»Du bist ja ein ziemlicher Optimist. Ich sage, schauen wir mal, warten wir erst mal ab. Frieden zwischen den Menschen ist eine Sache, aber das was in den Fraktionen geschieht, ist eine andere. Wir müssen hoffen, dass die Dogmen aus den Köpfen der Menschen verschwinden. Immer nur diese eine Religion, immer nur diese eine Art zu leben und Menschen auszubeuten, die Traditionen, die Vorurteile... es gibt sicherlich mehr als das.«

Er blickte mich wieder intensiver an.

»Eine so schöne Frau, mit so weisen Gedanken.«, scherzte er.

Es kribbelte schon ein wenig, auch wenn es nur ein ziemlich plumper Flirtversuch war. Da war es. Neben allem anderen spürte ich in diesem Moment, dass ich eine junge Frau war, auf der Erde, in einem Umfeld das mich zu nichts zwang und... vor mir ein hübscher junger Mann, höchstens drei oder vier Jahre älter als ich.

Aber prompt drehten sich meine Gedanken wieder darum, was meine Aufgabe war. Alles Training half nichts, ich war unerfahren und mich ergriff ein unwohles Gefühl des Kontrollverlustes. Nein, sorry, das war nicht der Moment. Irgendwann, ja, irgendwann würde der Moment kommen. Aber nicht heute, nicht hier, nicht jetzt.

Ich seufzte und blickte hinaus in den Abendhimmel vor dem Fenster der Lobby. Eine herannahende Regenfront wurde orange-golden angestrahlt und zauberte ein ganz besonderes Licht herbei.

»Wo kann man denn um diese Uhrzeit noch etwas zu Essen bekommen?«, fragte ich ihn.

»Oh, die Straße runter und dann links, dort gibt es exzellente Burger, falls du so was magst. Wenn du noch ein wenig wartest, meine Schicht endet in einer

Stunde und ich würde gerne auch noch was ordentliches in den Magen bekommen.«

Ein zauberhaftes Lächeln hatte dieser Junge. Es war so ein Moment, in dem ich mich daran erinnerte, dass hier auf der Erde auch ein wirkliches Leben möglich wäre.

Ich blickte kurz auf den Boden und dann wieder hoch zu ihm.

»Nein, leider nicht, ich möchte dabei gerne allein sein.«

Er nahm mir die Lüge wohl ab.

»Schade. Na dann, ich wünsche dir eine gute Nacht. Und eine gute Reise, wohin auch immer sie dich hinführen wird.«

Ich lächelte ihn an und schob ein paar Credits über die Theke. Er wirkte sichtlich enttäuscht, aber ich lächelte ihn noch mal aufmunternd an.

»Machs gut und lass den Kopf nicht hängen.«

Er winkte mir noch kurz und ging dann mit den Creds zur Kasse hinüber.

Draußen sog ich wieder die Luft ein. Die Stadtluft auf der Erde. Nein, sie war nicht besonders frisch und nicht besonders sauber. Aber doch, ja, es war die Luft meines eigenen Planeten.

Alles würde besser werden, ganz bestimmt. Weniger Staub, weniger Rauch, weniger Gift, ja das wäre möglich. Aber es würde immer die Luft meines Planeten bleiben, so oder so.

Es begann leicht zu regnen und sanfte Tropfen nieselten auf alles herab. Ich genoss das Gefühl auf meiner Haut und schlenderte langsam hinunter zu dem Laden mit den angeblichen so guten Burgern.

Der Barkeeper hatte recht und nach einem wirklichen leckeren Abendessen war ich dann so müde, dass gar nichts mehr ging.

Ich schlenderte zurück zum Hotel und legte mich mitsamt meiner Klamotten auf das Bett.

Gerade noch fähig, eine Weckzeit im Com zu stellen, schlief ich schnell ein wie eine Tote.

KAPITEL 8

»Commander Jureswatin, ist es euch während des Verlaufs dieser Mission denn nicht ein einziges Mal verwerflich vorgekommen, diese Ardai so zu instrumentalisieren? Sie wussten doch ganz genau, dass diese Wesen schwach sind, emotional beeinflussbar und damit äußerst empfänglich für Indoktrinationen jeglicher Art. Diese Spezies hat sich seit Jahrzehnten, ach was sage ich, seit Jahrhunderten kaum fortentwickelt, was den freien Geist und das kritische Denken angeht. Ganz im Gegenteil, die Ardai haben über Jahrzehnte hinweg willentlich und wissentlich ihr Denken an Konzerne, radikale Organisation und künstliche Intelligenzen ausgelagert. Was haben Sie denn erwartet? Die Exploration ist nicht ohne Grund ein langwieriger Prozess, der Feinfühligkeit und Geduld benötigt. Nun haben wir ja gesehen, was uns das gewaltsame Vorgehen eingebrockt hat.«

Dronoyevv Mahon, Juristischer Vertreter der Exploration, Anhörung zu den Ereignissen auf Arda, 3.7.1.228 nZ

Ich träumte. Viel wirres Zeug war dabei, Gefühle, Erlebnisse und auch der Junge aus der Bar kam darin vor.

Aber eine Szene war besonders verwirrend für mich, weil sie mir so real erschien.

Ich musste meine Augen mit den Händen vor der gleißenden Sonne abschirmen, es war so hell, es stach geradezu in meinem Kopf. Ein chaotisches Stimmengewirr war überall um mich herum. Ich fühlte mich wie, ja, wie einer der alten Senekai, so als ob ich selbst jahrhundertelang in der Dunkelheit der Tunnel unter der Oberfläche Senekas gefangen war und nun endlich wieder an die Oberfläche durfte. Aber an welche Oberfläche gelangte ich nun? Es dauerte einen Moment bis ich zwischen meinen Fingern hindurchschauen konnte, meine Augen gewöhnten sich nur langsam an das Licht. Dann erkannte ich eine gewaltige Felswand vor mir, die wie eine Mauer bis in den Himmel hinein ragte.

Eine wundervolle Berglandschaft öffnete sich rundum mich herum und ich spürte wie mir die Tränen den Schmutz vom Gesicht spülten. Ich weinte vor Glück. Es fühlte sich an, als wäre ich in diesem Moment aus dem längsten und dunkelsten Albtraum aufgewacht.

Dann holte mich eine diffuse Erinnerung wieder ein. Da war Kälte und Hunger, eine alles zerfressende, einsame Dunkelheit lag hinter mir, so als ob ich mein halbes Leben darin verbracht hatte. Das Gefühl war so schrecklich intensiv, war das wirklich nur ein Traum?

Um mich herum konnte ich schemenhaft weitere Gestalten erkennen, abgemagert wie ich selbst, in zerissene Lumpen gehüllt, bleich und schwach.

Wir waren alle aus dieser schrecklichen Dunkelheit gekrochen, wie einst die Senekai. Aber ich erkannte nur menschliche Gesichter.

Ich ließ mich auf die Knie fallen und spürte frisches Gras zwischen meinen Fingern. Neben mir hockte sich eine vertraute Person ins Gras und reichte mir ihre schmutzige Hand.

Dann wachte ich mit tränenüberströmtem Gesicht auf und brauchte einen Weile, um zu begreifen, dass ich nun wieder in der Realität angekommen sein musste.

Hier, in Bloemfontein, mitten in Südafrika, an einem

Morgen im September des Jahres 2080. Auf einer Erde, die von Aliens besetzt war, für die ich nun einen Job zu erledigen hatte. Aber, schlaftrunken wie ich war, zweifelte ich anhand der Fakten irgendwie auch an dieser Form von Realität...

*

Während des Frühstücks dachte ich über den Traum der letzten Nacht nach. Ich versuchte die Bruchstücke für mich wieder zusammenzusetzen, aber die Erinnerung an die Bilder verblasste zunehmend. Nur das Gefühl von etwas real erlebtem blieb zurück.

Ich hatte noch mehr als zehn Stunden Fahrt vor mir, aber glücklicherweise war mein Auftrag erst in einigen Tagen geplant. So konnte ich mir etwas Zeit lassen, eventuell unterwegs auch noch mal zu übernachten. Mehr und mehr geriet meine Mission in den Hintergrund, während ich die Welt in diesen Stunden an mir vorbeiziehen ließ.

Fühlte sich so etwa ein sogenannter Urlaub an? Dieses langsame, entschleunigte Cruisen durch die Landschaft, fest gebunden an die Erde, am Boden, auf meinem Planeten, anstatt mit Überlichtgeschwindigkeit durch die leere Schwärze geschossen zu werden?

Es war eine wunderbare Zeit für mich. Wenn ich die anstehende Mission für einen Moment vergaß, fühlte ich mich frei und unbestimmt, das letzte mal für sehr, sehr lange Zeit.

Ich hatte die Gelegenheit nachzudenken. Über mich, über Nesrin, aber auch die Dinge die ich gelernt hatte. Manchmal fuhr ich an einer besonders einsamen Stelle von der Straße ab und suchte mir einen schönen Platz zum Rasten.

Ich spürte wieder den Boden unter meinen Füßen,

die Verbindung zur Erdmutter, wie mich die Tarù inspiriert haben. Sie lehrten mich, wie man mehr hinter den sichtbaren Dingen spüren kann, wie man die Trinität unserer Existenz verinnerlicht und ein beseeltes Universum fühlen kann.

Ich begriff immer klarer, was mir die Mönche der kleinen, abgelegenen Abtei auf Gonaskirr in den Monaten vor meiner Militärausbildung beibringen wollten. Meine Verletzungen aus der Ares-Mission waren da noch nicht völlig verheilt und so wurde ich für einige Wochen in die Obhut der Abtei übergeben.

Im lauten Rauschen des Lebens und der Ereignisse um einen herum, war die Verbindung aller Wesen, des beseelten Universums nicht einfach zu spüren. Man musste sich darauf einlassen, zur Ruhe zu kommen und sich dem ganzen öffnen.

Trotz meiner Jugend und Ungeduld schöpften die Mönche Hoffnung für mich, dass ich irgendwann vielleicht einen tieferen Zugang zur großen spirituellen Quelle finden mochte. Ich zweifelte zuerst daran, aber von Mal zu Mal mehrten sich die Momente, wo ich es spüren konnte. Gerade jetzt.

War es diese ominöse Telepathie, oder konnte man tatsächlich mit reiner Gedankenkraft miteinander kommunizieren? Für Spezies wie die Ga-Yee war dies alltäglich, aber für uns Menschen etwas nahezu Unbekanntes. Aber nichts Unmögliches. Das lange Training und die Zeit zusammen mit meinen engsten Freunden hatte mir eine neue Dimension eröffnet, eine die jenseits dessen lag, was wir kannten. Mohini und Elisa waren zugänglich, auch Anton. Aber die tiefe Verbindung zur meiner Mentorin und Freundin Jeka war unbeschreiblich. Ganze Worte konnten wir im Geiste wechseln, wenn die Situation es hergab.

Nicht nur die Mission, die Erde zu befreien, hatte mich bewogen, diesen Weg einzuschlagen. Es war auch diese schiere Neugier darauf, was dieses Universum uns allen noch zu bieten hätte. Es war soviel größer als das, was ich aus meiner Kindheit und Jugend kannte, auf einem Planeten, der so groß und doch so klein und eng war.

Die Menschheit hatte in meinen Augen verdient, diesen Geist, diese Offenheit und Weite ebenfalls zu erleben. Aber wollte sie das überhaupt? Die ERA und deren große Unterstützung aus der Bevölkerung der Erde sprachen eine andere Sprache, leider.

*

Für meine letzte Etappe suchte ich mir tatsächlich kein Hotel aus, sondern ich fuhr einfach hinaus in die Natur, an den Rand eines Nationalparkes und schlief auf dem Dach meines Fahrzeuges.

Es war wunderbar, ich fühlte mich so geborgen, denn die Sterne über mir waren mir nicht mehr fremd. Ich wusste ungefähr, in welcher Richtung welcher Planet oder welches Sternensystem lag. Saggitarius war dabei ein guter Orientierungspunkt, das leuchtende Zentrum der Milchstraße. Ich war allein unterwegs, aber ich fühlte mich nicht allein. Ich fühlte mich als ein Teil des ganzen und das gab mir Kraft, die Kraft für den großen Wunsch, die Erde zu vereinen und friedlich in die große Weltenfamilie zu führen. Die Lehre des Tar'u'Lian besagte, dass die Starken die Pflicht haben, für die Schwachen zu sorgen. Die Menschen waren schwach und selbstzerstörerisch und ich war dankbar dafür, dass wir die Chance bekamen, hieran etwas zu ändern.

Mitten in der Nacht wurde ich von umherschleichenden Tieren geweckt. Dort oben auf dem Dach des Geländewagens könnte vielleicht ein Leckerbissen liegen, wer weiß. Ängstlichere Wesen hätten nun vermutlich zur Waffe gegriffen und die Überbleibsel der größtenteils ausgestorbenen Wildtiere vorsichtshalber abgeschossen. Ich aber setzte mich auf und meditierte über Stärke und Wehrhaftigkeit, ich versuchte mit den Tieren Kontakt aufzunehmen und ihnen Bilder zu senden. Greift ihr mich nicht an, tue ich es auch nicht. Ich bin ein bewaffnetes und starkes Wesen, mit dem Willen zu überleben.

Es klappte tatsächlich, denn sie trollten sich wieder. Ich war mit neuem Wissen und Glauben zurück auf meinem Heimatplaneten, ich war bereit für eine neue Zeit, ein neues Kapitel.

So, in meinem jugendlichen Leichtsinn, fühlte ich mich bereit für meinen eigenen heiligen Krieg, meinen persönlichen Djihad. Ich hatte wohl noch nicht genug dieser unauslöschlichen Narben auf meiner Seele, um reif für das zu sein, was die Zukunft für mich bereit halten sollte.

*

Nun war es nicht mehr weit, am nächsten Morgen brach ich auf zur letzten Etappe. Rund um Kapstadt herum waren mehrere Sicherheitszonen in Ringen angelegt, zahlreiche Kontrollposten galt es zu durchqueren. Ich machte Zwischenstation in einem ehemaligen Naturreservat, östlich des riesigen Stadtgebietes, das in den letzten Jahrzehnten mehrfach aus allen Nähten geplatzt war. Die Siedlungen waren bis an den Simonsberg herangerückt, auf dem ich es mir zur Nachmittagszeit zu einer Pause eingerichtet hatte.

Nach den vielen Stunden im Auto und den nicht

enden wollenden Staus vor den Kontrollposten, genoss ich die Bewegung draußen an der Luft. Von hier hatte man einen tollen Ausblick, trotz der immer noch vorhandenen Smog-Glocke über der Riesen-Stadt mit ihren über zwanzig Millionen Bewohnern. In der Ferne konnte ich das Meer sehen, zum ersten Mal seit so vielen Jahren erblickte ich den Ozean der Erde wieder.

Ich erblickte durch mein altertümlich anmutendes Fernglas die Schiffe auf dem Meer. Manchmal träumte ich davon, mit einem Segelboot über das Wasser zu fahren, ohne jemals selbst diese Erfahrung gemacht zu haben. Wie frei würde es sich anfühlen? Nur den unendlichen Ozean und Himmel um sich herum, keine Begrenzungen, nur die Weite.

Noch vor Monaten, in der langweiligen Einsamkeit in Nesrins Gefängnis, hatte ich ein Buch gelesen, wo eine junge Frau, nein, noch ein junges Mädchen mit gerade einmal vierzehn Jahren ganz alleine solch einen Aufbruch gewagt hatte. Das Mädchen, Laura, segelte damals um die ganze Welt, ganz allein mit sich und den Elementen. Ich war davon total fasziniert, denn sie hatte es ganz aus freien Stücken getan, weil sie es wollte und weil sie davon geträumt hatte. Ich bewunderte und beneidete sie darum, zu ihrer Zeit diesen ganzen Zwängen entfliehen zu können.

Die Welt schien vor sechzig Jahren noch irgendwie freier gewesen zu sein, die Menschen durften mehr oder sie hatten sich mehr Freiheiten erkämpft.

Aber all dies wurde in den letzten Jahrzehnten immer schwieriger. Sie hatten alle über ihre Verhältnisse gelebt und ihre Freiheiten auch teilweise gnadenlos ausgenutzt. Die Freiheit, andere auszubeuten, die Freiheit die Welt um sich herum zu zerstören, die Freiheit, ja um die Freiheit zu zerstören... Mir kam es so vor, als wäre es die Freiheit von Verantwortung gewesen, die die Welt über lange Jahrzehnte an den Abgrund geführt hatte.

Dagegen erschien mir Lauras Art von Freiheit in einem anderen Licht. Ja, klar, nicht jeder konnte es sich leisten, mit einem eigenen Boot über die Weltmeere zu schippern. Aber wenn ein Traum verwirklicht werden kann, ohne das tatsächlich jemand dabei zu schaden kommt, dann ist das doch was schönes oder?

Ich erlebte auch meine sogenannten Abenteuer, aber seit ich denken konnte, niemals aus freien Stücken. Immer war ein äußerer Antrieb präsent, das Weglaufen vor irgendetwas oder die Bindung an abstrakte Pflichten, die es zu erfüllen galt.

Würde sich das jemals ändern?

Ja, die Welt war im Wandel, das war spürbar, aber war das nicht schon immer so? Fand nicht stetig ein Wandel statt, ob zum guten oder zum schlechten?

Wie hieß es einmal? Besser werden, heißt nicht immer besser für alle. Welch zynische Wahrheit steckte in diesen Worten.

Ich träumte noch ein wenig vor mich hin, während die Sonne dem Horizont im Westen immer näher rückte. Ein leichter Wind trieb den Smog von Zeit zur Zeit etwas beiseite und ich konnte vage meinen Einsatzort in den Tafelbergen drüben erkennen.

Es half nichts. Es gab keine Zeit mehr für Zweifel. Diese Geschichte musste nun durchgezogen werden und hoffentlich wäre das hier alles dann in ein paar Wochen vorbei. Ohne ERA und ohne diesen ominösen Kallor.

Beim Abstieg durch das Abendlicht wieder hinunter zum Auto versuchte ich mir vorzustellen, wie mein Segelboot irgendwann aussehen würde. Nein! Nicht irgendwann, in ein paar Monaten!

Wieder zurück in meinem Schlafsack, auf dem Dach des Pick-ups, träumte ich in dieser Nacht vom Ozean und der unendlichen Weite.

*

Für die große Konferenz wurden über das gesamte Gebiet Kapstadts Sperrzonen eingerichtet, man hatte die Delegationen streng voneinander abgeschirmt untergebracht. Die Wachmannschaften wurden hauptsächlich aus lokalen Kräften der NRSA gestellt, aber an neuralgischen Punkten ergänzten militärische und polizeiliche Beobachter der anderen Fraktionen und der Proktektoren die Wachleute.

Es wurde streng darauf geachtet, dass sich keine der Fraktionen übergangen fühlte, man musste auf die jeweiligen Belange Rücksicht nehmen und es war nicht einfach, alle davon zu überzeugen, hieran mitzuwirken. Besonders schwierig war es für die Delegationen des Kalifats, deren Vasallenterritorien auf dem Afrikanischen Kontinent in unmittelbarer Nachbarschaft zur NRSA standen.

SURAM war wie immer schwer einzuschätzen, wechselnde Bündnisse und Chaos durch interne Streitigkeiten waren dort an der Tagesordnung.

NORAM und ASIATIC standen sich zwar äußerst feindselig gegenüber, aber beide buhlten offen um die Gunst der Konvergenz. Zumindest nach außen wirkten die beiden stärksten Fraktionen als treue Kollaborateure gegenüber der Konvergenz, machten aber auch keinen Hehl daraus, dass sie jeweils den Anspruch auf die Beherrschung des gesamten Planeten anstrebten.

Von den friedlicheren Kräften der Erde wurde die Neuerschaffung eines Weltrates stark befürwortet. Ein

Weltrat, der dort weitermachen sollte, wo die UN einst kläglich gescheitert und zerfallen war.

NORAM und ASIATIC arbeiteten auf vielen Ebenen so konstruktiv mit den Konvergenz-Autoritäten zusammen, dass diese sie in inneren Angelegenheiten weitgehend autonom gewähren ließ. Innere Sicherheit und Verwaltung lag komplett in den eigenen Händen der Fraktionen und immer wieder wurden aufgegriffene Terroristen an die Konvergenz ausgeliefert.

Nach der Denuklearisieurng der Erde seit dem Tag Q beschränkte sich der militärische Zugriff durch die Protektoren auf ein Mindestmaß. Es wurde zwar in gewissen Bereichen ein hoher Druck ausgeübt, aber die Fraktionen handelten soweit autonom, solange keine planetaren Angelegenheiten berührt wurden.

Streng kontrolliert war die Erzeugung und Nutzung von nuklearer und fossiler Energie. Es herrschte ein Verbot für weitreichende Waffensysteme und der Konvergenz oblag die absolute Kontrolle über die Raumfahrt. Jegliche Form der Verschmutzung von Atmosphäre und Wasser waren strengstens untersagt.

Die Konvergenz regelte diese Dinge mit jeder Fraktion separat, die Erde stand nicht als ganzes vereint da, denn es gab bis dato keine Einheit auf der Erde. Die Konvergenz baute Versorgungszentren und Schulen für alle Notleidenden, vor allem die großen Flüchtlingsghettos, je nach Fraktion mit starkem militärischen Schutz oder im Einklang mit den lokalen Mächten.

Von daher stand die Frage im Raum, ob die Exploration und der harte Eingriff durch die Besatzung, die Quarantäne, immer noch gerechtfertigt war. Sieben Jahre waren nun schon vergangen und dieses Zusammentreffen war die erste Chance auf eine Verbesserung.

Die Konferenz lief schon seit einigen Tagen und die Delegierten hatten sich in Ausschüssen zusammengefunden. Auch die grobe Struktur für einen Weltkooperationsrat stand zumindest als Idee im Raum, eigentlich sah es zu diesem Zeitpunkt gar nicht mal schlecht aus.

Nur die ERA war mit dieser Entwicklung ganz und gar nicht einverstanden, daher war mein Auftrag klar. Während der Ankunft der militärischen Vertreter der Fraktionen sollte General Abdul Rahman bin Abdulaziz Al Saud von Nemesis erschossen werden. Der Plan sah vor, mich mit meinem ERA-Kontakt an einer Hütte zu treffen und mit ihm zusammen auf den Devils Peak zu steigen. Von dort gab es ein freies Schussfeld über die Altstadt hinweg und es bot sich die direkte Möglichkeit zum Hit auf dem Platz zwischen dem Hafen und dem Convention-Center.

Der General würde es sich nicht nehmen lassen, auf seinem eigenen Schiff anzureisen, was die wohl teuerste und verrückteste Kombination aus Luxusjacht und Kriegsschiff war, die man sich vorstellen konnte. Ich fand es sehr interessant, was ich während der Missionsbriefings so alles über meinen ehemaligen obersten Heerführer erfuhr.

Meine Kontaktperson hatte den Auftrag, auf der stadtzugewandten Seite der Tafelberge kleine Lasersimulatoren verstecken, die synchron mit meinem Gewehr ebenfalls Schusssignaturen abgeben würden. So wäre meine Position nicht sofort zu orten und ich wäre in der Lage, mehrere Schüsse abzugeben, falls nötig.

Mein Gewehr war dazu fähig, präzise auf fünf Kilometer Abstand zum Ziel zu agieren. Das lasergetriebene Spezialprojektil war mit fast 3000 Metern pro Sekunde extrem schnell und dadurch besonders stabil auf seiner Flugbahn. Ein kleiner Zusatzbonus bestand in einem orbitalgestützten Scannersystem, das mir Dichte- und Strömungsbedingte Abweichungen in der Atmosphäre zwischen Waffe und Ziel so einberechnen konnte, dass mein Zielfernrohr dies automatisch korrigierte. Diese Vizor-Technologie gab es auf der Erde so nicht, daher musste diese Funktion gut vor dem Zugriff durch Fremde versteckt sein. Ich würde meine Waffe direkt nach den Schüssen vernichten müssen, damit niemand mehr in der Lage war diesen Zusammenhang zu bemerken.

Ich war eine gute Scharfschützin, aber mir fehlte die jahrelange Erfahrung, um so präzise und gut zu werden wie Nemesis oder andere exzellente Schützen. Ich war mittlerweile sehr stark an die Konvergenzwaffen gewöhnt, die den winzigen Hochgeschwindigkeitsprojektilen einen Laserplasma-Schusskanal vorausschickten, um den Atmosphärenwiderstand zu überwinden. So wurde dann wie durch einen verlängerten Lauf gefeuert. Nach diesem Luxus während der Ausbildung war dann für mich in den letzten Wochen ein Training mit erdtauglichen Waffen angesagt, was den Schwierigkeitsgrad auf jeden Fall erhöhte.

Ich parkte den Wagen am Kirstenbosch Research Center, denn es war sonst kein weiteres Durchkommen mehr in Richtung Innenstadt möglich. Hier benutzte ich zum letzten mal die kleine, getarnte Com-Einheit und ließ mich kurz vom Orbitalkommando auf den aktuellen Stand der Dinge bringen.

Dann legte ich die Com-Einheit auf einen Stein und aktivierte den Selbstzerstörungscode, der die Hauptplatine des Gerätes mittels einer Säurereaktion zu Staub zerfraß.

Wie in meinem Missionsplan vorgesehen, präparierte ich das Fahrzeug mit dem vorbereiteten Sprengsatz. Es war ungewiss, entweder würde ich dann damit nach dem Auftrag wieder losfahren, oder das Gefährt würde explodieren, um weitere Spuren zu verwischen.

KAPITEL 9

»Leider sind Einsätze im Orbit um Arda wegen der undurchdringlichen Trümmerwolke des Orbitalkrieges von 2059 äußerst schwierig und gefährlich. Wir sollten [die Ardai] mit einem Aufräumprogramm schleunigst unterstützen, sobald die Situation am Boden befriedet ist. Eine Planetenzivilisation ohne eigene Raumfahrt, ohne Satelliten für Kommunikation, Forschung und Navigation, wird immer wieder in dunkle Zeiten und Barbarei zurückfallen. Nicht einmal Wetter und Klima können sie beobachten, so wie noch einhundert Jahre zuvor. Meine werten Wesen, bitte stimmen Sie mit mir zusammen für den Antrag. Herzlichen Dank!«

Monkon Farlis, Hoher Repräsentant von Kentara,
im Rat 3.3.7.224 nZ / 2080AD

Es war schon dunkel, als ich meine Vorbereitungen beendete. Eine letzte Kontrolle meiner Ausrüstung noch, dann zog ich los, hinauf in die Berge.

Unter meinem eher touristenmäßigen Outdoor-Outfit trug ich einen dünnen Ganzkörperanzug, der mir eine äußerst effektive Tarnung bieten würde.

Jegliches Licht und IR-Strahlung wurden komplett absorbiert.

Über einen verschlüsselten Kanal auf einem handelsüblichen Mobile hatte man mir vor wenigen Stunden die Koordinaten des Treffpunkte geschickt, die ich mit einer Karte und einem Kompass abgleichen musste. Tja, Kompass und Karte, so wie früher.

Bis zum Sommer 2059 hatte es auf der Erde noch GPS, GLONASS und ähnliche Navigationsdienste gegeben, sehr praktische und nützliche Errungenschaften der Technik. Aber der Orbitalkrieg hatte zur Zerstörung jeglicher Satellitentechnik geführt, die Trümmerwolken verhinderten seitdem jegliche Raumfahrt auf der ganzen Welt.

Zu meiner Zeit funktionieren die Navigationsdienste schon lange nicht mehr und so nutzte ich Kompass und Karte so wie man es mir beigebracht hatte.

Ich stieg über die Waldwege weiter nach oben, bis hinauf zum vereinbarten Treffpunkt am Overseers Cottage.

Weit vor der Hütte verließ ich den vorgezeichneten Weg und umrundete das halb zerfallene Gebäude erst einmal vorsichtig, um das Gelände zu checken. Ich blieb immer gut in Deckung und war tunlichst darauf bedacht, möglichst leise und unauffällig zu bleiben.

Das alte Cottage war längst geplündert und vom umgebenden Urwald vereinnahmt worden. Dennoch konnte man erkennen, dass Menschen von Zeit zu Zeit hierher kamen und ihre Spuren hinterließen.

Ich benutzte eine Infrarot-Brille und konnte nach einiger Zeit im Gebüsch die Wärmesignatur eines menschlichen Wesens erkennen. Die Gestalt wartete und lauerte, den Blick auf den Weg gerichtet, auf dem ich vermeintlich kommen würde.

Vorsichtig und leise legte ich meinen Rucksack und meine Touri-Dekoration ab.

Mit der Kapuze des Anzuges und der Maske wurde ich nun komplett zu einem unentdeckbaren Wesen der Nacht.

Etwa zehn Minuten später hockte ich ein paar Meter hinter der Gestalt und freute mich darüber, dass sich meine Ausbildung voll ausgezahlt hatte. Ich nahm ein kleines Steinchen vom Boden auf und warf es über ihn hinweg, so dass es ein Stück vor ihm irgendwo landete.

Ah, Aufmerksamkeit!

Die Gestalt spannte sich an und wollte gerade ihr Nachtsichtgerät hochnehmen, als ich schon meine Klinge an dessen Kropf hielt. Er erstarrte und ich blies meinen warmen Atem in seinem Nacken.

»Ich hätte euch nicht so plötzlich erwartet. Eine exzellente Arbeit Master Robin.«, flüsterte er mit vor Schreck zitternder Stimme.

»Mit den richtigen Strumpfhosen ist so was gar kein Problem, so machen das echte Helden.«, gab ich zurück und ließ mein Messer langsam sinken.

Er drehte sich um und meine IR-Brille zeigte mir einen jungen Mann, Ende zwanzig, mit leichtem Stoppelbart, der immer noch vor Schreck bibberte.

Dann deutete er in Richtung des Gebäudes und wir schlichen beide geduckt hinüber.

In einem halbwegs intakten Zimmer mit verbretterten Fenstern wagten wir es, eine kleine Lampe mit Rotlicht einzuschalten.

Ich nahm Maske und Kapuze ab, bemerkte dabei mein lockeres Haarband und öffnete es.

Er starrte mich dabei sichtlich beeindruckt an. Sein überraschter Ausdruck in den Augen amüsierte mich köstlich, ich ließ mir aber nichts anmerken.

»Ähm, Master Robin, ihr seid eher Mistress Robin, so wie ich das sehe?«

Ich musterte ihn abschätzend, während ich meine Mähne wieder zusammenband.

»Hast du ein Problem damit, Soldat?«

»Nein, nein, alles OK soweit, ich bin nur überrascht.«
Er zögerte, bevor er weitersprach.

»Bist du etwa...«

»Keine Namen!«, fuhr ich ihm dazwischen.

»Das war ganz eindeutig ein Teil des Auftrages, keine Klarnamen verwenden! Hast du das verstanden?«

»Entschuldigt bitte, Mistress Robin.«

»Robin reicht vollkommen, Schluss jetzt mit dem Quatsch. Und nun zu unserer Mission, was liegt an? Wurde der Zeitplan präzisiert? Sind alle Täuscher aufgestellt und betriebsbereit?«

»Die Täuscher sind installiert und einsatzbereit. Ein automatisches Gewehr liegt getarnt auf dem Lions Head und wird von uns ablenken. Hier habe ich zwei präparierte Funkgeräte für uns beide.«

Ich musterte die beiden Geräte kurz und nickte ihm dann auffordernd zu.

»Na dann los Bruder Tuck, Aufbruch, wir haben schon zwei Stunden beste Dunkelheit verschwendet, die Sonne ist heute unser Feind.«

»Aye, Master Robin«, brummte er, schulterte seinen Rucksack und folgte mir nach draußen auf dem Pfad zu unserem Einsatzgebiet.

*

»Da Commander, ich habe zwei Objekte auf dem Schirm, die sich vom Cottage fortbewegen. Sie scheinen aufzubrechen.«

Fari blickte konzentrierter auf seinen Screen.

»Seine Infrarot-Signatur ist wesentlich stärker als ihre. Hat die Kontaktperson denn keine Schirmkleidung an?«

»Es sieht nicht danach aus.«, merkte Jeka an.

»Das gestaltet die Mission natürlich ziemlich riskant.

Die beiden bewegen sich zwar außerhalb des Überwachungsradius, aber spätestens bei der Flucht müssen die beiden mit Schwierigkeiten rechnen. Die Fraktionstruppen sind mit modernen Scannern ausgerüstet, zumindest die Kontaktperson werden sie in kürzester Zeit finden.«

Fari blickte missmutig zu ihr herüber.

»Sie muss ihn loswerden. Sofort nach dem Schuss.«

Jeka empörte sich.

»Und wie soll sie dann weitermachen? Wir haben dann keinen Kontakt mehr zu ihr und sie muss entweder alleine den Fluchtweg finden, oder zusammen mit ihm. Wie stellst du dir das vor?«

Fari dachte nach.

»Sie muss zumindest mitbekommen, dass er eine Gefahr für die Flucht darstellt.«

Ein junger Koroneta, einer der Waffensystemspezialisten, blickte über seine Schulter und meldete sich zu Wort.

»Commander, vielleicht haben wir eine Möglichkeit.«

Alle schauten ihn an.

»Wir könnten ihr über die Vizor-Korrekturdaten kurze Textmessages in ihr Gewehr-Display einblenden lassen.«

Jeka schlug dem jungen, aber dennoch wesentlich kräftigeren Koroneta auf die Schulter und sprach:

»Das ist mal eine wirklich gute Idee, verdammt!«

Fari pflichtete ihr bei.

»Genau, das machen wir! Wir schicken ihr den Hinweis. Gibt es für sie eine Antwortmöglichkeit?«

Der Koroneta drehte sich nun komplett um und überlegte kurz.

»Hmm, sie könnte für Zustimmung oder Ablehnung auf verschiedene Ziele einen Leerschuss abgeben, so dass wir die Laserzielpunkte detektieren können. Das wäre aber sehr riskant, da die Wachmannschaften der Fraktionstruppen diese Markierungen auch genauso wahrnehmen würden. Oder auch weitere Beobachter der ERA, von denen wir noch nichts wissen.«

»Nun gut, dann schicken wir das ganze one-Way, in der Hoffnung dass sie weiß, was zu tun ist.«, brummte Fari.

»Hauptsache sie ist gewarnt, schickt ihr die Botschaft. Sie wird das richtige tun, ich weiß es.«, fügte Jeka hinzu.

Der Koroneta bestätigte Jekas Befehl und begann mit der Übertragung.

*

Plötzlich lief vollkommen unerwartet eine Buchstabenkolonne durch mein Zielfernrohr.

Ich hatte nun schon seit einiger Zeit aus meiner Deckung heraus die Stadt und das Zielgebiet im morgendlichen Dämmerlicht beobachtet, als unvermittelt etwas flackerte und ich meine Augen auf die vorbeilaufenden Zeichen einstellen musste.

```
N: YOUR CONTACT NOT IR-MASKED.COULD LEAD TO PROBS
WHILE ESC.ELIM IF REQ.LOC OP SAFE NOW.REGION UNDER
CTRL.
```

Ok, Tuck war nicht genügend getarnt, was mich in arge Schwierigkeiten bringen könnte. Ich sollte ihn eliminieren, falls nötig. Immerhin, der Devils Peak war für unseren Einsatz gesichert.

Ich blickte kurz zu Tuck hinüber und seufzte. Er war immer noch mit seiner Tarnung beschäftigt, während ich mich hoffentlich perfekt genug als moosbewachsener Felsen verkleidet hatte. Er lag ungefähr dreißig Meter entfernt von mir und fummelte ständig an seiner

Tarndecke herum.

»Hey, Tuck, wirds denn bald mal bei dir? Wir sind nicht mehr lange im Schatten.«, sprach ich ihn leise über Funk an.

»Jaja, ich habs gleich. Moment, der Hitzeschutz fehlt noch. Warum brauchst du eigentlich keinen? Macht das alles dein sexy Tarnanzug oder hast du da drinnen eine Klimaanlage verbaut?«

»Halt die Klappe und konzentrier dich auf deinen Auftrag.«

Was für ein Idiot. Langsam fragte ich mich, wo die so cleveren und viel gerühmten ERA-Speznas eigentlich herkommen sollten. Wollten die mich etwa prüfen?

»Tuck?«

»Ja, Master?«

»Falls wir getrennt werden, wie gehts dann weiter?«

»Was meinst du damit, falls wir getrennt werden?«

Ich schüttelte langsam den Kopf. Oh Mann, was für einen Noob hatten die mir denn hier bloß geschickt? Es war tatsächlich eine Prüfung. Wenn sie Nemesis tatsächlich besser kannten, dann sollten sie damit rechnen, das ich diesen kleinen Idioten schnellstmöglich beseitigen würde, wenn er mir im Weg wäre. Ich atmete einmal tief durch und aktivierte den Funk wieder.

»Hör mal zu, Tuck. Das hier ist eine ziemlich heikle militärische Operation. Was glaubst du was da unten gleich abgeht, wenn das Ziel eliminiert ist? Glaubst du dass die Trauergemeinde erst mal weinend zusammenbricht? Innerhalb weniger Minuten werden tausende von Sicherheitskräften alles im Umkreis von dutzenden Kilometern auf den Kopf stellen. Und wenns sein muss umgraben. Jetzt ist genau der Zeitpunkt, mal damit herauszurücken wie die Flucht aussehen soll. In 86 Minuten ist hier ein sehr überstürzter

Aufbruch angesagt, ich werde ganz bestimmt nicht erst dann überlegen, wie wir hier am besten wegkommen. Also, Junge, Plan oder nicht? Wenns keinen Plan gibt, pack ich sofort zusammen und die Geschichte endet hier.«

Das statische Rauschen im Funk veränderte sich, bevor eine vollkommen fremde Stimme erklang.

»Master Robin, Bruder Tuck ist leider nicht autorisiert, darauf zu antworten, aber ich verstehe deine Bedenken. Pass auf, unterhalb des Sattels am Breakfast Rock sind Seilsicherungen angebracht, damit kommt ihr so schnell wie möglich vom Berg runter, während vorne hoffentlich genug Ablenkung passiert. Der Treffpunkt zum untertauchen, buchstäblich, befindet sich am Newlands Wasser-Reservoir, weiter unten am Stadtrand. Ihr werdet dort mit Tauchausrüstung in die Pipelines runtergehen. Genügt dir das an Informationen, Robin?«

Ich dachte einen Moment nach, bevor ich antwortete.

»Nein, eigentlich nicht. Aber was solls... wenn irgendwas schief läuft, werd ich euch die Hölle heiß machen, das schwör ich euch.«

Ein Lachen krächzte aus dem Gerät.

»Jaja, so kenn ich dich. Ich freue mich darauf, dich endlich wiederzusehen, du großmäuliges Biest, es gibt sicherlich viel zu erzählen. So und nun halten wir wieder Funkstille, der Tanz beginnt in kürze.«

Mist. Da saß jemand am anderen Ende der Leitung, der Nemesis persönlich kannte, verflucht. Ein Problem, was ich hoffentlich später lösen könnte.

Eine neue Nachricht im Display meines Zielfernrohres lief prompt einige Sekunden später durch.

ARRIV DELAY. ATTACK POSSB LATE 1 TO 3 HRS.CONTACT NOW MASKED.

Scheiße. Mehrere Stunden Verspätung. Dann würde es hier taghell sein, verflucht.

Immerhin hatte Tuck endlich seine Tarnung vervollständigt und war kaum noch zu erkennen.

Warten ist meist eine der härtesten Prüfungen bei solchen Einsätzen, das hatten mir meine Ausbilder immer wieder eingebleut.

*

Es dauerte tatsächlich noch über zwei Stunden, bis sich dort unten endlich etwas regte. Ich hatte meine Augen gerade ein wenig ausgeruht vom ständigen starren durchs das Visier und meine Gedanken kreisten um das, was dem Angriff dann folgen würde.

Wenn uns nach dem Rückzug tatsächlich jemand erwartete, der Nemesis besser kannte, war das ein erhebliches Risiko für mich und für die ganze Mission.

Tuck meldete sich und riss mich aus meinen Gedanken.

»OK, irgendwas passiert auf der Jacht des Generals. Siehst du das?«

Ich nahm mein Gewehr wieder hoch und zielte auf das Schiff, legte mich wieder in die richtige Schussposition, in der ich schon Stunden zuvor verweilt hatte.

Ich musste den Zoom etwas zurückfahren um die Szenerie besser überblicken zu können. Auf dem Deck hinter der Brücke schienen ein paar Wachsoldaten panisch umherzulaufen. Verwundert zoomte ich näher heran und versuchte zu erkennen, was dort unten vor sich ging.

Plötzlich wurde mein Vizor komplett schwarz und ich zuckte instinktiv runter, tiefer in meine Deckung hinein.

Um mich herum wurde von einem Moment auf den anderen alles unnatürlich grell erhellt, trotz dass mein

Blick auf den Boden gerichtet war.

Meine Hand fuhr zum Empfangsschalter des Headsets, aber hierüber bekam ich nur ein lautes Rauschen, durchsetzt mit schweren Knacksen und anderen Störgeräuschen.

Meine Gedanken rasten, als ich nach oben in die Bäume schaute, deren Äste und Blätter in grellem Licht erstrahlten und sich zu krümmen begannen. Hitze und Licht breiteten sich aus.

Wenn da unten tatsächlich ein Nuke hochgegangen ist, dann blieben mir nur wenige Sekunden, bis mich die Druckwelle erreichte. Egal wie, ich musste sofort weg von hier. Ich drehte schnell das Gewehr, so dass ich den versteckten Funktionsknopf erreichen konnte und aktivierte die Selbstzerstörung.

Dann warf ich das Gerät zur Seite, sprang auf und spurtete los, um so schnell wie möglich hinter die nächste Kuppe zu gelangen. Ich drehte mich nicht um als ich um mein Leben rannte, konnte aber die unbändige Hitze in meinem Rücken spüren, wie den heißen Atem eines wilden Tieres, dass mich jeden Moment nieder reißen würde.

*

»Verdammt, was ist da unten los?«

Überall in der Kommandozentrale schrillten laute Alarmtöne.

Auf dem großen Display, welches bis vor einigen Sekunden noch eine hochdetaillierte Karte von Kapstadt und der umgebenden Region gezeigt hatte, breitete sich ein unheilvoller, schwarzer Kreis aus.

Alle starrten wie versteinert auf die Anzeigen, bis sich der Koroneta-Offizier zu Wort meldete.

»Wir registrieren einen kompletten Zusammenbruch

der Kommunikation in 12 Clix Umkreis um das Ereignis. Der Nullpunkt liegt exakt auf den Koordinaten der Jacht. Eine starke Druckwelle breitet sich aus und wird in wenigen Sekunden den Gipfel des Devils Peak erreichen.«

Er drehte sich um und starrte abwechselnd Fari und Jeka hilflos an.

»Ich denke die Mission hat eine unerwünschte Wendung genommen.«, fügte er dann hinzu.

Ein anderer Offizier meldete sich mit weiteren Ergebnissen.

»Wir messen eine erhöhte Hitzeentwicklung und einen sehr starken elektromagnetischen Puls, aber es gibt keine für Nuklearwaffen typische Strahlungssignatur. Leider schirmt die Schockwellenfront unsere Sensoren für ein exakteres Lagebild ab. Wir werden noch einige Minuten blind sein, bevor die Beobachtungssatelliten wieder alles erfassen können.«

»Was zur Hölle passiert da unten? Verflucht, wir müssen Aida da rausholen!«, rief Jeka aufgeregt.

Fari starrte nur den großen Screen an und legte den Kopf schief.

»Was denn nun? Sag schon was!«, drängte sie ihn ungeduldig.

»Wir können da nicht einfach runtergehen, Jeka. Und noch ist nichts vorbei.«, antwortete er ruhig, immer noch den Blick auf den Screen gerichtet.

»Was erzählst du da für einen Scheiß?«, brüllte sie ihn an, während sie nach seinem Arm griff.

Er drehte sich um und wehrte ihren Griff ab. Dann hielt er Jeka fest, starrte sie an.

»Noch ist nichts verloren, Jeka. Aida ist hoffentlich weit genug vom Epizentrum entfernt und sie wird sich zum nächsten Treffpunkt durchschlagen, das ist ihre

Gelegenheit. In dem Chaos hat sie vielleicht sogar eine bessere Chance als mit unserem ursprünglichen Plan, wer weiß.«

Jeka starrte ihn wütend an. Sie glaubte ihm kein Wort und konnte es nicht fassen, wie er in diesem Moment so ruhig bleiben konnte.

»Wir bekommen eine erste Analyse herein Commander, einige Scans sind wieder möglich. Der Hafen und der angrenzende Bahnhofsbereich sind komplett zerstört, die Stadtviertel Woodstock und District Six sind schwer getroffen. Darüber hinaus messen wir erhebliche Beschädigungen bis hinauf in die Berge. Jegliche Elektronik, Leitungsführungen, Kommunikationssysteme im Umkreis von 12 bis 15 Clix wurden überlastet und zerstört. Wir sind zur Zeit leider noch vollkommen auf die visuellen Daten unserer Orbitalsysteme angewiesen, von unten selbst bekommen wir noch nichts. Die Explosionswolke hat mittlerweile eine Höhe von über 10 Clix erreicht, das erschwert eine direkte Beobachtung. Robben Island wird in diesem Moment von einer hohen Welle überspült. Wir messen zwar eine leicht erhöhte Radioaktivität, aber die Strahlungswerte sprechen gegen eine klassische Nuklearwaffe vom Ardai-Typ. Allerdings ergibt die Computeranalyse eine hohe Wahrscheinlichkeit für einen Kernbruch eines Shuttle-Antriebsreaktors der Klasse 3.«

»Woher soll denn ein Antriebsreaktor dieser Klasse kommen? Wir hatten keine Fluggeräte dieser Art in der Nähe.«, raunte der Koroneta-Offizier.

»Vermutlich wurde ein Reaktor aus einem beschädigten und erbeuteten Shuttle zur Explosion gebracht. Ich kann die Bestände der vermissten Maschinenteile in der Datenbank checken, Commander.«

Fari starrte auf den großen Screen, als ob er die Macht

hätte dadurch etwas zu verändern.

»Commander?«

»Ja, tun Sie das. Und schicken Sie Hilfstruppen hinunter. Ein Kreuzer soll sich zu Aufnahme von Verletzten bereit machen. Eine Forensikmannschaft soll...«

Er unterbrach sich kurz und blickte wieder zu Jeka.

»Schicken Sie ein SpecOps-Team auf die Spur von Nemesis. Aber unauffällig und mit genügend Abstand. Wir dürfen auf keinen Fall falsche Aufmerksamkeit erregen. Das ganze dort unten lief komplett anders ab, als wir es geplant hatten. Wenn wir jetzt direkt nach ihr suchen, fliegt alles auf. Das wäre ihr sicherer Tod.«

Jeka wandte sich ab und trat hinüber zu einem Kontrollpult.

»Wir können sie jetzt nicht einfach herausholen, das weißt du genau.«, sagte Fari ernst zu Jeka.

Mit zitternder Stimme antwortete sie ihm leise.

»Jawohl Commander, machen wir weiter.«

KAPITEL 10

Curiosity killed the cat,
but satisfaction brought it back.

frei nach William Shakespeare

NRSA-News vom 20.9.2080 AD

Die Explosion auf dem Schiff des Generals Al-Saud, ausgelöst durch einen erbeuteten Reaktorkern eines Transportshuttles der Konvergenz, hat heute Morgen weite Teile des Hafengebiets von Kapstadt zerstört. Der Terrorangriff forderte rund 23.000 Todesopfer, darunter rund 170 Vertreter der Konvergenz und hochrangige Abgesandte der Erdfraktionen. Schwere Beschädigungen im ganzen Altstadtbereich bis hinauf zu den Tafelbergen erschweren die Rettungseinsätze weiterhin erheblich. Zur Tat bekannte sich die 2R (Real Resistance), die als radikalere Abspaltung der ERA (Earth Resistance Army) operiert. Da bei diesem Anschlag wichtige Vertreter der Fraktionsregierungen getötet wurden, trägt die Bekenner-Nachricht von 2R den Titel »Enthauptung der feigen Kollaborateurskaste«

NORAMBC-Bericht vom 19.12.2080 AD

...von offen ausgetragenen Flügelkämpfen wurde wiederholt berichtet. Im Verlaufe der letzten Monate wurden zahlreiche Mitglieder der 2R tot aufgefunden, teilweise wurden ihre Leichen offen drapiert, so als ob sie demonstrativ zur Schau gestellt werden sollten. Es wird vermutet, dass die ERA ihre letzte Konkurrenzorganisation aus Rache beseitigt, um damit ihren alleinigen Führungsanspruch als den wahren Erdwiderstand zu untermauern. Kein Mitglied der 2R konnte bisher von Sicherheitsbehörden der Erde oder der Konvergenz lebend in Gewahrsam genommen werden.

*

Jeka hob die Plane hoch und musterte den Leichnam so gründlich es ihr möglich war. Es goss in Strömen auf die Szenerie herab und sie schauerte auch aufgrund der nassen Kälte, die ihr durch die Knochen glitt. Ein Polizist in der Uniform der New Yorker Polizei hielt einen Schirm über sie und leuchtete mit einer Lampe. Die Düsternis der Umgebung schien aber nicht weichen zu wollen und der heftige Regen drückte alles bleischwer nach unten.

Hier lag eine junge Frau mit dunklem Teint, vermutlich Ostafrikanischer Herkunft. Das winzige Einschussloch auf ihrer Stirn täuschte über die massiven Schäden im Schädel dahinter hinweg. Jeka untersuchte den Leichnam weiter und betastete ihren Oberkörper. In der Kuhle zwischen ihren Brüsten bemerkte sie zwei weitere kleine Löcher. Ein schwaches lächeln huschte über ihr Gesicht. Sie fasste sich ans Ohr, wo ein unauffälliges Headset platziert war.

»Commander, wir haben hier wieder die gleiche Handschrift, das gleiche Schussmuster. Lassen Sie den Leichnam zum Schiff bringen für weitere Untersuchungen.«

Sie wartete kurz auf die Antwort und nickte dann. Dann erhob sie sich und sprach an den Polizisten gewandt.

»Wir müssen Sie mitnehmen, können Sie mich bitte mit ihrem Vorgesetzten in Verbindung setzen?«

»Das geht nicht, Miss, Sie wissen dass das hier der Zuständigkeitsbereich der Autonomen Fraktion NORAM ist, das wurde im Abkommen so geregelt.«

»Hören Sie Officer, hier handelt es sich um einen Fall von internationalem Belang, der Weltkooperationsrat...«

»Hören Sie, Madam,« erklang eine tiefe, durchdringende Stimme hinter ihr.

»Das hier ist immer noch mein Zuständigkeitsbereich. Hier wird nicht einfach so jemand abtransportiert. Wenn der Weltrat ein Interesse an dem Fall hat, dann soll er sich an die jeweiligen Hohen Vertreter halten und die Sache offiziell abwickeln.«

Jeka drehte sich um und erblickte den Mann im durchnässten Trenchcoat, mit dem Hut auf dem Kopf und einigem zuviel auf den Rippen. Ein richtiger New Yorker Bulle, gestylt wie vor 150 Jahren. Sie musste ihr Amüsement über die Vorstellung unterdrücken, als der Neuankömmling schon wieder weiter polterte.

»Wer sind Sie eigentlich? Hat der Weltrat jetzt auch schon eigene Polizeikräfte oder wie kommen Sie dazu hier rumzuschnüffeln?«

Jeka ließ beiläufig ihren Regenmantel etwas zur Seite fallen, so dass ein paar Uniformteile zum Vorschein kamen.

Seine Augen weiteten sich.

»Mein Name ist Jekaterina Semjonowa, SubCommander in der Abteilung Sicherheit bei den Unterstützungseinheiten der Protektoren. Ich bitte Sie hiermit offiziell um Amtshilfe für diesen Fall.«

Er schreckte etwas zurück, man konnte ihm ansehen, dass er von der Situation, einer Kollaborateurin gegenüber zu stehen, sichtlich angewidert war. Aber er fasste sich schnell wieder und seine Obrigkeitshörigkeit gewann die Oberhand.

»Oh, das wusste ich nicht, SubCommander.«

Er reichte ihr die Hand zum Gruß und stellt sich vor.

»Mein Name ist John Frasier, Sergeant Fraiser, Homeland Security. Verzeihen Sie mir bitte meinen schroffen Auftritt. Ich kann's nicht leiden, wenn sich Fremde in meinem Distrikt wichtig tun.«

Jeka erwiderte den Gruß und zog die Hand zurück, als sie das Gefühl hatte, er würde sie liebend gerne zerquetschen wollen.

»Darf ich Sie auf unser Revier bitten? Bei einem heißen Kaffee können wir uns in Ruhe über die Situation unterhalten. Scott? Ist die Spurensicherung schon durch?«

»Ja, Seargent, wir können abziehen.«, rief der uniformierte zu ihm herüber.

Er winkte Jeka herbei und bewegte sich in Richtung seines Rovers. Jeka sprach leise zu ihrem Headset.

»Bleibt dran und sorgt dafür dass niemand an der Leiche herumspielt. Falls doch, dann will ich einen Zugriff haben, egal was die Diplomaten davon halten.«

Im Rover war es wenigstens trocken und im Vergleich zu draußen angenehm still. Selbst das prasseln des Regens war kaum zu hören. Frasier zog eine dünne, hässlich aussehende Zigarre hervor und zündete sie sich an. Er grinste herüber zu Jeka und hielt ihr das abgegriffene, schäbige Etui hin, während er beschleunigte.

»Auch eine?«

»Nein danke«, antwortete Jeka freundlich und angewidert zugleich.

»Wusste nicht das die Russen so 'n Stock im Arsch

haben. Oder kommt das davon, wenn man zuviel mit den Konvergenzlern herum-kosmonautet?«

Er lachte über seinen eigenen Witz, keuchte etwas und musste husten.

»Nein, ich habe es mir einfach irgendwann abgewöhnt, als ich deswegen für drei Monate in den Bau musste.«

»Uii«, antwortete er beeindruckt.

»Stimmt, EURUSSIA, ja was habt ihr euch für einen Stress mit dem ganzen Gesundheitskram gemacht und gebracht hat's gar nix.«

Er keuchte wieder lachend.

»Na ja, das kann man so oder so sehen.«, antwortete Jeka, mehr zu sich selbst.

Sie bogen auf einen Freeway ein und Frasier beschleunigte weiter.

»Was wollen Sie eigentlich mit der Kleinen? PAM, PAM, einfach zwei Schüsse eingefangen. Vermutlich aus einem der Lager abgehauen, wird schon einen Grund haben, warum sie umgenietet wurde.«

Jeka blickte genervt zum Beifahrerfenster hinaus und unterdrückte ihren Kommentar dazu.

»Na ja, das wird wohl euer Geheimnis bleiben. Wie kommt man eigentlich dazu, mit den Besatzern zu kollaborieren?«

Jeka drehte sich wieder zu ihm um und setzte ein falsches Lächeln auf, als sie ihm schnippisch antwortete.

»Frasier, ihre Regierung arbeitet offiziell auch mit dem Weltkooperationsrat und der Konvergenz zusammen, also sitzen wir doch alle im selben Boot oder nicht? Alles für eine bessere und friedlichere Welt, nicht wahr?«

Er zischte verächtlich und schüttelte langsam den Kopf.

»Was soll denn an dieser Welt besser werden? Wir haben unsere eigenen Probleme und ihre Alien-Freunde sollten sich da nicht einmischen. Wir hassen Einmischung.«

»Oh, so wie damals in Deutschland, Vietnam, in Südamerika, im Kalifat? War das keine Einmischung?«

»Ach hör mir doch auf mit den alten Geschichten, da lass ich mir doch von einer Russin nix erzählen. Pff.«

Ganz unrecht hatte er nicht, schoss ihr der Gedanke durch den Kopf und sie beschloss, das Thema nicht weiter zu verfolgen. Keine Fraktion, keine der früheren Nationen und Großmächte hatte sich in diesem Jahrhundert mit Ruhm bekleckert. Vom vorherigen ganz zu schweigen.

Fraiser reichte ihr einen Flachmann herüber, während er zu einem Überholmanöver ansetzte.

»Cheers und fröhliche Weihnachten, Lady.«

Jeka zögerte einen Augenblick, ergriff dann aber die Flasche und roch erst mal misstrauisch daran. Kein gutes Zeug, dem Geruch nach, aber die Geste zählte. Sie nahm einen Schluck und war überrascht. Ein mittelmäßig brauchbarer Scotch. Oder zumindest hatte das Gesöff die nötigen Aromastoffe, wer weiß.

An der nächsten Ausfahrt fuhren sie runter vom Freeway und passierten ein paar Straßen weiter die Eingangskontrollen zum hoch gesicherten Polizeigebäude des Distrikts.

*

Jeka saß schon eine ganze Weile allein im Vorraum zur Pathologie und wartete.

Sie kämpfte mit einem Becher plörrigem Kaffee in der Hand hart gegen ihre Müdigkeit an.

Endlich, nach einer gefühlten Ewigkeit, bemerkte sie

Geräusche auf dem Flur und vernahm das heranrollen einer Bahre.

Sie erhob sich und einen Moment später wurde die Schwingtür vom Korridor her aufgestoßen. Zwei Uniformierte rollten einen Blechsarg ins Labor, im Tross dahinter erkannte sie Officer Scott und einen beschlipsten Anzugträger. Dieser kam auf sie zu und reichte ihr die Hand zur Begrüßung.

»Commissioner O`Brady, willkommen SubCommander, Doctor Miller wird gleich für die erste Autopsie zur Verfügung stehen. Sie möchten dem gerne beiwohnen, erwähnte mein Kollege, Sgt. Frasier?«

Jeka erwiderte seinen Gruß knapp und nickte, bevor sie sich selbst vorstellte.

»Ja gerne, Commissioner. Jekaterina Semjonowa, Abteilung Sicherheit. Wir haben ein gesteigertes Interesse an der Aufklärung dieses Falles und würden uns daher gerne direkt an der Untersuchung beteiligen. Mein Assistent, SubCommander Sefenik, scheint noch an der Eingangskontrolle festzuhängen, ich würde Sie gerne darum bitten, seinen Einlass zu beschleunigen, unser Anliegen ist leider zeitkritisch.«

Der Commissioner musterte sie für einen Moment, sah sich zögerlich um, griff dann aber an sein Ohr.

»Higgins, bitte sorgen Sie dafür dass Mr. Sefenik zügig zu uns ins Labor gelangt.«

»Ich danke ihnen, Commissioner.«, kommentierte Jeka seine Anordnung mit einem sanften lächeln.

Sie betraten das Labor, wo gerade die Leiche der jungen Frau aus dem Blechsarg auf den Untersuchungstisch gehoben wurde. Eine kleine, dunkelhaarige Frau mit großer runder Brille und zerzauster Frisur betrat in Laborkleidung den Raum durch eine zweite Tür und blickte sich verwundert um.

»Haben wir heute eine Party hier? Meine Güte, ohne Cocktails und ohne Sarge Frasier, das wird bestimmt verdammt langweilig.«

Sie musterte Jeka kurz und bedachte de Commissioner mit einem Schulterzucken, dann beugte sie sich über das Opfer und klappte eine Mikroskopkamera vor ihr linkes Auge.

»Doctor Lisbeth Miller, wenn ich vorstellen darf.«, verkündete der Commissioner.

Doctor Miller hob kurz eine Hand ohne weiter aufzusehen, in der anderen hielt sie eine Pinzette und bohrte in dem Einschussloch am Kopf des Opfers herum.

Die Flügeltür schwang auf und ein Sungati mit seinem obligatorischen Helm betrat das Labor. Die umstehenden musterten ihn kurz und er nickte Jeka zur Begrüßung kurz zu, dann trat er direkt an den Untersuchungstisch.

Durch sein Helmvisier erklang eine Übersetzerstimme als er sich an Doctor Miller wandte.

»Doctor, soll ich ihnen beim entkleiden der Körpers helfen? Ich sehe, dass im Brustbereich...«

Miller funkelte Sefenik über ihre Brille hinweg genervt an, woraufhin er irritiert innehielt.

»Junge, wenn du's nicht erwarten kannst, die Möpse einer Menschenfrau zu sehen, ist das dein Problem, aber in meinem Labor schnippeln wir die Leute auseinander, wie ich das für richtig halte, klar?«

Sefenik stutzte und trat etwas zurück. Er schielte hinüber zu Jeka, die ihm zunickte.

»Gut, wenn das geklärt wäre, dann würde ich den Officer und den Typen mit dem Fischglas auf der Rübe darum bitten, unseren Gast hier mal auf den Rücken zu drehen. «

Während dies geschah, flüsterte der Commissioner

etwas zu Jeka, die aufmerksam zuhörte. Miller schnitt die Bekleidung des Opfers auseinander und ließ per Fernsteuerung einen Scanner von der Decke herunter. Dann untersuchte sie die Austrittswunden an Hinterkopf und Rücken.

Nach ein paar Minuten hatte sie gefunden, nach was sie suchte und ließ ein paar zackige, verrußte Stückchen in eine Schale fallen.

»Das sieht mir eindeutig nach .11er Splittergeschossen aus, Wolfram-Kupfer mit Nylonüberzug, würde ich sagen. Kaum sichtbares Mündungsfeuer beim Abschuss. Mit den Dingern ist ein Treffer auf 3000 Meter ohne Probleme möglich, das Ding wirkt dann immer noch tödlich ohne eine riesige Sauerei in der Umgebung anzurichten. Kein spritzendes Hirn, was auf den Schussvektor schließen lässt. Ich würde mal behaupten, da war ein Profi am Werk.«

Sefenik meldete sich wieder zu Wort, wenn auch sichtlich zurückhaltender als zuvor.

»Den Aufzeichnungen zufolge kommen dafür nur drei Schusspositionen in Frage, die jeweils im Bereich von rund 2000 bis 3500 Metern Entfernung liegen. Es handelt sich um Gebäude mit freiem Schussfeld auf den Tatort.«

Der Commissioner warf ein:

»Also eindeutig kein Mord aus der Nähe? Warum sollte sich jemand professionelles für diese Person interessieren? Laut der Akte haben wir eine bisher vollkommen Unbekannte hier liegen?«

Jeka trat an den Tisch und bedeutete Sefenik und Scott die Leiche wieder umzudrehen.

Sie zog den Zipper der Jacke auf, weiter nach hinten, so dass der Blick auf die Schulter frei wurde. Sie musterte die Haut des Opfers genauer und fand dann, was sie suchte. Da war sie, eine kleine Tätowierung.

Dann winkte Jeka die Pathologin herbei, die ihre Mikroskopkamera wieder vors Auge klappte.

»Auf den Screen!«, sprach Miller in Richtung der Automatiksteuerung.

Ein großes Display erhellte sich und es erschien das Livebild der Tätowierung auf fast einem Meter Breite. Man erkannte ein großes, extrem verschnörkeltes Gebilde, mit ineinander verschlungene Pflanzen, Schlangen und Insekten. Es war der Blick tief hinein, in ein unendliches Wirrwarr. Alle starrten wie gebannt auf das winzige, aber unglaublich detaillierte Tattoo. Jeka trat näher an der Screen heran und suchte etwas. Eine fein gerasterte Region am Kopf einer Schlange zog sie weiter in ihren Bann. Sie deutete darauf und sagte:

»Vergrößern! Miller, bitte geben sie bitte etwas UV darauf.«

Das Bild zoomte weiter in den Bereich und Doc Miller hantierte mit einer kleinen Ultraviolett-Lampe über diesem Bereich.

Da! 2R!

›Treffer!‹, dachte Jeka und versuchte ihren Triumph zu unterdrücken. Der Commissioner trat näher an das Display heran und kniff die Augen zusammen.

»Schon wieder ein Racheopfer der ERA?«

»Sieht fast so aus.«, kommentierte Jeka.

»Verdammt und das in meinem Bezirk.«, schimpfte der Commissioner ungehalten.

*

Wenig später saßen Sefenik und Jeka im Shuttle zurück zur Basis auf dem Floyd Bennet Field, einem alten Flughafengelände an der Jamaika Bay, südlich von Brooklyn.

Der starke Regen hatte etwas nachgelassen und durch die Wolkenfetzen hindurch waren die Lichter der Stadt zu erkennen. Die Struktur der neuen, alten Basis war unter ihnen nun klar zu sehen. Der Wind war etwas aufgefrischt und zerrte von Zeit zu Zeit an dem Shuttle.

»Das sah schon ziemlich nach Nemesis Handschrift aus oder?«, meinte Sefenik.

Jeka grübelte noch und antwortete fast abwesend:
»Mmmh.«

»Subco, es tut mir leid, dass wir solange nichts mehr von ihr gehört haben. Aber wir müssen uns auch für den schlimmsten Fall vorbereiten. Für einen Total-verlust. Wir haben seit fast 3 Monaten keinen Kontakt mehr und ihre Body-Improvements müssten sich lang-sam zurückbilden.«

Jeka wandte sich ihm zu, mit einem Ausdruck der Verzweiflung in ihren Augen.

»Ich weiß Sefenik, genau das macht mir ja Sorgen. Ich habe gestern eine offizielle Abberufung von den 2R-Morden bekommen, Lord Commander Hogan hat uns heute nur ausnahmsweise gewähren lassen.«

Sefenik schaute aus dem Fenster, als sich das Shuttle zum Anflug auf die Basis in einer Kurve neigte.

»Eine der wenigen Dinge, die Menschen und Sungati teilen ist die Hoffnung, SubCommander. Das ist wohl unsere Stärke und unsere Schwäche zugleich.«

Sie lächelte ihn an und sagte:

»Ach, manchmal habe ich das Gefühl, ich habe mehr mit euch gemeinsam als mit meinen eigenen Leuten da unten. Auf diesem wundervollen Planeten, wo so viele Wahnsinnige herumlaufen.«

Sefenik nahm ihre Hand.

»Traumata, SubCo, ihr seid von Traumata erfüllt, Ardai. Krieg, Not, Elend, Leid, das geht niemals spurlos an fühlenden Wesen vorüber. So etwas wird von Generation zu Generation weitergetragen, da funktionieren unser aller Seelen sehr, sehr ähnlich. Selbst wenn es sich um knochenharte Krieger wie die Senekai oder die Koroneta handelt. Wütend und traumatisiert, das sind Sie auch noch nach so langer Zeit, wenn man nur genug an der Oberfläche kratzt.«

Das Shuttle war am Landeplatz angelangt und setzte langsam am Boden. Die Lichter der Basis spiegelten sich draußen in den Pfützen und blendeten Jeka, als sie durchs Fenster hinausblickte. Ein kleiner Rover kam vom Hauptterminal herübergefahren um sie abzuholen.

»Komm dann lass uns die Computerauswertung noch mal durchgehen und hoffen dass die NORAM-Sicherheitsleute uns nichts vorenthalten haben.«

*

Das Gebäude lag größtenteils im Dunkeln, nur noch die 24/7-Wache in den drei untersten Geschossen war noch hell erleuchtet. Es regnete wieder wie aus Eimern und der Sturm hatte sichtlich an Stärke zugenommen. Oben im siebzehnten war eine einzelne Schreibtischlampe und ein Monitor zu sehen, es war das einzige erleuchtete Fenster im ganzen Stockwerk.

Miller betrachtete die Projektilreste unter ihrem Mikroskop und runzelte die Stirn. Sie schaltete das Livebild auf den Monitor herüber und betrachtete das Bild dort genauer. Die Projektile waren erwartungsgemäß deformiert und der umgebende Nylon-Mantel durch Abschuss und Aufprall zum großen Teil vom Wolfram-Kern heruntergerissen. Miller stutzte, als sie am unteren Ende des Projektils ein regelmäßiges Muster erkennen konnte.

Sie vergrößerte das Muster und fertigte Bilder aus verschiedenen Beleuchtungsperspektiven an.

Zeichen waren darauf zu erkennen. Schriftzeichen, die ihr irgendwie bekannt, aber keinesfalls irdisch vorkamen. Sie griff nach dem Hörer ihres alten Nostalgie-Telefons. Das simulierte Tuten im Hörer signalisierte ihr, dass das Gerät bereit war, entweder einen Sprachbefehl zum Verbindungsaufbau entgegenzunehmen, oder ganz altmodisch über die kleine Displayfläche in der Mitte der Wählscheibe eine Rufnummer einzugeben.

Sie überlegte noch mal und legte dann langsam wieder auf. Es wäre sehr einfach gewesen, die Bilder direkt über die Forensik-Datenbank online analysieren zu lassen, aber etwas hielt sie zurück. Die Zeichen waren auf gar keinen Fall schon Herstellerseitig auf dem Projektil gewesen, sie sahen aus wie nachträglich hineingeritzt oder gebrannt. Mit großer Mühe vermutlich, wie als würde man mit einer Feder auf ein Reiskorn malen. Wozu tat jemand so etwas? Doch wohl nur um eine Botschaft zu übermitteln, oder?

Lisbeth stand auf und starrte gedankenverloren hinaus in die stürmische, verregnete Dunkelheit der Stadt. Der Commissioner und seine Abteilung schienen nicht auf eine an sie gerichtete Botschaft zu warten, sonst würden die jetzt hinter ihr stehen und so lange nerven, bis auch der letzte Hinweis aus Leiche und Projektilen herausgequetscht worden wäre.

Nein, hier herrschte auf jeden Fall ein gewisses Desinteresse oder eine Unwissenheit. Halt, vielleicht handelte es sich sogar um eine absichtliche Ignoranz der Vorfälle. So als ob es keinen interessieren würde, was da draußen mit den Leuten geschah.

Aber die Sicherheitsfrau der Konvergenz, bei ihr sah es ganz anders aus. Sie wirkte so, als wäre sie auf der

Suche nach etwas sehr wichtigem. Das konnte Lisbeth spüren, unter der harten Schale dieser Offizierin verbarg sich eine große Sorge um etwas. Oder jemanden.

Miller ging zurück zu ihrem Schreibtisch und öffnete ihre Schubladen. Sie wühlte etwas in dem gestopften Chaos herum und lächelte, als sie zwei kleine Metallstücke fand. Die Muttern von irgendeiner Verschraubung, die sie schon längst wieder an ihrem wackligen Stuhl anbringen wollte. Sie wog sie kurz mit der Hand ab und murmelte vor sich hin.

»Bis morgen muss das erst mal reichen.«

Dann stopfte sie die Schrauben in die beschriftete Plastiktüte, in der sich vorher die beiden Projektile befunden hatten. Die verschlossene Tüte landete in ihren kleinen Tresor für die Beweismittel und die beiden Projektile wanderten nur mit einem Papiertuch umwickelt in Doc Millers Hosentasche.

*

»Machs gut Frank, ich mach Feierabend!«, rief Lisbeth dem diensthabenden Wachmann in seiner Wachstube zu und winkte hinüber. Sie stempelte ordnungsgemäß aus und lächelte ihm zu.

»Oh Miller, ich wünsch dir was, komm gut heim bei dem Sauwetter.«

Er schaute kurz auf sein Display und grinste, während er auf den Öffner drückte.

»Mal wieder die letzte aus der Abteilung, wird Zeit für dich Mädchen, such dir mal n Privatleben.«

»Ach hör mir auf, das ist doch viel zu anstrengend.«, scherzte sie noch im herausgehen.

»Wie wahr, wie wahr...«, grummelte Frank als er wieder hinüber zu seinem Sportkanal schaute und über die Bemerkung der Kollegin schmunzeln musste.

Er wartete noch einen Moment ab, bis die nerdige Kollegin aus der zweiten großen Drehtür hinaus in die nasskalte Außenwelt trat und automatische Verriegelung hinter ihr einrastete.

Miller schüttelte sich die Kälte aus dem Leib, als sie nach einer Viertelstunde Wartezeit endlich in ein Taxishuttle steigen durfte.

Der Fahrer, ausnahmsweise mal tatsächlich ein echter Mensch, blickte verächtlich durch den Rückspiegel nach hinten, wo der späte Fahrgast seine ramponierten Sitze volltropfte.

»Wohin, Lady?«

Sie blickte ihn missmutig an und brummte:

»Brooklyn, Süden... Hmmm... Kings Plaza.«

»Shopping um die Uhrzeit? Na dann.«

»Weihnachtseinkäufe!«, antwortete sie ihm schnippisch und war froh, damit weitere Unterhaltungen unterbunden zu haben.

Während der Fahrt loggte sie sich über ihr MobiCom in eines der eigentlich verbotenen privaten Netzwerke ein, die die allgegenwärtige Zensur und Überwachung in NORAM umgingen.

Sie wusste, es konnte sie ihren Job kosten oder gar für einige Monate ins Erziehungslager bringen, aber sie nutzte diesen Zugang schon seit Jahren und war dementsprechend vorsichtig. Sie schickte die Bilder verschlüsselt hinüber zu einem alten Studienfreund, der gerade online war und wartete ungeduldig auf eine Antwort.

Die Fahrt zog sich unendlich lange hin und man hatte das Gefühl, das Shuttle könnte jeden Moment von der Straße gespült werden. Noch zwei Monate mit diesem Dreckswetter, dann würden wieder Hitze und Trockenheit das Land in Beschlag nehmen. Was für ein

Mist mit diesem kaputten Wetter und Klima.

Sie verfluchte ihre Elterngeneration für den ganzen Scheiß, den sie ihnen hinterlassen hatten. Man durfte es immer noch nicht laut aussprechen, aber Lisbeth selbst war unglaublich froh um den Eingriff der Konvergenz. Schlechter werden konnte es ja nun nicht mehr. Hoffentlich.

Sie waren fast am Ziel, als die Antwort ihres alten Freundes auf dem Display erschien.

Es ist ein Kovalia-Dialekt. Auf dem einen Metallteil steht in unser Alphabet übersetzt in etwa ›Kallor‹ und auf dem anderen ›gefunden‹. Da kann ich mir keinen Reim draus machen. Sorry. LG P

Kallor. Das musste irgendein Name oder Ort sein und sie tippte den Begriff in einer Suchmaschine ein.

Kallor Eiderann Testhesula, der verräterische Hochkönig aus der Fantasy-Romanreihe ›Spiel der Götter‹.

Aha. Damit konnte sie jetzt rein gar nichts anfangen.

»Wir sind gleich da Ma'am, das macht dann 180 Creds.«, brummte der Fahrer und zeigte auf seine Anzeige.

Miller kramte einen 200er Chip aus der Tasche und reichte ihn nach vorne, als er sie an einer überdachten Bushaltestelle herausließ. Sie zog die Jacke samt Kapuze wieder dicht über den Kopf und stieg aus.

Das Einkaufszentrum machte einen wirklich heruntergekommenen Eindruck. Überall lagen Tonnen von Müll herum, aber es herrschte selbst zu dieser Nachtzeit noch ein reger Betrieb rundherum. Die meisten Kunden hier waren die Leute aus dem benachbarten Flüchtlingslager, das die ehemaligen Parkanlagen überfüllte.

Hier hausten größtenteils Europäer, bunt zusammengewürfelt und ihres untersten gesellschaftlichen

Standes bewusst, vegetierten sie hier vor sich hin. Immerhin waren sie aus der strengen Isolation befreit aber immer noch schien es, als ob ihnen eine Anerkennung als gleichwertige Menschen auf diesem Kontinent versagt bliebe. Selbst die neue Hoffnung, ihre alte Heimat irgendwann wieder besiedeln zu dürfen schmälerte das Elend hier kaum.

Die durch die Konvergenz erzwungene Grundversorgung war einer der kritischen Punkte, warum in der NORAM so viel Skepsis gegenüber dem neuen Weltrat und den Besatzern herrschte. Die Führungselite von NORAM kooperierte mit offensichtlicher Zugewandtheit, aber im Volk gärte es, dafür sorgten die fragwürdigen Medien und Propagandaorgane schon seit Jahrzehnten.

Miller schüttelte den Kopf und löste sich von der erbärmlichen Szenerie. Ihr eigentliches Ziel war die Protektorenbasis drüben in der Jamaika Bay.

Sie bemühte sich, in ihrem MobiCom eine mehrfach verschlüsselte Verbindung aufzubauen, die die Echtzeit-Audioübertragung aufgrund der hohen Kryporate ziemlich verstümmelte. Einige Sekunden später meldete sich tatsächlich jemand.

»Informationshotline des Stützpunktes FBF, wie kann ich ihnen helfen?«

»Hallo. Ich bin... äh eine Bekannte und habe Informationen für Commander Jeka Semjonova. Wichtige Informationen. Können Sie mich bitte verbinden?«

»Einen Moment bitte...«

Es dauerte einen Moment und dann meldete sich eine verzerrte Stimme, vermutlich dieser Assistent mit dem Fischglas auf dem Kopf.

»Ja, wie kann ich helfen? Der Commander ist momentan noch nicht zu sprechen, kann ich ihnen vielleicht weiterhelfen?«

Miller zögerte.

»Sind Sie der Sungati? Heute Morgen aus der Patho im 7. Revier?«

»Frau Dr. Miller? Ja, das bin ich. Ist alles in Ordnung bei ihnen? Ihr Anruf sorgt mich.«

»Jaja, soweit ist alles OK. Ich habe etwas gefunden, was Sie vielleicht interessieren könnte.«

»Sollen wir zu ihnen ins Labor kommen?«

»Nein nein, auf keinen Fall. Ich bin in der Nähe... Ich bin beim Einkaufszentrum. Können wir uns hier irgendwo treffen?«

Einen kurzen Moment war nichts zu hören. Dann meldete sich Jeka.

»Dr. Miller, wir holen Sie rein, bleiben Sie bitte wo Sie sind, wir holen Sie ab OK?«

Miller schaute sich misstrauisch um, bevor sie antwortete.

»Gut, ich stehe...«

»Sagen Sie nichts, wir haben Ihre Position. Bleiben Sie im Hintergrund und verhalten Sie sich still.«

Miller wurde nervös und sagte nur noch »OK« bevor sie die Verbindung beendete. Ihre Position... warum wussten die das so schnell?

Sie schob sich in eine etwas dunklere Ecke und versuchte die Straße weiter im Blick zu behalten. Hinter ihr war eine kleine Gasse, durch die immer wieder verschiedene, zerrissen wirkende Gestalten schlappten. Ein Flaschensammler mit seinem Wagen rollte enttäuscht an ihr vorbei.

Die Minuten vergingen und sie blickte hin und wieder auf ihr MobiCom, ob nicht vielleicht doch noch eine Nachricht hereinkäme.

Plötzlich war da eine Stimme neben ihr.

»Feuer, Schwester?«

Sie hätte vor Schreck fast ihr MobiCom fallen lassen, konnte in dem schummerigen Licht aber nur vage eine Gestalt erkennen, die eine Zigarette im Mund hatte.

»Äh, äh, nein, sorry, ich rauche nicht.«

»Ah. Ein gesundheitsbewusster Mensch? Etwa eine Ärztin?«

»Woher... ?«

»Doctor Lisbeth Miller?«

Lisbeth schrak zurück, stieß dabei gegen etwas und drehte sich in Panik um. Noch ein Typ. Sie erkannte das Gesicht. Der Sergeant! Noch bevor sie sich wundern konnte, spürte sie das kalte Metall zwischen ihren Rippen und wie eine behandschuhte Hand von hinten ihren Mund bedeckte. Lisbeth wollte schreien, aber ihr fehlte die Luft dazu. Sie spürte noch ein weiteres Messer an ihrer Kehle, dann fielen plötzlich Schüsse.

KΛPITEL 11

Mit dem heutigen Tag tritt trotz aller vorangegangenen Schwierigkeiten der Weltkooperationsrat an einem geheimen Ort zusammen. Unsere Korrespondenten befinden sich zusammen mit ihren Kollegen aus den anderen Nachrichtenagenturen an einem unbekannten Ort und werden uns in den nächsten Tagen von den Ereignissen und Fortschritten berichten.

Die ersten Beratungsergebnisse beinhalten folgende Punkte:

Der Rat setzt sich aus je fünf Vertretern der Fraktionen NORAM, ASIATIC, dem Kalifat, SURAM und je zwei Vertretern der Fraktionslosen Gebiete Centafrika, Neutrale Republik Südafrika, Pacifica und EURUSSIA im Exil zusammen. Hinzu kommen noch fünf Vertreter der Konvergenz, davon drei zivile und bis auf weiteres zwei militärische.

Die zerstörten Teile des alten Internets werden mit Unterstützung der Konvergenz wieder zusammengefügt und sollen einen ungehinderten Informationsfluss zwischen den Menschen ermöglichen. Trotz massiver Kritik von Seiten der Fraktionen wird dies von der Konvergenz als unverzichtbar erachtet um eine freie Meinungs- und Willensbildung zu ermöglichen.

Binnen zwei Wochen soll durch den Weltkooperationsrat ein Beauftragter für Terrorismus eingesetzt werden. Die vier Großmächte sichern die Entsendung von Sicherheitskräften zur Bekämpfung der ERA zu, wenn im Gegenzug die Protektorenpräsenz seitens der Konvergenz zurückgefahren wird.

Am 3. März 2081 wurde durch einen weltweit koordinierten Anschlag der ERA das komplette Kommunikationsnetz der Erde gehackt und gezielt kritische Sicherheitssysteme überbrückt. Durch den Ausfall von Sicherheitsbarrieren wurden weltweit rund 100 Energieerzeugungsanlagen zerstört. Behördenvertreter und Mitglieder des Weltkooperationsrates wurden dabei gezielt getötet.

Vor wenigen Stunden wurden mehrere schmutzige Kernwaffen zur Explosion gebracht. Alle Angriffe fanden in der Nähe von Regierungseinrichtungen und Protektorbasen statt, die Städte New York, Seattle, Jing-Jin-Ji, Rio de Janeiro, Al-Quds, Teheran, Perth, Bangkok, Marrakesh und Mumbai müssen mit erheblichen Verseuchungen rechnen, nahezu einhundert Millionen Menschen befinden sich auf der Flucht aus den kontaminierten Gebieten.

Der verbliebene Rest des Weltkooperationsrats hat vor wenigen Minuten gemeinsam den Notstand ausgerufen und bittet die Konvergenz offiziell um militärischen Beistand gegen die ERA.

I hr habt WAS getan?!«, schrie ich mein feixendes Gegenüber an.

Ich konnte es nicht fassen, was er mir da gerade erzählt hatte, dieser verdammte Bastard. Ich wurde noch wütender und konnte mich nicht weiter bremsen, mit einem Schlag verpasste ich dem Blechspind eine fette Beule. Nicht die erste, offensichtlich.

»Seid ihr denn alle komplett wahnsinnig geworden? Wir wollen die Aliens loswerden und nicht unsere eigenen Leute!«

Suzako, der berüchtigte Rote Vogel, grinste mich nur herablassend und unverschämt an, sagte aber immer noch kein Wort zu der ganzen Sache.

»Scheiße, so was kann doch nur von dir kommen, oder?«

Er grinste weiter und legte den Kopf dabei schief, in seiner unnachahmlichen Art, einem zu zeigen, dass er sich einen Scheiß für das interessierte, was man ihm entgegenbrachte.

Er liebte es, einfach nur zu provozieren, sowohl seine Gegner als auch seine Mitstreiter. Aber er hasste es auch, wenn ihm jemand widersprach, so war der Übergang von Mitstreiter zu Gegner für ihn oft fließend.

Das war mir egal, ich warf mein Infotab vor ihn auf den Tisch, so dass es darüber schlitterte und ein paar seiner Sachen darauf auf den Boden kickte.

Dann drehte ich mich um zur Tür und wollte hinausstürmen als ich ihn noch mit seiner süffisanten und trotzdem eiskalten Art sprechen hörte.

»Überspann den Bogen nicht, Nem. Nur weil K einen Narren an dir gefressen hat, heißt das noch lange nicht, dass ich mir deine Unverschämtheiten unbegrenzt gefallen lasse.«

Ich hielt inne und meine Hand lehnte dabei am Türstock. Ich zog die anderen Finger herunter, sodass er nur noch meinen Mittelfinger zu sehen bekam und verließ sein Büro mit den Worten:

»Fick dich!«

Man hörte ihn noch lachen, als ich wutentbrannt um die nächste Ecke bog.

Diese wahnsinnigen Arschlöcher. Es reichte mir, ich musste hier raus. Den Tod und die Verseuchung von tausenden von Menschen, von Wesen der eigenen Spezies in Kauf zu nehmen, wie wahnsinnig konnte man sein?

Ich hatte wirklich einiges erlebt, in den letzten Monaten seit dem Desaster von Kapstadt, aber das Maß war nun voll, randvoll.

In meinem Raum sank ich an der Wand herab und glaubte ich hielte es nicht mehr aus, ich müsste jeden Moment platzen. Ich verspürte den Drang, einfach nur über den Flur zu laufen und es vor allem diesem miesen Penner Suzako zu besorgen. Einfach ein sauberer Kopfschuss, fertig, ohne Diskussion. Aber er war auf so etwas vorbereitet, das wusste ich nur allzu genau.

Solange ich in den letzten Monaten immer wieder auf Außeneinsätzen war, um die Fanatiker von 2R zu eliminieren, gab es hier keine großen Probleme. Meine Kontakte zum inneren Zirkel beschränkten sich dabei auf ein Mindestmaß.

Ich steckte nun hier drinnen, nicht nur bis zu Hals, sondern weit darüber hinaus. Ich drohte, in diesem ganzen ERA-Ding zu ersaufen und fragte mich von Tag zu Tag, von Stunde zu Stunde, wie ich das noch weiter aushalten sollte. War noch zu viel Aida in mir und zu wenig von der kaltblütigen, fanatischen Nemesis?

*

Am Tage der Enthauptung in Kapstadt herrschte solch ein Chaos, niemand stellte seit unserer hastigen Flucht meine plötzliche Wiederauferstehung in Frage, das war mein Glück.

Unser Kontaktmann am Funk musste innerhalb des Detonationsradius gesessen haben, ihn hatte es erwischt. Jegliche alte Verbindung war nun abgebrochen und so wie es aussah, gab es niemanden mehr bei der ERA, der die alte Nem noch persönlich kannte.

Ein paar Tage nach der Explosion von Kapstadt durfte ich die großen ERA-Führer, Suzako und K zum ersten Mal persönlich treffen. Es war eine Zusammenkunft unter höchster Anspannung, die ERA-Basis in der Nähe von Nairobi drohte aufzufliegen, alle waren vollkommen aufgeregt und schrien wild durcheinander. Man hatte möglichst viele Zellen auf dem ganzen Kontinent kontaktiert, um das weitere Vorgehen zu besprechen. 2R hatte die Organisation von innen heraus erschüttert, der Erd-Widerstand drohte einer Spaltung zum Opfer zu fallen.

Ich stand mit Tuck etwas im Hintergrund und beobachtete die Versammlung. Es herrschte eine prickelnde Atmosphäre, wie der Tanz auf einem Pulverfass. Viel zu viele nervöse und bis an die Zähne bewaffnete Spinner waren hier in einem Raum zusammengepfercht.

Als Suzako und K mit den anderen hochrangigen ERA-Führern und deren Sicherheitstross den Raum betraten, herrschte sofort respektvolle Ruhe.

Sie strahlten auf jeden Fall eine große Autorität aus, hier waren nicht einfach nur irgendwelche mittelmäßigen Untergrundkämpfer erschienen, sondern tatsächlich die Profis, die Führungselite. Ich fragte mich, was sollte ich bei dieser Gelegenheit tun? K direkt angreifen? Dazu waren hier zu viele andere rundherum versammelt. Ich könnte ihn zwar tödlich erwischen, aber dann war die eigentliche Mission gescheitert. Ich musste mehr über ihn erfahren und mit diesem Wissen wieder lebendig herauskommen.

Tuck quasselte mich ständig mit irgendetwas voll, seit unserer gemeinsamen Flucht durch die Wasserversorgungstunnel wich er mir kaum noch von der Seite.

Ich hatte einen Fan, das war eindeutig. Vermutlich rechnete er sich bei mir auch noch das ein oder andere aus, aber dazu ließ ich es nicht kommen. Auch während der Besprechung textete er mir wieder eine seiner uninteressanten Geschichten ins Ohr, als ich plötzlich bemerkte wie sich einer der Sicherheitsmänner von Suzako suchend umschaute.

Ich verfolgte seinen Blick und er schien nacheinander ein paar Leute quer durch den Raum verteilt anzublicken und ihnen mit einem kaum merklichen Nicken ein Zeichen zu geben.

Irgendetwas lief da. Ich musterte den Kerl genauer und dann traf es mich wie einen Blitz aus heiterem Himmel. Ich kannte ihn! Ich stand im dunklen, sodass er mich nicht bemerkte, aber ich erkannte sein Gesicht. Meine Gedanken rasten. Noch wollte ein Teil von mir es nicht wahrhaben.

Tuck hörte auf zu sprechen und ich bemerkte erst gar nicht, dass er mich fragte ob ich ihm noch zuhören würde.

Ich beobachtete weiter den Typen neben Suzako, dessen Bild mir nun immer vertrauter wurde, trotz Bart und veränderter Frisur.

Ich griff Tuck vorsichtig an den Arm und raunte ihm zu:

»Mach unauffällig deine Waffe klar, gleich gibts hier richtig Ärger.«

»Was?!«, flüsterte er so unauffällig zurück, dass die zwei Männer vor uns sich kurz umdrehten und mürrisch dreinschauten.

Dann nickte Suzakos Begleiter jemandem in der Mitte der Menge zu und plötzlich brach ein Tumult aus. Ein paar Leute vor uns stürmten auf die Führungsriege zu. Ich zog meine Waffe und erledigte zwei von ihnen hinterrücks. Einer der beiden, der direkt auf K zugesprungen war, wurde von mir noch in der Luft von drei Schüssen zersiebt. Er riss K durch die Wucht des Aufpralls noch mit um und besudelte ihn mit seinem Blut.

Ich hörte noch die anderen 2R-Verräter schreien und verstand Worte wie »Soona«, »Alien-Missgeburt« und ähnliches. Der Typ neben Suzako starrte mich fassungslos an, während die anderen Sicherheitsleute versuchten einen Schutzring zu bilden. Der ganze Raum schien sich plötzlich gegenseitig zu belauern, niemand wusste mehr genau, wer war Freund, wer war Feind?

Zwei Anführer hatte es in dem kurzen Feuergefecht erwischt, aber auch mindestens eine Handvoll 2R-Attentäter blieben dabei auf der Strecke.

Tuck stand leicht versetzt neben mir und gab mir Deckung, noch ein paar andere bildeten eine Gruppe um uns herum. Ich sprach zu Suzako, während ich meine Waffe auf den Typen neben ihm gerichtet hielt:

»Er dort, der Kerl neben dir, der hat das Zeichen zum Angriff gegeben.«

Suzako drehte sich langsam um und ich hätte schwören können, dass seine Empörung in diesem Moment auf jeden Fall gespielt war.

Ich starrte den Typen wieder direkt an und er bekam plötzlich so ein Glitzern in den Augen, verzog das Gesicht zu einem Grinsen und begann zu sprechen:

»Ich werd verrückt, die kleine Fotze kenn ich doch.«
Seine Stimme!

In diesem Moment waren mein Erinnerungsvermögen und mein Abzugsfinger direkt miteinander gekoppelt. Noch bevor sich das Wort Mars und der Phantomschmerz in meiner Hüfte, tief aus meiner Erinnerung manifestieren konnten, war die Kugel für ihn schon auf ihrer tödlichen Reise.

Noch bevor mein Verstand komplett begriff, was hier passierte und wer hier vor mir stand, noch bevor auch nur eine Vorahnung von möglichen Konsequenzen aufkeimen konnte, zerschlug das erste Projektil aus meiner Waffe seine Schädelplatte und das zweite schnellte schon hinterher durch den Lauf.

Schneller als mein eigener Verstand, schien mein Überlebensinstinkt perfekt zu funktionieren. Mein Instinkt sagte mir auch in diesem Moment, dass es gar nichts bringen würde, jetzt darüber nachzudenken, ich müsste so funktionieren, wie Nem es getan hätte.

Noch während alle um mich herum versuchten die Situation zu erfassen, nahm ich die Waffe wieder runter und spuckte dem Leichnam des elenden Verräters in sein zerschmettertes Gesicht.

Mit den Worten

»Niemand nennt mich Fotze!«, wand ich mich zum Gehen ab und stieß Tuck an, mir zu folgen. Ungeachtet der vielen Waffen die nun auf mich gerichtet waren, steckte ich meine wieder ein und ignorierte die konsternierten Gesichter der umstehenden.

Mein Opfer war der Typ vom Mars, der Verräter mit dem Decknamen Deimos, der es geschafft hatte bis nach Ceres abzuhauen. Es war klar, ERA oder 2R, er war einer von denen gewesen, die ein paar mehr Fäden in der Hand hielten. Mich hätte so sehr interessiert, wie seine Laufbahn hier unter seinesgleichen war. Aber das Risiko, dass er etwas über mich hätte ausplaudern hätte können, war mir einfach zu groß.

Nach ein paar Schritten hörte ich von hinten jemanden laut rufen:

»HALT!«

Ich blieb stehen und wartete ab was passieren würde.

Tuck schaute sich kurz um und dann wieder zu mir. Er zog die Schultern hoch und blickte mich fragend an.

»Danke, Nemesis.«, hörte ich eine mir fremde, seltsam klingende Stimme, laut sagen.

Ohne mich umzudrehen, hob ich wie zur Bestätigung meine Hand und trottete weiter hinaus aus dem Besprechungsraum.

So geriet ich in den ersten Tagen gleich in den Fokus der verbliebenen Führungsriege und hatte mich damit vorerst als halbwegs loyale Kämpferin bewiesen.

Es war so erschreckend zu erkennen, wie gut die ERA in Wirklichkeit organisiert war. Wie viel Technik und Unterstützung ihr zur Verfügung stand, wie viele Basen existierten, die dem Zugriff durch Sicherheitskräfte der Erde und der Konvergenz verborgen waren.

Es gab weitverzweigte unterirdische Tunnelsysteme quer über Kontinente hinweg, getarnte Transportschiffe und U-Boote, sogar einige erbeutete orbitfähige Transportshuttles der Protektoren.

K verließ von Zeit zu Zeit seinen sicheren Platz im innersten Kommandokreis und koordinierte die verbliebenen Großzellen vor Ort selbst. Er wusste um seine Wirkung auf die Mannschaften, seine Anwesenheit schüchterte die meisten von ihnen ein und erzeugte einen angstvollen Respekt. Sollte er tatsächlich ein Soona sein, wunderte mich das. Soona konnten eine sonderbare Wirkung auf uns Menschen haben, ihr Blick, so durchdringend, so forschend, dass man Gänsehaut bekam. Aber kein Soona den ich persönlich kennenlernen durfte, war hinter dieser Fassade wirklich so. Sie hatten keine übernatürlichen Kräfte oder Fähigkeiten, sie waren beileibe keine muskelbepackten Brecher wie die Senekai oder die Koroneta. Aber gute Schauspieler waren sie, daher wurden sie vornehmlich für die Exploration auf der Erde eingesetzt.

Nach und nach bekam ich durch die Gerüchteküche heraus, dass es sich bei K um einen ehemaligen Militärangehörigen der Konvergenz handeln musste. Laut den Erzählungen war vorher wohl ein fähiger Wissenschaftler gewesen, der im Dienst der Protektoren stand. Seine körperlichen Merkmale und Verhaltensweisen deuteten sehr stark auf eine Soona-Herkunft hin. Allerdings wohnte ihm eine verstörende Kaltblütigkeit inne, die sich mit einer beängstigend sanften Freundlichkeit abwechseln konnte.

Er konnte ganz ruhig mit einem netten Lächeln sprechen, egal ob er jemanden wegen seiner guter Arbeit loben wollte, oder ihm erklärte, dass er gleich unendlich qualvoll sterben würde. Immer auf dieselbe sanfte Art.

Das war das, was mich an Objekt Kallor so irritierte.

Seit dem Zwischenfall mit 2R hatte Suzako mehr oder weniger die Macht inne und bildete zusammen mit seinem engsten Kreis sozusagen die Abteilung für innere Sicherheit der ERA. Für ihn ergaben sich aus dem Vorfall nur Vorteile, er war jetzt einer der Bosse und das zeigte er nur allzu gern.

Ich bemerkte schnell, dass es für mich keine Chance geben würde, unbemerkt Informationen herauszuschicken. Ich war meist in Suzakos Nähe untergebracht, sodass ich zu meinem Leidwesen mehr mit ihm zu tun hatte als mir lieb war. Ich arbeitete oft zusammen mit Tuck oder Matayo, wie er mit richtigem Namen hieß.

Für meine Einsätze draußen bereitete ich mich tagelang vor, kundschaftete die Zielpersonen aus und machte mir vor Ort ein Lagebild. Aber ich wusste, dass ich immer und zu jeder Zeit unter Beobachtung stand. Sie trauten mir noch nicht vollständig. Das ließen sie mich von Zeit zu Zeit spüren.

Aber keiner war bisher hinter mein kleines Spielchen mit den markierten Projektilen gekommen. Zumindest ließen sie es mich nicht wissen. Mein Problem war, ich konnte zwar auf der ganzen Welt meine Brotkrumen verstreuen, aber ich wusste nie, wohin man mich nach einem Einsatz hinbrachte. Die Rückzugswege waren verschlungen, häufige Wechsel der Transportmittel, niemals zwei Einsätze hintereinander auf dem selben Kontinent. Aber wir waren sehr oft in Afrika unterwegs, dem Kontinent mit vielen Grenzen, vielen Territorien und scheinbar unendlichen Möglichkeiten, sich zu verstecken.

Meine letzten beiden Kugeln, die im Kopf eines 2Rs in Mexico-City stecken mussten, enthielten einen Hinweis darauf.

Das Prinzip war eigentlich simpel: Es gab ein kleines, laserbetriebenes Gerät, mit dem man die Projektilsignatur verfälschen konnte. Die kleinen Kerben, durch die man Rückschlüsse auf den Lauf der verwendeten Waffe ziehen konnte, wurden durch einen abrasiven Laser überschrieben. Was hier unten aber niemand wusste: Ich konnte Einfluss auf den Generator für das Zufallsmuster nehmen. Matayo hatte mir das mal irgendwann aus Spaß gezeigt, wie er beim Übungsschießen die Projektile mit dummen Sprüchen oder stilisierten Penissen graviert hatte. Er war eigentlich eher ein talentierter

Hacker und Waffensystemspezialist, aber als Sidekick im Außeneinsatz fiel es mir manchmal schwer mit ihm und seiner Neigung zur Unprofessionalität.

Ich war oft verwundert darüber, wie er es bis hierher geschafft haben mochte. Aber, was es mir manchmal einfacher machte, er gehörte in meinen Augen wenigstens nicht zu den total Verrückten.

Von Zeit zu Zeit dachte ich darüber nach, ob ich ihm etwas anvertrauen dürfte.

Der Drang dazu, mit jemandem reden zu dürfen wurde immer größer, je mehr ich unter den ganzen kranken Arschlöchern verweilen musste. Meine Aufträge, die 2R-Fanatiker umbringen zu müssen, zog mich zusehends weiter in einen gefährlichen Sog hinein.

Ich tötete gezielt noch viel verrücktere Leute, zumindest wurde es mir so aufgetragen. Aber war das richtig? Ich war eine Killermaschine und musste mich tagtäglich damit auseinandersetzen. Kaltblütigkeit kann man einfach nicht vorher erlernen. Mit jedem anderen Leben das ich auslöschte, starb auch etwas in mir. Wie lange musste ich noch funktionieren? Hatte denn niemand meine Botschaften, meine Brotkrumen gefunden? Dachten sie etwa... ich wäre tot?

Diese Geschichte hier musste bald enden, ich hielt es kaum noch aus und es wurde von Tag zu Tag schlimmer.

KAPITEL 12

»Krieg ist kein Gesellschaftsspiel, bei dem sich die Planer brav an Regeln halten. Wenn es um Sein oder Nichtsein geht, werden Regeln und Verpflichtungen machtlos. Nur die bedingungslose Abkehr vom Krieg überhaupt kann da helfen.«

Albert Einstein

em, bitte melde dich im Briefing-Room.«, schnarrte eine Stimme aus einem alten, knarzigen Lautsprecher.

Für mich war nicht zu erkennen, wer mich da rief.

Ich stand auf, klatschte mir ein wenig frisches Wasser ins Gesicht, ordnete meine Haare und atmete tief durch. Ich war Nem, nicht Aida, alles klar.

Zieh das jetzt hier durch. Es wird irgendwann hoffentlich alles besser. Vielleicht nur noch ein paar Wochen und du bist hier raus.

Die Zeit drängte, ich merkte wie sich die Korrekturen an Nase und Hautbild langsam zurückbildeten, ebenso musst ich mich immer mehr anstrengen, Nesrins rauhe Stimme realistisch nachzuahmen.

Ich schob es auf die schlechte Luft hier unten in den Verstecken, überdeckte es oft mit Räuspern und Husten, vermied es, mich zu ausführlich mit Leuten zu unterhalten. Es funktionierte, aber wie lange noch?

In dem Raum, in den ich gerufen wurde, saßen K, Suzako, eine blonde Frau und drei andere Typen, die ich nicht kannte. Die Frau hatte ich schon einige Male in

Begleitung K′s gesehen, sie schien ebenso zum inneren Zirkel zu gehören.

»Hallo Nem, setz dich bitte.«, sprach K und deutete auf den freien Platz am Tisch.

Ich blickte mich um und versuchte, mir nichts von meiner Anspannung anmerken zu lassen. Ein Stuhl direkt gegenüber von K wurde mir von einem der Unbekannten angeboten.

Ich setzte mich. K musterte mich einen Moment lang und begann dann zu sprechen.

»Nem, wir stehen vor einer ernsten Situation. Wir müssen hier verschwinden. Unsere Einsätze der letzten Tage haben wie beabsichtigt für einigen Wirbel gesorgt.«

Ich schaute fragend in die Runde.

»Aber dafür braucht ihr bestimmt nicht meine Zustimmung oder?«

Einige der Anwesenden lachten kurz. K schaltete kurz ein künstliches Grinsen auf, dass aber sofort wieder verschwand.

In diesem Moment merkte man direkt, dass man es hier nicht mit einem Menschen zu tun hatte.

»Hör zu Nem, wir können nicht alle mitnehmen. Hier geht es darum, dass wir für einige Zeit untertauchen müssen, da die Lage an der Oberfläche zur Zeit sehr explosiv ist. Der Kontinent ist nicht mehr sicher.«

Ich dachte nach. Sollte das tatsächlich ein Angebot werden, mitzukommen?

»Gut. Was heißt das für mich?«

Suzako fixierte mich mit seinem kalten Blick und übernahm das Wort.

»Du musst etwas für uns erledigen.«

»Was?«, fragte ich direkt zurück.

»Es gibt eine unautorisierte Mission der Konvergenz-Sicherheitskräfte. Eine Gruppe von Spezialkräften schnüffelt in einer unserer verlassenen Basen herum und sucht fieberhaft nach irgendetwas. Wir haben sie lokalisiert und isoliert. Du sollst herausfinden, was sie vorhaben, wie ihr Kenntnisstand unserer Strukturen ist und sie dann gegebenenfalls eliminieren.«

Ich stutzte innerlich, ließ mir aber nichts weiter anmerken.

»Gut. Wann und wo?«

K antwortete.

»Sofort. An einem Ort, der dir vorerst nicht offenbart wird, ich hoffe du hast dafür Verständnis.«

Er winkte irgendwo hinter mich und prompt wurde mir ein schwarzer Sack über den Kopf gezogen. Eine Stimme raunte mir durch den dicken Stoff hindurch ins Ohr.

»Keine Angst, das geschieht nur zu deinem eigenen Schutz. Nimm meine Hand. Rechte Seite.«

Entgegen meines Instinktes wehrte ich mich tatsächlich nicht und es kostete mich alle Kraft, nicht von Angst und Panik ergriffen zu werden. Wenn sie mich eliminieren wollten, gäbe es tatsächlich andere Möglichkeiten. Dies hier schien eine Prüfung zu werden. Eine Prüfung auf meine Fähigkeiten oder auch meine Loyalität? Wer weiß.

Ich ergriff eine kräftige, schwielige Hand und stand langsam auf. Ein sanfter Druck einer anderen Hand gab mir die Richtung vor, in die ich mich bewegen sollte. Es ging heraus aus dem Raum und ich hörte hinter mir nur Suzako rufen.

»Enttäusch uns nicht Nem, wir zählen auf dich.«

Ich hasste ihn so sehr. Ich hoffte, dass er irgendwann einmal seine gerechte Strafe bekommen würde. Und noch mehr hoffte ich, dass ich ihm diese persönlich verpassen durfte, noch bevor er sich unter dem Schutz der Justiz verkriechen durfte.

Es ging weiter in Richtung der Tunnel zu den Außenlagern, aber dann bogen wir in einen Korridor ein, der mir gänzlich unbekannt vorkam. Die Geräusche deuteten darauf hin, dass ich zwei Begleiter hatte, die mit schweren Kampfstiefeln und Gepäck behangen waren. Sie achteten darauf, dass der Weg für mich nicht allzu schwierig wurde und dass ich nicht das Gefühl bekommen sollte, ich wäre als Gefangene unterwegs.

Ich sagte oder fragte den ganzen Weg nichts, ich dachte mir schon, es wäre zwecklos.

Irgendwann wurde mir vorsichtig der Kopf heruntergedrückt und man schob mich in ein Fahrzeug. Jemand setzte sich neben mich.

Die Beschleunigung war spürbar, und die Fahrt zog sich unglaublich lange hin. Meine innere Uhr, gekoppelt an ein untrügerisches Hungergefühl, schätzte etwas um die zwei Stunden. Ich wurde ungeduldig und gelangweilt beschloss ich irgendwann dann doch mit meinen Mitreisenden Kontakt aufzunehmen.

»Sind wir bald da? Das Entertainment und die Verpflegung hier drin sind echt Scheiße.«

Mein Nebenmann musste ein wenig lachen. Er antwortete.

»Junge Frau, Sie haben hier keinen erste Klasse Flug gebucht, es geht in den Einsatz.«

Er klang etwas verschlafen und schien sich in eine aufrechtere Position zu bemühen.

»Wir sind bald da, noch ungefähr eine Viertelstunde.«

»OK, Fremder, wir sind doch im Tunnel oder? Dann kannst du mir den Sack auch abnehmen, man sieht hier sowieso nichts von außen oder?«

»Nein Miss, keine Chance. Befehl ist Befehl«

»Miss, Junge Frau... mit wem hab ichs hier überhaupt zu tun ? Hast du einen Namen, Fremder.«

»Ja, den habe ich.«

Na toll.

»Ok, schon klar, leg dich wieder hin, hat ja keinen Zweck.«

Ein amüsiert-verächtliches Schnauben war zu hören und schon kehrte wieder Ruhe ein.

Ich musste irgendwie wieder eingenickt sein, denn der plötzliche Stopp kam sehr überraschend.

»Endstation, alles Aussteigen.«, meldete sich der Witzbold zu Wort.

*

Man half mir vorsichtig das Fahrzeug zu verlassen und ich wurde durch einen abschüssigen Gang geführt.

Ich zählte fast achthundert Schritte bis ein Geräusch erahnen ließ, dass sich vor uns ein schweres Tor öffnete. Als sich das Tor hinter uns wieder schloss, war ein leises Geräusch von strömender Luft zu vernehmen und meine Ohren knackten. Einen kurzen Moment überkam mich die Angst, dass ich gleich aus einer Luftschleuse geworfen werden würde, was absurd war, denn wir hatten sicherlich nicht den Planeten verlassen.

Dann öffnete sich vor uns das nächste Tor und wir traten hindurch. Auf der anderen Seite wurde mir endlich der Sack vom Kopf genommen und ich erkannte im Schein der fünf Kopflampen, dass eine Gruppe in schwarzen Kampfanzügen und Schutzmasken um mich herum standen.

Die Stimme meines Mitfahrers erkannte ich sofort, als dieser mir zu verstehen gab, dass ich mich schnell anziehen sollte. Man warf mir einen Rucksack mit Kampfausrüstung zu, jemand anderes streckte mir ein mattschwarzes GN77 hin, die hypermoderne und extrem robuste Variante des guten alten AK47. Es war das ideale Guerilla-Gewehr, geeignet für Multiprojektil-Munition in drei verschiedenen Kalibern, absolut tödlich und mit unglaublicher Durchschlagskraft im Nahbereich.

Selbst die besten Koroneta-Kampfrüstungen hielten nur mit zusätzlicher Kraftfeldunterstützung einer Salve aus dieser Waffe stand. Der große Bruder, die GN77X war sogar in der Lage kleinere Transportshuttles der Protektoren im Nahbereich schwerstens zu beschädigen. Allerdings wog das Gerät mitsamt Standardmunitionierung auch fast 30 Kilo. Nicht ganz mein Fall.

Ich nahm die GN77 entgegen, überprüfte sie routiniert und schaute fragend in die Runde:

»Und der Vizor?«

Mein Begleiter tippte gegen seine Maske und sprach hindurch.

»Eingebaut, per Funkprotokoll, neueste Erweiterung.«

Ich warf dem ersten Halter der Waffe diese wieder zurück.

»Nix da, ich brauche einen direkten Vizor, dieses Funkzeugs versagt im Gefecht, wenn die Rails zu viele EMP erzeugen. Man sieht nur noch Schnee im Sichtfeld und muss die Maske abziehen.«

Der Trupp blickte sich gegenseitig an und der bisherige Wortführer zuckte mit den Schultern.

Eine weibliche Stimme kam von rechts.

»Ma`am, ich habe noch einen Original-Vizor dabei, wenn Sie möchten, können Sie ihn gerne benutzen.«

Ich musterte sie und musste dabei grinsen.

»Ma'am... so hat mich schon lange keiner mehr genannt. Aber ja, danke Kameradin, ich nehme das Angebot gerne an. So und wie ist sonst die Lage? Kommandostruktur, Missionsziel, Nomenklatur, Rahmenbedingungen? Wir sind ja bestimmt nicht zum Spaß hier oder? Hier siehts nicht grad gemütlich aus.«

»Entschuldige bitte Nemesis, mein Name ist Tolko, ich habe hier das Kommando. Hier drüben, das sind Manu, Chris, Ying Li und Hazel.«

Alle grüßten bei Erwähnung ihres Namens knapp zurück.

»Unsere Mission läuft unter dem Decknamen Snake, von daher sind die Funkrufnamen auch in dieser Reihenfolge zu verwenden. Snake 6 wäre für dich, Nemesis.«

Ich nickte und zog mich währenddessen weiter an.

»Ziel ist es, diesen Komplex zu sichern. Unsere Alarmsysteme haben einen unautorisierten Zugang zu dieser Anlage verzeichnet, kurz bevor die primären Überwachungseinheiten ausgeschaltet wurden. Die Fernaufklärung hat ergeben, dass es sich vermutlich um Einheiten des Konvergenz-Sicherheitsdienstes und Unterstützung durch Militärkräfte von NORAM und ASIATIC handelt.

Die acht bis zwölf Feinde dringen zwar langsam aber erstaunlich zielstrebig ins innere des Komplexes vor. Wir lassen sie dabei absichtlich in eine Sackgasse laufen, indem wir ihnen nach und nach Zugänge gewähren.«

»Und warum das ganze Spiel? Warum machen wir sie nicht direkt fertig?«, fragte ich ungeduldig.

»Ganz einfach. Wer es bis hierher in diesen Komplex geschafft hat, wird vermutlich mehr wissen als uns lieb ist. Hier befindet sich einer der Hauptzugänge zu unserem afrikanischen Transportnetz. Wenn sie den finden, werden wir den ganzen Kontinent verlieren.«

Ah, dann mussten wir entweder in der Nähe der Mponeng-Mine im Whitwatersrand sein oder am Emi Koussi, im Tisbet-Gebirge. Das waren die wichtigsten strategischen Zugangspunkte, soweit ich das in Erfahrung bringen konnte.

Ersteres ließ sich herausfinden, wenn ich mehr von der Umgebung sehen würde. Die Basis um die alte Goldmine herum musste aufgrund ihrer Tiefe von über 4 km aufwendig gekühlt werden, da so tief unten über 60°C Temperatur herrschten.

Mponeng war direkt nach dem Anschlag in Kapstadt evakuiert worden, da man einen direkten Zugriff befürchtete. Die ganze Anlage war mit Giftgas geflutet worden, um Eindringlingen möglichst viel Ärger zu bereiten. Daher wohl der Einsatz mitsamt der Masken, denn auch nach den Monaten würde das Restgas noch nicht ganz verflogen sein.

Mich wurmte es, dass ich meine Signaturwaffe nicht mitnehmen durfte. So konnte ich keine Brotkrumen hinterlassen, was ein Pech, die Gelegenheit wäre wahrscheinlich nicht die schlechteste gewesen. Verdammt.

Tolko fuhr mit dem Briefing fort, während ich mich weiter anzog und die Maske aufsetzte.

»Wir werden die verfluchten Besatzer und ihre Kollaborateure in die Falle locken und dann mit SPREAL behandeln, um herauszufinden, woher sie kommen und wie viel sie über die Strukturen hier wissen. Ein Informant hat uns von einem hochrangigen Offizier der Aliens berichtet, der die Gruppe anführt. Ebenso geht das Gerücht um, dass es sich um einen nicht offiziell autorisierten Einsatz handeln soll. Also entweder macht da jemand einen Alleingang oder die Geschichte soll so geheim über die Bühne gehen, weil irgendjemand aus der Erdregierung mit drin hängt. Oder es gibt eine Verbindung zu einem Maulwurf in unseren Reihen. Keine Ahnung, das meiste, was ich dazu gehört habe, stammt aus der Gerüchteküche.«

Seine Worte verwirrten mich. Ergab das alles Sinn?

Hazel, Snake 5, die mir ihren Vizor übergeben hatte, meldete sich zu Wort.

»Hauptsache wir setzen sie fest und finden heraus, was sie hier wollen. Jeder hat am Gürtel eine Spritze mit SPREAL. Setzt es vorsichtig ein, ihr wisst wie gefährlich das Zeug ist.«

SPREAL, das war eine der ekelhaftesten Erfindungen der Folterindustrie. Seine Vorläufer wurden in den 20ern aus Meth und einer vollkommen neuen Klasse von Psychedelika weiterentwickelt. Es war eine synthetische Spezialdroge, die einzig und allein den Zweck verfolgte, Menschen zu foltern und bis ins letzte zu zerstören. Jeder der den Stoff kannte, wusste, je früher er den Qualen nachgab, desto höher war die Chance zu überleben. Die physischen und psychischen Schmerzen wurden dadurch verschlimmert, dass der natürliche Schutzmechanismus der Bewusstlosigkeit komplett ausgehebelt wurde. Es gab nichts, das die Qualen stoppen konnte. Viele sagten, dass verbrennen bei lebendigem Leib oder Waterboarding humaner wären als dieses Zeug. Absolut widerlich.

Ich hoffte, ich bekäme die Gelegenheit unsere Gegner direkt im Kampf zu töten, sodass ihnen dieser Dreck erspart bleiben würde. Ich zwang mich dazu, mir nichts anmerken zu lassen. Etwas in mir schrie, dass das, was ich hier machte, absolut falsch war. Dieser Schrei begleitete mich schon viel zu lange, ungezählte Wochen und Monate. Bei den 2R-Spinnern machte ich mir nicht solche Sorgen, die waren ja im Prinzip noch schlimmer als die ERA-Leute.

Aber nun ging es direkt um Konvergenztruppen. Um meine Leute.

»Gut, hier ist der Plan des Komplexes, prägt ihn euch gut ein, falls die Nav-Einheiten versagen, die kleinen Scheißdinger haben ein paar Macken, wenn sie die Com-Verbindung verlieren.«

Alle nickten zustimmend und wir bereiteten uns auf den Einsatz vor.

KAPITEL 13

»Die Tunnelsysteme der ERA waren gigantisch. Jede Fraktion hatte seinerzeit immense Mittel in deren Bau investiert, obwohl an der Oberfläche die Menschen hungerten, unter Krankheiten, Hitze und Verschmutzung litten. Im Nachhinein konnte man erst erkennen, wie beschämend das Ganze war. Die Oberschichten hatten sich darauf eingestellt, sich tief unten einzugraben und die Biosphäre mit dem niederen Fußvolk ihrem Schicksal zu überlassen.«

Paul Müller-Fernandez, Edukator für neuere Geschichte am Vandana-Shiva-Institut für nachhaltige Entwicklung, 235nZ / 2091 AD

Einige Zeit später standen wir am Anfang einer großen Halle, sie maß mindestens drei oder vier Fußballfelder an Grundfläche und mit einer Höhe von sechzig Metern war die Decke kaum noch zu erahnen.

Wenn es sich tatsächlich um Mponeng handelte, dann war dies eine ehemalige geheime ASIATIC-Basis. Hier lagerten einst auch die Atomwaffen für den Einsatz an Tag Q vor 7 Jahren. In Tibesti, im Norden Afrikas, müsste ebenfalls eine solche Basis existieren, zumindest zu meiner Zeit im Kalifat war diese noch aktiv in Benutzung.

Rund um die Halle öffneten sich viele Gänge und weitere Räume, wie man im maximalen Licht unserer Kopflampen erkennen konnte.

Ein Piepen erforderte meine Aufmerksamkeit und wir erhielten gleichzeitig die Meldungen auf unseren Com-Geräten.

Auf der Karte, die per Augmented Reality in das Innere der Maske projiziert wurde, erkannte man plötzlich die Punkte.

Der Feind.

Mit entsicherten Waffen verließen wir die Halle auf der gegenüberliegenden Seite, tauchten ein in das düstere Labyrinth.

Nach einer guten halben Stunde gab Snake 1 den Befehl, den Trupp aufzuteilen, 1, 3 und 5 bogen seitlich ab und wir gingen auf Silent-Mode über. Wir hatten unsere Lampen ausgeschaltet und sahen alles nur noch durch die künstliche Umgebungsdarstellung in den Maskendisplays. Es wirkte wie in einem Computerspiel, man sah scharf abgegrenzt nur Silhouetten und Kanten. Kleine Details waren als helle Punkte und Strichzeichnungen zu erkennen.

Snake 2 leitete meine Gruppe und checkte mit seiner endoskopischen Kamera um jede Ecke, was jedes Mal Zeit und Nerven kostete.

Meine Gedanken rasten und mir fiel es schwer mich auf meine Aufgabe zu fokussieren. Ich hatte es tatsächlich so satt, dieses ewige Laufen durch Tunnel, Gänge, Katakomben. Das konnte doch kein Lebensziel sein, oder? Ich verstand ja die Beweggründe des Widerstandes, klar, ich gehörte ja auch einst dazu. Aber dieses maulwurfartige Leben konnte doch keine dauerhafte Alternative sein. Kein Wunder, dass hier nur Verrückte um einen herum waren. Menschen waren nicht für so etwas geschaffen.

Ich wollte nur noch raus und die Sonne sehen. Und die Sterne, den Himmel, die Wolken. Warum waren alle davon so überzeugt gewesen dass ich die richtige für solch einen Job wäre? Ich würde am liebsten einfach nach oben an die Oberfläche abhauen, und meinen Tracking-Chip aktivieren. Sie sollten mich einfach nur rausholen.

»Kontakt!«, krächzte es plötzlich durch die Funkverbindung und ich wurde jäh aus meinen panischen Gedanken gerissen. Scheinbar weit entfernt drangen Fragmente von Explosionsgeräuschen an mein Ohr. Es waren Schüsse, die durch die langen, verwinkelten Gänge sonderbar nachhallten.

Snake 2 trieb uns weiter vorwärts und die Geräusche wurden lauter. Um weitere dutzend Ecken herum kam der Befehl, uns in den Fluren aufzuteilen.

»Snake 3, Verlust«, kam eine Meldung herüber.

Mein Gang war verschlossen, die Tür vor mir ließ sich nicht öffnen.

»Snake 6, ich habe keine Freigabe für die Tür hier, erbitte weitere Anweisungen.«, meldete ich mich.

Einige Sekunden später kam eine Antwort.

»Snake 4 hier, warte einen Moment, ich mach dir von der anderen Seite auf.«

»Ok, bleibe standby.«

Ich wartete und dachte nach. Ich war für einen Moment alleine und überlegte, ob mir genug Zeit blieb, irgendetwas zu tun.

»Snake 4, wie lange brauchst du noch? Soll ich eine Alternativroute nehmen?«, fragte ich ungeduldiger als beabsichtigt.

»Nein, nein, Snake 6, ich habs gleich, ich sehe schon die Tür. Maximal 90 Sekunden.«

»Gut, dann bis gleich.«, antwortete ich, scheinbar erleichtert.

Nichts ist gut, verdammt, was mache ich jetzt?!

Ich zog schnell einen Kampfhandschuh aus, zog die Maske ein Stück hoch und spuckte auf meinen Finger. Ich begann an die Wand neben mir ein paar kurze Worte in den Staub zu schreiben. Mein Mund war vor Aufregung verdammt trocken und so fiel es mir nicht leicht, ausreichend Spucke zu produzieren. Ich hoffte inständig, das nachrückende Sicherheitskräfte der Konvergenz die Aufschrift finden und meine DNA entschlüsseln würden.

Die Türsteuerung meldete sich mit einem blinkenden grünen Lämpchen und das Schottrad drehte sich langsam. Ich fingerte schnell meinen Handschuh wieder zurecht und hoffte, keinen allzu gehetzten Eindruck zu hinterlassen, als ich durch den sich öffnenden Spalt hindurchglitt.

»Alles OK Snake 6?«, fragte Snake 4.

»Na ja, macht keinen Spaß im dunkeln alleine vor verschlossener Tür zu warten, ohne zu wissen was hinter einem passiert.«

Snake 4 lachte kurz.

»Ja, das kann ich mir vorstellen.«

»Lass uns beeilen, wir sind außerhalb der Com-Reichweite, hier schirmt die Gebäudestruktur die Signale zu sehr ab.«

Nach ein paar Minuten des Weges kamen zuerst verrauscht, dann immer klarer werdend einzelne Funkfragmente herein. Im Display erschien noch mal der Verlust von Snake 3, dessen Lebenszeichen seit 13 Minuten auf null standen. Snake 2 und Snake 5 hatten leichte Verletzungen.

Dann kam die Meldung von Snake 1.

»Komplex gesichert, wir haben alle bis auf zwei erledigt! Sammeln bei meinen Koordinaten! Wir haben einen Offizier dabei, Volltreffer!«

Ich hörte die anderen über Funk jubeln und stimmte halbherzig mit ein. Ich hatte ein Scheißgefühl bei der Sache. Es konnte doch nicht OK sein, dass ich dabei war, wenn meine eigenen Leute gefoltert werden sollten, oder? Verdammt, ich musste mich irgendwie aus der Affäre ziehen. Ich hängte mir das Gewehr um, weil die Durchgänge hier verwinkelter waren und zog meine Pistole.

Immer heftiger musste ich gegen Angst und Zweifel ankämpfen, um keinen Koller zu bekommen. Monatelang hatte meine antrainierte, professionelle Disziplin durchgehalten, und in diesem Moment überkam mich das Gefühl, dass ich gleich durchdrehen würde. Ich musste mich absolut zusammenreißen.

Vor der Tür zu einem Raum stand Snake 2 und nickte uns zu. Wir betraten zusammen mit ihm die Kammer, die von einer flackernden Deckenlampe erhellt wurde. Auf dem Boden knieten zwei Gestalten. Man hatte ihnen dunkle Säcke über den Kopf gestülpt und ihre Hände waren mit Kabelbindern zusammengezurrt.

Tolko und Ying Li hatten ihre Masken abgezogen und standen vor den beiden Gefangenen, Hazel und Manu dahinter. Ich zog ebenfalls die Maske ab und war froh trotz des Gestankes wieder etwas freier atmen zu können.

»Sehr schön Nem, gut dass du auch schon da bist.«

Ein Kopf bewegte sich unter dem Sack, so als ob die Person zusammengezuckt wäre.

»Dein Spritzensatz scheint noch OK zu sein, ich würd sagen, fang beim Offizier an.«, forderte Tolko mich auf.

Dann zog er der ersten Gestalt den Sack vom Kopf. Die darunter erscheinende Person starrte mich mit großen Augen an.

Fari hatte Gonalika in diesen letzten zwanzig Jahren, seit sie sich kannten, bisher nur zwei mal erlebt, wie sie komplett die Fassung verlor.

Aber dieses mal konnte er ihre Wut nachvollziehen, er fühlte dasselbe wie sie. Während sie schrie, schlug sie mit der flachen Hand ständig auf die Tischplatte, was ihren Zorn noch weiter untermalte.

»Dieses renitente Biest, sie hatte den klaren Befehl, die Sucheinsätze einzustellen. Was soll das? Warum hast du sie nicht mehr unter Kontrolle? Ohne eine Absicherung auf eigene Faust in einen ERA-Komplex einzudringen, wie kann man nur auf so eine beschissene Idee kommen?«

Fari wusste nicht was er darauf antworten sollte.

»Die Hinweise aus New York, von dieser Ärztin, scheinen ja tatsächlich auf Aida hinzudeuten. Ich kann Jeka verstehen, wenn sie darauf reagiert. Wir haben seit Monaten nur vage Brotkrumenspuren verfolgt.«

»Genau, Fari, vage Brotkrumenspuren! Sonst nichts! Mit konkreteren Informationen hätten wir vielleicht etwas bewirken können, aber damit?«

»Aber für sie scheint es ja konkret genug zu sein. Sonst würde sie jetzt nicht im Alleingang versuchen, Aidas Spur zu verfolgen.«

»Schick deine Leute hinterher, egal ob sie sie da rausholen oder nicht, das hat jetzt und hier ein Ende, sofort! Die gesamte Mission wird beendet! Es drohen uns sowieso ganz andere Zeiten. Es gibt keinen Spielraum mehr für kleinteilige Kommandoaktionen.«

Fari starrte sie fragend an.

»Was meinst du damit? Was ist mit den Kommandoaktionen?«

Gonalika rang wieder um Fassung, und atmete tief durch. Einige Augenblicke später schien sie sich wieder unter Kontrolle gebracht zu haben und fuhr ruhig und sachlich fort.

»In der Besprechung mit dem Lord Protektor und dem Trium wurde soeben der Einsatzbefehl für Operation Zedora gegeben. Der Weltkooperationsrat von Arda hat uns offiziell um militärische Hilfe gebeten und uns freie Hand gelassen.«

Fari setzte sich und schüttelte enttäuscht den Kopf.

»Zedora bedeutet, wir pflügen jede mögliche ERA-Stellung rigoros um, egal ob dort Opfer zu erwarten sind oder nicht. Du weißt was das heißt oder?«

»Ja. Luftangriffe, Orbitalartilliere, Invasion, das große Besteck. Ein massiver Einsatz von Bodentruppen auf dem Territorium eines fremden Planeten. Das ist der Preis für unser Versagen, hörst du?«

Fari seufzte.

»Das ist so verdammt bitter. Das ist das erste mal seit 70 Jahren, dass so etwas wieder notwendig wird. Und damals hatte es auch schon nicht funktioniert, obwohl wir militärisch in der überlegenen Position waren. Wer hat sich eigentlich diesen Operationsnamen ausgedacht, das stellt die ganze Aktion unter keinen guten Stern. Wir werden ja wohl hoffentlich keine solche Niederlage hinnehmen müssen.«

Gonalika drehte sich zum großen Screen herum und aktivierte ihn mit einer Geste.

»Ich weiß das nur zu genau, was du mit Verlust meinst, mein lieber Fari. Vielleicht macht es mich deshalb so wütend.«

Auf dem Screen erschienen mehrere Symbole auf einer Raumkarte. Sie deutete nach und nach auf verschiedene Zeichen und erklärte ihm deren Bedeutung.

»Fünf Schlachtkreuzer der Tiluani-Klasse wurden ins Halio-System beordert. Sie werden in wenigen Stunden einsatzbereit sein. Sie werden ein wahres Feuerwerk auf Arda anrichten, zumindest in den Regionen, die wir als Zielgebiete lokalisieren konnten. Die Landungsschiffe sind mit mehreren Bridgeburner-Einheiten besetzt, sie bilden die Speerspitze der ersten Welle mit 35.000 Einsatzkräften. Sobald die Truppentransporter auf Sildron und S`raasii wieder ausgemottet sind, schicken wir die zweite Welle hinunter, noch einmal 85.000 Krieger. Außerdem ziehen wir die Schutzkräfte aus Europa ab. Sollen sich die Ardai-Sicherheitsleute selbst um die Rücksiedler kümmern.«

Fari stand auf.

»Ich will dorthin, ich will vor Ort sein!«

Gonalika drehte sich herum und musterte ihn, von oben herab.

»Was willst du da noch bewirken? Jetzt ist erst mal die Zeit für das grobe Handwerk unserer Protektoren gekommen.«

Fari seufzte traurig.

»Fühlst du nicht auch die Verantwortung, für das was dort geschieht?«

Sie wandte sich wieder ab und sagte mit einem resignierten Unterton in der Stimme:

»Welche Verantwortung, Fari? Haben wir das alles noch in unseren Händen? Arda kämpft um sich selber und wir opfern unsere Leute und unsere Ressourcen für deren selbst gewählten Krieg.«

»Wie kannst du nur so denken? Unsere Mission ist eine andere, das weißt du genau!«, antwortete er ihr nun energischer.

Sie zögerte einen Augenblick, bevor sie zu ihm gewandt sprach.

»Hör mir zu. Es gibt viele Stimmen im Rat, die für das Ende der Exploration plädieren. Und zwar sofort. Das hier ist wieder so ein Fall, der zeigt, dass unsere Strategie, unsere Mission, ein anachronistisches Unding ist. Wir geraten an unsere Grenzen und wir haben Nachbarn, die die weitere Ausbreitung unseres Einflusses nicht als das ›Heilbringende‹ sehen, das wir dabei empfinden. Sie fühlen sich bedroht, sie sind verängstigt. Auch wenn es so aussieht, als würden wir nur helfend eingreifen, unsere Nachbarn sehen in uns eine Bedrohung! Und ein massiver Militäreinsatz auf einer kolonisierten Welt unterstreicht dies noch zusätzlich, es nährt die Zweifel an unseren friedlichen Absichten.«

Er wollte etwas dazu sagen, aber sie fiel ihm gleich wieder ins Wort.

»Ich weiß Fari, wir kolonisieren nicht, mein Freund. Aber unsere Nachbarn, die Zenketi und die Muon sehen das nicht so. Und wie die Welten im Outer Rim und die Vreeja dazu stehen, können wir auch nicht voraussehen.«

»Und was bedeutet das jetzt weiter?«

Gonalika beugte sich zu ihm herüber und stützte die Hände auf den Tisch.

»Entweder, wir schaffen es mit Operation Zedora, die ERA vernichtend zu schlagen, oder wir ziehen uns ganz zurück.«

Fari dachte kurz nach.

»Gib mir noch eine letzte Chance. Ich werde selbst nach ihnen suchen.«

»Du bist doch komplett wahnsinnig. Du schaffst es niemals mehr vor dem Angriff.«

»Dann ist es so. Es waren meine Schützlinge. Unsere Schützlinge. Wir dürfen nichts unversucht lassen, sonst wären sie umsonst gestorben. Diese Menschen haben sich für unsere Sache und ihren eigenen Planeten geopfert. Wir sind ihnen etwas schuldig.«

Gonalikas Blick wurde härter, sie funkelte Fari einen Moment böse an, bevor sie ihre Frage stellte.

»Wen willst du mitnehmen?«

»Wie kommst du auf die Idee, dass ich jemanden mitnehmen will?«, schaute er sie etwas zu unschuldig dreinschauend an.

»Tu nicht so, du Spaßvogel. Nimm den Jumee mit und vielleicht die andere Ardai, Mohini, sie hat einen guten Instinkt wenn's darum geht brenzligen Situationen aus dem Weg zu gehen.«

Fari war schon auf dem Weg zur Tür.

»Warte Fari.«

Er drehte sich zu ihr um und bemerkte ihren nun traurigen und etwas versöhnlicheren Blick.

»Komm zurück. Geh nicht zu weit über den Rand. Der Segen des Tarù sei immer mit dir.«

Er verbeugte sich in ihre Richtung.

»Meinen Dank Herrin, und ich werde euren Segen ehren.«

KAPITEL 14

KONNET-Artikel: »Der Mythos von Zedora«

Mit der Katastrophe von Zedora wird ein mythisches Ereignis zu den Zeiten der alten Novari-Republik bezeichnet, das als Gleichnis für verschiedene Vorkommnisse während des Großen Galaktischen Krieges und danach genutzt wird, wenn auch nicht immer genau nach diesem Fall.

Es ist nicht mehr viel bekannt über die Ursprünge und die Lage Zedoras, aber der Mythos verbreitete sich in vielen Sprachen und Kulturen auch jenseits des Konvergenzraumens.

Der Legende nach gab es einmal eine paradiesische Welt namens Zedora, die von zwei Monden umkreist wurde. Auf diesen Monden lebten einst zwei Völker, die mit fortschreitender Technik die jeweils andere Zivilisation entdeckten. Sie lernten miteinander zu kommunizieren, was aber dazu führte, dass zwischen ihnen ein Wettbewerb darum entbrannte, wer zuerst das große Paradies auf dem Planeten Zedora selbst erobern würde.

Mit großen Teleskopen und Fernerkundungstechnik wurden die paradiesischen Zustände auf Zedora für jeden publik und der Wunsch, den Planeten zu erobern wurde zum obersten Ziel der Völker.

In diesem Wettlauf um Zedora zehrten sich beide Gesellschaften aus, die Raumfahrttechnologie und Waffenentwicklung führten auf beiden Monden zu Chaos und Unfrieden. Schlussendlich entbrannte ein Krieg, der beide Monde und den wundervollen Planeten Zedora vollkommen zerstörte, noch bevor tatsächlich ein Wesen der Monde jemals einen Fuß auf die Welt setzen konnte.

Zedora drückt allgemein aus, dass für etwas große Opfer gebracht werden, um am Ende ohne alles dazustehen.

Manchmal wird es auch als »Alles-oder-Nichts«-Prinzip zitiert.

Manche der Erzählungen sind mit Ausschmückungen versehen, die auf Details der Völker eingehen und daher zu philosophischen und pseudo-juristischen Diskursen führten, teils auch das Recht auf Zedora je einem der Völker zubilligten. Meist wird schlicht und einfach Bezug auf das Endergebnis genommen, nämlich dass ein sinnloser Streit um eine wertvolle Sache diese und die Anspruchnehmer zusammen vernichtet hat.

er Moment, in dem ich tief in ihre Augen blickte, brannte sich so tief in meine Seele hinein wie nur irgendwas.

Wenn ich mich irgendwann nicht mehr an meinen Namen, meine Herkunft, meine eigene Geschichte erinnern könnte, dieser Moment wurde für mich unvergesslich.

Ich hörte ihre Stimme in meinem Kopf, diese Verbindung die wir hatten, die über eine reine Freundschaft hinausging.

Diese enge Verbindung, die es uns ermöglichte auf rudimentärem, telepathischen Wege zu kommunizieren. Es waren immer nur Stimmungen, Gefühle, einfache Bilder in Form von Metaphern, die wir uns zu senden vermochten, während wir in stundenlangen Meditationen beieinander saßen.

Aber diesmal hörte ich Jeka Stimme tatsächlich laut in meinem Kopf, ohne dass sie in dieser schrecklichen Realität ihre Lippen bewegen musste.

Dieser Moment war so voller Emotionen, so voller Energie, dass sich Kanäle zwischen uns so weit öffneten, wie ich nie für möglich gehalten hätte.

›Das ist das Opfer, das wir bringen müssen. Tu was du tun musst Aida, ich weiß es ist vorbei für mich.‹

›Es tut mir so leid Jeka. Ich will dich retten. Gibt es denn keinen anderen Ausweg?‹

›Du kannst mich nicht retten, das weißt du. Auf mich wartet das SPREAL. Rette dich selbst, aber nicht mich, mein Weg endet hier.‹

»Hey Nem, wirds bald?«, ranzte mich Ying Li ungeduldig an.

›Tu es. Jetzt. Du darfst nicht mehr zögern, sonst war alles umsonst.‹

»Soll ich das für dich übernehmen? Bist du zu

schwach dafür oder was?«, gab Tolko genervt von sich und wollte nach meinem SPREAL-Set greifen.

Ich hob die Hand und gebot ihm zu warten.

›Tu es Aida. Du schaffst es nicht hier alleine rauszukommen. Sie haben dich im Visier und erwarten, dass du das richtige tust. Bring's zu Ende, für uns alle. Ich weiß, welches Risiko ich eingegangen bin. Es war ein großer Fehler, aber es liegt jetzt an dir, dass unsere Mission nicht umsonst war.‹

›Verzeih mir Jeka. Ich liebe dich und werde dich nie vergessen. Ich danke dir für alles, was du jemals für mich getan hast.‹

Sie lächelte mich an und mein Herz begann sofort zu stolpern.

»Was ist los? Warum grinst die Bitch so frech?«, ertönte Tolkos Stimme hinter mir. Hazel und Manu standen hinter den beiden Gefangenen und hatten einen verwirrten Ausdruck im Gesicht.

Ich atmete tief durch und wurde wieder zu Nemesis. Ich verwandelte mich, von außen unerkennbar, wieder von Aida zu Nemesis, zur kaltblütigen Killerin.

So sehr ich mich später dafür hassen würde, ich wusste, Jeka hatte recht. Ich konnte uns beide hier nicht herausbringen, dazu war das ganze Spiel dann doch zu abgekartet gewesen. Die ERA-Soldaten warteten nur darauf, dass meine Prüfung scheiterte und sie uns alle dem SPREAL opfern würden.

Ich straffte mich und sprach mit lauter und vollkommen überzeugter Stimme.

»Das hier ist Commander Jekaterina Semjonova, eine Sonderermittlerin der Konvergenz. Sie ist nur aus einem Grund hier. Sie sucht mich. Das ist ihre Aufgabe. Sie verfolgt mich schon seit drei Jahren und hätte es schon oft genug beinahe geschafft.«

»Ist das dein Ernst?«, fragte Tolko ungläubig.

»Ja, mein voller Ernst. Und nun beende ich ihre Mission.«

Ich hob meine Waffe und schoss Jeka eine Kugel in den Kopf und weitere zwei direkt ins Herz.

Ihr Körper sackte bleischwer zusammen und kippte nach hinten, zu Füßen der beiden ungläubig starrenden ERA-Soldaten, die mit Jekas Blut bespritzt waren.

Ich spürte, wie die Verbindung zu ihr jäh abriss und gleichzeitig etwas tief in meiner Seele starb.

Aber ebenso pulsierte eine unbändige Energie und Stärke in mir herauf, die mich auf fast teuflische Weise übermannte. Wie ein Pendel das ausschlug, eine Waage die kippte.

Aida brach weinend zusammen als Nemesis begann, die Kontrolle zu übernehmen.

*

Noch bevor die anderen die Situation vollends erfasst hatten, riss ich der zweiten Person den Sack vom Kopf und presste den Lauf der Pistole an seinen Schädel.

Zum Glück, kein weiteres bekanntes Gesicht.

Das Maß an Überraschungen war für mich längst voll und ich brauchte alle Kraft dazu, mich weiter auf die Posse zu konzentrieren. Solange bis diese Mission erledigt war, solange bis alle diese wahnsinnigen Arschlöcher irgendwann erledigt waren.

Nun realisierte ich, dass ich das Überraschungsmoment und die Initiative auf meiner Seite hatte. Jetzt fühlte ich mich plötzlich frei und die pure Kampfeslust brodelte in mir herauf. Die heiße Rache hätte alle noch verbliebenen in diesem Raum innerhalb von Sekunden töten können. Und ich wollte nichts mehr als das. Ich wollte mich nur noch gehenlassen, nur noch meinen

Instinkt handeln lassen und dabei zusehen, was passieren würde.

Aber dann sah ich K vor mir, erinnerte mich wieder an seine Stimme, sein Gesicht, seine Augen. Er war mein Ziel und um Jekas Willen, durfte ich das nicht aus den Augen verlieren.

Die Gestalt die unter dem Sack zum Vorschein kam, begann zu zittern und zu bibbern, es war ein junger Mann, vermutlich Europäer. Ich beugte mich zu ihm herunter und drückte ihm den Pistolenlauf noch härter in seine Schläfe.

»So, mein Freund. SPREAL oder gleich eine Kugel durch den Schädel? Such's dir aus.«

»Wawawas wollen Sie denn noch? Das war unsere Aufgabe, wir sollten Sie finden, Nemesis. Dddass haben wir und jetzt... keine Ahnung.«

Langsam erlangten die anderen Snakes die Fassung wieder und Tolko trat um mich herum. Er beugte sich vor, griff nach meiner Waffe und drehte sie zur Seite, in Richtung der blanken Wand. Er schaute mich ärgerlich an und sprach:

»Das war eindeutig gegen den Missionsbefehl Nemesis! Gefangene und Verhör lautet die Order. Keinen schnellen schmerzlosen Tod. Was soll das?«

Ich starrte immer noch mein junges Opfer an, vermutlich ein Schwede oder Finne, vielleicht zwei oder drei Jahre älter als ich.

»Sie jagt mich schon seit Jahren und jetzt ist Schluss damit.«, antwortete ich ihm trotzig, ohne einen Anflug von Einsicht.

Er fasste mich grob an die Schulter und wollte wohl gerade dazu ansetzen, mir eindrücklicher die Meinung zu sagen, da drehte ich mich zu ihm und blitzte ihn nur eiskalt an.

»Willst DU die nächste Kugel fangen?«

Ying Li legte nun direkt auf mich an, auch Hazel hob ihre Waffe, wenn auch etwas zögerlicher. Tolko starrte mich nur ungläubig an.

»Nimm deine Pfote hier weg und lass mich meine Arbeit machen. Der nächste, der es wagt mich anzufassen oder eine Waffe auf mich zu richten, stirbt schneller als er zucken kann, das versprech ich euch. Habt ihr vergessen, wen ihr hier vor euch habt?!«

Ich sandte in meinen Gedanken Bilder in seine Richtung, durch seine Augen hindurch in sein Soldatenhirn hinein und konnte sofort spüren, wie seine Zweifel wuchsen.

Er ließ von mir ab und blickte zu Ying hinüber.

Dann nickte er kurz und Ying ließ die Waffe sinken. Hazel tat es ihm nach und steckte die Pistole in ihr Holster.

Eine schwere Erschütterung ließ plötzlich den Raum erbeben und die Deckenlampe fiel aus.

»Was ist da los?«, rief Manu.

Unsere Kopflampen waren nun wieder die einzigen Lichtquellen im Raum und ich nutzte den kurzen Moment der Verwirrung.

Tolko blickte sich erschrocken um, drehte sich wieder zu mir, und erstarrte als ich ihm direkt ins Gesicht grinste.

Ich klopfte mit meinem Messerknauf vorne gegen seinen Brustpanzer und sprach mit belustigtem Ton:

»Na, spätestens jetzt wäre Schluss mit dem Spielchen gewesen. Gute Entscheidung, Junge.«

Damit ließ ich ihn einfach stehen und stellte mich wieder vor unsere beiden Opfer.

»Los, packen wir den Bastard hier ein, das riecht nach einer schnellen Evakuierung.«, sagte ich laut in die Runde, tat aber nichts dazu, den armen Wicht selbst einzupacken.

Das sollte mal schön jemand anders machen.

Alle schauten Tolko an, der nach einem kurzen Moment des Zögerns meinen Befehl noch mal präzisierte. Das konnte er so natürlich nicht auf sich sitzen lassen.

Ich trat zu Jekas Leiche und spuckte sie an.

»So, wer hat jetzt gewonnen, Schlampe?«, sprach ich laut aus.

Im Stillen aber dachte ich dabei.

›Verzeih mir liebste Freundin. Ich hoffe sie finden deine Leiche zusammen mit meiner DNA und können damit etwas anfangen.‹

Eine weitere Erschütterung ließ den Raum erzittern, diesmal wesentlich heftiger. Staub rieselte überall herunter und es bildeten sich Risse in der Decke.

Ich schritt einfach an Ying Li und Hazel vorbei nach draußen auf den Gang. Manu schaute mich auch etwas sonderbar an, aber dann übernahm er nach mir die Reihe.

*

Ich hatte den Plan des Komplexes noch grob im Kopf und wir versuchten so schnell wie möglich wieder zurück zum Tunnel zu gelangen. In der Zwischenzeit hatte sich Tolko wieder nach vorne an die Spitze geschoben und übernahm die Führung durch das Labyrinth.

Immer wieder erfolgten heftige Einschläge, manche davon rissen uns fast von den Füßen. Ying Li fluchte ständig, weil er unseren Gefangenen mitzerren musste, der mit Sack über dem Kopf und gefesselten Händen unnötigen Ballast darstellte.

Wir stiegen über die Leiche unseres gefallenen Kameraden hinweg, der sich einen fiesen Kopfschuss eingefangen hatte. Er lag nicht weit weg von der Stelle entfernt, an der ich eben noch vor verschlossener Tür warten musste. Ich hätte ihm Deckung geben können, aber insgeheim war ich froh, dass unserem Leader solch ein taktischer Fehler unterlaufen war. Wir standen einen Moment bei ihm und schnauften durch.

»Was machen wir mit dem hier? Nehmen wir ihn mit? Der Rückweg wird nicht leichter werden, bei dem Beschuss.«, fragte ich.

Tolko drehte sich um und stieß verächtlich die Luft aus.

»Wenn du ihn trägst?«

»Schon klar.«, antwortete ich und lief weiter.

Ich schaute auf mein Nav und sagte laut:

»Ich würde sagen, da vorne können wir nach 100 Metern abkürzen, zwei mal links, jeweils den dritten Gang und dann rechts schräg rüber, dann sollten wir direkt wieder zur großen Halle kommen.«

Es wurde ständig heißer, was dafür sprach, dass wir uns tatsächlich in der alten Goldmine im Witwatersrand befanden.

Die Eindämmung schien zu versagen und das bedeutete, dass wir in kurzer Zeit bei 60°C geschmort werden würden. Unsere Kampfanzüge hatten zwar eine integrierte Thermoregulierung, aber die funktionierte bei den zu erwartenden Temperaturen maximal für eine Stunde. Wir mussten schleunigst hier raus, das war klar.

Die Gänge, die Winkel, die Ecken, sie nahmen kein Ende und unser Gefangener konnte sich nicht mehr auf den Beinen halten.

»Dieser Scheiß Ballast, ich hab keine Lust mehr diesen Sack hier mitzuschleppen.«

Ich drehte mich zum fluchenden Ying Lin herum

und packte mir das arme Bündel Mensch.

»Hey, Ratte, was kannst du uns noch bieten? Wie viel ist dir dein Leben wert, los, sags mir!«

Ich hörte nur ein Wimmern und zog ihm den Sack vom Kopf. Er war darunter schweißgebadet und röchelte angestrengt. Er konnte mich wegen meiner Kopflampe nicht direkt anblicken, weswegen ich den Lichtkegel kurz in Richtung Decke drehte.

»Was meinst du?«, antwortete er.

»Ganz einfach, Junge. Wenn du für uns noch wertvoll bist, kommst du mit und vielleicht finden wir heraus, dass dir die Gnade einer Kugel zuteil werden kann. Wenn nicht, dann lassen wir dich hier. Du wirst stundenlang bei 60 Grad gebacken und verreckst elendiglich hier im Ofen. Such's dir aus.«

Er starrte mich an und schluckte bevor er antwortete.

»Dann lasst mich hier.«

»Ist das dein Ernst?«

Die Gruppe sammelte sich um uns herum. Ein Einschlag riss uns wieder fast von den Füßen. Ein großer Spalt zog sich durch die Decke des Ganges und einzelne Brocken fielen heraus. Man konnte spüren, wie die Hitze durch die entstandenen Fugen und Ritzen drang.

»Losloslos, Entscheidung, jetzt!«, drängte ich ungeduldig mit einem Blick zu Tolko.

Dieser schaute zu Ying Li hinüber, der nur die Schultern hochzog.

»Alles klar, lasst ihn hier, wir müssen zusehen dass wir hier rauskommen. Fürs Protokoll, der Typ behindert unseren Rückzug. Haben das alle registriert? Gut, dann weiter!«

Alle nickten zustimmend und setzen ihren Weg fort, ich blieb kurz zurück, um die Fesseln unseres Gefangenen zu öffnen.

Ich packte ihn an den Schultern und drehte ihn um, zog mein Messer aus der Scheide. Die anderen liefen schon weiter, als ich noch den Schnitt durch die Kabelbinder machte. Ich packte ihn wieder am Kinn holte ihn zu mir heran und zischte:

»Tür 54A, Planquadrat gamma. Dort habe ich eine Nachricht hinterlassen. Versuch zu überleben, hörst du? Nimm dir den Anzug der Leiche dort, der verschafft dir vielleicht noch eine Stunde.«

Ein gewaltiger Schlag ließ den ganzen Komplex scheinbar auf und ab springen. Die Decke begann in Brocken herabzustürzen.

Als das Poltern der Trümmer für einen Moment nachließ, blickte er mich verzweifelt an.

»Musste das sein?«, fragte er leise.

Sofort schossen mir die Tränen in die Augen und ich kämpfte schwer damit, mich zu beherrschen. Ich lächelte ihn verzweifelt an und strich ihm sanft über seine verschwitzte Wange.

»Bitte gib alles, so dass es nicht umsonst war. Es muss enden mit diesem ERA-Abschaum, ein für alle mal. Geh, ich jage Kallor, ihr müsst den Rest erledigen.«

Ein weitere heftiger Stoß durchfuhr den Komplex und ich hörte die Schreie der anderen, die nach mir riefen.

Ich ließ ihn los und riss mir die Kopflampe herunter, drückte sie ihm in die Hand. Er nickte und blickte mich kurz an, dann drehte er sich um und verschwand um die nächste Ecke.

Im schwachen Schein der Laserzieleinrichtung meines GN77 rannte ich in die Gegenrichtung davon, bis ich die Lichtkegel der anderen wieder vor mir hatte. Ein scharfkantiger Brocken fiel von der Decke und landete direkt vor meinen Füßen. Ich packte ihn und kratzte damit über meine Stirn, so dass es nach einer Verletzung aussehen würde. Ich holte die anderen ein und fluchte dabei laut.

»Scheiße, der hat's bestimmt nicht überlebt, die Decke hat uns erwischt, verflucht.«

Hazel schaute sich meine Wunde an.

»Das müssen wir verbinden, da ist ziemlich viel Dreck drin.«

»Ach was, dass kann warten bis wir im Tunnel sind, los weiter, schnell raus hier.«

Ein paar Minuten später schlüpften wir durch einen fast verschütteten Durchgang und standen am Rande der großen Halle. Oder dem, was davon übrig geblieben war. Ein riesiges Trümmerfeld mit Gesteinsbrocken, Trägern, Kabeln und Rohrleitungsresten lag zwischen uns und dem Tunnelausgang. Heißes Wasser floss von der Decke, Kabelstränge sprühten Funken und entzündeten die Öllachen, die sich auf dem Wasser gebildet hatten.

»Scheiße.«

KAPITEL 15

»Es herrschte Krieg. Die Konvergenz ließ ihre Protektoren mit aller Macht auf unseren Planeten eindreschen, unbarmherziger als je zuvor. Ich glaubte damals noch, dass nun endlich der Beweis dafür geliefert wurde, dass diese Aliens uns einfach nur vernichten und unterdrücken wollten. Ich schickte alle Einheiten in die Schlacht, die ich zur Verfügung hatte, wir aktivierten unser gesamtes Abwehrarsenal und waren damit verdammt erfolgreich. Für eine Weile zumindest.«

Admiral Evgenios Papadopoulos, ERA Kommandant der Sektion Nordafrika, aus den Vernehmungsakten 232nZ / 2087 AD

Stellen Sie sofort das Feuer auf diese Basis ein! Das ist ein Befehl!«

Der große Senekai-Commander musterte den zwei Köpfe kleineren Ga-Yee von oben herab und zog verächtlich das Pendant einer Augenbraue hoch, was seinem vernarbten Gesicht einen besonders abschreckenden Ausdruck verlieh.

Sein Adjutant, der neben ihm auf der Brücke der KSS Gjantall stand, bewegte seinen Kopf nur leicht hin und her und kommentierte Faris Befehl.

»Mein Herr, ich glaube nicht, dass ihr in der Position seid, eine laufende Operation der Protektoren zu unterbrechen. Hierzu muss schon ein direkter Befehl des Lord Commanders kommen. Und diesen Befehl haben wir nicht vorliegen, es tut uns leid.«

Fari schlug seine Faust in die andere Hand.

»Commander! Wir haben dort unten eine laufende Geheimdienst-Operation, die den kompletten Waffengang vielleicht überflüssig machen könnte! Wir haben dort Verbindungsleute, die uns die Positionen der ERA-Basen verraten können.«

Jetzt antwortete der Commander selber.

»Auf wessen Geheiß wird hier gehandelt? Und warum sind diese geheimdienstlichen Informationen nicht in unseren Missionsakten verzeichnet?«

Fari atmete kurz durch.

»Die Hohe Rätin Gonalika...«

Der Commander hob die Hand und fuhr dazwischen.

»Das hätte ich mir denken können, dass die Lady dahintersteckt. Sie könnte sich mal besser an die Absprachen halten, aber das war noch nie so ihr Ding, schon auf der Akademie.«

Der Commander winkte ab, drehte sich um und ging zu seinem Sitzplatz in der Mitte der Brücke.

Fari blieb verständnislos zurück.

»Und jetzt, Commander?«

Der Commander hob die Hand, machte eine auffordernde Geste und sprach.

»Na was wohl? Ich will direkt mit ihr sprechen, los, sorgen Sie dafür, wenn's schnell gehen soll.«

*

Auf dem Screen in Gonalikas Besprechungsraum erschien das Gesicht des Commanders Uniko Gomori Farkantan von der KSS Gjantall.

»Sei gegrüßt Uniko, ich hoffe...«

»Jaja, spar dir das Geseier, ich hoffe, dass ich dich

bei etwas wichtigem gestört habe. Dein kleiner Freund hier möchte, dass wir einen laufenden Angriff unterbrechen, weil ihr da unten etwas am laufen habt? Ist das wahr?«

Sie drehte sich um, deutete auf ein paar Leute und sagte zu den Anwesenden:

»Nur noch der Führungsstab, die anderen verlassen bitte den Raum, wir vertagen uns um eine Stunde.«

Empört standen einige auf und schickten sich widerwillig an, den Besprechungsraum zu verlassen.

»Siehst ein wenig älter aus als gedacht, Gonni. Scheint ein anstrengender Job zu sein, dort auf Tarù?«

Gonalika reagierte nicht auf Unikos Provokationen und setzte ein professionelles, aber freundliches Lächeln auf.

»Uniko, ich freue mich auch sehr, dich zu sehen. Leider unter solch widrigen Umständen, mitten während einer laufenden Operation. Mieses Timing, so wie immer.«

»Kann mal wohl sagen. So und nun? Wir haben gleich den gepanzerten Kern der Basis durchschossen, keine Ahnung wie viel da unten noch übrig ist.«

»Ich bitte dich darum, umgehend das Feuer einzustellen und unserem Kommandotrupp den Zugang zum Komplex zu sichern. Wir haben die Chance hier wichtige Informationen zu erhalten, die den Erfolg der Operation Zedora übertreffen werden.«

Die Tür zum Konferenzraum öffnete sich und der Lord Commander mit zwei seiner Adjutanten betrat den Raum. Die Anwesenden verbeugten sich und der Lord Commander trat vor den Screen.

»Commander Gomori, hiermit ergeht der Befehl, den direkten Angriff auf die Basis einzustellen. Commander Fari wird ihnen für die nächsten sechs Stunden mit eingeschränkter Befehlsgewalt zur Seite gestellt und koordiniert den Bodentruppeneinsatz für diesen Komplex. Sechs Stunden, mehr nicht. Wenn bis dahin keine weiteren Befehle kommen, pflügen Sie das Areal um.«

Im Hintergrund hörte man den Adjutanten einige Befehle rufen, nachdem der Commander eine Geste in Richtung dessen Kommandopultes vollführte.

»Feuer einstellen, Transportshuttles 5 bis 10 für Bodeneinsatz bemannen, 5 Jäger zu Sicherung raus.«

»Ich danke euch für euren direkten Befehl, Lord Commander, meine Ehre und meinen Dank.«, raunte der Commander seinem Vorgesetzten zu.

»Ich danke euch für eure Effizienz und Loyalität, mögen die Kräfte des Universums und der Geist des Tarù mit euch sein.«, fügte Gonalika dem hinzu.

Die Verbindung wurde beendet und für einen Moment herrschte Ruhe im Konferenzraum.

Der Lord Commander seufzte und trat näher an Gonalika heran. Sein Ton duldete keinen Widerspruch, als er sie anfuhr:

»Ihr kommt mit, wir haben eine Audienz beim Trium. Sofort.«

Gonalika folgte ihm eingeschüchtert hinaus auf den Korridor. Sie blickte nur kurz zurück in den Raum, wo die restlichen Personen des Führungsstabes verwundert sitzen blieben.

*

Es war einfach nur eine beschissene Hölle. Irgendetwas brennbares war in großen Mengen ausgelaufen und zur Hitze der Felsen kamen die in Flammen stehenden Trümmer und Lachen hinzu.

Manu und Ying Li hatte es schon erwischt, nur noch Hazel und Tolko kämpften sich mit mir zusammen durch das Trümmerfeld. Der Rauch nahm ständig zu, Ruß verklebte zusammen mit herunterrieselndem Wasser, Öl und schmelzendem Kunststoff alles um uns herum. Es fühlte sich immer mehr an, als würde man durch eine zähe Flüssigkeit laufen.

In den komplett geschlossenen Masken piepten ständig die Alarme: Versagen des Wärmeschutzes in 8 Minuten, Versagen der Luftfilter in 13, es nervte unaufhörlich.

Dehydriert waren wir sowieso bis aufs Äußerste.

Verdammt, das konnte es doch jetzt nicht gewesen sein. Das alles hatte ich ganz bestimmt nicht durchgemacht, um in so einem Scheiß Rattenloch zu bleiben oder?

Dann brach Tolko zusammen. Ich checkte seine Vitaldaten und erkannte, dass seine Temperaturregelung am Ende war. Seine Luftaufbereitung reichte nur noch für 5 Minuten. Wir beiden Frauen hatten wohl Glück, mit weniger Muskelprotzmasse und einer geringeren Wohlfühltemperatur nicht so stark an den Reserven unserer Körper zu zehren.

Ich blickte mich verzweifelt um, denn wir hatten zwischenzeitlich völlig die Orientierung verloren. Mein Nav funktionierte schon seit einer halben Stunde nicht mehr, Hazels Gerät spuckte immer wieder sinnlose Positionsdaten aus.

Sie starrte nach oben.

»Hörst du was?«

Ich lauschte einen Moment. Der ganz normale Lärm eines brennenden Trümmerfeldes. Oder was meinte sie?

»Was?«

»Kein Beschuss mehr.«

Stimmt. Seit... keine Ahnung... einer ganzen Weile

fehlten die Erschütterungen.

»Ist das ein gutes Zeichen?«, fragte sie.

»Ich denke nein, das bedeutet, hier kommt gleich jemand, um uns den Rest zu geben. Also los, weiter geht's.«

Tolko stöhnte auf, er hatte es schwer, wieder auf die Beine zu kommen.

»Los beweg dich Mann, was sollen denn die Ladys von dir denken? Ich will hier keine Schwachheiten sehen, los, yalla, yalla.«

»Fick dich.«, flüsterte er und zog sich hoch, setzte einen Fuß vor den anderen.

»Danke, Nem.«, kam aber tatsächlich noch leise hinterher, als er ein paar Schritte gegangen war.

Ich klopfte ihm auf die Schulter und sorgte dafür, dass er immer vor mir blieb.

Nein, nein mein Junge, so einfach kommst du mir nicht davon. Ich werde euch alle eigenhändig erledigen, das schwöre ich euch. Ich werde euch alle nach und nach in die tiefste, erdenkliche Hölle schicken, das hier würde nur ein lächerlicher Vorgeschmack bleiben.

*

Fari konnte sich nicht mehr daran erinnern, ob er in seinen jungen Jahren beim Protektoratsdienst jemals eine solche Angst empfunden hatte, als er mit der Landekapsel direkt auf das Zielgebiet südwestlich von Johannesburg zuraste.

In seiner verklärten Erinnerung waren die Flüge sanfter, aber gut vorbereitete Übungsflüge auf atmosphärenlose Monde... das war schon etwas anderes, als hier durch die dicke Suppe der Erdatmosphäre geschossen zu werden.

Der Pilot schien auch ein wenig Spaß daran zu haben, dass der vermeintliche Zivilist mal ordentlich durchgeschüttelt wurde.

Fari wollte unbedingt vorne mit dabei sein. Nun befand er sich in dieser Dose, eingequetscht zusammen mit über dreißig Bridgeburner-Soldaten, die als die härtesten Knochen der ganzen bekannten Galaxis galten.

Im Gegensatz zu den eher im stillen operierenden SpecOps teilten diese Truppen meist mit der ganz groben Kelle aus. Die Einheiten waren, wie immer unter den Protektoren-Truppen, streng nach Koroneta und Senekai getrennt. Die Mission könnte heikel werden, denn im Zielgebiet mussten beide Gruppen parallel zueinander eingesetzt werden. Und das artete zumindest in allen bisherigen Manöversituationen sehr oft in absurden Wettbewerben aus, wer von ihnen die härtesten und besten wären.

Ga-Yee übergaben sich nur äußerst selten, aber nun war es soweit, als der Pilot zur Vollbremsung ansetzte und die Raketen zum Gegenschub zündete. Über Funk hörte Fari den Senekai-SubCommander Folon brüllen.

»Die haben uns den Eingang zerschossen, das wird ein Riesenspaß in die Mine zu kommen. Gibt es alternative Zugänge, Commander?«

Fari schüttelte nur den Kopf und wartete darauf, dass das automatische Reinigungssystem des Helmes seinen Job erledigte. Er öffnete kurz das Visier und wischte sich über den Mund, dankte innerlich der Anzugautomatik für die Notfallfunktionen, die ein Ga-Yee außerhalb seiner eigenen Welt benötigte. Ein Alarm erinnerte ihn daran, dass er sofort sein Helmvisier wieder schließen musste, er tat es schleunigst, denn der Landvorgang müsste jeden Moment abgeschlossen sein.

Mit einem Ruck kam die Kapsel zum stehen und sofort klappten alle Sicherungsbügel der Sitze nach oben. Noch während die drei Türen hinunterfuhren, waren alle Soldaten so platziert, dass sie sofort herausstürmen konnten, immer zehn pro Tür, fünf Kämpfer in zweier-Reihen. Fari erblickte fasziniert die Choreografie der Bridgeburner, als er noch versuchte seinen Körper samt Schutzanzug aus dem Sitz zu wuchten.

Der SubCo stand in der Mitte, mit einer Hand am Ohr und wartete bis die Türen auf halbe Höhe runter-geklappt waren.

Die Soldaten traten auf die in der Tür eingelassen Stufen und bewegten sich mit vorgehaltener Waffe langsam auf- und vorwärts.

»Kraftfeld stabilisiert, ausschwärmen, Gelände si-chern, RAUS MIT EUCH!!!«, brüllte der SubCo so laut, dass Fari zusammenzuckte.

Mit dem plötzlichen herunterklappen der Türen schwärmten die Soldaten in perfekter Formation hin-aus.

Fari aktivierte den Nahbereichsfunk in seiner Helm-einheit und gesellte sich zum SubCo.

»Sektor 1, gesichert.«

Es folgten nacheinander die Meldungen aller Trupps. Der Kontakt mit den Nachbareinheiten wurde herge-stellt.

Der SubCo überprüfte noch mal kurz seine Waffe und gab Fari dann einen Klaps auf die Schulter.

»Los, raus gehts, schauen wir uns dieses verfluchte Arda mal von nahem an.«

draußen angekommen bot sich ein schreckliches Bild der Verwüstung. Eine Kraterlandschaft, die vermutlich durch den jüngsten Beschuss aus dem Orbit entstan-den war. Rund um das Schiff hatten die Einheiten ihre Posten bezogen und warteten auf weitere Befehle.

Eine Jägerstaffel zischte knapp über ihre Köpfe, sodass Fari sich schreckhaft duckte. Der SubCo lachte und blickte hinüber zum nächsten Landungsschiff, ungefähr 120 m entfernt. Er grüßte höflich, ungeachtet der Tatsache, dass es sich dabei um Koroneta handelte.

»Jaa, das muss Pa-Chikujes Truppe sein... das Geschenk des Tages. Gut Kameraden, los geht's, wir müssen den Weg nach unten finden, wo die Ardai wie schäbige Gnurkos nach Gold gegraben haben. Dann mal auf!«

*

Tolko ließ sich kaum noch dazu bewegen weiterzugehen.

Kurz bevor ich entschloss, ihn einfach liegenzulassen, erkannte Hazel zu seinem Glück den Eingang zur Schleuse hinter den umgestürzten Säulen. Sie griff ihn mit mir zusammen unter den Armen und wir zerrten ihn gemeinsam durch das Tor.

Als sich die innere Schleuse schloss erscholl ein Dekontaminationsalarm, der übertriebenerweise darauf hinwies, dass die Luft hier zu giftig war und erst gefiltert werden müsste.

Hazel machte sich zornig am Steuerungscomputer zu schaffen, um die Öffnungssperre für die Außentür schneller zu überbrücken.

Endlich bewegte sich der riesige Stahlkoloss und wir traten hindurch, schleppten den mittlerweile bewusstlosen Tolko in das Gefährt und schnallten uns an.

Hazel aktivierte die unabhängige Luftversorgung im Gefährt.

»Weißt du wo's hingehen soll?«, fragte ich Hazel.

Sie schüttelte den Kopf.

»Keine Ahnung. Hier im Com-System sind noch keine Anweisungen hinterlegt, vermutlich haben sie uns schon aufgegeben.«

»Wie weit geht denn der Tunnel?«

Sie überlegte.

»Nach Norden soweit ich weiß mit einigen Abzweigen bis hinauf nach Tripolis. Nach Osten dann bis runter nach Maputo, zu einem U-Boothafen am Meer. Zumindest sind wir von dort gekommen. Vielleicht warten die Boote noch auf uns.«

»Gut dann los. Egal wohin, Hauptsache weg hier.«

*

Wir fuhren schon eine ganze Weile, bis Tolko wieder zu sich kam. Er lag in der hinteren Sitzreihe quer, während wir beide vorne Platz genommen hatten. Er hob den Kopf und schaute sich benommen um.

»Was... wo... ?«

»Gut, dass du wach wirst, Snake-Leader, wir brauchen in ein paar Minuten die Autorisierung am Kontrollposten.«, antwortete Hazel.

Er wühlte kurz in seiner Brusttasche und warf uns dann seinen Cardkey nach vorne. Tatsächlich konnten wir damit durch eine weitere Schleuse gelangen und unser Gefährt beschleunigte abermals. Der Abschnitt war wohl etwas neuer und diente vermutlich der ASIATIC-Fraktion als Transportweg für Waffen und illegale Güter von der Ostküste bei Maputo, im ehemaligen Mosambique.

Als wir an der nächsten Schleuse abgebremst wurden, war Tolko wieder einigermaßen bei Sinnen. Es gab genug Wasser und ein paar Rationspacks an Bord um uns wieder ein wenig aufzupäppeln.

Hazel hatte mir einen Verband um den Schädel geflickt und so waren wir gespannt darauf, wie die Reise nun weitergehen würde. Diesmal standen schwerbewaffnete und gepanzerte Wachen vor der Schleuse, die uns und unser Gefährt genau unter die Lupe nahmen.

Dann nahmen sie uns die Waffen ab und wir musste unsere Kampfanzüge ausziehen.

Am Verhalten der beiden anderen konnte ich ablesen, dass es keinen Sinn machen würde zu diskutieren. Alle waren alarmiert, die Situation war äußerst angespannt und wir befanden uns auf dem Weg in Richtung eines der Hauptquartiere. Die Führungsriege wollte wohl kein Risiko eingehen. Aber hätten sie uns auch entwaffnet, wenn ich nicht dabei gewesen wäre?

Elende Ungewissheit plagte mich und vermutlich würde es sich bald entscheiden, ob mein Weg hier unten nun enden würde, oder ob ich Kallor wieder gegenübertreten würde. Oder auch beides.

So wurden wir, relativ leicht bekleidet und jeglicher Gegenstände beraubt, durch eine kleinere Seitenschleuse geleitet. Die Wachen führten uns immer weiter, bis wir durch ein weiteres Schleusentor traten.

KAPITEL 16

>»Wenn man Liebe hat im Kampf, dann siegt man, hat man sie bei der Verteidigung, ist man unbezwingbar.«

LAO-TSE

Hinter dem Schleusentor befand sich eine große Halle mit einem unterirdischen Hafenbecken, in dem ich drei große U-Boote am Pier erkennen konnte. Jedes der Schiffe war mit einem breiten Steg verbunden und einige Dutzend Leute waren hektisch damit beschäftigt diese Boote zu beladen.

Am mittleren U-Boot standen zwei Wachleute und ein Typ in schwarzem Anzug, Schlips und Sonnenbrille, der uns gleich herbeiwinkte.

Die Wachen geleiteten uns noch bis zu ihm und warteten noch einen Augenblick auf seinen Befehl, wieder abrücken zu dürfen.

Der Kerl sah irgendwie affig aus, vor allem in einem halb dunklen, unterirdischen Hafen mit einer Sonnenbrille herumzustehen, dazu musste man schon wirklich besonders selbstverliebt daherkommen.

Er begrüßte uns knapp und seine Geste gebot uns, ihm zu folgen und mit ihm an Bord des Bootes zu kommen.

Es war erstaunlich geräumig im inneren und ich vermutete dass es sich um ein reines Kommandoschiff handelte, ohne große Mannschaft und Waffenausrüstung.

»Ihr wartet hier«, gebot der Typ in Schwarz den beiden anderen und führte mich durch die Tür in die geräumige Kapitänskajüte herein.

Dort saß Kallor am Schreibtisch und blickte zu mir auf.

»Danke Alex, lass uns bitte alleine.«

»Jawohl Sir.«, antwortete er und verließ den Raum wieder.

Kallor zeigte auf den Stuhl vor sich.

»Setz dich Nem.«

Ich tat wie mir geheißen, lehnte mich im Stuhl zurück und versuchte einen möglichst entspannten Eindruck zu erwecken, während er noch an seinem Display irgendwelche Daten zu checken schien.

»Gerade noch rausgekommen, wie?«, fragte er, ohne von seinem Display aufzuschauen.

»Ach, kein Problem, wozu hat man denn Profis?«

Ich konnte einfach nicht anders, blöde Frage, blöde Antwort. Ich begann an meinem Verband herumzunesteln und wickelte das dreckige, blutverschmierte Stück Stoff ab.

Er blickte auf und fixierte mich.

»Was hast du rausfinden können? Was wollten die und wie sind sie reingekommen?«

Ich zögerte. Verspürte ich bei ihm etwa Ungeduld? Eine Regung in seinem Gesicht war schwer zu interpretieren und ich war mir nicht sicher, wie weit ich das Spiel treiben sollte.

Ich atmete tief durch und versuchte einen Eindruck von Genervtheit zu vermitteln. Angewidert warf ich meinen Verband in den Papierkorb neben seinem Schreibtisch und band mir die Haare wieder etwas ordentlicher zusammen. Dabei begann ich zu berichten.

»Sie waren hinter mir her, K. Unter den Überlebenden befand sich die Chefermittlerin Jekaterina Semjonova, die mir schon lange auf den Fersen ist. Sie war es, besser gesagt. Semjonova und den jungen Kerl hat das Snake-Team am Leben gelassen, bevor ich dazu stieß.«

K lehnte sich zurück und verschränkte die Hände. Ich dachte mir schon, es behagte ihm gar nicht, wenn er seinen Untergebenen die Brocken einzeln aus der Nase ziehen musste.

»Ich hab ihr den Sack vom Kopf gezogen und die Bitch sofort erkannt.«, fuhr ich fort, um den Bogen nicht weiter zu überspannen.

»Und warum ist sie dann nicht hier?«

»Wir waren nicht mehr in der Lage Gefangene mitzunehmen, der Angriff auf die Basis begann...«

»Und was hast du dann stattdessen getan?«, unterbrach er mich sofort.

Konnte ich ihm eine komplett andere Geschichte auftischen? Nein, spätestens wenn er die anderen beiden befragen würde, würde meine Lüge auffliegen.

»Ganz einfach, der Fall war klar, ich hab die Schlampe über den Haufen geschossen. Sie wollte mich. Das jahrelange Katz- und Maus-Spiel, tja, das hab ich dann wohl gewonnen.«

Ich grinste dabei wie eine Gewinnerin.

Er blickte mich an und grinste einen Moment lang mit mir. Für ganze drei Sekunden.

Dann schaltete er wieder auf diesen eiskalten Blick um.

»Warum hat sie dich dort gesucht? Ergibt das irgendeinen Sinn für dich?«

Ich überlegte. Dann beugte ich mich vor und starrte ihm direkt in die Augen.

»Vielleicht hat sie ja jemand dorthin gelockt, um mich zu prüfen. Um meine Loyalität auf die Probe zu stellen. In der direkten Konfrontation. Wäre doch möglich oder?«

Nun erkannte ich definitiv eine Regung in seinen Augen. Treffer.

*

»Commander wir haben einen Com-Kontakt. Wir empfangen schwache Lebenszeichen in einem Korridor in Sektor Gamma. Die Signatur des Com-Gerätes ist irdisch, vermutlich ERA-Technik. Unsere Relays werden leider stark gestört, hinter unten herrscht totales Chaos, wir kommen hier kaum voran. Die Orbitalartillerie hat wirklich ordentlich zugeschlagen.«, krächzte eine stark verzerrte Stimme aus dem Funk.

Fari blickte sorgenvoll herüber zum Commander.

Der Kommandostab hatte seine Stellung in einem halb zerstörten Gebäude der ehemaligen Minengesellschaft bezogen und dort ein provisorisches Einsatzzentrum errichtet. Der Commander schaute sich suchend um und winkte einen seiner Leute herbei.

»Soldat, nehmen Sie sich noch einen Trupp und geleiten Sie unseren Gast hinunter, wir brauchen ihn dort.«

Er wandte sich wieder an Fari.

»Sehen Sie zu, dass Sie das schnell erledigen, wir können hier während der Operation keinen unnötigen Ballast gebrauchen.«

Fari hatte sich in den letzten Stunden schon sehr gut an die direkte und unmissverständliche Art des Commanders gewöhnt, sparte sich also die ausführliche Dankesformel, deutete kurz eine Verbeugung an und sah zu, dass er mit den Soldaten Schritt hielt.

»Zwei Stunden noch, dann gibt's hier wieder Zunder, bis dahin will ich alle wieder eingesammelt wissen. Keine Minute länger!«, rief der Commander ihm noch laut hinterher.

Fari hob die Hand zur Bestätigung, während er im Laufschritt dem Trupp hinterher hetzte.

Es war eine unglaubliche Tortur. Man hatte ihn in einen schweren und viel zu großen temperaturgepufferten Kampfanzug mit einer speziellen Atmosphärenversorgung gesteckt. Fari fühlte sich halb tot, als sie endlich unten im Chaos, kilometerweit unter der Erde, angelangten.

Zerstörte Mauerstrukturen, halb eingefallene Gänge die von Soldaten und Hilfsdrohnen schnellstmöglich freigeräumt worden waren. Alles war verrußt und überzogen von den Resten der Brände, die hier unten gewütet hatten.

Fari und sein Begleittrupp standen in einem etwas breiteren Durchgang und warteten einen Moment ab, um die anderen Hilfskräfte vorbeizulassen.

Ein Sanitätstrupp trottete ihnen entgegen und hatte einen jungen Ardai auf der Trage liegen, verbunden mit zahlreichen Schläuchen und Gerätschaften zur Medizinischen Versorgung. Fari schaute ihm hinterher. Dann folgte ihnen ein weiterer Trupp mit einem Leichensack.

Faris Herz setzte für einen Moment aus und er rief: »Stopp, haltet an!«

Die Sanis stoppten widerwillig und setzten zögerlich die Trage ab.

Fari zitterte am ganzen Leib, als er sich hinhockte und damit begann, den Zip-Verschluss des Sacks zu öffnen.

Er konnte es nicht fassen und sackte nach hinten weg, als er Jekas Gesicht erkannte, mit den starren Augen und dem Loch in der Stirn.

Tränen schossen ihm in die Augen, die er wegen des

Helmes nicht abwischen konnte. Es waren Tränen aus Blut, denn Ga-Yee weinen so gut wie nie.

Ein Koroneta-Offizier kam aus dem Gang geschlurft und erblickte die Szenerie. Er hockte sich vorsichtig hin und fasste Fari am Arm.

»Das ist die von euch gesuchte Person, nehme ich an?«

Fari starrte vor sich, musste sich zwingen, den Blick abzuwenden.

»Es tut mir leid, ich fühle den Verlust mit euch. Mein Name ist Commander Zukun, ich bin zwar kein Spezialist für Spurensicherung, aber ich hoffe meine Leute und ich haben etwas für euch. Die elenden Tunnelratten von der siebten haben zwar nicht viel übrig gelassen, aber da ist was, was Sie sich ansehen sollten.«

Fari blickte ihn verständnislos an und hob die Schultern.

»Der Begleiter von SubCo Semjonova wurde von uns gerade noch rechtzeitig gefunden. Er zeigte ständig auf die Wand neben einem Durchgang. Dort haben wir eine Schrift gefunden, das sollten Sie sich ansehen. Ich bin nicht vertraut mit den Ardai-Zeichen, ich hoffe ihr könnt etwas damit anfangen.«

Er holte ein kleines Datenpad aus der Tasche und zeigte es Fari. Er versuchte sich zu konzentrieren und seinen Blick durch Tränen und Blut hindurch zu fokussieren.

KALLOR SOONA EX-PROT CMD | NXT BASES: T ESTI MPO-
NENG HEARDISL NO MAPUTO | N

»Wir konnten auch DNA-Reste in den Zeichen feststellen, vermutlich hat der Ersteller der Nachricht eine Körperflüssigkeit zum Schreiben verwendet. Das Muster habe ich ebenfalls gespeichert, wir schicken es gerade hoch zur Analyse.«

»Ich... ich danke euch, Commander. Ich danke euch wirklich sehr, denn... vielleicht war das alles doch nicht so sinnlos.«

Zukun blickte ihn kurz an und rief dann über Funk:

»Sani, wir haben noch jemand zum Abtransport nach oben.«

Wieder an Fari gewandt:

»Machen Sie sich keine Sorgen, wir kümmern uns erst mal um sie, ihnen scheint es nicht gut zu gehen.«

Fari hörte seine Worte schon nicht mehr und sackte zusammen.

*

»Vertrauen ist eine recht komplexe Angelegenheit, meine liebe Nem. Egal in welcher Kultur, egal mit welcher Spezies. Vertrauen ist wichtig. Oder meinst du nicht auch?«

»Ja. Da hast du wohl recht. Ohne Vertrauen lässt es sich schwer zusammen leben oder gar gemeinsam kämpfen.«, antwortete ich darauf.

Ich wartete noch einen Moment. Dann wurde ich zu ungeduldig und beschloss, etwas offensiver vorzugehen.

»Welches Spiel spielen wir hier eigentlich? Willst du nun, dass ich dir zur Seite stehe, oder traust du mir nicht? Dann kannst du mich auch gleich über den Haufen ballern oder von deinen Leuten hinrichten lassen. Ich habe keine Lust auf Spielchen, das weißt du genau.«

Ich stand auf und drehte mich zur Tür um.

»Dann sag mir deinen richtigen Namen. Denn Nemesis bist du nicht.«

Verdammt.

Ich drehte mich langsam wieder um und er fuhr fort.

»Weißt du, den anderen dressierten Äffchen kannst

du so was vorspielen. Mir aber nicht. Also wer bist du und was machst du hier?«

Ich dachte, ich wäre auf diese Situationen irgendwie vorbereitet.

Trotzdem stürmten in diesem Moment alle möglichen Optionen über mich herein.

Sollte ich ihm die Wahrheit sagen?

Sollte ich weiter auf der Lüge beharren, weil ich mittlerweile auch tatsächlich fühlte, Nem zu sein?

Meine Identität hatte von mir soweit Besitz ergriffen, dass selbst der härteste Lügendetektor mich kaum hätte knacken können.

Oder sollte ich meine Fähigkeiten nutzen und ihn jetzt und hier auf der Stelle töten? Ich würde hier nicht mehr heil herauskommen, das war klar. Aber dieses miese Stück wäre erst mal erledigt, wenn er tatsächlich ein Soona war, kannte ich die Schwachstellen in seiner Physis und würde ihn sicher ausschalten können.

Vielleicht war ich dann doch im Vorteil und sollte mit meiner Rolle einfach weitermachen.

Wenn man sich genau überlegt, welche Gefühle man in die Worte legt, die man ausspricht, fällt das Lügen gar nicht mehr schwer. Man muss nur geschickt genug die Wahrheit mit hineinmischen und neu aufbereiten, sein Gegenüber das gesagte auf die richtige Weise interpretieren lassen.

Ein Soona konnte nicht jede Nuance der Menschlichen Psyche erfassen. Jeka hatte mir soviel über die Eigenheiten ihres geliebten Ehemannes erzählt und vor allem, wie schwierig es war auf einem empathischen Niveau miteinander zu kommunizieren.

»Ich bin Nesrin Mereyem Sistani, Mitglied des Erdwiderstandes im Kampf gegen die Invasoren der Konvergenz. Die Frage ist auf welcher Seite du stehst? Ich schütze die Erde! Und wenn du das nicht vor hast, bist du mein Feind. Dann besteht meine Mission darin, dich genauso zu bekämpfen, wie all die anderen, die Invasoren und die Verräter. Das ist die Wahrheit und ich schwöre dir, meine Loyalität gehört einzig und allein meiner Mission und meinem Planeten, hörst du? Sie gehört nicht dir, nicht irgendeinem Alien, nicht einmal irgendeinem Anführer. Die ERA und der Erdwiderstand sind ein Teil meiner Aufgabe. Aber letztendlich kämpfe ich alleine für die Erde, wenn's sein muss.«

Ich beugte mich wieder nach vorne, selbstsicher wie noch nie.

»Und was ist deine Aufgabe? Wer und was bist du? Irgendein dahergelaufener Soona, der sich anmaßt über die Menschheit zu herrschen? Was macht dich besser als die anderen Besatzer?«

Er stand auf. Ich konnte nicht mehr aufhören, ich war nun mittendrin, es war wie ein Sog, der mich unaufhörlich in diese Richtung zog.

»Los sag schon, spielen wir im gleichen Team? Wenn nicht, werde ich dich töten, auch wenn ich weiß, dass ich keine Chance und keinen Ausweg habe.«

Er zögerte, wirkte etwas verunsichert.

»Du kennst meinen Namen, Nem. Du hast damals einem der Verräter die Klinge durch die Kehle gezogen, der ihn laut ausgesprochen hat. Erinnerst du dich etwa nicht mehr?«

War das eine Falle? Verdammt, wir hatten einfach nicht genug aus Nesrin herausgepresst, das wurde mir nun schlagartig bewusst.

Genau solche Situationen hätten wir unter unserer Kontrolle haben müssen. Die Gedanken rasten durch meinen Schädel und ich musterte ihn konzentriert, auf der Suche nach irgendeinem Anzeichen, irgendeiner

Regung. Was wusste ich über die Soona, was wusste ich über potenzielle Überläufer? Mir fiel nichts ein, eine lähmende Leere breitete sich in meinem Kopf aus. Wie lange konnte ich den Bluff noch aufrecht erhalten?

K lachte kurz auf.

»Du kannst dich nicht erinnern, was? An diesen kleinen verfickten Texaner, der sich eingebildet hat ich würde ihm was schulden.«

Texas. Etwas in mir flackerte auf, ein Erinnerungsfetzen. Die Bilder der Akten flatterten vor meinem inneren Auge vorbei, der vermisste Soona...

»Als wenn ich mich an jeden erinnern könnte, dem ich in den letzten zwanzig Jahren die Lichter ausgepustet habe.«, gab ich verächtlich von mir.

Er wandte sich dem Regal an der Rückwand zu und schenkte sich dort einen Drink aus einer kunstvoll geschwungenen Flasche ein.

»Auch einen?«, fragte er mich und deutete auf ein zweites Glas. Ich nickte.

Er schenkte uns beiden ein und reichte mir eines der Gläser herüber. Ich tat ganz locker, als ich den Drink entgegennahm und daran roch.

Irgendein Whiskey. Ich runzelte die Stirn wie eine Kennerin, während meine Gedanken rasten und sich nach und nach Erinnerungsfetzen wie ein Puzzle zusammensetzten. Also, ein Soona, der zu den wenigen gehörte, die Ethylalkohol vertragen und abbauen konnten.

Texas.

Die narzisstische Persönlichkeit.

Also gut: All in.

»Na dann Cheers, Commander Kovon!«, spielte ich wie selbstverständlich meinen allerletzten Trumpf aus und prostete ihm zu.

Er starrte mich an und ich konnte in keinster Weise abschätzen was nun als nächstes passieren würde. Ich schätzte eine Chance von ungefähr 1 zu 3 gegen mich, dass ich die nächste Stunde nicht überleben würde. Aber hatte ich eine andere Wahl?

»Was? Was ist los mit dir? Hältst du mich für total bescheuert?«, fragte ich ihn provozierend.

Er prostete zurück und schaute wieder auf sein Display.

»Du weißt gar nichts, Nem. Du weißt weder was hier gespielt wird, noch, wer in Wahrheit die Fäden in der Hand hält.«

Dann blickte er mich wieder an.

»Nem, wir sind Krieger in einem Spiel, das nur die wenigsten begreifen. Vielleicht spielen wir tatsächlich im selben Team, ohne eigentlich zu wissen, welches das richtige ist.«

Seine Worte verwunderten mich in diesem Moment. Er wirkte auf einmal nicht mehr so hart auf mich. Und über was redete er da?

»Komm mal hier rüber, ich hab was für dich.«

Er bemerkte mein Zögern und setzte eine ungeduldige Miene auf.

»Los komm, jetzt stell dich nicht an. Wenn ich deinen Tod wollte, wärst du schon längst nicht mehr hier.«

Langsam stand ich auf und schritt vorsichtig um seinen Schreibtisch herum auf ihn zu. Noch bevor ich wusste wie mir geschah, griff er nach meinem Arm und riss mich herunter auf seinen Schreibtisch.

»Halt still, sonst wird alles nur noch schlimmer!«, zischte er mir ins Ohr.

Ich merkte, wie er irgendetwas auf meinen Oberarm presste, dort wo mein Trackingchip unter den Muskeln saß. Verdammt was hatte er vor?

Ein brüllender Schmerz zuckte plötzlich durch meinen Körper, so dass ich jegliche Kontrolle verlor. Ich fühlte mich wie vom Blitz getroffen und verlor das Bewusstsein.

Es waren vermutlich nur ein paar Sekunden gewesen, in denen ich weggetreten war. Kallor oder Kovon und sein Scherge Alex waren gerade damit beschäftigt, mich wieder aufzurichten. Mein rechter Oberarm schmerzte so heftig, als ob er gleich zerreißen wollte.

Es pulsierte heiß unter der Stelle, an der mich Kovon mit irgendeiner Waffe oder einem Gerät berührt hatte.

Alles drang wie durch einen Schleier zu mir durch.

Ich hörte wie er an Alex gewandt sprach.

»Bring Nemesis raus in eins der Quartiere, sie ist vom Einsatz total erschöpft, sie hat sich eine Pause verdient. Gebt ihr was ordentliches zu essen und zu trinken, damit sie mir nicht wieder umklappt.«

»Nehmen wir sie mit auf die Insel?«

Kovon blickte zu mir herüber und schien nachzudenken.

»Ich bin mir nicht sicher. Das werden die nächsten Stunden zeigen.«

»Jawohl Boss, ich kümmere mich darum.«

Kovon wandte sich wieder seinem Schreibtisch zu.

»Und Alex, schick mir Tolko rein.«

*

Ich fühlte mich wie von einem Bus überfahren, es war als wäre mein ganzer Körper in einem Krampf geschüttelt worden.

Mir war kotzschlecht und schwindelig.

Ich wollte heulen, hatte aber keine Kraft dazu und der letzte Funken Selbstachtung in mir war noch nicht ganz erloschen.

Alex stützte mich und half mir durch die Brücken-
luke hinauf, so dass ich aus dem Boot heraus steigen
konnte.

Ich schwankte über das Pier und hatte arge Schwierigkeiten, den entgegenkommenden Leuten auszuwei-
chen.

Er begleitete mich weiter und führte mich über das
Ladedeck hinweg in einen langen Korridor, mit vielen
freiliegenden Rohrleitungen an beiden Seiten. Als wir
um eine Ecke bogen, bemerkten wir eine dumpfe Erschütterung, die nicht weit entfernt sein konnte.

Alex schaute sich kurz um und griff dann an sein
Ohr.

»Basis, was ist da los?«

Ich konnte nicht hören, welche Antwort er bekam.

»Ok.«

Er drehte seinen Kopf wieder zu mir und schaute
mich an.

»Evakuierung, OK. Was mach ich mit Nem?«

Ich konnte wegen seiner verdammten Sonnenbrille
seinen Gesichtsausdruck nicht deuten.

Er nickte und schaute wieder den Gang hinunter.

Eine weitere Erschütterung, wesentlich heftiger und
näher als zuvor, ließ alles um uns herum erzittern.

Beide gingen wir instinktiv in die Hocke, runter, in
Deckung.

Meine Sinne schärften sich wieder für einen Moment
und so bemerkte ich seinen unbewussten Griff zur
Waffe, während er noch misstrauisch zur Decke starrte.

Dieses kurze Überraschungsmoment reichte mir aus.

Ich schlug ihm mit der flachen Hand von unten
gegen das Nasenbein, mit der anderen griff ich direkt
unter seine Jacke.

Er war vielleicht schon tot, als ich ihm noch im fallen zwei Kugeln verpasste. Aber das war mir egal, ich musste hier auf Sicherheit spielen.

Konzentration und Fokus, ich fühlte förmlich wie Dotep neben mir stand und anerkennend grinste.

Ich riss seiner Leiche das Com-Gerät aus dem Ohr und steckte es mir selbst an. Kovons Stimme war zu hören und ich konnte noch folgende Worte verstehen.

»... auf Heard Island nichts mit ihr anfangen. Seht zu dass ihr sie wegsperrt, solange bis sich die Lage wieder beruhigt hat... Alex ?... Alex ? Verdammt was ist mit der Verbindung?«

Währenddessen fledderte ich Alex` Klamotten weiter nach irgendetwas brauchbarem für meine Flucht. Ah, zwei Ersatzmagazine, eine Brieftasche, und eine Key-Card.

Plötzlich meldete sich der Schwindel wieder zurück und drohte, mich zu überwältigen. Aber ich musste weiter.

Raus hier. Einfach nur raus hier.

KAPITEL 17

»Der kriegerische Geist macht euch gehorsam, er macht euch körperlich sehr diszipliniert, aber innerlich wird euer Geist allmählich zerstört, weil ihr imitiert, folgt, nachahmt.«

KRISHNAMURTI

Eine schwere Explosion erschütterte den Tunnel weiter vorne.

Die Druckwelle erfasste eine gepanzerte Drohne und der Pilot an der Fernsteuerung hatte alle Mühe, das Gerät weiter auf Position zu halten. Der Waffenspezialist der Drohnenmannschaft starrte gebannt auf die Videoübertragung und wartete darauf, bis sich Rauch, Staub und Feuer soweit verzogen hatten, bis man wieder etwas erkennen konnte.

»Da, Commander, das Tor ist offen, wir sind durch!«

»Dann los, stürmt den Tunnel! Ich will so schnell wie möglich mindestens zwölf Trupps in voller Panzerung da drin haben! Drei Aufklärungsdrohnen voraus, ich brauche einen sauberen Tunnel!«

Der Commander drehte sich zu Fari um, der teilnahmslos an eine große Transportkiste gelehnt stand.

»Alles OK, bei ihnen? Tut mir sehr leid mit ihrer Kameradin. Ich hörte, sie war eine gute und loyale Kriegerin im Dienste der Konvergenz.«

Fari blickte auf und nickte resigniert.

»Sie war mehr als das. Eine Freundin, eine Botschafterin, eine Kriegerin. Ohne sie, ich kann gar nicht sagen, was wir ohne sie in den letzten Jahren gemacht hätten. Und ich weiß nicht wie es weitergehen soll.«

Der Commander wandte sich wieder den Kommando-Screens zu und beobachtete die Anzeigen. Man konnte erkennen wie die Aufklärungsdrohnen durch das zerrissene Tor im Tunnel drangen, gefolgt von schwer bewaffneten Panzerfahrzeugen.

»Sorgen wir dafür, dass sie nicht umsonst gestorben ist, Fari. Zumindest haben wir schon mal einen Teil ihres Tunnelsystems enttarnt, ich denke damit lässt sich was anfangen. Gehen Sie zu den Quartieren, Commander Fari, ruhen Sie sich etwas aus, wir kümmern uns erst mal ums Grobe.«

»Danke Commander, melden Sie sich bitte, sobald Sie einen Kontakt haben.«

Fari trottete aus dem improvisierten Kommandostand hinaus, und trat zurück ins Sonnenlicht. Sein Helm dimmte die direkte Sonne etwas herunter, um seine Augen zu schützen.

Überall um ihn herum war eine verkraterte Landschaft zurückgeblieben, rauchende Trümmer und Fetzen zeugten von schweren Zerstörungen durch die eingesetzte Orbitalartillerie.

Ihm war, als wäre hier eine der schlimmsten Schlachten seit jeher geschlagen worden.

Dann bemerkte er eine Bewegung am Himmel und blickte auf. Ein Jäger flog nicht in Kampfformation wie all die anderen, sondern schwenkte auf einen Landekurs ein. In weitem Bogen umrundete er das Areal rund um den Kommandoposten und begann langsam herabzusinken.

Nur ein paar dutzend Schritte von seinem Standpunkt setzte der Flieger schließlich auf.

Als sich der aufgewirbelte Staub etwas verzogen

hatte, konnte Fari durch das Cockpitfenster jemanden winken sehen. Er trottete langsam auf den Jäger zu und als er dort anlangte, glitt auch schon die Luke auf.

Eine Treppe wurde ausgefahren und rammte sich in den Staub.

Es war Mohini, die zuerst heraus stürmte und ihn fast umrannte. Anton und Cheg, der Joomesi-Pilot, folgten ihr zögerlich, Stufe für Stufe, Schritt für Schritt.

Mohini kümmerte sich in diesem Moment nicht um Rangordnungen, Respektformen und den ganzen Firlefanz. Sie und Fari fielen sich weinend in die Arme. Anton trat hinzu und legte seine Arme um beide.

Cheg kam näher und wusste erst nicht so recht was er tun sollte, er begann aufgrund seiner geringen Körpergröße Faris und Antons Oberschenkel tröstend zu tätscheln.

»Ich dachte immer, ich hätte genug erlebt. In den vierzig Jahren im Geheimdienst habe ich Dinge gesehen, die sich keiner vorstellen soll. Aber heute ist für mich etwas zerbrochen. Wenn man mitansehen muss, wie die Leiche eines Schützlings davongetragen wird, tut das besonders weh.«

Er blickte Mohini und Anton traurig an.

»Ich habe sie beide in den Tod geschickt. Aida und Jeka. Das werde ich mir nie verzeihen, das schwöre ich euch.«

Anton ergriff wieder seine Schulter und zog ihn zum Trost heran.

»Ich weiß, das macht die beiden nicht wieder lebendig. Aber umso wichtiger ist es jetzt, dass wir diese letzte Schlacht für uns entscheiden. Für Arda und für die große Familie zu der wir gehören dürfen. Dies muss das Ende der ERA sein und das Ende allen Schreckens.«

Fari lächelte kurz, bevor ihn die Ernsthaftigkeit wieder übermannte.

»Eines weiß ich, egal wie das hier ausgehen wird, ihr seid als Individuen immer willkommen, vor allem ihr, die ihr so viel für unser gemeinsames Ziel gegeben habt. Ihr seid nicht nur die Freunde eures eigenen Planeten, sondern die Freunde der Konvergenz, der anderen Völker in dieser Galaxis. Auch wenn das hier alles scheitern sollte, es wird immer einen Platz für Menschen wie euch geben.«

Cheg zeigte auf den Jäger und drängte seine Freunde zum Aufbruch.

»Kommt, lasst uns schnell hier verschwinden. Wenn die Bridgeburner etwas finden, kommen wir wieder runter, aber hier ist es hässlich. Momentan spielt sich alles im Tunnelsystem kurz vor Maputo ab, dort haben sie einen strategisch wichtigen Verbindungsknoten gefunden.«

Ein Alarm ertönte in Faris Com-System.

»Herr, ich habe eine Prioritätsmeldung für euch. Die Orbitalkontrolle hat soeben ein Tracking-Signal empfangen, in Maputo, 500 Meter nordöstlich der MOZAL Industrieanlage. Die Signatur ist mit unserer Geheimcodierung versehen, wir warten noch auf die Freigabe durch ihren Dienst, aber...«

Fari war schon auf dem Weg in den Jäger und die anderen folgten ihm so schnell sie konnten.

*

Verdammt, mir hatte es grad schon wieder fast die Beine weggerissen. Ich war mindestens einen Kilometer durch irgendwelche Tunnel gerannt, rechts, links, rechts, links, unter Rohrleitungen hindurch und an offenliegenden Stromleitungen vorbei.

Der Funk hatte mir noch eine Weile lang verraten, wie knapp sie mir auf den Fersen waren. Bis sie Alex Leiche ohne sein Headset fanden, dauerte es zwar nicht lange, aber scheinbar hatten sie in der Eile vergessen, dass ich wohl mitlauschen konnte. Dann war plötzlich Funkstille und ich warf das Com weit in einen Korridor hinein, rannte aber in die entgegengesetzte Richtung weiter.

Endlich, hinter einem KeyCard-gesicherten Schott traf ich auf einen vollkommen überraschten Wachmann, der erst mal gar nicht wusste, was er mit mir anfangen sollte.

Ich schaffte es, ihn unschädlich zu machen bevor er seinen Funk benutzen konnte und sprang mit einem beherzten Tritt gegen die fadenscheinige Blechtür vor mir.

Sonne. Gleißende, helle Sonne.

Hitze, Schwüle, Lärm und Staub trafen mich wie ein Hammer, nach den endlosen Tagen in der Dunkelheit und Enge der ERA-Tunnel.

Irgendwo mitten in einem Slum stürmte ich aus einem Trafohäuschen hinaus auf einen kleinen Platz. Ein paar herumstehende Leute starrten mich erschreckt an und gingen mir sofort aus dem Weg.

Ich musste weiter, weg von diesem Ausgang, ich brauchte einen Ausweg aus dem Chaos.

Noch bevor ich auf der engen Straße einen Haken in eine Seitengasse schlagen konnte, hörte ich wie eine Gruppe aus dem Trafohäuschen stürmte.

Schüsse fielen und Kugeln schlugen in der Wand neben mir ein, als ich um die nächste Ecke bog. Splitter und Mörtelbrocken des maroden Mauerwerks prasselten gegen mein Gesicht, aber ich rannte unbeirrt weiter.

Rennen, einfach nur rennen. Wieder, um die nächste Ecke.

Dann eine Sackgasse, verdammt.

Ich rannte auf den Müllhaufen vor der halb verfallenen Mauer zu, nahm Schwung und schaffte es zum Glück beim ersten Versuch darüber.

Als ich auf der anderen Seite landete, rutschte ich im Morast einer undefinierbaren Pfütze aus und verlor die KeyCard. Ich hatte keine Zeit zum suchen, ich wühlte mich wieder heraus und kämpfte mich durch den knöchelhohen Matsch. In meinem Oberarm pulsierte es wieder heftig, aber ich riss mich zusammen, versuchte es weiter zu ignorieren.

Wie lautete einer der Sprüche während der Kampfausbildung? ›Geblutet wird später!‹

Ich hörte jemanden hinter mir die Mauer raufkommen und drehte mich in der Hocke um. Ich zielte, schoss, und landete einen direkten Treffer!

Dann ging es weiter, ein schmaler Durchgang zwischen zwei Häusern, wieder eine Wand vor mir, aber diesmal ging es rechts und links daran vorbei.

Ich schaute nach rechts, als dort gerade jemand um die Ecke schlitterte.

Ich schoss direkt auf ihn, duckte mich weg und rannte nach links weiter.

Eine Brettertür tauchte vor mir auf und ich nahm Schwung, als weitere Schüsse neben mir einschlugen.

Ich sprang mit den Füßen zuerst an die morsche Brettertür und landete mit einem riesen Krach in einer Wolke von Staub und umherfliegenden Holzteilen inmitten einer Gruppe von Menschen, die sich hier auf dem schmalen Steig zwischen Häusern und der belebten Straße entlang quetschten.

Ich war nicht gerade weich gelandet und die Holzsplitter hatten mir Arme und Beine aufgerissen, dennoch versuchte ich sofort wieder aufzustehen und taumelte durch die panischen und überraschten Menschen in Richtung der Straße.

Weitere Schüsse ertönten hinter mir und über der Straße erschienen zwei kleine Jagddrohnen. Ich rannte zwischen den Autos hindurch auf die andere Straßenseite, wo eine schmalere, planenüberdeckte Marktgasse abzweigte.

Die meisten Leute rundherum waren in Deckung gegangen und eine Panik drohte unter ihnen auszubrechen.

Am Anfang der Gasse blickte ich mich kurz um und erkannte wie auf der anderen Seite ein paar Gestalten durch die Reste der Brettertür kletterten.

Ich feuerte das vorletzte Magazin auf sie leer, was die Menschenmenge nun erst richtig zum kochen brachte. Drei Leute, zwei Treffer, na immerhin.

Ich duckte mich weg und lief so, blutend und schwankend weiter in die Gasse hinein, in der mir die Leute voller Angst Platz machten. Ich versuchte weiter zu rennen, aber meine Kraft verließ mich.

Ich schwankte immer mehr und ich war mir nicht sicher, wie lange ich noch bei Bewusstsein bleiben würde.

Die Gasse führte weiter in den Basar hinein, ich bog noch zweimal ab, quetschte mich zwischen verwunderten Leuten hindurch.

Da, links, ein kleiner, schmal geschnittener Supermarkt. Ich glitt durch die Tür, drängelte mich durch die verdutzten Menschen bis nach hinten zur Theke.

Während die Kunden panisch flüchteten, starrte mich eine junge Verkäuferin ängstlich an und hob die Hände, da sie wohl dachte, ich würde sie überfallen wollen. Ich hielte die Waffe mit offenen Händen so, dass sie nicht mehr so bedrohlich wirken sollte und das Mädchen sich nicht mehr fürchten müsse.

Aber sie wie war immer noch vor Angst wie versteinert und ich rutschte durch den schmalen Durchgang hinter die Theke zu ihr, tunlichst darauf bedacht, dass die Pistole nicht mehr so gut sichtbar war.

Ich lächelte sie freundlich an und versuchte mit ihr zu sprechen.

»Sprichst du arabisch? Oder Englisch?«

Sie schüttelte den Kopf. Verdammt.

Die sprechen hier französisch oder? Ich lugte an ihr vorbei in den Durchgang hinein, der vermutlich zu einem Lagerraum führte, oder vielleicht nach draußen. Ich zeigte darauf und fragte:

»Exit?«

Sie stutzte ein wenig, nickte aber.

Ich deutete mit dem Zeigefinger vor dem Mund an, sie solle still sein und winkte ihr, sie solle vorgehen.

Sie gehorchte mir und trippelte vor mir her.

Dann öffnete sie die Tür zu einem kleinen Hinterhof und rannte direkt auf eine ziemlich beleibte ältere Dame mit einem hochgewickelten Kopftuch zu, die gerade damit beschäftigt war, die Wäsche aufzuhängen.

Das Mädchen weinte und erzählte wohl der Frau was passiert war. Ich konnte das Wort Inglesi heraushören.

Dann wurde hinter mir eine Waffe durchgeladen. Ich war diesen einen Moment unaufmerksam gewesen, verdammt!

Eine alte, knorzige Männerstimme sagte auf Englisch, mit einem heftigen Akzent ein paar Worte.

»Nehmen Hände hoch. Was du willst?«

Ich streckte beide Hände hoch und umfasste nur noch den Lauf der Pistole mit Daumen und Zeigefinger.

»Ich werde von der ERA verfolgt. Sie wollen mich töten, weil ich wichtige Informationen habe. Bitte lassen sie mich gehen, ich will nichts von ihnen. Im Gegenteil, die ERA-Leute werden jeden Moment hier sein und alles töten, was ihnen im Weg steht.«

Er sprach schnell etwas auf französisch zu den beiden anderen und die kleine nickte. Sie verzog sich weiter nach hinten in den Hof, verschwand hinter einem Stapel Kisten.

Die ältere Frau kam ein Stück auf mich zu und fragte etwas.

»Was weißt du wichtiges?«, erklang die Stimme hinter mir wieder.

Ich atmete tief durch und antwortete.

»Bitte hören Sie mir gut zu. Der Weltrat und die Konvergenz müssen erfahren, dass U-Boote der ERA auf dem Weg nach Heard Island sind. Das ist wichtig für die Befreiung der Erde. Die Befreiung von der ERA. An Bord befinden sich deren Anführer, diejenigen, die überall auf der Welt ihren Terror verbreiten.«

Ich drehte mich vorsichtig um und blickte in das nachdenkliche Gesicht eines alten Mannes.

Er senkte sein wirklich sehr altes Gewehr, dessen Fähigkeiten, mir ernsthaft wehzutun, ich sofort anzweifelte.

Dann spuckte er auf den Boden, grinste und sagte:

»Dämliche Hurensöhne von ERA! Machen nur Ärger. Dann los, geh, verschwinde und pass auf dich auf, Mädchen.«

»Dankeschön, ich kann ihnen gar nicht genug danken.«

Ich drehte mich wieder um und die Tochter zeigte zu einer Leiter, die auf die hohe Mauer zwischen den Häusern führte.

Ich zögerte noch einen Moment und sagte:

»Wenn jemand nach mir fragt, der nicht nach ERA aussieht, erwähnen Sie bitte den Namen Kovon.«

»Kovon?«, fragte der alte Mann. Ich nickte.

»Er ist der Schlüssel. Commander Kovon und Heard Island. Erzählen Sie es nur, wenn Sie sicher sind, dass es niemand von der ERA mitbekommt.«

Ich begann die Leiter hochzusteigen und zog mich auf die Mauer.

Der alte Mann trieb seine Familie an, vom Hof zu verschwinden. Oben angekommen blickte ich mich noch mal um und lud das letzte Magazin in meine Waffe.

Als alle außer Sicht waren, rannte ich weiter über die Mauer und konnte in die Hinterhöfe und Gärten schauen.

Drei oder vier Höfe entfernt, war hinter mir wieder Lärm hören.

Die Mistkerle hatten es wohl durch den Basar und den kleinen Supermarkt geschafft.

Ich hoffte inständig, sie würden der Familie nichts antun. Heute hatte es schon genug Unschuldige getroffen, dachte ich mir nur. Mir fehlte jegliche Vorstellung und das Gefühl, wie lange dieser endlose Tag eigentlich schon andauerte. Es war schon zu viel passiert und Erinnerungsfetzen drangen durch mein unendlich müdes Bewusstsein hindurch, die Dinge, die schrecklichen Dinge, die in den letzten Stunden geschehen waren.

Dann, inmitten der Lärmkulisse um mich herum, ertönte ein lautes Sirren.

Hinter einer Hauswand schoss eine kleine Drohne hervor, die in einer Kurve um mich herum flog.

Plötzlich spürte ich einen heftigen Stich hinten an der Schulter.

Ich zielte, brauchte aber zwei Schüsse, um die Drohne vom Himmel zu holen. Das Scheißding stürzte brennend in eines der strohgedeckten Dächer, das sofort Feuer fing.

Gleichzeitig breitete sich eine wohlige Wärme in meiner Schulter aus und ich wusste, ich hatte nicht mehr viel Zeit. Mein eigener adrenalingesteuerter Autopilot war nun am Ende.

Vielleicht sollte ich mir ein ruhiges Plätzchen suchen und mir selbst schnellstmöglich eine Kugel durch den Schädel jagen, noch bevor mich jemand von diesen ERA-Arschlöchern schnappt und noch schlimmeres mit mir anrichtete.

Ein Stückchen weiter entdeckte ich einen kleinen, verwilderten Garten, darin stand ein Baum, nahe der Mauer.

Ich sprang hinunter in die Krone und versuchte mich an den großen Ästen festzuklammern um nicht zu tief zu fallen. Dabei rutschte mir die Waffe aus der Hand und verschwand irgendwohin. Verdammt.

Ich ließ mich hinunter und fiel direkt um, als ich den Boden berührte.

Verzweifelt suchte ich nach der Waffe, konnte sie aber nirgends entdecken. Ich versuchte aufzustehen, aber meine Beine gehorchten mir nicht mehr. Meine Umgebung bestand nur noch aus Doppelbildern, mein Gleichgewichtssinn versagte, der Boden zog mich zu sich herunter, mit der Anziehungskraft eines Neutronensternes.

Dann blickte ich resignierend in den Himmel.

Meinen Himmel, die Wolken, das Blau. Erst jetzt fiel mir auf, wie lange ich diesen schönen, weiten Himmel nicht mehr gesehen hatte.

Ein Schwarm Vögel zog über den Garten hinweg, ich konnte ihre aufgeregten Rufe wie durch Watte gedämpft hören.

Dann erschien plötzlich ein Gesicht über mir. Eine blonde Frau mit Sonnenbrille und für diese Umgebung viel zu elegant gekleidet.

›War das etwa meine Anwältin‹, faselte ein Stimme in meinem dämmrigen Schädel.

Sie fummelte an ihrem Ohr herum und ein paar Gewehrläufe schoben sich verzerrt von der Seite in mein Sichtfeld.

Die blonde Lady beugte sich zu mir herunter und zog ihre Sonnenbrille ab. Ich kannte das Gesicht. Oder nicht? Sie kam näher, blickte mir direkt in die Augen. Ich kannte sie von irgendwoher.

Sie nahm meine Wangen in ihren zarten und doch kräftigen Hände, drückte sie zusammen, sodass ich vermutlich eine Schnute machte.

Das miese Stück grinste, denn ich war nicht mehr in der Lage mich zu wehren. Nichts ging mehr. Wie durch einen Verzerrer nahm ich ihre Worte war.

»... schnüren ein schönes Päckchen. Los, ab mit ihr.«

*

»Wir haben ihr Signal verloren, Commander.«
Fari donnerte mit der Faust auf seine Konsole. Cheg blickte vorwurfsvoll zu ihm herüber. Aber entgegen seiner sonstigen Art, verkniff er sich seinen Kommentar.

»Cheg, wie lange brauchen wir noch?«, fragte Anton.

»Steuerbordseite, 4 Uhr, Maputo Airport, wir haben gerade die Industrieanlage von MOZAL überflogen. Dort unten scheint es eine...«

Eine Explosion erschütterte den Jäger und er geriet heftig ins trudeln. Aus einer Konsole schlugen Flammen und dutzende von Alarmleuchten begann wild zu blinken.

»Beschuss von unten, wir müssen ausweichen!«

Fari atmete schwer, sein Helm hatte einen Sprung bekommen und war nicht mehr dicht.

Cheg versuchte mit allen Mitteln den Jäger wieder zu stabilisieren, aber der beschädigte Flieger driftete immer weiter ab in Richtung Erdboden.

Anton öffnete eine der Werkzeugboxen und fischte eine Rolle Klebeband heraus, während Mohini mit dem Löscher gegen den Brand vorging.

»Hier spricht die Orbitalkontrolle, wir verzeichnen massive Flugabwehrmaßnahmen, gehen Sie schnellstmöglich auf Distanz, bis wir die Quelle ausgemacht und eliminiert haben!«

»Na das fällt denen ja reichlich früh auf, schönen Dank.«, fluchte Cheg vor sich hin und versuchte den Flieger wieder zu stabilisieren.

»Orbitalkontrolle, wir haben einen Treffer erhalten, wir versuchen notzulanden.«, sprach Fari in die Com während Anton ihm einen Streifen Tape auf den Riss im Helm klebte.

»Pff, Notlandung, was glaubst du mit wem du hier fliegst, Mann mit Helm?«, antwortete Cheg frech und grinste tatsächlich dabei teuflisch.

Fari nahm davon nur kurz Notiz und widmete sich dann seiner rebooteten Konsole.

»Orbitalkontrolle, wie ist die Lage in der Stadt? Was wissen wir über die Schießerei da unten? Korrelieren die Positionsdaten mit diesen Nachrichten?«

»Ja, Commander, der kurze Track, der aufgezeichnet werden konnte, korreliert zu 100%. Wir konnten 342 Sekunden lang Daten aufzeichnen. Die Kennung des Transponders lautet AZE749KK3, das wurde soeben bestätigt. Es ist ein gültiger Operationscode. Die tragende Person lebt, die genetische Markierung muss authentisch sein.«

Fari blickte sich zu den anderen um.

»Sie ist es. Es ist Aida! Zumindest war sie es. Los

wir müssen da runter! Orbitalkontrolle, wir brauchen alle verfügbaren Kräfte dort unten, wir dürfen die Person unter gar keinen Umständen verlieren, egal was es kostet. Egal ob uns der Lord Commander nachher mit Haut und Haaren verspeist, durchkämmen Sie das komplette Stadtgebiet.«

Anton klopfte ihm auf den Helm.

»Ok, du bist wieder dicht.«

Cheg wirkte beunruhigt und die Anzahl an Alarmanzeigen auf seiner Steuerkonsole nahm weiter zu. Ein Rütteln erfasste den Jäger, der mittlerweile an der Stadt vorbei über der Küste des Ozeans flog und rapide an Höhe verlor.

»Leute ich glaube, der Antrieb steigt gleich aus.«

Mohini schrie zu ihm herüber.

»Und jetzt? Was sollen wir machen?«

Cheg schaute sich kurz suchend um und stand dann von seinem Pilotensitz auf.

»Tja, wir machen das, was wir alle mal in der Flugausbildung gelernt haben, ihr erinnert euch doch oder?«, fragte er mit hochgezogenen Schultern.

»Aussteigen? Scheiße das hab ich immer gehasst.«

Cheg wurde wütend und stampfte mit einem Fuß auf.

»Was soll ich denn sagen? Ich bin einer der besten Piloten der gesamten Konvergenz und nun wird mir schon zum zweiten mal ein Flieger unter dem Arsch weggeschossen! Und schon wieder auf diesem Scheißplaneten! Ihr dämliche Ardai, das macht langsam keinen Spaß mehr.«

Der Flieger neigte sich gefährlich zur Seite und die Schwerkraftkompensation setzte aus, so dass alle auf die Seitenkonsolen rutschten.

Sie zogen sich schnellstmöglich ihre Absprungrucksäcke an und krochen durch das immer heftiger werdende Rütteln zum Notausstieg.

Die Luke wurde abgesprengt und ein Windsog riss
an ihnen. Einer nach dem anderen sprang über dem
offenem Meer ab.

Cheg war der letzte an Bord und blickte seinen Gefährten traurig hinterher. Eine Explosion erschütterte
des letzte noch laufende Triebwerk und besiegelte damit nun endgültig das Schicksal des Fliegers.

»Was für ein Scheißplanet. Ich hasse euch!!!«, schrie
Cheg wütend und sprang hinter seinen Freunden her.

Es war ein sonderbarer Moment.

Aber dieser Moment gehört ihm nun ganz alleine,
zumindest so lange, bis ihn die Hilfstruppen mit dem
Boot aufnehmen würden.

Cheg begann auf seinem Weg nach unten bitterlich
zu weinen und die Fassungslosigkeit übermannte ihn
nun mit aller Macht.

Diese Menschenfrau, diese Ardai namens Jeka war
seine Freundin, seine Schwester, ja, das liebste Wesen
in seinem Leben gewesen, dass er außerhalb seiner Familie kannte.

Ohne sie hätte er sich nur noch auf den Hass auf diesen verdorbenen Planeten konzentriert, der ihm vor
Jahren schon so viele Verletzungen beigebracht hatte.

Und auch Aida war ihm ans Herz gewachsen. Sie
war so anders als Jeka, ungestümer, frecher, impulsiver. So wie er selbst.

Vielleicht war es das, was sie miteinander verband.

Meter für Meter rasten die Gedanken, die Erinnerungen und die fortgerissenen Tränen im Wind an ihm
vorbei.

Er wollte nur noch fort von hier, weit weg von der
Erde, die für ihn den Planeten des Schmerzes bedeutete.

KΛPITEL 18

SURAM-News

(englische Ausgabe - über das Weltweite Korrespondentennetz, Übersetzung aus dem spanischen) Presseerklärung des Weltkooperationsrates zur Beendigung der gemeinsamen Militäroperation gegen die ERA.

Nach Meldungen der lokalen Nachrichten-Agenturen von SURAM in Kooperation mit den Behörden und Korrespondenten des KONNET wird folgendes verlautbart:

Vor wenigen Tagen konnte eine wichtige ERA-Basis auf den Galapagos-Inseln unzerstört übernommen werden.

Wie nun offizielle Stellen berichten, wurde die ERA in einem verlustreichen Kampf während der sechs Wochen andauernden Operation Zedora vernichtend geschlagen.

Die Hauptbasis der ERA wurde aufgrund von Geheimdienstinformationen auf Heard Island im südlichen Indischen Ozean lokalisiert. Der überwiegende Teil der Insel wurde unter dem schwerem Feuer der Orbitalartillerie vollkommen zerstört. Es konnten zahlreiche U-Boote mit ERA-Mitgliedern rund um die Insel aufgebracht oder versenkt werden.

Die Sicherheitsbehörden gehen davon aus, dass die Führungselite und die Strukturen der ERA mit dieser weltweit koordinierten Militäroperation komplett zerschlagen wurden.

Der Weltkooperationsrat betont die enge und gute Zusammenarbeit mit den Protektoreinheiten der Konvergenz und äußert sich vorsichtig optimistisch, die ERA womöglich endgültig besiegt zu haben.

Im Biolabor der Galapagos-Basis wurden derweil verschiedene Proben des Omega-Virus sichergestellt. Die Universitäten von Bogota und Quito werden bei der Sicherung und Untersuchung der Proben vom Biomedizinischen Institut von Jumunia-Prime mit einem Expertenteam vor Ort unterstützt.

*

Was haben wir denn da? Sollen wir jetzt auch noch für die hohen Herren die Leichen bunkern oder was? Die sollten uns mal lieber frische Lebensmittel hier reinbringen! Verflucht, ich hab keinen Bock mehr auf den elenden Dosenfraß.«

Rodric stand mit ein paar Leuten im Eingangsbereich der Schleuse und begutachtete den Blechsarg, den sie fluchend und mit vereinten Kräften aus dem Transporter gezogen hatten.

Das klapperige Gefährt war schon längst wieder verschwunden und ein paar der umstehenden Männer verwischten dessen Spuren im Dreck mit großen Reisigbesen.

»Keine Ahnung, das Ding kam mit einem der Siedlerschiffe unten in Venedig an. Angeblich hat uns der Rote Vogel das Paket selbst hierhergeschickt.«

Rodric schnaubte verächtlich und rotzte auf den Boden, knapp neben der massiven Blechbox. Dann blickte er gen Himmel und rotzte noch mal in hohem Bogen heraus auf die Wiese.

»Na toll. Der hats gut in seinem Luxusloch. Aber was solls. Dann lasst uns das Ding mal runterbringen. Wir waren schon wieder viel zu lange draußen, bald fliegt wieder die Überwachungssdrohne drüber, also Beeilung meine Herren.«

Die Gruppe wuchtete mürrisch den Sarg hoch und trugen ihn keuchend durch die Schleuse ins Innere, zum Aufzug der Basis.

Hinter ihnen fuhr langsam die äußere Schleusentür wieder zu und rastete satt in die felsige Umgebung ein. Wenn man nicht direkt davor stand, war der Eingang von außen nicht zu erkennen.

Eine halbe Stunde später hatte Rodrics Gehilfe endlich den letzten Bolzen mithilfe seines Akkuschraubers gelöst. Die beiden und ein paar der Wachleute waren neugierig, was da wohl zum Vorschein kommen würde, denn das Ding war so schwer, dass dort unmöglich nur ein einzelner Mensch drin liegen konnte.

Der Deckel klappte auf und eine beschlagene Scheibe mit einem Display kam zum Vorschein.

Die Männer schauten sich fragend an und beugten sich über die Glasscheibe. Rodric zuckte mit den Achseln und aktivierte das Display. Eine Authentifizierungsanfrage erschein. Er brummte missmutig vor sich hin und wühlte seinen CardKey aus der Tasche.

Dann steckte er den Key in den dafür vorgesehenen Schlitz und hielt die Iris des ihm noch verbliebenen Auges vor die Scanneröffnung.

»Erkenne Rodric McPherson, Kommandant Basis P, Authentifizierung erfolgt.«

»Na Danke, schön dass du mich erkennst. Mach auf das Ding.«

Nichts passierte.

»Ok, nix mit Voice-Steuerung. Na dann zeig mir mal was da drin steckt.«

Er tippte mit seinen dicken Fingern linkisch auf dem

Display rum, bis sein Gehilfe ihn ein Stück zur Seite schob und auf eine Schaltfläche drückte.

»Hier Chef, da gehts weiter im Menü.«

Rodric wurde ungeduldig und raunzte ihn an:

»Das hätt ich auch selber rausgefunden, verdammt.«

Nummer Zwei, wie er seinen Gehilfen nur nannte, zuckte mit den Schultern und trat wieder zurück.

Eine Meldung erschien auf dem Display.

»Gefangene: Weiblich zur Unterbringung in Isolationshaft bis auf Widerruf.«

»Na toll. Noch eine weitere Fresserin mehr da unten im Loch.«

»Chef, sollen wir schon mal die Zelle bereit machen? Dauert mindestens 36 Stunden, bis die fertig aufgetaut ist.«

»Ja, mach das. Bin mal gespannt, was der Kryo-Prozess von ihr übrig gelassen hat. Das Ding sieht besser aus als die alten, von daher scheint die Lady für irgendwen wichtig zu sein. Oh, schaut mal hier Jungs.«

Die anderen traten wieder etwas näher heran.

»Das Paket ist schon seit ein paar Monaten unterwegs, na dann hoffe ich für sie, dass die Büchse funktioniert hat.«

Einer der Wachleute meinte:

»Ja, sie wird sich bestimmt freuen, hier unten im Loch aufzuwachen.«

Die Männer lachten laut und Nummer Zwei nahm die beiden Wachen mit hinaus aus Rodrics Kammer.

*

Auf ein Zeichen hin wurde es still im großen Ratssaal.

Das Trium erhob sich und wartete, bis die Aufmerksamkeit aller auf ihre leicht erhöhte Position gerichtet war.

Cigurnee, der Hohe Rat für die innere Verwaltung, trat zum Podest des Triums und ergriff das Wort.

»Werte Räte, werte Anwesende! Unsere Protektoren haben uns verkündet, dass der Einsatz auf Arda beendet wurde.«

Tosender Beifall brandete auf, aber Cigurnee hob die Hände und bedeutete damit, dass der Saal wieder zur Ruhe kommen sollte.

»Vor drei Monaten gelang unseren Streitkräften der entscheidende Schlag auf die zentrale Infrastruktur des Widerstandes der ERA. Seitdem konnten wir deren Stützpunkte vollständig enttarnen und vernichten.«

Wieder kam etwas Unruhe auf, die aber gleich wieder abebbte.

»Heute wird der Hohe Rat für Exploration in enger Abstimmung mit den Wünschen der provisorischen Regierung von Arda, dem Welt-Kooperationsrat, einen Antrag auf Beendigung der Quarantäne stellen.«

Diesmal mischten sich freudige aber auch kritische Zwischenrufe miteinander. Cigurnee trat beiseite und bat den Hohen Rat der Exploration zu sich.

»Von heute an werden wir das Volk von Arda auf seinem Weg in die Unabhängigkeit begleiten. Seite an Seite mit den einst widerstreitenden Kräften konnten wir die terroristische Gefahr der ERA beseitigen und werden uns nun in Ruhe und Frieden den wahren Problemen des Planeten widmen.«

Cigurnee ergriff wieder das Wort.

»Zu diesem Thema wird es zahlreiche Beratungspunkte geben, wir lassen ihnen alle notwendigen Informationen zu diesem Fall zukommen und schlagen eine Beratung und Abstimmung am morgigen Tage vor.«

Ein Raunen ging durch die Menge, denn dies bedeutete wohl eine Unterbrechung des Sitzungstages.

»Daher unterbrechen wir den heutigen Sitzungstag und freuen uns, Sie alle morgen wieder zu diesem Punkt begrüßen zu dürfen.«

Das Trium verbeugte sich und verließ den Sitzungssaal.

Ein Gong ertönte und auf den Displays rundherum verschwanden die zugeschalteten Räte aus den ferneren Welten, denen es nicht möglich war, persönlich zur Sitzung zu erscheinen.

Der Saal leerte sich, aber einzelne Gruppen standen noch weiter zusammen und diskutierten heftig.

Gonalika blickte sich suchend im Saal um und schritt dann gemächlich hinunter zu einer Gruppe mit bekannten Gesichtern.

Dort angekommen gesellte sie sich mit hinzu und wurde von einem der Räte herzlich begrüßt.

»Gonalika, es freut mich euch hier zu sehen! Wie bekommt euch euer vorzeitiger Ruhestand?«

Sie winkte ab und ging freundlich auf seine Frage ein.

»Ach was meint ihr mit Ruhestand? Als Abgeordnete hat man ja noch genug zu tun, das würde ich auf keinen Fall einen Ruhestand nennen. Und hört was ich euch noch dazu erzählen kann: Ich stehe auf der Kandidatenliste für das Kontrollgremium der Sicherheitsdienste, das entbehrt nicht einer gewissen Ironie oder?«

Er und einige der umstehenden lachten kurz.

»Tatsächlich, das hört sich keinesfalls nach Ruhestand an.«

Dann wurde seine Miene etwas ernster und er sprach leise weiter, nachdem die Gruppe wieder weiter unter sich diskutierte. Er nahm Gonalika zur Seite.

»Wie geht es ihren Leuten? Ich hörte, dass es zu vielen Verlusten gekommen sei?«

Sie blickte kurz im Saal umher, so als ob sie etwas, oder jemanden, suchen würde, bevor sie ihm antwortete.

»Zum Glück gab es keine weiteren Opfer mehr. Aber Fari wird immer noch auf Jumunia Prime behandelt, der Absturz vor der Küste hat ihn fast das Leben gekostet. Anton und Mohini habe ich das letzte mal auf dem Begräbnis der Agentin Semjonova auf Sildron getroffen.«

»Welch tragische Opfer, ich fühle so sehr mit euch. Ich war bei der Gedenkfeier anwesend, als der Toten der Schlacht gedacht wurde. Es ist einfach nicht zu fassen, was uns die ERA dort in Maputo hinterlassen hat. Solch ein Ausmaß an automatischen Waffen, die deren Rückzug decken konnten. Ich bin immer noch fassungslos, wie gut der Widerstand ausgerüstet war.«

»Ja, wir sind froh, dass wir zumindest ein paar Hinweise finden konnten, die uns die Zerstörung der Hauptbasis im südlichen Ozean ermöglichte.«

»Die Untersee-Schiffe mit der Führungsriege wurden ebenfalls zerstört, wenn ich mich recht erinnere. Faszinierend.«

Sie musterte ihn einen Moment lang und seufzte dann.

»Hoffen wir, dass wir jetzt alle Zellen ausheben konnten. Es ist wirklich ruhig geworden.«

Er lächelte sie an und berührte sanft ihre Schulter.

»Liebe Gonalika, was halten Sie davon, in Zukunft als Beraterin für die Exploration zu arbeiten? Ich weiß, es ist bei weitem nicht so aufregend wie beim Geheimdienst, aber ich würde mich freuen mit jemandem mit ihrem Erfahrungsschatz zusammenzuarbeiten.«

Sie lachte und winkte ab.

»Im Ernst, meine Liebe, ich würde mich sehr freuen.«

»Nein danke, es ist erst mal gut so wie es ist. Meine Nachfolger melden sich sowieso fast jeden Tag bei mir und fragen mich um Rat. Es lässt mich einfach nicht los.«

Er griff nach ihrer Hand und verbeugte sich.

»Ich wünsche euch alles erdenklich Gute auf eurem weiteren Wege, ihr seid unglaublich wertvoll für unsere große Gemeinschaft und wir können uns für ihre Dienste nur bedanken.«

»Ich danke ihnen, Lord Henkis, lasst uns mal auf ein Abendessen treffen und wieder wie früher mehr über das Gärtnern sprechen.«

»Oh ja, das würde mich sehr freuen.«

Er verbeugte sich wieder kurz, schritt dann grüßend an seinen Kollegen vorbei und verließ den großen Ratssaal.

Gonalika stand noch immer da. Sie wartete und schaute.

Immer wieder mal kam jemand in der Nähe vorbei und grüßte sie ehrfurchtsvoll. Aber sie spürte bei den meisten von ihnen eine gewisse Distanz oder gar Skepsis.

Nein, für das Versagen ihrer Abteilung würde sie nicht bestraft werden. Jeder wusste, dass das Versagen an sich, für sie und alle Beteiligten, Strafe genug war.

Aber dennoch musste sie selbst und ihr Umfeld die neue Situation erst einmal neu bewerten.

Sie verstand die höfliche Distanz, gerade in solch schwierigen Zeiten, wo die Politik und die Moral im Umbruch begriffen waren.

Arda war auch von hohem strategischem Interesse, es ging dabei nicht mehr nur um die Verwirklichung des Sendungsbewusstseins der Konvergenz.

Elisa trat von hinten an sie heran. Gonalika drehte sich um und begrüßte sie mit einer herzlichen Umarmung.

»Na, hast du schon was von unseren beiden Freunden gehört?«

Elisa blickte sie traurig an.

»Nein, schon seit zwei Wochen nicht mehr. Könnt ihr nicht noch mal nachfragen, ob es Neuigkeiten gibt?«

»Nein mein Kind, ich bin nur noch ein einfache Abgeordnete. Ich bin von den geheimdienstlichen Informationen vorerst ausgeschlossen und solcherlei gehört leider auch dazu.«

»Ich weiß. Verzeiht mir bitte.«

Gonalika lächelte sie an und war froh, von der jungen blonden Ardai aus ihren eigenen düsteren Gedanken gerissen zu werden.

»Außerdem traut mir keiner mehr über den Weg, seitdem ich mir eine Ardai als Assistentin genommen habe. Komm, wir haben einiges zu tun, der Antragsentwurf wird morgen abgestimmt, es gibt viel zu lesen. Das lenkt ab.«

Elisa lächelte wieder etwas. Beide schritten in Richtung Ausgang davon.

»Glaubt ihr, damit ist es dann vorbei? Sind wir dann alle frei und das Leid hat ein Ende?«

Gonalika seufzte.

»Mein Kind, ich glaube erst an ein Ende, wenn es wirklich ein Ende gibt. Im Guten oder im Bösen. Unser Weg ist noch lang. Ich glaub nicht, dass alle Spieler in diesem Spiel ihre Karten aufgedeckt haben.«

Elisa nickte nachdenklich, die Worte Gonalikas bereiteten ihr Sorgen.

»Hoffen wir das beste.«

*

New York Times, 23.11.2081

»Ist es schon Zeit für eine Rückkehr?«

Man beobachtet tatsächlich die große Rücksiedelungswelle nach Europa voller Sorge. Nur mit Hilfe von Protektoreinheiten und Sicherheitskräften der Erde lässt sich das Chaos noch einigermaßen unter Kontrolle gehalten.

Aber auch wenn einige Gebiete schon als halbwegs gesäubert gelten, ist dort immer noch ein erhebliches Ansteckungsrisiko vorhanden. Der Biolaborfund von Galapagos, der das Virus endlich korrekt identifiziert und entschlüsselt hat, liegt kaum ein halbes Jahr zurück.

Experten der NORAM-Universitäten schätzen, dass aufgrund der Komplexität der Gensignatur und der noch nicht vollständig verstandenen Sporenbildung das Risiko für eine Wiederansteckung noch zu hoch ist.

In den medizinischen Datenbanken der Konvergenz wurden laut des Pressesprechers des Biomedizinischen Instituts auf Jumunia Prime Hinweise auf ein experimentelles Wirkungsprinzip gefunden, das so in der Natur der bekannten Spezies im Konvergenzraum noch nicht gefunden wurde.

Die bisherigen Erkenntnisse deuten darauf hin, dass es sich bei dem Virus um das Überbleibsel aus der Biowaffenforschung handeln könnten, der selektiv auf ethnische Merkmale gezüchtet wurde.

Die ersten Impfstoffproben werden seit einer Woche ausgegeben, der Andrang ist erwartungsgemäß natürlich sehr hoch. Damit wird die Rückbesiedelung Europas wohl nicht mehr aufzuhalten sein, auch nicht durch die noch fehlenden Grenzabkommen zwischen den Fraktionen.

Der Welt-Kooperationsrat tritt heute erneut zusammen um diesmal eventuelle Territorialansprüche aller Fraktionen und Freien Gebiete gegenüber EURUSSIA einzufrieren.

*

KONNET-Artikeldatenbank: Beschlüsse des Hohen Rates in Angelegenheiten der Exploration Suchzeitraum: 224nz(2080AD) bis 227nz(2083AD) Relevanz: Planet ARDA, Halio-System, Sektor 237/322

225.2.5.4nZ (2.4.2081AD):

Beschluss des Hohen Rates der Konvergenz zur Entlassung des Planeten ARDA in die volle Souveränität.

Seit der gemeinsamen Militäroperation gegen die ERA gibt es keinerlei Anzeichen eines noch existierenden Widerstandes oder anderweitiger terroristischer Aktivitäten, die den Frieden auf Arda gefährden könnten.

Aufgrund der schwierigen Harmoniserungsaufgaben wird eine potenzielle Übergabe für 227nZ / 2083AD angestrebt.

225.5.7.5nZ (4.7.2081AD):

Beschluss des Hohen Rates der Konvergenz zum Bau einer Raumstation im Orbit von Arda mit Nutzung der neuen Sprungtor-Technologie nach Dykanos/Trypton.

Eine nähere Anbindung dieses Sektors an die Konvergenz soll ermöglicht werden. Arda soll als unabhängige Einheit in nachbarschaftlicher Koexistenz betrachtet werden. Die Stationierung von Protektor-Kräften und Zivilpersonal der Konvergenz wird im Zuge des Unabhängigkeitsprozesses Ardas auf diese Raumstation und einige kleinere Basen im HALIO-

System beschränkt werden.

Die bisherige Militär- und Bergbaubasis auf Ares (Halio-4) soll Arda als Kolonie zur Verfügung gestellt werden. Ausgemusterte Protektor-Transporter werden hier in den nächsten zwei Jahren zu Kolonieschiffen umgerüstet und Terraforming-Einheiten werden ausgebildet.

226.7.3.3nZ (1.12.2082 AD)

Beschluss des Hohen Rates der Konvergenz zur Ab-berufung der Rätin Gonalika Tjo-Ness und zur Ein-setzung als Botschafterin auf Arda zum Jahreswechsel 2083 AD.

Ihre Hauptaufgabe wird sein, als Botschafterin die Übergabe zur Souveränität von Arda zu begleiten.

*

Seminararbeit im Fach Neuere Geschichte Auszug zur Vorlage bei Prof. Jenkins, Department of Political Studys, Hawking-Universität Victoria Szymanska, Imma-ID 8992145

12. Mai 2104 [...]

Durch die in Aussicht gestellte Souveränität der Erde mussten die damaligen Fraktionsregierungen immer weitere Zugeständnisse an die Bevölkerung des Plane-ten machen in deren Fahrwasser eine Re-Demokrati-sierungsbewegung die Welt erfasste.

Gemäßigte und radikalere Gruppierungen setzten eine Welle der Umwälzung in Gang, die die alten, ge-wachsenen Strukturen völlig aufbrechen wollte. Die Einsicht, dass Konzerngeführte oder andere Autokrati-sche Strukturen wieder zurück zu Unfrieden und Un-gleichheit führen würden, verankerte sich immer stärker im Bewusstsein der Menschen.

Die mit Hilfe der Konvergenz erzielten rasanten Fortschritte im Bereich der Energieerzeugung, Säuberung der Umwelt, Wasser- und Nahrungsmittelversorgung ließen diese alten Strukturen immer weiter zerbrechen. Die alten Machtstrukturen konnten unter diesen Voraussetzungen nicht mehr weiter aufrechterhalten werden, da die Kontrolle über die Ressourcen des Planeten nicht mehr unrechtmäßig konzentriert wurde.

Der gesellschaftliche Diskurs dieser Zeit wurde durch die Frage verkompliziert, wie man die ehemaligen Widerstandskämpfer reintegrieren könnte, unter anderem wurde diskutiert, diese Personen für einige Zeit in einer Strafkolonie auf dem Mars zu behalten.

Die entsandten Vertreter der Konvergenz überließen diesen Prozess weitgehend den Bürgern von Arda selbst, sie griffen nur noch vermittelnd ein. Zahlreiche Streitigkeiten zwischen Fraktionen und Standesgruppen mussten dabei deeskaliert werden.

Im Dezember des Jahres 2082 AD fanden weltweit die ersten freien und geheimen Wahlen als Gemeinschaft statt. Die alten Fraktionen sollen nach dem Willen der Völker Ardas nur noch als reine Organisationseinheiten dienen, nicht mehr als eigenständige Nationen in altem Sinne.

Die alten Kräfte konnten sich nur zögerlich damit abfinden, ihre Macht abgeben zu müssen. Die sie repräsentierenden Parteien konnten noch eine Weile auf ein großes Unterstützerpotenzial zurückgreifen, was aber letztendlich nicht ausreichte um die alten Verhältnisse weiter zu bewahren.

Die Menschheit befand sich zu dieser Zeit spürbar im grundlegendsten gesellschaftlichen Wandel ihrer Geschichte. [...]

KAPITEL 19

>>Die Sinne können wie das Feuer
reinigen oder zerstören.<<

Oscar Wilde

Und so sitze ich jetzt hier seit ungezählten Tagen, ohne einen Kontakt zur Außenwelt und erinnere mich immer wieder an die vergangenen Jahre. Ich erzähle es, um im mich daran zu erinnern, dass ich noch lebe. Oder zumindest, existiere, atme, esse, denke...

Ich stelle mir vor, hier in dieser Blechzelle, irgendwo im nirgendwo, erzähle ich jemandem von den Dingen und den Geschichten, die ich erlebt habe.

Das Universum, das ich gesehen habe, die Hoffnung die ich verspürt habe. Die Enttäuschung und das Leid.

Ich spreche mit der Wand. Mit der Tür. Mit meinem Klo. Ja, ihr alle hört mir zu.

Bisher konnte mir keiner ein Geständnis abringen, dass ich eine Verräterin wäre, nein... Aber es kommt auch niemand, der mich danach fragt.

Ich hoffe manchmal, dass ich diesen Widerstand aufgeben könnte und sich dann endlich etwas ändern würde. Irgendwas.

Aber wünsche ich mir den Tod? Ehrlich gesagt, nein. Ich fürchte ihn auch nicht. Aber ich wünsche ihn mir auch nicht.

Wenn hier nicht ab und zu die Essensrationen reingeschoben würden, würde ich denken, man hätte mich völlig vergessen.

Wo ist Kallor, dieser verfluchte Commander Kovon? Wo ist dieser miese Rote Vogel? Warum kommt keiner von diesen miesen Wichsern um mich irgendetwas zu fragen? Oder wollen sie genau das? Mich hier in aller Stille verrotten lassen?

Das würde ihnen ähnlich sehen.

Es war schon lange niemand mehr da... vermutlich schon tausend Tage... ich kann die Zeit nicht mehr fühlen...

Aber warum? Weil ich eine Verräterin bin? Wer kämpft denn nun für oder gegen den Planeten?

Was passiert da draußen? Dreht sich die Welt einfach weiter? Was haben die elenden Arschlöcher da oben veranstaltet?

Tausend Tage... oder mehr oder weniger... ich kann es nicht mehr auseinanderhalten...

VERDAMMT ES MUSS SICH WAS ÄNDERN!!!

Ich schreie.

Ich laufe gegen die Wand.

Schmerzen.

Ich laufe wieder dagegen.

SCHMERZEN.

Und Blut.

Verschwendetes Leben.

Mein Name ist Aida. Die Wiederkehrende. Und ich bin wiedergekehrt... zurück in ein dunkles Gefängnis ohne Gnade, auf eine Hölle auf Erden.

Ich hasse diesen Planeten.

Nein, ich bin Nemesis, ich bringe den Tod über alle. Lasst mich hier raus und ich werde alles und jeden töten der mir in die Quere kommt!

Vielleicht wäre es doch besser gewesen, wenn uns die Konvergenz am Tag Q einfach hätte machen lassen...

Ja, wir wären vom nuklearen Feuer hinweggetilgt worden... so wie es die Menschheit verdient hat.

Die ersten hundert Tage, die ich noch vermochte zu zählen, habe ich versucht mein Heil und meine Hoffnung in der Philosophie und der Meditation der Tarui-Lian zu finden.

Dann begann ich wieder so zu beten, wie es mich meine Vorfahren lehrten. Aber wo ist sie, die universelle Verbindung aller Lebewesen, von der mir die Taru-Priester erzählten, und viele der anderen die ich auf meinen Reisen kennen und lieben lernen durfte...

Hier unten, spüre ich nichts mehr davon... ich habe keine Kraft mehr zu Glauben.

Das WISSEN ist so viel stärker. Das Wissen darüber wie groß und wundervoll eine Welt sein kann, oder viele Welten sein können. Und dann endet man als Stück Dreck irgendwo im Abfallhaufen der Ignoranz und Dummheit.

Habt ihr auch irgendwelche Höllenvorstellungen? Glaubt ihr an die Hölle?

Glauben an die Hölle, hahaha... Schlimmer ist es, zu WISSEN, dass wir solch eine Hölle nicht brauchen. Wir haben genug Höllen zur Verfügung, auf allen Welten. Und wenn uns die Natur keine gibt, dann bauen wir uns selber welche.

HAHAHA, das ist das was uns als Humanoide auszeichnet, wir können Höllen bauen.

Wir sind nicht mehr der Höhlenmensch, haha, sondern wir sind der Höllenmensch... HAHAHA... HAHAHAHAHA HAHAHAHAHA

... WIR SIND DIE HÖLLENMENSCHEN! HAHA-HAHHHAAA...

*

»Hallo und Guten Morgen, liebe Menschen und Wesen aus den Weiten des Universums!

Wir melden uns heute Live von der Übergangsfeier kurz vor dem 10. Jahrestag und damit dem Ende der Quarantäne.

Heute ist der erste März des Jahres 2083, ein wundervoller Frühling kündigt sich bei uns auf der Nordhalbkugel an und es scheint die Sonne auf uns herab.

Wir sind heute für sie weltweit auf Sendung mit unserem Internationalen Moderationsteam. Mein Name ist Xin-Hoa von der Nachrichtenagentur ASIACOM und ich begrüße Sie alle hier zu unserem heutigen Highlight. Neben mir darf ich ihnen die Kollegen der beteiligten Nachrichten- und Streamagenturen aus den Fraktionen der Welt vorstellen, die wunderbare Sally Nightingale von NORANEWS und Rashid von AL-TASRIH, herzlich Willkommen! Zu meiner Linken, Mansa Mariatu von COMAFRIC und als Vertreterin von NEWROPE-Independent begrüßen wir Alessia Giordano. Roberta di Salvo von NOTISUR begleitet die Sendung vor Ort im schönen Rio de Janeiro.«

»Ja, vielen Dank Xin, ich freue mich auch sehr an solch einem spannenden Tag mit meinen Newskollegen zusammenarbeiten zu dürfen! So etwas auf internationalem Niveau hatte es zuletzt bei den Olympischen Spielen 2056 gegeben. Auch die Chance nach so vielen Jahren wieder mit einer Stimme für Europa an solch einem Großereignis teilnehmen zu dürfen, erfreut mich Stolz und Hoffnung für eine bessere Zukunft.«

»Da kann ich mich meiner Vorrednerin nur anschließen. Nach den Jahrzehnten der Trennung unserer Völker muss man doch sagen, dass trotz aller Schwierigkeiten, die diese Quarantäne über uns gebracht hat, heute endlich eine wahre Chance dazu besteht, die Menschen wieder näher zusammenzubringen. Wir haben zehn schwere Jahre hinter uns, aber in dieser Zeit konnten wir tatsächlich mithilfe der Konvergenz die Hürden des Hasses, des Misstrauens aber auch der Umweltverschmutzung und der Bedrohung durch gefährliche Krankheiten größtenteils überwinden. Ich freue mich sehr darauf, meinen Beitrag für ein neues, selbstbewusstes Afrika auf dieser Welt mit beisteuern zu können.«

»Dankeschön Mansa! Rashid, was erwarten wir aus Sicht des Kalifats für den heutigen Tag?«

»Xin, lass es mich so sagen, ich glaube wir haben diese schwere Zeit mit Gottes Hilfe durchgestanden und uns allen wird es auf diesem Planeten sehr gut tun, wenn wir jetzt auf das Morgen blicken. Wenn wir jetzt die Hände ergreifen, die uns zum Frieden gereicht wurden, können wir hoffnungsvoll in die Zukunft schauen, In-Schallah.«

»Ich kann ja natürlich nicht für ganz NORAM sprechen, aber tatsächlich erfüllt es mich mit Stolz, in solch einer spannenden Zeit hier mit meinen Kolleginnen und Kollegen zusammen an diesem weltweiten Ereignis beteiligt zu sein. Wir haben gemeinsam ein neues, funktionierendes Korrespondenten- und Nachrichtennetzwerk über die ganze Welt gespannt und dank Rashids Hilfe durfte ich als Korrespondentin über die letzten Monate in Riad, Mekka und Al-Quds arbeiten.«

»Ja, meine Damen und Herren daheim, in den Streams über ARDnet und bei den Publics, Sie sehen, unser Journalistenteam ist exzellent aufgestellt und ich möchte ihnen natürlich auch unsere Kollegen außerhalb des Studios vorstellen. Als Reporter direkt vor Ort bei der offiziellen Zeremonie in Rio de Janeiro begrüßen wir wie eben schon erwähnt die zauberhafte Roberta di Salvo.«

»Nicht zu vergessen, unser Reporter auf der Hawking- Station, Nelson Steinmüller. Hallo da oben.«

»Hallo, Orbit an Erde! Ich freue mich riesig darüber, für ARDnet die Ehre zu haben, an Bord dieser wundervollen Raumstation für die Berichterstattung sein zu dürfen. Neben mir steht mein Kollege He-eson Ku-uri, der für das KONNET über dieses Ereignis berichten wird. He-eson, wie ist das für dich hier? Eine Raumstation wird dich vermutlich nicht so sehr beeindrucken, aber fühlst du den besonderen Spirit an so einem Tag?«

Der angesprochene Moroti schaute mit halb geschlossenen Augen starr in die Kamera, öffnete langsam den Mund und sagte:

»Ich bin hier... um Menschen zu essen... Menschen schmecken... fantastisch.«

Nelson blickte mit gespieltem Erschrecken zu ihm herüber, da fing He-eson schon an zu keuchen. Er kam näher an die Kamera heran und riss die Augen auf.

»Hey, Menschen, ein Spaß, ein Spaß.«

Nelson schubste ihn zur Seite, so dass wieder beide im Bild waren, dabei grinste er frech in die Kamera.

Roberta di Salvo meldete sich dazwischen.

»Gut dass wir die beiden Spaßvögel im Orbit haben und sie uns hier unten nicht auf den Keks gehen. Wir haben schon die Vermutung angestellt, dass uns KONNET einen ihrer erfolgreichsten Comedians als Reporter geschickt haben, damit er auch bei uns berühmt wird.«

»Liebe Roberta, das werden wir wohl noch herausfinden, aber gut, dann widmen wir uns wieder den ernsten Themen des heutigen Tages.«, antwortete Nelson.

He-eson nickte brav dazu und streckte seine Daumenkralle nach oben.

»Folgen Sie uns auf eine kleine Führung durch die Station, die in den nächsten Tagen offiziell ihren Betrieb aufnehmen wird.«

Er trat vor ein riesiges Panorama-Fenster, durch das man die Tag-Nachtgrenze über Asien erkennen konnte.

»Einen wunderbaren Ausblick kann man hier auf dem Promenadendeck genießen, aus 1800 Kilometern Höhe sieht unser Heimatplanet so wunderbar aus.«

Die Kamera zoomte weiter an ihn heran.

»Die letzten Livebilder aus dem Orbit, die wir Menschen selbst erstellt haben sind, schon mindestens zwanzig Jahre alt, daher finde ich, dass es etwas ganz besonderes ist.«

He-eson trat mit ins Bild.

»Ich kann es bestätigen, Leute, ich bin zwar schon etwas in diesem Teil der Galaxis herumgekommen, ich mag aber euren Planeten sehr. Er ist nicht nur von hier oben hübsch anzusehen. Ich freue mich total darauf, wie es bei euch weitergehen wird und sage nur, hey, willkommen in der Galaxis, Freunde!«

Im Hintergrund hörte man einige Leute klatschen und freudig dazwischenrufen. Nelson übernahm wieder.

»Danke, He. Ich komme jetzt mal zu den Fakten dieser großartigen Station. Wir kreisen in 1800 Kilometer Höhe oder präziser in einem Orbit zwischen 1700 und 1900 Kilometern um die Erde. Damit brauchen wir für einen Umlauf genau 2 Stunden 2 Minuten und 30 Sekunden!«

Das Bild zoomte heraus, so dass man den Eindruck gewinnen konnte, als ob die Kamera außerhalb der Station hinaus ins All schweben würde. Dann erschienen die Station und die Erde im Vollbild. Ein roter Kreis legte sich um die Erde, der den besagten Orbit veranschaulichen sollte. Einen Moment später zoomte die Kamera wieder an die Station heran und umkreiste sie. Man konnte die verschiedenen Ringstrukturen erkennen, den wuchtigen Hauptring in der Mitte und die jeweils darüber und darunterliegenden Technikringe. Insgesamt waren so fünf große Ringsektionen zu erkennen, die durch eine große Mittelsektion zusammengehalten wurden, die sich weit nach oben und unten durch die Gesamtkonstruktion erstreckte.

»Sie können hier sehr gut die äußere Form der Station erkennen. Schauen Sie mal hier hin, zum oberen Pylon.«

Das Bild zoomte nun zur oberen, erdabgewandten Spitze. Man konnte Kranstrukturen und kleine Shuttles erkennen, ein insektenartiges Gewusel, dass damit beschäftigt war eine weitere, aber etwas filigranere Ringstruktur zu errichten.

»Hier kann man sehr schön die Konstruktion des Hyperraum-Sprungtores erkennen, das nach seiner Fertigstellung unsere Verbindung zum Rest der Galaxis herstellen wird.

Dieses Sprungtor gehört zu einer neuen Generation von Toren, denn es wird keine eigene Tunnel-Sektion mehr zum durchfliegen benötigt, für die man eine eigene, emissionsintensive Station braucht.

Ein sogenanntes Dykanos-Trypton-Feld wird einige Kilometer oberhalb der Station in den freien Raum projiziert und öffnet damit einen optimalen Zugang zum Subraumgefüge dieser Raumregion.«

Es erschien eine Animation, die den obersten Projektionskomplex vervollständigte und daraus dann ein trichterförmiges Strahlenbündel in den Raum warf. Ein Schiff flog in das Strahlenbündel hinein und verschwand in einem Lichtblitz, der durch das Strahlenbündel abgeschirmt wurde. Ein schneller Zoom heraus zeigte eine Verbindung zu den nächstgelegenen Sprungtoren auf einer Raumkarte, die mehrere hundert Lys abdeckte. Dann wurden die Hauptachsen mit den Verbindungen zu den Zentralwelten wie Tarù oder Jumunia Prime eingeblendet.

»Mit dieser Technologie wird es uns Erdenbürgern nun ebenfalls ermöglicht durch die Galaxis zu reisen. Unser Austausch mit der Konvergenz wird dadurch zu einem wichtigen Teil unserer Zukunft.«

He-eson und Nelson kamen wieder zurück ins Bild, Nelson zeigte dabei auf eine animierte Grafik neben sich, die frei im Raum schwebte und ein Modell der Station zeigte.

»K-73, wie die offizielle Bezeichnung der Station lautet, wurde zu Ehren eines der größten Wissenschaftler unseres Zeitalters, Stephen Hawking, benannt. Aber wie groß ist die Anlage eigentlich?«

He antwortete ihm und dem Publikum:

»Also mein lieber, zur Zeit befinden sich um die 28.000 Wesen auf der Station, aber wenn der Ausbau komplett ist werden hier rund 50.000 leben und arbeiten. Die Hauptaufgabe der Station wird natürlich die Kontrolle und der Betrieb des Sprungtores sein, aber genauso wird es auch eine Basis für alle Unternehmungen Ardas im Orbit oder im Rest des Halio-Systems werden. Ihr Ardai werdet sie als Ersatz für die verloren gegangen Raumplattformen wie der ISS-B, der LOPG oder der Tian-He 3 nutzen können. Nach über 25 Jahren ermöglicht euch diese Station die Rückkehr in den Weltraum. Dazu trägt die Station übrigens schon seit Beginn ihres Baus bei.«

Er blickte hinüber zu Nelson, der darauf hin fortfuhr.

»Wie wir hier unten im fünften Ring sehen können,

befinden sich hier zahlreiche Docks für kleine Schiffe, die die Station zur Zeit rege anfliegen. Hier befinden sich die Recyclingwerkstätten für den Weltraumschrott, der durch die großen Crashes in den 60ern den Orbit für uns unbenutzbar gemacht hat. Hier fliegen seit Monaten tagtäglich Dutzende von Räummaschinen mit Piloten von der Erde in den Bereichen zwischen 100 und 5000 Kilometern Höhe über dem Erdboden umher und sammeln die Aber-Millionen von Bruchstücken aus Weltraumschrott ein.«

»Diese Säuberungsaktion ist sehr wichtig für die Etablierung einer neuen Raumfahrtstrategie für Arda. Die Trümmer haben in den letzten Jahrzehnten die Stationierung von Satelliten, Raumstationen und allen Arten von Orbitalen Flügen verhindert. Dieses dunkle Kapitel der raumfahrtlosen Zeit, wird für euch in ein paar Wochen endlich Geschichte sein.«

»Ja, da sind wir schon sehr gespannt darauf, wie es sein wird, endlich wieder aus eigener Kraft ins All aufbrechen zu können. Vielen Dank liebe Konvergenz, aber ab hier lernen wir dann wieder selber zu laufen.«

KAPITEL 20

»Wir hatten über Generationen hinweg gelitten und
die Hoffnung auf eine bessere Welt schon längst aufgegeben. Meine Großeltern mussten in den 2030ern
noch um die letzten Möglichkeiten ringen, die Kli-
makatastrophe und den Verlust von Demokratie und
Freiheit zu verhindern. Aber wir, die Kinder, der
wirklich letzten Generation, waren vom Ende unserer
Zivilisation zutiefst überzeugt. Ein sterbender Planet,
unter außerirdischem Joch, fremdbestimmt seit eh
und je. Und dann ändert sich plötzlich alles innerhalb
von nur zwei Jahren. Ohne den Terror der ERA, ohne
die alten Machtstrukturen der Konzerne und Cliquen.
Als wäre ein schwerer, dunkler Vorhang gefallen.
Wir fühlten uns wie ertrinkende, denen plötzlich die
Hand ausgestreckt wird und man sie auf eine Luxus-
yacht hinaufhieft, mit einer herzlichen Einladung zum
Captains Dinner... «

Unbekannter Post im ARDnet, 2083

Station K-73 Hawking, Schrottsammler KSD-
1795 erbittet Landeerlaubnis auf Plattform 6. Ich
übertrage die Kennung.«

»K-73, Plattform-Kommando 6, Kennung erhalten,
Danke. Sie sind heute spät dran, oder? Haben Sie doch
noch was gefährliches in dieser Höhe gefunden?«

»Kommando 6, so wie ´s aussieht, habe ich ein altes
RTG eingefangen. Eins von den Dingern mit leckem

Plutonium-Kern. Soll ich es lieber wieder abwerfen, für einen der größeren Entsorger?«

Kurze Stille.

»Nein, nein, 1795, bringen Sie das Ding rein. Wegen der Feierlichkeiten ist eh zu viel los, Sie bekommen sonst für die nächsten 12 Stunden keine Landegenehmigung mehr, die Slots sind alle voll. Kommen Sie rein und machen Sie Feierabend. Rampe 34 wird gerade vorbereitet, wir schicken ihnen einen Decon-Trupp runter. Der Leitstrahl ist aktiviert, Plattform 6, unterer Ring, wir übernehmen ihren Anflugvektor.«

Na das ging ja einfacher als erwartet, dachte sich der Pilot der KSD-1795 und ließ seine Anspannung etwas weichen. Seine Anzeigeinstrumente verrieten ihm, dass sein kleiner Transporter nun ferngesteuert auf die zugewiesene Plattform 6 zuflog.

Der Pilot der KSD-1795 hatte eine lange Schicht hinter sich und die letzten Wochen waren an ihm nicht spurlos vorübergegangen.

Er fühlte sich einfach nicht wohl an Bord eines kleinen Räumfrachters, der ständig schlingernd, nur mit dem überlebenswichtigen Autopiloten durch die mit Raumschrott vermüllten Orbitale des Planeten pflügte. Er hasste eigentlich sogar das Fliegen. Aber er war der einzige aus seinem Kommando, der für die ihm bestimmte Mission in Frage kam. Das nötige technische und militärische Geschick hatte er in der Vergangenheit oft genug bewiesen.

Eigentlich war die Mission eine große Ehre für ihn, aber nun war er froh, endlich diese Posse mit der fliegenden Sardinenbüchse zu einem Ende bringen zu dürfen.

»Einflug zur Plattform 6 in zehn Sekunden, deaktivieren Sie den Antrieb 1795, Landezone 17B ist bereit.«

»Jawoll, wird sofort gemacht.«

Ja, ein etwas vorlauterer Ton, wie er unter den Schrottis üblich war. Die 1795 und die anderen fünfzig Sammelschiffe waren fleißig damit beschäftigt, die letzten Reste des Raumschrotts aus den verschiedenen Erdorbitalen zu ernten.

Die Überreste von tausenden Satelliten, Raketenteilen und Raumstationen müllten seit einem Jahrhundert den Bereich zwischen LEO und Geostationärem Orbit zu. In dem kurzen, aber heftigen Orbitalkrieg von 2059 wurden dann unglaubliche Massen von gefährlichen Trümmerteilen fabriziert, so dass seitdem keine Raumfahrt mehr möglich war und keinerlei funktionsfähige Satelliten die Erde umkreisten. Ein Orbit voll gefährlichem Schrott, der mit tödlicher Geschwindigkeit die Erde einhüllte, das war alles was bis dato übrig geblieben war.

Die notwendigen Aufräumarbeiten würden nun bald beendet sein, aber von Zeit zu Zeit waren immer noch zahlreiche Sternschnuppen zu beobachten, wenn übrig gebliebene Trümmerteile am Kraftfeld der K-73 oder in der oberen Atmosphäre der Erde verglühten.

Aber, dem genervten Piloten machte es so gar keinen Spaß, den ganzen Tag zwischen all dem Schrott herumzubugsieren, ohne ein eigenes funktionierendes Schutzschild-Kraftfeld und eine ausreichende Panzerung.

Ja, die Aliens wussten schon, warum sie solche Kackjobs lieber den Menschen überließen. Pah. Das nannte sich also Freiheit.

Wirklich anstrengend war das hoch konzentrierte herumangeln mit dem bordeigenen Roboterarm, der das Fluggerät bei jeder heftigeren Bewegung ins taumeln brachte.

In dieser Woche hatte er schon zwei Einschläge von Trümmerteilen erlebt, die ihm sichtbare Dellen in die Außenhaut geschlagen hatten. Eine sogar direkt neben seinem Kopf, als er sich gerade auf einen sehr privaten Ort zurückgezogen hatte.

Er schätzte, nur ein wenig Aufprallenergie mehr und es hätte dazu gereicht, ihm zuerst ein paar Splitter der Innenhülle durchs Hirn zu jagen und dasselbe dann mitsamt dem Rest seiner Weichteile sofort wieder durch das Loch ins All zu saugen, noch bevor die ersten Blutspritzer an der gegenüberliegenden Wand gelandet wären.

Eine wunderbare Vorstellung.

Das blaue Aufleuchten auf der Frontscheibe zeigte ihm an, dass er nun das Kraftfeld zum Inneren der Anflugplattform durchquert hatte. Ab hier wurde das Schiff komplett durch starke Magnetfelder einjustiert und die Umgebung enthielt eine Atmosphäre, die es den hunderten von umherwuselnden Technikern, Piloten und wer weiß wem noch alles, das Atmen und Überleben ermöglichten. Menschen und Aliens werkelten hier zusammen auf engstem Raum.

Absolut widerlich, dachte er.

Das Schiff schwebte über der markierten Landezone 17B ein und wurde von unten an einem flachem Hovercraft-Board befestigt. Er beugte sich zur Türluke hinaus und schaute sich um. Eine Gestalt in einem Schutzanzug kam auf das Hoverboard zu, aber er konnte nicht erkennen, welcher Spezies der Decon-Specialist angehörte.

Eine blecherne Stimme begrüßte ihn durch die Sprechanlage am Anzug.

»Willkommen an Bord, 1795. Platform-Operator Tinok von der Decontamination-Unit. Sie sind Captain van Dyck, richtig?«

Er grinste. Ja, dieser Name stand auch auf seiner Uniform.

»Jawoll, Mister Platform-Operator, van Dyck und ein Stück hoch radioaktiver Schrott hinten im Gepäck!«

»Ja, schon gehört, van Dyck. Wir haben ein Containment-Feld um sie gelegt und ziehen Sie erst mal in den Decon-Hangar. Kennen Sie die Prozedur?«

»Mmmh, jepp. Klamotten aus, in die Gelbe Kiste damit. Wertsachen in die Blaue und dann im Fleischkostüm durch die Luke raus?«

»Genau! Sehr gut, ich höre, Sie beherrschen ihren Job!«

›Arschloch‹, dachte van Dyck.

»Jawoll Sir! Gerne Sir.«, antwortete er wieder grinsend.

*

»Botschafterin, ich freu mich so sehr euch zu sehen! Wie geht es euch?«

Henry M. Fergusson lief freudestrahlend auf Gonalika zu, die gerade nichts ahnend aus ihrer Kabine auf den Flur getreten war.

Oh nein. Sie fluchte innerlich, dass sie die Überwachungskameras auf der Station nicht anzapfen konnte.

Und durfte.

Sie riss sich zusammen, setzte ihr freundlichstes Lächeln auf und hob die Hände zu einer höflichen Umarmung.

»Minister Fergusson, Sie sind ja schon an Bord? Na dann können die Feierlichkeiten ja bald beginnen, nicht wahr? Sie sind vermutlich auch schon wahnsinnig aufgeregt oder?«

»Ja meine Liebe, es ist unglaublich! Das ist der großartigste Tag, den ich je erleben darf. Und wir sind mittendrin, das ist alles soo aufregend. Apropos mittendrin, ich würde gern mit ihnen noch...«

»Ach mein lieber Minister Fergusson, es tut mir sehr leid, aber bedauerlicherweise muss ich gleich in die Maske für das Stream-Interview bei ARDnet, das verstehen Sie doch sicherlich oder?«

Sie löste sich von ihm und setzte ihren Weg rasch fort, winkte ihm aber noch weiter fröhlich zu.

Fergusson stand noch ein Weilchen da und trollte sich dann kopfschüttelnd von dannen.

›Diese Nervensäge von Minister‹ dachte Gonalika. Egal wohin man im Universum kam, überall fand man den gleichen Schlag hochrangiger Politiker und Lobbyisten.

›Selbst in unserer eigenen, nahezu perfekten Demokratie‹

Mit diesen Gedanken huschte sie schnell in den Lift und nannte dem Gefährt ihr Ziel.

Die Tür glitt auf und vor ihr öffnete sich ein großer, heller Raum mit ein paar Zivilangestellten und Technikern, die sich miteinander unterhielten. Sie blickten kurz auf und ein paar der Leute grüßten freundlich. Eine Person kam auf sie zugesprungen und wirkte etwas gehetzt.

»Botschafterin, Sie sind... viel zu früh da, wir haben Sie noch gar nicht im Programm.«

Gonalika lächelte wieder und antwortete in leicht verschwörerischem Ton:

»Ach wissen sie, liebe Kefren, manchmal muss man sich die Zeit eben nehmen, vor allem wenn irgendwelche Stalker vor meiner Kabine herumlungern.«

»Im Ernst? Ich kann den Sicherheitsdie...«

»Nein, Nein«, unterbrach Gonalika die junge Produktionsassistentin sofort.

»Kein Problem, das war nur ein Scherz.«

Kefren entspannte sich wieder ein wenig.

»Darf ich ihnen etwas zu trinken anbieten, Botschaf-terin? Und einen gemütlichen Sitzplatz etwas außer-halb des Trubels, wo man in Ruhe warten kann?«

»Kefren, meine beste, das sind zwei hervorragende Ideen!«

*

Eine Viertelstunde später hatte Gonalika einen ge-mütlichen Platz am Tisch hinter ein paar Palmenge-wächsen eingenommen. Von der Galerie, auf der sich die kleine Bar befand, bot sich ein wunderbarer Blick auf das weitläufige Promenaden-Deck der Hawking-Station.

Hier, im schummerigen Halbdunkel ließ es sich gut aushalten. Der Barkeeper hatte gerade nichts zu tun und blickte versonnen über seine Theke gelehnt eben-falls auf das geschäftige Treiben hinunter.

Kefren, die Produktionsassistentin von KONNET hatte ihn darum gebeten, ein wenig für Privatsphäre zu sorgen und nun saß Gonalika so gut wie allein in der Bar.

Unten waren gerade die Live-Aufnahmen zugange, die Berichterstattung für den großen Tag nahm den größten Teil des Hauptplatzes ein.

Nelson und He waren seit einiger Zeit ein eingespiel-tes Duo, deren schräger Humor manchmal etwas über die Grenzen ging. Aber das Publikum mochte die bei-den, nicht nur auf der Erde.

He-eson war sowohl Faxenmacher als auch Medien-profi zugleich, im KONNET polarisierte er stark, gera-de bei vielen der Humanoiden Völker traf sein Humor oft auf unterschiedlichste Reaktionen. Man mochte oder man hasste ihn.

Gonalika gehörte zu denen, die ihn mochten, denn hinter seiner Clownesken Fassade verbarg sich ein höchst intelligenter und engagierter Zeitgenosse, der die angestaubten Medienformate des traditionellen KONNETS ziemlich auflockerte.

Sie freute sich auf das Interview mit den beiden, hatte aber noch viel Zeit bis dahin. Sie winkte dem Barkeeper zu und er nickte wissend, drehte sich um und begann den nächsten Drink zu mixen.

Auf ihrem Tab ging sie noch mal die vorbereiteten Fragen durch und korrigierte hin und wieder ein paar Worte oder ganze Sätze. Sie war noch nicht ganz durch, als jemand durch die Glastür in die Bar trat und ein paar Worte mit dem Barkeeper wechselte.

Sie blickte kurz rüber, erkannte die Gestalt aber in der dämmrigen Umgebung nicht sofort.

Durch die großen Scheiben schien das von der Erde reflektierte Sonnenlicht sehr hell hinein und sorgte damit für einen starken Kontrast.

Als die Person näher zu ihr trat, erkannte sie ihn zuerst an seinem Gang.

»Anton, mein Lieber. Schön dich zu sehen!«, sagte sie laut und freute sich aufrichtig.

Der Angesprochene trat nun ins Licht, beugte sich zu ihr herab und schmiegte seine Wange sanft an die ihre, als Zeichen einer sehr familiären Begrüßung.

»Ich grüße euch, Botschafterin. Einen schönen Platz habt ihr euch hier ausgesucht.«

»Oh, so förmlich junger Mann! Das muss wohl an der neuen Uniform liegen, oder?«, scherzte sie.

Dann schaute sie sich weiter um, an ihm vorbei.

»Wo hast du denn deine liebreizende Gattin Elisa gelassen? Ist es schon soweit?«

Er setzte sich zu ihr und seufzte.

»Na ja, nicht ganz. Es dauert noch ein paar Tage, aber die Ärzte haben geraten, besser keinen Flug zu unternehmen, wenn es nicht unbedingt sein muss. Dann wird unser Sohn wohl auf Sildron geboren, das ist ja auch mal was besonderes, oder?«

»Aber sie hat dich trotzdem fortgelassen? Hierher?«, fragte Gonalika skeptisch.

Er lachte.

»Du kennst sie doch. Sie hat mich mehr oder weniger rausgeworfen. Ich wäre ihr zu zappelig und würde sie andauernd nerven.«

Gonalika lachte nun auch laut auf und drückte seine Hand etwas fester.

»Aber keine Sorge, gleich nach der Abschluss-Zeremonie morgen früh mache ich mich wieder auf den Weg zu ihr. Cheg will mich einsammeln und dann gehts zurück nach Sildron.«

Der Barkeeper kam mit einem Glas mit zwei Finger hoch einer goldfarbenen Flüssigkeit darin und überreichte es Anton, der sich bei ihm bedankte.

Gonalika lächelte ihn an und griff wieder nach seiner Hand.

»Ich freue mich so über eure kleine Familie. Auch wenn du mir dadurch meine liebste Assistentin wegnimmst.«

»Ach, du glaubst doch nicht im Ernst, dass Elisa so lange fern bleiben wird? Du weißt doch, sie liebt ihren Job und es wird ihr verdammt fehlen, an deiner Seite zu arbeiten. Mal sehen, vielleicht bleibe ich ja ein paar Jahre daheim und pass auf unseren Nachwuchs auf.«

»So wie es auf meiner Heimatwelt einst Tradition war... die männlichen Wesen blieben zuhause und verteidigten Heim und Herd, während wir Frauen hinaus in die Welt zogen, jagten, fischten, kämpften...«

Diesmal lachte Anton laut auf und prostete Gonalika zu.

»Cheers Mylady. Auf neue und alte Gebräuche.«

Sie hoben die Gläser und stießen an.

Unten auf dem Promenaden-Deck trat in diesem Moment der zuständige Lord Commander für diesen Raumabschnitt, Uniko Gomori Farkantan, zum Moderatoren-Team auf die Bühne. Man merkte dem alten Haudegen direkt an, dass er nicht der Typ für Interviews war.

Gonalika beugte sich etwas vor und schaute genauer hin.

»Oh, der alte Gomori wird gerade von den beiden da unten in die Mangel genommen. Das passt ihm ganz und gar nicht, das kann ich ihm von hier oben aus ansehen. Ob ich ihm mal winken soll?«

»Lady Botschafterin, ich hätte von euch ein wenig mehr Contenance erwartet, ich möchte nicht dass ihr meinen zukünftigen Vorgesetzten in eine unangenehme Situation bringt.«

Verwirrt blickte sie wieder zu Anton.

»Dein zukünftiger Vorgesetzter? Du willst mir doch nicht erzählen, dass er einen Ardai mit in seinen Stab aufnehmen will?«

Anton grinste sie schelmisch an.

»Oh, doch, Lady Botschafterin. Er hat mir vor einer Stunde persönlich angeboten, mich als Verbindungsoffizier mit in sein Team zu holen. Alle anderen, Vorsicht, ein wörtliches Zitat ›Arda-Flach-Zongops wären doch nur unfähige Luschen und Arschkriecher‹.

Ein weiteres Zitat: ›Ich könnte zumindest einigermaßen geradeaus denken und würde nicht gleich bei jedem Furz unter das Kommandopult kriechen‹.

Ich hab das mal als Kompliment und Auszeichnung meiner Leistungen gewertet.«

Gonalika musste wieder lachen.

»Ja, das kannst du tatsächlich, mein Junge. Na dann wünsche ich dir erst mal viel Spaß mit dem neuen Job, ich traue mich ehrlich gesagt noch gar nicht, dir dazu zu gratulieren.«

»Nun ja, und wie das Elisa gefallen wird, müssen wir auch noch herausfinden. Aber eins nach dem anderen.«

»Genau mein Junge, eins nach dem anderen.«

Sie hob kurz das Glas und wieder stießen sie darauf an.

*

»... und aus diesem Grund wird dann die Präsenz der Protektoren auf Arda in den nächsten Wochen weiter zurückgefahren. War das alles? Darf ich jetzt wieder an meine Arbeit gehen?«

Nelson und He waren bei weitem nicht mehr so gut gelaunt wie noch zuvor.

Das Interview mit dem Lord Commander hatte zwischenzeitlich Züge eines Verhöres angenommen und die Regie gab den beiden auch bald Bescheid, dass niemand ein Interesse daran hatte, das ganze unnötig weiter in die Länge zu ziehen.

Nelson reagierte auf die Zeichen seines Producers und wandte sich an den Gast.

»Äh, natürlich verehrter Lord Commander, wir danken euch sehr für...«

»Jajaja, schönschön, dann viel Spaß noch euch beiden.«

Der Lord Commander drängte sich wenig rücksichtsvoll zwischen den beiden hindurch und marschierte schnurstracks in Richtung Ausgang.

»So, He und ich wünschen unseren Zuschauern nun eine informative Zeit mit der Dokumentation ›Q! Tag der Entscheidung‹. Wir sehen uns danach wieder hier mit interessanten Talk-Gästen und Zeitzeugen. Bis dahin.«

Wenige Sekunden später erloschen die Lampen der Aufnahme und die Crew atmete kollektiv durch. Auf einem großen Screen ohne Ton lief der Trailer für die anschließende Talk-Runde, unter anderem wurde hier die Botschafterin Gonalika angekündigt, die die Szene unten auf der Bühne zusammen mit Anton aus ihrem sicheren Versteck vor der Meute amüsiert mitgeschnitten hatte.

Nelson bekam ein Getränk gereicht und wischte sich den Schweiß von der Stirn.

»Na, mein Erdenfreund? Der Auftritt des LCs wird euch den Abschied von der Besatzung etwas erleichtern oder?«, scherzte He und drückte freundschaftlich seine Schulter.

Nelson musste lächeln und trank einen Schluck. Dann ließ er den Blick hinaus schweifen, auf die grandiose Ansicht der Erdoberfläche, deren Wolkendecke grell zu ihnen herein strahlte.

Die Crew begann damit die Bühne am Rande des Hauptplatzes für die folgende Talk-Runde umzubauen, sodass die beiden Moderatoren sich trollten, um nicht im Wege zu stehen.

Am Bühnenrand warteten schon einige Leute, die die beiden Promis in Beschlag nehmen wollten, aber Kefren und zwei ihrer Kollegen wussten dies zu verhindern. Mit ein paar entschuldigenden Worten verschwanden Nelson und He durch den nächsten Treppenaufgang und genossen die Ruhe.

»Der Tag ist noch lang und eine Pause tut uns mal ganz gut. Gehen wir hoch in die Bar?«, fragte Nelson.

He signalisierte ihm seine Zustimmung.

»Kefren hat mir geflüstert, dass die Botschafterin und einer ihrer Zöglinge sich dort auch versteckt halten. Ja, lass uns eine Pause machen, von da oben ist die Aussicht etwas netter, als aus der Kabine im Backstage.«

»Hast du die Botschafterin schon mal kennengelernt?«, fragte Nelson, als sie die Bar betraten.

Der Barkeeper winkte ihnen zu und wies in Richtung der Tische am Rande, etwas abseits von Gonalika und Anton.

He verneinte.

»Es war immer schwer an sie heranzukommen. Vor allem, als sie noch für die Geheimdienste gearbeitet hat. Diese Porokanii sind ein seltsames Volk. Unglaublich stolz, auch noch nachdem sie ihren eigenen Planeten zerstört hatten. Es gibt da bis heute untereinander schwere Animositäten zwischen den verschiedenen Kasten des Planeten. Die sind nicht einfach. So wie bei euch.«

»Schafskopf.«, kommentierte Nelson den letzten Satz seines Freundes und Kollegen. Er wusste ja, dass er im Grunde recht hatte.

He wurde wieder ernster und fuhr fort, als sie ihre Plätze eingenommen hatten.

»Die neue Hohe Rätin der Protektion zum Beispiel, diese Kyuki-An. Ebenfalls Porokanii, aber aus einer anderen Kaste. Die beiden dürften wir niemals zusammen auf eine Bühne setzen, glaub mir. Wie Feuer und Wasser, schlimmer als Senekai und Koroneta. Kefren hat das zum Glück noch arrangiert, dass die Hohe Rätin und die Botschafterin nicht zeitgleich hier erscheinen.«

»Oh, was ein Aufwand. Ich glaubs ja manchmal

nicht. Die Konvergenz bringt uns vorne rum Einheit und Frieden bei und hinten rum wird trotzdem untereinander gezetert und gestritten.«

»That's life, Nelson! Das ist das Universum, das sind lebende Wesen, die finden immer etwas um Ärger zu produzieren. Hauptsache, man zieht an einem Strang, wenn's ernsthaft zur Sache geht. Hör mal, es brauchte zehn Jahre Besatzung, bevor's bei euch funktioniert hat. Das ist nicht gut, aber auch nicht so schlecht. Freu dich, wir sind aus dem gröbsten raus und du wirst bald ziemlich abgefahrene Storys und Sendungen machen können.«

Nelson lächelte und blickte verklärt wieder hinüber zur Erde.

Der Barkeeper brachte ihnen zwei Drinks und sie stießen an.

»Auf die Zukunft.«

»Auf unsere gemeinsame Zukunft!«

*

Eine Stunde nach seiner Landung befand sich van Dyck in einer kleinen Gästekabine im Personaltrakt des unteren Rings.

Er war frisch geduscht und heilfroh wieder etwas festeren Boden unter seinen Füßen zu haben.

Ein Anruf auf dem Com-System kündigte sich an, als er gerade frische Kleidung anzog.

»Herr van Dyck? Wir haben hier gerade ein Anfrage erhalten. Eine Frau Sörensen, die sie wohl eben hat einfliegen sehen und die sie gerne sprechen würde. Sollen wir das Gespräch durchstellen?«

Er runzelte kurz die Stirn und fragte sich mit einem Blick auf die Uhrzeit, warum sie ihn jetzt schon kontaktierte.

Mit gespielter Freude antwortete er auf die Nachricht.

»Laura Sörensen? Aber sicher doch, das freut mich aber sehr, von ihr etwas zu hören. Ja, verbinden sie mich bitte.«

Ein kurzes flackern ließ das KONNET-Logo mit dem Bild der Station vom Screen verschwinden und es erschien eine attraktive, elegant gekleidete Frau auf dem Screen. Sie fuhr sich mit der Hand durch ihre offenen blonden Haare und lächelte freudig, als sie ihren Gegenüber erkannte.

»Geert, ich wusste doch, dass ich dich eben auf dem Flugdeck gesehen habe! Das ist ja so eine Freude. Was machen Antje und die Kinder? Alles gut bei euch?«

»Laura, liebes, ja bei uns ist alles OK. Klar sind alle am quengeln weil Papa schon seit Monaten weg ist, aber in zwei Wochen haben die Kids erst mal Ferien und ich werd meinen wohlverdienten Urlaub nehmen, das wird sicher schön.«

»Ach wie fein, das zu hören. Sag mal, ich wollte gleich zum Essen rüber ins Leonard&Sheldon, hast du Lust, dich mit mir zu treffen? Wir haben uns ja ewig nicht mehr gesehen.«

»Hmm, also, wenn du meinst? Einen ordentlichen Happen könnte ich schon noch vertragen, klar.«

»Ach wie schön, das freut mich. So in einer halben Stunde?«

»Ja klar, ich zieh mir nur was an und geb der Flugkontrolle Bescheid, dass ich unterwegs bin.«

»Super, dann bis gleich!«

*

Eine halbe Stunde später saßen Geert und seine alte Freundin Laura an einem Tisch des Diners mit vorwiegend menschlichem Publikum und stöberten nach einer herzlichen Begrüßung die Menü-Tabs durch.

Sie hatten einen wirklich schönen Fensterplatz abbekommen, der gerade den Blick auf die untergehende Sonne über Afrika freigab. Statt der riesigen Panoramafenster gab es hier große runde Bullaugen, in die man sich, wenn man mochte, auch hineinsetzen konnte.

Nachdem sie bestellt hatten, standen sie auf und schauten gemeinsam hinunter auf die Erde. Sie wirkten fast wie Touristen und sehr vertraute, alte Freunde.

Sie begann leise zu ihm zu sprechen.

»Er hat es bis ins Decon-Team geschafft, wenn alles soweit nach Plan läuft, müsste er in...«

Sie schaute kurz auf ihre Uhr.

»35 Minuten mit den Untersuchungen am RTG beginnen.«

Geert blickte misstrauisch drein.

»Und er ist zuverlässig?«

Sie zögerte kurz und musterte Geert mit einem Blick, der ihm nicht gefiel. Sie schaute hinunter zur Erde bevor sie fortfuhr.

»Ja. Ich hoffe es. Einen besseren Kandidaten konnten wir für den Job nicht finden.«

»Und wenn was schief läuft?«

Sie blickte ihn kurz an, begann dann laut zu lachen und knuddelte ihn, als hätte er etwas wunderbar witziges erzählt. Mit einem Lachen im Gesicht, aber einer Eiseskälte in ihren Augen, die nur er erkennen konnte, sagte sie leise zu ihm:

»Dann musst du dich darum kümmern.«

Er stutzte. Sie schaute ihn tadelnd an und tätschelte ihm freundschaftlich die Wange.

»Du weißt genau, auf was du dich hier eingelassen hast. Eine Chance von 80 zu 20, dass hier von uns mehr zurückkommt.«

Er blickte aus dem Fenster, wo sich gerade die Mondsichel hell über dem Rand der Atmosphäre abzeichnete. Das Bild berührte ihn mehr, als er sich zugestanden hätte und lenkte ihn für einen kurzen Moment von seinen Gedanken ab. Waren das etwas Zweifel? Er fasste sich wieder und sagte leise:

»Ja, ich weiß. Ich kenne das Risiko.«

Sie stieß ihn an, da nun das Essen gebracht wurde.

»Komm, setz dich und genieß deinen Burger, er sieht fantastisch aus. Und glaub mir, der kleine Asia-Trottel hat nicht den blassesten Schimmer davon, was er uns da durch die Kontrolle mogelt.«

»Na wie beruhigend, hoffen wir nur dass er keine Muffe bekommt. Ich hasse es mit Noobs zu arbeiten.«

»Geht mir genau so, einen guten Appetit wünsche ich dir.«

Er musterte sie einen Moment lang, beschloss aber dann, keine weiteren Fragen mehr zu stellen. Er brummte irgendwas unverständliches vor sich hin und hieb dann seine Hauer in den wirklich fantastischen Burger.

KAPITEL 21

»Wenn ich den Hass und die Liebe und den Schrecken
kenne, die die Menschen beherrschen, so kann ich ihre
Handlungen voraussehen.«

Keito Wasan war Mitglied der Dekontaminationsmannschaft im Entsorgungsbereich der neuen Raumstation und konnte mit einer fundierten Radiologischen Ausbildung glänzen.

Aber die Tatsache, mit einer vollkommen gefälschten Biografie hier an Bord der riesigen Alien-Station seinen neuen Job zu verrichten macht ihn so nervös, dass er kaum von seinem Stoff ablassen konnte.

Schmutzige Bomben zusammenbauen, alte Reaktoren zur Materialgewinnung demontieren, das war sein Ding seit Kindertagen. Vom kleinen Müllsammler einer marodierenden Räuberbande in Nordkorea bis hin zum Nuklear-Nerd im Team der Sonderwaffeneinheit des Erdwiderstandes würde seine Biografie reichen, wenn sie denn jemals niedergeschrieben würde.

Seinen Auftrag, den er von der sonderbaren blonde Frau namens Laura bekommen hatte, beinhaltete, so unauffällig wie möglich im Entsorgungsteam der Raumstation zu arbeiten und dann zur richtigen Zeit am richtigen Ort zu sein.

Soweit so gut. Die vier Wochen hier an Bord gingen um wie nix, die Arbeit war low und die Kollegen ließen ihn weitgehend in Ruhe.

Und dann, vor drei Stunden: Das verabredete Signal. Fuck.

Er hatte sich fast in die Hosen geschissen.

Noch fix eine Ladung gezogen und dann gings raus ins Lab. Das ominöse Päckchen für ihn war wohl endlich angekommen.

Er hatte einige Nächte damit verbracht, das Scanequipment und sogar die Eichinstrumente seines Labors zu manipulieren. Nur damit dieses Päckchen durchkommen würde.

Und nun war es endlich soweit.

Für ihn war die Sache äußerst verwirrend, denn sein Auftrag bestand darin, zu verhindern, dass jemand in dem Paket mehr entdeckte als einfach nur einen lecken Radioisotopengenerator, aus dem das Plutonium förmlich von selbst heraus bröselte.

Das Ding sollte einfach ohne weiteren Kommentar direkt in die Hochenergieentsorgung zur Zerstrahlung geschickt werden.

Mehr nicht. Das war alles. Das war der ganze Job und danach sollte er sich einfach wieder von dem Ungetüm von Raumstation verpissen.

Keito war misstrauisch. Warum so einfach? Warum so viel Aufwand, um doch nur ein Stück Müll im Schrottfeuer zu entsorgen?

Das hätte doch auch irgendein anderer Depp hinbekommen. Er hatte keine Ahnung, warum man dazu jemanden mit seinen Fähigkeiten benötigte.

Er wollte es unbedingt wissen. Er hatte aber auch genauso Angst vor dem, was er da finden könnte.

Andererseits, es war einfach ein Job. Er würde mit großen Honors wieder zurückkommen und vor allem, mit so vielen Credits in der Tasche, die ihm den Stoff und die Bitches für die nächsten zwanzig Jahre sichern würden.

Er grinste und bekam fast einen Ständer bei dem Gedanken daran, als ihn jemand brutal aus seinem Tagtraum riss.

Mit dicker Brille und einer Idioten-Visage sondergleichen ausgestattet, krakeelte sein Kollege im schlecht sitzenden, schmutzigen Laborkittel durchs ganze Labor:

»Hey Wasabi, alles klar, Mann? Was haben wir denn hier heute für ein krasses Stück?«,

Keito beschloss, sich seinen Schreck nicht anmerken zu lassen und brummte der Nervensäge eine Antwort entgegen.

»Hmm... was historisches... ein altes RTG-Energiemodul, ich denke von einer Laserstation zur Raketenabwehr oder so.«

Keito wusste, sein Kollege war wirklich die Pest am Backen, aber dafür dumm genug, um nicht sofort den Braten zu riechen.

Nützliche Idioten sollte man sich halten, hatte ihm sein Führungsoffizier und späterer Boss immer wieder gesagt. Keito hatte manchmal das Gefühl, er könnte selber damit gemeint gewesen sein.

So what.

Er war gut in seinem Fach, das wusste er und nach diesem letzten Job war Schluss mit dem ganzen Krempel. Erd-Widerstand hin oder her, er hatte seinen Dienst abgeleistet. Die Zeiten hatten sich geändert und er würde zusehen, dass er jetzt was eigenes aufzog, pah.

Der Kollege schlüpfte in seinen Schutzanzug und blickte dabei durch die Scheibe ins Lab.

»Boah, cool, so'n Ding mit dem man die dicken Atomraketen abballern konnte... Fett, Mann.«

Keito versuchte nicht mit den Augen zu rollen.

»Mmmh, ja, so was vielleicht.«, brummte er stattdessen unbeeindruckt vor sich hin.

Während der Typ ihn noch weiter mit völlig uninteressantem Zeug zulaberte, zog er selbst seine eigene Schutzausrüstung an und blickte schon mal vorsorglich durch die Luke ins Lab.

Ein Kühlschrankgroßes Gerät mit einer Optik im Stil ›Enterprise meets Steampunk‹ stand dort mitten im Raum.

Die Laborwerte zeigten eine radioaktive Strahlenbelastung an, die weit über alles Gesunde hinausging. Die Wärmeabstrahlung hatte das Labor mittlerweile auf 48°C aufgeheizt.

Na toll.

Die beiden durchliefen den Schleusenvorgang und betraten das Lab. Keito begann sofort heftigst zu schwitzen und bereute es doch wieder, diesen Job angetreten zu haben.

»Also Mr. Wasabi, für mich ist der Fall klar, Mann. Das Ding leuchtet wie ne Laterne, das muss durch die Hochenergiezerstrahlung, glaub mir. Da gibt's weder was zu recyceln noch zu dekontaminieren. Oder was meinst du? Hä?«

Keito ignorierte wie üblich den dummen Spaß mit seinem Namen und versuchte möglichst konzentriert auf seine Messgeräte zu schauen.

»Mmmh, seh ich auch so. Ich würd mir das gerne noch mal genauer ansehen, aber ich glaub du hast Recht«

»Yeah, Mann, sag ich doch.«

Keito blickte ihn auffordernd an.

»Ok, komm, ich mach den Bericht mit den Livewerten gleich fertig. Dann können wir für heute auch

Feierabend machen und uns den ganzen Zeremonien-
kram anschauen.«

Während der Idiot einen kleinen Freudentanz mit
seinem Atemschlauch vollführte, schaute sich Keito suchend um, schlug sich an die Stirn und schüttelte den
Kopf.

»Mist, ich hab mein Tablet im Office liegen lassen.«

»Ja, und?«

»Na ja, das brauch ich für den Bericht, ich muss die
Live-Werte draufbekommen.«

»Und jetzt?«

»Wäre super wenn du mir das Ding schnell holen
könntest, dann mach ich hier alles fertig und du kannst
abhauen.«

Der Typ schaute ihn kurz an, zuckte mit den Schultern und gab ein paar undefinierbare Laute von sich.
Er trollte sich in Richtung Schleuse und Keito konzentrierte sich weiter auf die Abschlussuntersuchung.

Als er endlich allein war, betätigte er an seinem
Handscanner eine Tastenkombination, die die ur-
sprüngliche, unmanipulierte Firmware ins ROM des
Messgerätes zurücklud.

Er kalibrierte es neu und sah sich dann das RTG mit
neuen Augen noch mal an.

Der gequetschte und lecke Kern schien in der Scan-
aufnahme ganz normal auszusehen, allerdings stimmte etwas an der Perspektive nicht. Keito schritt langsam
um das Gerät herum und gewann den Eindruck, dass
er es ab einer gewissen Tiefe im Material mit einer Art
Projektion zu tun hätte.

Ein bisschen wie bei diesen Hologramfolien, die in
den 60ern mit besserer Auflösung und Farbtiefe ihr Re-
vival erfahren hatten.

Keito stutzte.

Er stellte den Scanner auf eine andere Tiefe im Material ein und ließ sich ein breitbandiges Spektrum der Abstrahlung anzeigen. Was war das? Ein Kraftfeld? Warum sollte jemand ein Kraftfeld um irgendetwas bauen, was eh in den Müll soll?

Eine kleine Spitze zeigte sich in einem ungewöhnlichen Bereich der Messung.

Er justierte die Intensität und schränkte gleichzeitig das Spektrum weiter ein. Die Energiesignatur war extrem schwach... aber sie kam ihm bekannt vor... etwas, dass durch ein oszillierendes, getarntes Kraftfeld drang.

»So Keito, hier dein Tab, sieh zu das du den Scheiß hier fertig bekommst. Sehen wer uns noch auf'n Bier im Mercer's?«

Keito versucht es sich nicht anmerken zu lassen, dass er sich zu Tode erschreckt hatte, was ihm aber nicht ganz gelang.

»Hey du Honk, hat dir keiner gesagt dass es unhöflich ist, sich so anzuschleichen? Elender Penner!«

Der Typ grinste blöd und warf Keito sein Tablet zu.

»Komm ich helf dir das Ding zum Schacht zu fahren.«

»Na dann aber fix, ich zerlauf hier vor Hitze«.

Das Gerät stand auf einem kleinen Antigrav-Hover und konnte so leichter zum Entsorgungsschacht geschoben werden.

Sie tätigten einige Eingaben auf dem Schacht-Display und schon fuhr die Fracht zu ihrem neuen Bestimmungsort, in die Warteschlange für die nächsten Entsorgungsslots.

Gelbe Warnlampen leuchteten auf und eine Lautsprecherstimme verkündete in Ardai-Englisch, dass das Lab umgehend für eine Dekontamination geräumt werden solle.

*

Keitos nerviger Anhang hatte unbedingt darauf bestanden mit ihm noch ein paar Bier zu zischen. So waren sie mit ein paar anderen Idioten aus der Plattformcrew noch runter ins Mercer's gezogen.

Ein lauter, ständig meckernder Halb-Senekai und eine schlagkräftige Burlianierin waren leider um einiges trinkfester als die Ardai in der Gruppe und so wankte Keito nach ein paar Stunden ordentlich betrunken in seine Kabine zurück.

Er konnte sich kaum noch konzentrieren, aber die ganze Zeit ging ihm die Sache mit der Energiesignatur und dem Kraftfeld nicht mehr aus dem Kopf. Woher kam ihm diese Konfiguration so bekannt vor? Verdammt, er war zu besoffen um noch einen klaren Gedanken zu fassen, aber er wollte es unbedingt wissen.

Er nahm sein privates Datenpad und surfte erst mal auf belanglosen Seiten herum. Unauffällig wählte er sich per VirtualOnion in den Stream ein. VirtOn funktionierte über eine komplizierte Kette von Anonymisierungs-Knoten, was Netzsuchen in Teilen des Streams möglich machte, die unter normalen Umständen sofort die Sicherheitsbehörden alarmiert hätten. Er wusste, für wen er arbeitete und dass es sicherlich um eine heikle Angelegenheit ging.

Aber seine Neugier war stärker, also nutzte er den getunnelten Zugang mit äußerster Vorsicht.

Die Datenbanken der Erd-Fraktionen gaben nichts über diese Kraftfeldkonfiguration her, also handelte es sich mit hoher Wahrscheinlichkeit nicht um Erd-Technologie.

Gut, der Widerstand hatte früher einiges an Alientechnik erbeuten können... Moment... ein Gedanke...

Er erinnerte sich dunkel an das Projekt zur Eindämmung von Antimaterie zu Energieerzeugungszwecken, dass sie in der unterirdischen Basis auf Kamtschatka erforscht hatten. Eine seiner Aufgaben war es gewesen, Berechnungen dafür anzustellen, wie man im Betrieb eine Kontamination der Umgebung verhindern könnte.

Sein Kumpel Niho hatte damals an der Eindämmung mitgearbeitet. Keito grinste bei dem Gedanken daran. Ohne Nihos Modifikationen wäre Kapstadt nicht so glimpflich davongekommen.

Er öffnete den verschlüsselten Messenger.

Niho war tatsächlich online!

Schon begann er zu tippen.

»Hey Niho, altes Haus, was macht die Kunst?«

Keine Antwort. Er versuchte es weiter.

»Na Digger, alles klar bei dir?«

Der User Niho ging offline.

»Na was ein Penner.«, sagte Keito laut vor sich hin und schloss den Messenger.

Er überlegte. Wie war das noch mal mit der Entsorgung? Was passierte jetzt mit dem Gerät überhaupt? Er öffnete die für sein Freigabelevel verfügbaren Daten der Station und schaute sich Schritt für Schritt die Entsorgungswege an.

Die Vernichtung von hochradioaktiven Abfällen, nicht nur der Weltraumschrott um die Erde, sondern auch verbrauchte Nuklidakkumulatoren von kleineren Schiffen, die keinen großen Hochenergieantrieb hatten, wurden hier unschädlich gemacht.

Das Verfahren wurde im KONNET genau beschrieben.

Ober- und unterhalb des Hauptreaktors mit der Antimateriequelle befanden sich Auslässe für Hochenergiestrahlung, die man zum Beispiel auch an Bord von Minenschiffen zum Bohren auf Gesteinsplaneten benutzen konnte.

Diese Hochenergiestrahlung konnte gebündelt eingesetzt werden und zerriss förmlich das molekulare und atomare Gefüge der Dinge, die ihr im Weg waren. Und so wurden kurze Energiestöße dafür verwendet, gefährliche, radioaktive Materialien in kleinste, unschädliche Atomteilchen zu zerstäuben.

Es gab weniger als eine Handvoll Materialien im bekannten Universum, die auf keinen Fall in diesen Mechanismus gelangen durften, da sie eine Art Rückkopplung mit dem Energiestrahl erzeugen konnten. Diese Materialien waren äußerst selten, aber man musste sehr vorsichtig damit sein.

Eines davon war mitsamt seiner Energiesignatur verzeichnet. Ein Stoff, der zu historischen Zeiten in geringsten Mengen als Zünder für Antimaterietorpedos benutzt wurde.

Solche Waffen wurden im Großen Galaktischen Krieg zur Vernichtung ganzer Planetensysteme eingesetzt und waren seitdem in der Konvergenz und ihren Nachbarn aufgrund ihrer verheerenden Wirkung geächtet.

Keito las äußerst interessiert weiter.

*

»Van Dyck, aufstehen.«

»Van Dyck! Aufstehen!!!«

›Wwas?‹

Jemand hämmerte an die Tür und er konnte die Stimme einer Frau vernehmen. Ach, ›van Dyck‹, seine aktueller Name, klar.

Er brummte und schlug missgelaunt auf den Lichtschalter neben seiner Koje.

»Jaja, was ist denn los? Ich mach ja schon auf... Moment.«

Er rappelte sich auf, schaute sich nach einer Hose um und noch während er sie überzog, klopfte es wieder laut an der Tür.

»Van Dyck, mach endlich die Tür auf!«

»Jaja, jetzt mach mal keinen Stress hier.«

Diese Frau ging ihm auf die Nerven, verdammt.

Als er die Tür öffnete, wischte Laura zu ihm herein und schloss die Tür sofort wieder hinter sich. Sie blickte sich hektisch im Zimmer um und holte einen Stift aus ihrer Tasche. Sie betätigte den Knopf des Stiftes und schon waren beide akustisch wie in Watte gehüllt. Das Gerät hatte einen Wirkungskreis zur akustischen Dämpfung von ungefähr einem halben Meter, daher musste sie sehr nah an ihn herankommen.

»Dave, hör mir zu, ich habe gerade Nachricht von unten bekommen. Der Bengel wird neugierig.«

»Was? Aber das Paket hat er ordnungsgemäß zugestellt oder?«

»Ja, aber er fängt an neugierig zu werden. Er hat wohl mehr über das Innere des Pakets erfahren und recherchiert jetzt dumm rum. Es ist nur eine Frage der Zeit bis er trotz Anonys und VirtOn weitere Aufmerksamkeit erregt.«

»Oh Mann, hätte er nicht einfach nur seinen Job tun können? Was ein Idiot.«

»Unsere Leute haben ihn weiter zurückverfolgt und tracken nun alles mit, was er ansurft. Verdammt, Dave, er scheint den Zusammenhang zwischen der Kyrillium-3-Signatur und der Schrottentsorgung zu blicken.«

Dave, alias Geert van Dyck, starrte sie ungläubig an.

»Und jetzt?«

Sie blickte ihm fest in die Augen und sagte:

»Erledige es. Ich habe seine Krankmeldung für morgen schon ins Bord-System geschmuggelt, sie wartet nur darauf, abgesendet zu werden. Keitos dämliche Kumpels waren zusammen mit ihm saufen, die werden sich schon ihren Teil denken. Das verschafft uns ein paar Stunden.«

Sie reichte ihm eine kleine Tasche.

»Bist du verrückt? Ich kann doch hier nicht einfach rumballern! Wir lösen damit sämtliche Sicherheitsprotokolle aus, das weißt du genau.«

»Na dann schau mal genauer hier rein.«, forderte sie ihn mit einem teuflischen Grinsen auf und öffnete die kleine Tasche.

KAPITEL 22

»Denn dass der Mensch erlöst werde von der Rache:
das ist mir die Brücke zur höchsten Hoffnung und ein
Regenbogen nach langen Unwettern.«

Friedrich Nietzsche

KA-629 Aresanii, Flugkontrolle Ares hat soeben
die Freigabe für den nächsten Testflug erhalten,
der Transferkorridor bis zum Arda-Mond ist
geöffnet und frei.«

»SubCo Vykoian, verstanden Ares Flight Control,
löse Versorgungsleitungen und Andockklammern.
Vorbereitungen für interplanetaren Flugmodus sind
abgeschlossen.«

SubCommander Vykoian war der stellvertretende
Kapitän der Aresanii und mächtig stolz darauf, das riesige Ungetüm von Kolonieschiff aus dem Orbitaldock
über die Marsbahn hinaus steuern zu dürfen.

Nichts konnte schiefgehen, die Flugkontrolle übergab erst einige 100.000 Kilometer vom Mars entfernt
die manuelle Steuerung komplett an ihn und die kleine, zwanzigköpfige Crew.

Der Kommandant, Commander Kunuhian nahm
derweil am großen Empfang auf K-73 teil und so hatte
Vykoian ein paar Tage Zeit, das große Kolonie-Schiff
auf seine Funktionsfähigkeit für seinen zukünftigen
Einsatz zu testen.

Er war stolz und fühlte sich wunderbar, denn nicht
viele SubCos durften so kurz nach dem Ende ihrer

Ausbildung ein Schiff führen. Das in ihn gesetzte Vertrauen seiner Vorgesetzten erfüllte ihn mit Freude und Ehre.

Klar, es war kein Kampfkreuzer oder schnelles Jagdschiff das man ihn fliegen ließ, nichts von Prestige. Aber das war ihm in diesem Moment egal.

Die Aresanii war aus zwölf riesigen alten Truppentransportern zusammengebaut worden. Die vier Reihen mit je dreien der Transporter bildeten den Raum für die zukünftigen Kolonisten und Gerätschaften, mit denen die ersten Siedlungen auf dem Mars bevölkert werden sollten.

Während der nächsten drei Jahre sollte eine Besiedelung durch 150.000 Kolonisten direkt nach der neuen Unabhängigkeit der Erde beginnen.

Der Andrang war immens, mehr als fünf Million Bewerbungen für das Programm lagen beim Mars Colonization Office in Toronto zur Bearbeitung.

Mit einer Länge von sieben Kilometern und einer Breite von 1200 Metern war die Aressani nicht für Überlichtreisen geeignet und so musste der konventionelle Impulsantrieb des Schiffes eine erhebliche Leistung aufbringen, um den Koloss zu bewegen.

Die Brückencrew um Vykoian war damit beschäftigt, die letzten Checks vor der Zündung der Triebwerke durchzuführen.

Der SubCo selbst studierte noch mal ausgiebig den Missionsplan für den Testbetrieb. Geplant war der Flug zur Erdbahn, eine Umkreisung des Erdmondes in hohem Orbit, die Aufnahme von bereitgestellter Ladung von der Mondoberfläche als Test für den neuen Materialteleporter und schlussendlich der Rückflug und ein Test des Teleporters mit Entladung auf Deimos.

Soweit war alles klar.

Der Materialteleporter war der erste seiner Art, der für große Massen an Gütern ausgelegt war.

Die dahinter steckende Technologie des Materie-Energie-Transportes war noch sehr neu und wurde nun für größere Anwendungen getestet.

Seit ein paar Jahren war die Technologie als Prototyp auch für lebende Wesen im Testbetrieb, allerdings bisher nur für Notfallzwecke oder in heiklen militärischen Einsätzen.

Der Ort zu Ort-Transport gestaltete sich noch sehr schwierig, als Ziel musste ein definierter Ort mit Kraftfeldtechnologie existieren, die Quelle musste zumindest sichtbar und zugänglich für eine temporäres Eindämmungsfeld sein.

Daher würde das beladen von Gütern vom Erdmond in die Lagerhallen des Schiffes noch sehr einfach vonstatten gehen. Das Entladen allerdings auf Deimos, würde die wirkliche Herausforderung für das zuständige Team der Teleportertechnik darstellen.

Vykoian blickte von seinem Tab hoch, legte es zur Seite und stand aus dem Sessel des Commanders auf. Er schaute sich noch einmal um und beschloss dann, mit dem Prozedere fortzufahren.

»Statusbericht zur Startbereitschaft.«

Alle Stationen meldeten GO an ihn zurück.

Er setzte einen zufriedenen Gesichtsausdruck auf. Es konnte endlich losgehen.

»Na dann. Flugkontrolle, KA-629 ist Startbereit, Zündung der Triebwerke auf Orbit-Standby. Wir können beginnen.«

»Hier Flugkontrolle, Sie haben volle Freigabe, Triebwerkszündung wird remote eingeleitet.«

Eine tieffrequente Vibration war nun im ganzen Schiff zu spüren, der Steueroffizier betrachtete gespannt die Anzeigen vor ihm auf der Konsole.

Vykoian trat hinter ihn und schaute ihm über die Schulter. Die Vibration wurde heftiger und einige Crewmitglieder blickten etwas verunsichert drein, als der Steueroffizier sich mit weiteren Statusinformationen meldete.

»Wir haben einige Unsynchronitäten zwischen Triebwerksgruppe 4 und 8. Laut der Spezifikationen ist das für die unteren Leistungsbereiche aber normal.«

»Bestätige, Triebwerksleistung wird erhöht.«, meldete die Flugkontrolle.

Zunächst spürte man kleine Erschütterungen und dann bemerkte die Crew den Vorwärtsschub. Mit zunehmender Beschleunigung nahmen die Vibrationen ab und der Flug wurde ruhiger.

»Aresanii, Beschleunigung auf Fluchtkurs wird eingeleitet.«

Alle spürten die zunehmende Beschleunigung und als Bestätigung flackerten die Kontrollleuchten für das Einsetzen der künstlichen Schwerkraft auf.

Der Mars verschwand allmählich aus dem Blickfeld und das Schiff bog auf eine lang gezogene Kurve in Richtung Erdbahn ein.

»Sicherheitszone verlassen, Aresanii, die Steuerung wird an die Brücke übertragen. Viel Spaß mit dem Schiff und bringt uns das Ding heil wieder. Commander Kunuhian hat uns gesagt, er will keinen Kratzer dran finden, wenn er wiederkommt.«

»Kein Problem, Flugkontrolle, der erste Kratzer gebührt wie immer dem Commander selbst. Danke für die Freigabe.«, antwortete Vykoian gut gelaunt.

»Kurs 45 - 89 - 2 vorprogrammiert, Ziel Arda Mond, bereit zum interplanetaren Flug, SubCo.«

»Na dann los! Programmierten Kurs ausführen, Beschleunigung auf halbe Kraft.«

»Jawohl SubCo, Kurs gesetzt, Beschleunigung auf halbe Kraft, Endgeschwindigkeit in 12 Minuten erreicht, Bremspunkt in 2 Stunden und 20 Minuten. Ankunft Mondorbit in 4 Stunden 40 Minuten.«

Vyokian setzte sich wieder in den Kommandanten-Sessel und fühlte wie die Anspannung von ihm abfiel.

›Na wunderbar, das war doch ein gelungener Start in den Tag.‹

*

Dave saß keuchend und mit schmerzender Lunge an die Tür der kleinen Luftschleuse gelehnt und wartete darauf, dass er den Sicherheitscode für die Außenluke von Laura geschickt bekommen würde.

Verfluchter Mist, diese miese kleine Ratte Keito...

Zuerst war Keito ihm aus dessen Kabine entwischt, obwohl er aussah, als würden ihn nichts auf der Welt aus seinem Schlaf wecken können. Er hatte da gelegen wie tot, sabbernd, aber laut schnarchend, so dass Dave sich kaum Mühe geben musste, leise in seine Kabine zu schleichen. Aber die Reflexe des Mistkerls schienen noch zu funktionieren. Keito nutzte die Gelegenheit zur Flucht, als Dave alias Geert van Dyck in der Dunkelheit der Kabine die Tasche mit dem kleinen Abschiedsgeschenk fallen ließ.

Hier unten in den abgelegenen Teilen des unteren Ringes waren die Techniker meist inmitten von Werkstätten und Lagerräumen untergebracht. Um diese Uhrzeit war hier zum Glück nichts mehr los.

Die Hauptschichten hatten Feierabend und trieben sich oben auf dem riesigen Promenadendeck zum feiern herum. Die meisten Arbeiter waren auch mit den letzten Fähren hinunter auf die Erde geflogen, um dem

Trubel hier oben zu entgehen.

Dave konnte die Spur Keitos relativ leicht verfolgen, er roch einfach wie ausgekotzt und bewegte sich ziemlich ungelenk vorwärts, vermutlich forderte die Mischung aus zuviel Alkohol und dem jahrelangen Konsum von Queed nun ihr Opfer ein.

Dann hatte er ihn schließlich ihn in einer Sackgasse erwischt, wo Keito in seiner Verzweiflung mit einer Eisenstange zur Verteidigung auf ihn wartete.

Keito hatte keine Chance gegen das kleine Geschenk von Laura, das in Daves Tasche auf seinen Einsatz gewartet hatte. Als Keito den länglichen Gegenstand erblickte, konnte er nur noch verzweifelt seine Eisenstange in Richtung seines Verfolgers werfen.

Es hatte nichts genützt, wenige Sekunden nachdem die Nadel mit einen leisen, zappenden Geräusch in Keitos Hals stecken blieb, war keinerlei Gegenwehr mehr möglich.

Dave hatte Keitos zitternden und krampfenden Körper in eine der kleinen Luftschleusen geschleppt und wartete nun darauf, dass er ihn endlich hinausblasen durfte.

Es war so schön einfach. Keito krampfte noch immer. Eine ordentlich Dosis SPREAL hatte bisher alle kleingekriegt. Dave grinste durch die Luke, als sein ComScan zu piepen begann.

Er schaute auf das Gerät und lachte kurz auf. Der Code für die Luke erschien auf dem Display, mit einem kleinen Countdown des 30 Sekunden-Zeitfensters währenddessen er gültig war. Dave vergewisserte sich noch mal, das die Innenluke auf jeden Fall korrekt geschlossen war und gab den Freischaltcode in das Türterminal ein.

Er drückte das Display des ComScan an die Scheibe,

sodass Keito den Countdown darauf erkennen konnte. Dieser riss die Augen noch weiter auf und sein Zappeln wurde heftiger. In den letzten 10 Sekunden begann der Countdown zu piepen und Dave zählte mit.

»9... 8... 7... ach scheiß drauf.«

Dave hieb auf den Release-Knopf.

Fopp, die äußere Luke sprang mit einem Knall auf und Keitos Körper wurde hinaus in die ewige Dunkelheit gesaugt.

Dave packte seinen ComScan wieder ein und rückte seine Jacke zurecht. Die Außenluke würde sich in einer Minute wieder automatisch schließen, da kein Andockvorgang verzeichnet werden würde. Dabei könnte ein Low-Prio-Alarm in der Stationstechnik ausgelöst werden, daher trollte er sich nun weg vom Ort des Geschehens.

Er lief quer durch die Station, stieg bis hoch auf das oberste Wohndeck und setzte sich dort in eine kleine Bar. Er bestellte sich einen doppelten Scotch und blickte aus der kleinen Luke hinaus in die Schwärze des Alls.

Ein Anruf auf dem ComScan. Es war schon mal nicht Laura, was ein Glück.

»Patrick altes Haus, schön von dir zu hören. Was macht die Kunst?«

»Frag nicht so blöd, was willst du?«

»Ach Junge, nur nicht so zickig. Ich brauche einen Lift und zwar sofort.«

»Von hier? Vergiss es, hier bewegt sich außer den offiziellen kein Schiff mehr raus oder rein.«

»Na dann lass dir was einfallen, du bist doch sonst immer der kreativere in der Truppe gewesen.«

Schweigen am anderen Ende der Verbindung.

»Nur du oder auch diese blonde Bitch?«

Dave dachte kurz nach.

»Ach, ich glaube, sie ist beschäftigt genug. Eine Person One-Way reicht.«

Wieder ein Moment Stille.

»Andockring 2, Sektion 34, Dock 347. In 15 Minuten.«

»Oh, so schnell? Alles klar, na dann, bis gleich mein Freund.«

Er kippte seinen Drink runter und gab dem Barkeeper ein paar Credits.

*

Ungefähr 10 Minuten später drückte sich Dave so unauffällig wie möglich zwischen großen Frachtgutkisten und Tonnen auf dem randvoll gestopften Ladedock herum.

Niemand arbeitete mehr in diesem Bereich und es war relativ dunkel hier. Nur noch eine Notbeleuchtung ließ ein wenig von der Umgebung erkennen. Er schlich an einer Wandbeschriftung vorbei, Dock 347, er musste hier richtig sein.

»Dave?«, hörte er von hinten aus einer Ecke die Frage.

»Pat?«

»Ja, komm rüber. Wir haben nicht viel Zeit.«

Dave stutzte, machte sich aber vorsichtig auf den Weg zwischen den zwei Hochregalen hindurch, in die Richtung aus der die Stimme kam.

Er trat um eine große Kiste herum und dann erkannte er im halbdunkeln seinen Kumpel Patrick.

Dieser kniete auf dem Boden, die Hände gefesselt und um seinen Hals hing ein Band mit einem kleinen blinkenden Kasten auf dem Kehlkopf.

Bevor Dave die Situation richtig erfassen konnte, spürte er eine scharfe dünne Klinge von hinten durch seinen Brustkorb fahren. Er blickte fassungslos auf die Stelle unterhalb seiner rechten Brustwarze, wo die Spitze der Klinge ein paar Zentimeter heraustrat.

Dann eine weitere Klinge, die sich von hinten an seine Kehle legte. Lauras Stimme erklang sanft an seinem Ohr, während seine Knie schon zu schlottern begannen. In seiner Fassungslosigkeit hörte er nur noch Lauras Worte, die sie ihm leise ins Ohr flüsterte.

»Die blonde Bitch hat eigene Pläne, mein Schatz.«

Es war ein schneller Schnitt, der ihn in die Dunkelheit gleiten ließ.

Patrick schreckte zurück, als Daves Körper blutend vornüberkippte und dessen Stirn noch auf seine Zehen fiel. Die Frau stieg über die Leiche hinweg und trat auf den verängstigten Pat zu.

»So mein lieber, so warst du wenigstens noch einmal nützlich für mich.«

Pat fing an zu heulen.

»Bitte, bitte lassen Sie mich gehen, es ist doch nicht meine Schuld, dass hier alle Abflüge gesperrt sind. Bitte lassen Sie mich gehen, ich habe ihnen geholfen Dave zu bekommen. Was wollen Sie denn noch?«

Sie blickte ihn eiskalt an.

»Wie komme ich von dieser Station herunter?«

Er heulte wie ein kleines Mädchen und schluchzte.

»Ich weiß es nicht. Vielleicht... Vielleicht können Sie einen kompletten Stationsalarm auslösen, und dann schnell einen Platz in den Rettungskapseln bekommen, ich weiß es nicht.«

Sie dachte nach, während Patricks Worte im Schluchzen untergingen. Das könnte klappen, allerdings müsste hier das Timing perfekt sein, damit die kleine Überraschung nicht vorher bemerkt werden würde. Wie weit mussten die Rettungskapseln entfernt sein, wenn es zum Kernbruch käme?

Sie musste es versuchen. Ein weiterer Schritt auf Patrick zu, ein perfekter Schnitt und schon sank auch Pat mit blutender Kehle über seinen alten Freund Dave herab. Laura reinigte schnell die Klingen von ihren Fingerabdrücken und benutzte das DNA-Zersetzungs-Spray, um ihre Spuren weiter zu verwischen.

*

Viel Zeit blieb nicht mehr. Keiner wusste, wann das RTG in die Abfallzerstrahlung geschoben wurde, es konnte in 5 Minuten passieren oder in 5 Stunden.

Dieser dämliche Keito hatte durch seine verdammte Schnüffelei den ganzen Plan durcheinandergebracht.

Laura verließ den Dockbereich und versuchte so unauffällig wie möglich zu ihrer Kabine zu gelangen. Unterwegs befand sich eine Toilette, wo sie ihre blutbesprenkelte Bluse loswerden konnte. Ganz ohne Spuren würde es nicht funktionieren, dazu war die Aktion, ihre Mitwisser zu beseitigen, zu sehr improvisiert gewesen.

Aber was solls. Die Spuren von zwei Morden wären schon bald das geringste Problem hier an Bord der Station.

Sie beeilte sich etwas frisches anzuziehen und machte sich schleunigst auf den Weg nach oben aufs Promenadendeck. Dort angelangt, schritt sie langsam und bedacht durch die Menge der neugierigen Zuschauer und versuchte ebenfalls ihre Aufmerksamkeit auf den beleuchteten Teil eines Podestes neben der Cafeteria-Freifläche zu lenken. Der Abendempfang war für reichlich viele prominente Persönlichkeiten bereitet worden, der nun öffentlichkeitswirksam mit allerlei medialem Popanz zelebriert wurde.

Ein paar wichtig aussehende Leute standen dort mit

den beiden Stream-Kaspern herum und über ihnen wurde transparent in den Raum eine 3D-Holo-Projektion des zukünftigen Sprungtores eingeblendet. Es war der Stationskommandant, der gerade die Funktionsweise und den Zusammenhang mit der Station erläuterte.

»Das interessante an der Energieversorgung dieser Station ist, dass wir einen neuartigen Kern verbaut haben, dessen Energieausbeute um den Faktor 1000 höher ist als auf allen anderen Stationen.

Dies wird für die neue Projektionstechnologie des Sprungtores vorausgesetzt, die für den Moment des Sprunges einen wesentlich höheren Energieverbrauch hat.

Die Antimateriekammer musste von einem Durchmesser der Größe eines Apfels auf rund drei Meter erweitert werden, um die Energieausbeute so massiv zu erhöhen.

Wir sind sehr stolz darauf, diese Technologie zuerst hier auf der K-73, der Hawking-Station, anwenden zu dürfen. Das Institut für Antimaterie-Forschung auf Jumunia-Prime hat hier bei uns eine Außenstelle errichtet, an der wir schon die ersten 30 Forscher und Studierenden von Arda begrüßen dürfen.«

Applaus brandete auf und der Stationskommandant war sichtlich stolz auf seine Ausführungen.

Neben ihm standen die Botschafterin Gonalika und ein paar weitere Größen des Weltkooperationsrates.

Laura war fassungslos.

Das tausendfache an Energie, damit hatte keiner von ihnen gerechnet.

Sie blickte sich unter der anwesenden Prominenz um. Ein paar nervöse Gesichter fielen ihr dabei auf, die jetzt zunehmend panische Züge annahmen, einige davon kannte Laura auch persönlich.

Der Minister für Glauben und Tradition der NO-RAM-Fraktion stand inmitten seines Gefolges. Laura bemerkte, dass er und sein persönlicher Assistent leichenblass wurden. Sie blickten drein, als hätten sie den Tod persönlich gesehen.

Etwas weiter entfernt standen zwei Militärattachees der ASIATIC zusammen mit einem ihr unbekannten Kalifatsangehörigen. Sie schienen alle von dem Plan zu wissen, außer von der genauen technischen Durchführung und Zeit... sonst würden sie sicher noch viel, viel panischer reagieren.

Schön, jetzt wusste sie zumindest, wer hier auf oberster Ebene noch als Falschspieler auftrat. Diese elenden Politiker-Gecken, wenn die wüssten, dass hier bald Feierabend sein würde. Aber vielleicht nicht nur für sie?

Verdammt. Vielleicht konnte man das ganze noch stoppen. Das eintausendfache an Energie. Was würde das bewirken?

Lauras Leute wollten eigentlich einfach nur diese Station ins All blasen und den verdammten Aliens zeigen, dass sie hier nicht willkommen sind.

Aber was würde mit solch einer immensen Energiemenge passieren? War das noch zu kontrollieren?

Konnte man damit etwa... die Erde sprengen?

Nein, sie schüttelte den Kopf... so was würde nicht passieren.

Oder etwa doch?

Laura sah sich um und entdeckte einen hochrangigen Konvergenz-Offizier, der nach Kentaraner aussah.

Sie drängte sich durch die Menge, lief zielstrebig auf ihn zu.

Kurz bevor sie bei ihm anlangte, wurde sie von zwei Security-Leuten bemerkt, die sich ihr prompt in den

Weg stellten.

Der Offizier drehte sich zu ihr um, während die beiden Securitys sie unauffällig aber bestimmt zurückhielten.

»Wie kann ich ihnen helfen meine liebe?«, fragte sie der Offizier freundlich, mit einem Anflug von Neugier.

»Sir, Protector, ich... «

Sie stutzte.

»Ja? Wie kann ich ihnen helfen, Lady?«

Sie blickte ihn genauer an... und erschauerte vor dem Ausdruck in seinen Augen. Er wusste es! Oder?

»Ich. Also... «

›Ach scheiß drauf‹, dachte sie und fasste sich wieder.

»Es war nicht so wichtig, verzeihen Sie bitte die Störung, Protector.«

Laura wollte sich abwenden, aber da fasste er sie an die Schulter und blickte sie an.

»Doch, ich glaube, es war wichtig. Aber bald wird nichts mehr wichtig sein. Wir sind alle Soldaten in einem Krieg, den viele nicht verstehen. Und daher müssen wir auch bereit sein, Opfer zu bringen.«

Er lächelte dabei, während Laura glaubte, ihr Herz würde einfrieren. Sie hatte das Gefühl, direkt in Schwarze Löcher hinein zu blicken, die ihr jegliche Wärme und den Rest an Gefühlen und Menschlichkeit entziehen würden.

Bis hierher war ihr Weg durchs Leben so klar gewesen. Sie war seit Jahrzehnten von ihrem Tun so unglaublich überzeugt.

Sie hatte die verbliebenen, kläglichen Reste der ERA wieder zusammengefügt, sie hatte die letzte Zelle des Widerstandes aufrecht erhalten und war für ihr letztes Opfer bereit gewesen.

Doch nun fühlte es sich von einem Augenblick auf

den anderen so anders an. So falsch. So entsetzlich falsch.

Das Licht, das hinter der Gestalt des Offiziers erschien und sein Skelett durchstrahlte, war das letzte, was in Lauras Bewusstsein hineindrang, in der absolut letzten Millisekunde ihres Lebens.

Und der letzten Millisekunde der fast dreißigtausend, sogenannten höher entwickelten Lebewesen, die sich auf der Raumstation K-73 Hawking befanden.

Millisekunden bevor die Hölle ihre Pforten öffnete und alles im Plasmafeuer verschlang.

KAPITEL 23

»Dreifach sind die Tore zur Hölle: Verlangen, Zorn und Habgier, die Zerstörer der Seele.«

Bhagavad Gita

Bremsschub verringern, bereitmachen für den Mondorbit. Phase 1 wäre schon mal geschafft.« Die Brückencrew freute sich über den Erfolg der bisherigen Flugphase und es herrschte eine lockere Stimmung im Kommandoposten.

Auf dem Screen erblickte man die dunkle Seite des Erd-Mondes, mit der strahlenden Korona der Sonne rundherum, war es ein wirklich schönes Schauspiel.

Die Erde selbst war noch nicht zu sehen, aber beim Einschwenken in den Mondorbit würden sie gleich einen wundervollen Blick auf den Planeten haben.

»Ok Leute, dann schleichen wir uns mal vorsichtig mit unserem Gefährt in den Mondorbit. ComO, öffnen Sie einen Kanal zur Flugkontrolle...«

Ein gleißendes Licht erschien in der Korona des Mondes. Ein Ring, der sich immer weiter ausbreitete und für alle vollkommen unerwartet daherkam.

Der Screen dimmte automatisch herunter, aber der Lichtschein wurde stärker und stärker.

Man konnte erkennen, wie die kleinen Orbitalsatelliten um den Mond herum zu glühen begannen, um gleich darauf zu verbrennen.

Alarm schrillte überall los.

Vykoian musste seine Augen mit der Hand abschirmen und sank zurück in den Kommandosessel.

»Strahlungsalarm von allen Stationen in diesem Sektor... fast allen, SubCo«, rief der ComO.

Vykoian schüttelte den Kopf und versuchte sich zu konzentrieren.

»Vollen Bremsschub einleiten, wir dürfen den Mond nicht passieren!«, rief er dem Steuermann zu.

Die Alarmtöne nahmen weiter zu, auf so viel Lärm war niemand vorbereitet.

Auf dem Screen war eine violettweiße Kugelgestalt zu erkennen, die hinter dem Mond rasend schnell wuchs und sich in den Weltraum ausbreitete.

Der Waffensystem-Offizier meldete sich zu Wort.

»SubCo, Sir, das scheint die Front einer Schockwelle zu sein.«

»Wo ist die Quelle? Die Sonne?«, fragte Vykoian und versuchte dabei nicht allzu panisch zu wirken.

»Nein Sir, leider scheint das Epizentrum in der Nähe der Erde zu liegen. Ich bekomme die Explosionssignatur einer Antimateriewaffe aus der Datenbank angezeigt.«

Der Steuermann meldete sich wieder.

»Wir sollten hinter dem Mond in Deckung gehen SubCo. Wir haben laut aktueller Messung nur noch wenige Sekunden bis zum Aufschlag.«

Vykoian kämpfte weiter gegen die aufsteigende Panik an.

»Ja, machen Sie es so, Steuerung nach eigenem Ermessen, los!«

Die Triebwerke zündeten mit vollem Schub und die Trägheitskompensation hatte arge Probleme damit, die Mannschaft auf den Beinen zu halten. Das Schiff wurde heftigst durchgeschüttelt.

»Was ist denn bei euch da vorne los? Irgendwas kaputt? Mir fallen die ganzen Container kreuz und quer durch die Halle.«, kam die Frage aus den Brückenlautsprechern.

Vykoian klammerte sich am Kommandosessel fest.

»Einschlag der Schockwelle auf dem Mond in 5 … 4 … 3 … 2 … 1 … jetzt!«

Alle starrten auf die Erscheinung vor ihnen im Weltraum.

Eine gewaltige Druckwelle fraß sich um den Mond herum und riss Teile seiner Oberfläche mit sich fort. Eine violettglühende Feuerwand rollte auf das Schiff zu und wirbelte Trümmerteile und Staubmassen in dem ringförmigen Ausschnitt mit sich, direkt auf sie zu.

»Eintritt in den Kernschatten in wenigen Sekunden, die Schockwelle wird…«

Der Schlag einer Riesenfaust pochte gegen den Bug des Schiffes, es wurde herumgerissen und von Gesteinsbrocken bombardiert.

In der Steuerungskonsole explodierte etwas und das Licht auf der Brücke fiel bis auf die flackernde Notbeleuchtung aus.

Der schiffsweite rote Alarm bellte durch alle Gänge und Räume.

Die komplette Crew wurde von den Füßen gerissen und alle konnten spüren wie die Trägheitskompensation und künstliche Schwerkrafterzeugung zu versagen drohte.

Die schweren Erschütterungen und die Taumelbewegung verhinderten, dass die Crew wieder auf die Beine kam.

Die Aresanii drehte sich um ihre Achse und auf den Screens konnte man die weiterziehende Druckwelle sehen. Das Loch des Mondschattens schloss sich weiter und ein Schleier aus Trümmerteilen zog dahinter her. Das Schiff drehte sich unaufhörlich weiter und als der Mond wieder in den Sichtbereich kam rief er NavO:

»SubCo, wir sind zu schnell und auf Kollisionskurs!«

Der Steuermann war tot und Vykoian übertrug die Steuerkonsole auf das Board an seinem Platz.

»Schiffscomputer, übernehme automatische Steuerung, Kompensationsmaßnahmen einleiten.«

»Nicht genügend Energie zur Verfügung, empfehle Abschaltung von Trägheitsdämpfung und Schwerkraft.«

Vykoian schaute sich um.

»Einen Kanal zum kompletten Schiff öffnen. Zuhören Leute, schnallt euch gut fest, wenn wir das alle überleben wollen, müssen wir ohne Schwerkraftsysteme agieren. Ihr wisst alle was das heißt. Computer, Maßnahmen mit Countdown einleiten, 5 Sekunden.«

»Bestätigt. Manöver in 5 ... 4 ... 3 ... 2 ... 1 ... Manöver wird ausgeführt.«

*

»Lord Protektor Namaho Chisan, eine Nachricht für Sie mit höchster Dringlichkeitsstufe.«

Chisan öffnete die Augen und blickte genervt zur Decke hinauf. Er musste einen Moment eingenickt sein, was ihn umso ärgerlicher stimmte. Er stemmte sich hoch und schaute sich um. Die Couch in seinem kleinen Dienstzimmer war so verführerisch, er hatte sich nur mal eben zum lesen eines Berichtes über die Grenzüberwachungsanlagen zum Outer Rim hingesetzt. Er gähnte und schaute auf die blinkende Benachrichtigung auf seinem Screen, vorne auf dem Schreibtisch.

»Mekeni, was ist los?«

»Lord Protektor, unsere Kommunikation ins Halio-

System ist ausgefallen und die Langstreckenscanner können die Subraum-Transponder dort nicht mehr erreichen.«

Er wurde schlagartig wach und stellte die Füße auf den Boden.

»Rufen Sie den Stab zusammen, ich will einen vollständigen Bericht haben. Wie lange ist der Abbruch der Kommunikation her?«

»Lord Protektor, wir haben die Meldung vor drei Minuten erhalten, laufzeitbereinigt wird der Abbruch vor rund 19 Minuten stattgefunden haben. Eine Überprüfung der Subraum-Relays läuft schon.«

Er stand auf und suchte seine Uniformjacke.

»Lassen Sie Aufklärungsschiffe von Sildron, S`ras und Kentara starten, ich will wissen was da los ist. Machen Sie mir einen Termin beim Hohen Rat, am besten gleich.«

Er packte seine Jacke, schnappte sein Tab und stürmte aus seinem Büro hinaus. Auf dem Flur herrschte noch Stille, hier auf Tarù war es Nacht und nach der anstrengenden Sitzungsperiode der letzten 20 Tage war hier eine Ruhe eingekehrt, die er sichtlich genoss.

Fast alle Abgeordneten befanden sich in der Erholungszeit und weilten meist auf ihren Heimatwelten. Er lief durch das große Foyer vor dem Ratssaal in den nächsten Trakt hinein.

Die beiden Gardisten nahmen Haltung an, als er knapp grüßend an ihnen vorbei rauschte.

Das Büro der Hohen Rätin der Protektion besaß ein Fenster mit einem herrlichen Blick über den Parlamentskomplex. Jetzt, bei Nacht und im Schein der Monde, strahlte die Umgebung eine besondere Magie aus.

Chisan war vom Sekretär der Hohen Rätin hereingebeten worden, die sich noch in ihrem Privatgemach befand. Er stand vor dem großen Fenster, schaute hinaus und wartete geduldig, ob entweder seine Vorgesetzte oder eine weitere Nachricht auf seinem ComScan hereinkam.

Er schloss die Augen und konzentrierte sich. Ein flächendeckender Ausfall von Transpondern musste von einem konzertierten Angriff stammen, aber von woher? Aus dem Outer Rim? War womöglich seine Heimat Kentara ebenfalls in Gefahr?

Die Tür öffnete sich und die Hohe Rätin kam gefolgt von ihrem Sekretär herein. Er drehte sich um und verbeugte sich vor ihr, voller Ehrerbietung. Die hochgewachsene Porokanii war eine imposante Erscheinung, wirkte aber in diesem Moment sichtlich unglücklich.

»Seid gegrüßt Lord Protector, ich gehe davon aus, dass es einen wichtigen Grund gibt, mich zu wecken?«

»Verzeiht Hohe Rätin Kyuki-An, ich würde es tatsächlich kaum wagen, aber wir haben beunruhigende Zeichen aus dem Halio-System empfangen. Oder sagen wir, wir empfangen keine Zeichen mehr, denn die Kommunikation zu allen unseren Einheiten dort ist unterbrochen worden. Keine Kommunikation, keine Transponderdaten.«

Sie blickte ihn missbilligend an.

»Halio? Ich dachte wir wären dort soweit fertig. Der Truppen-Abzug läuft, in ein paar Stunden ist die Welt wieder unabhängig. Gibt es schon Erkenntnisse?«

»Nein Herrin, wir warten noch auf weitere Telemetrie, auch eine Überprüfung der Subraum-Relays wird durchgeführt. Ich habe den Stab zusammengerufen. Wir werden uns gleich im...«

»Nein, nein, Sie sollen hierher kommen, ich will ein direktes Update haben, beordern Sie den Stab hier in meinen Raum.«

Er schaute sie etwas verwundert an, aber zeigte dann eine Geste der Zustimmung.

»Toral, bereite uns bitte ein wenig Verköstigung vor, die Nacht könnte lang werden.«

Der Sekretär verbeugte sich und verließ den Raum.

»Hohe Rätin, ich bin froh, dass ihr auch spürt, dass die Lage ernster sein könnte, als wir zu hoffen vermögen. Ein Kommunikationsabbruch zu einem ganzen Raumsektor ist für eine kurze Zeit nichts ungewöhnliches, aber gerade Halio und Arda, gerade jetzt … ich habe kein gutes Gefühl dabei.«

»Ich teile eure Bedenken. Wenn wir einen kriegerischen Angriff zu erwarten hätten, warum dann dort? Die Minenplaneten am Rande des Rim, die Grenzen zu den Vreeja, den Zenketi oder dem Muon-Raum? Das wäre vielleicht zu erwarten gewesen. Aber ich fürchte, es ist wieder eine der alten Geschichten mit diesem Planeten. Vielleicht haben wir damals doch nicht alle Widerständler zu fassen bekommen. Ich konnte diese Ardai ehrlich gesagt noch nie leiden. Ich weiß gar nicht, was die Botschafterin an ihnen immer fand. Ein renitentes Volk, dass nur auf seine Selbstzerstörung erpicht ist und unsere Hilfe mit Füßen getreten hat.«

Sie schaute ihn auffordernd an, aber er versuchte ein möglichst ausdrucksloses Gesicht zu zeigen.

»Ich weiß, Sie würden gerne sagen, so wie wir Porokanii auch einst waren. Sie hätten Recht damit.«

Mit dieser Bemerkung wandte sie sich von ihm ab und schritt zu einer kleinen Bar an der Wand, nahm zwei Gläser und eine Flasche mit rötlicher Flüssigkeit heraus. Sie nahm alles mit zu dem großen Konferenztisch in der Mitte und begann die Gläser einzugießen.

Chisan setzte sich zu ihr und nahm dankend eins der

Gläser entgegen. Kyuki-An nahm einen Schluck und schaute nachdenklich in das Glas.

»Wussten Sie, dass Gonalikas Familie auf Porokan zur Herrscherdynastie gehörte?«

Chisan sah sie verwundert an.

»Nein, das wusste ich nicht. Hat das was mit ihrem heutigen Leben und ihrem Beruf zu tun? Mit der Rolle die sie spielt?«

Kyuki-An lächelte versonnen.

»Vielleicht. Vielleicht will sie etwas wieder gutmachen, was ihre Familie einst getan hat. Ich weiß es nicht, ich bin zu jung und auf Soona geboren. Aber meine Mutter kannte die Familie ganz gut.«

Die Tür öffnete sich und Toral trat ein, er verbeugte sich kurz und machte Platz für die Stabsoffiziere, die nacheinander eintraten und sich ebenfalls ehrerbietig verbeugten, bevor sie sich an den Konferenztisch setzten. Hinter ihnen rollten drei Angestellte kleine Wagen mit Häppchen und Getränken herein.

Die beiden Stellvertreter des obersten Lord Protektors, traditionell je ein Koroneta und ein Senekai, betraten ebenfalls den Raum und gesellten sich hinzu.

Sie warteten alle darauf, dass die Angestellten die Wagen wie eine Bar an der Seite des Konferenztisches platziert hatten und dann wieder verschwanden.

»Commander Dotep Tolani, ich bitte um einen Lagebericht.«, eröffnete Chisan die Sitzung.

»Sehr wohl, Lord Protector.«

Dotep zeigte auf den großen Screen der, unmittelbar seiner Geste folgend, eine Raumkarte anzeigte und ins Halio-System hineinzoomte.

»Die Sensoren-Telemetrie hat ein Ereignis aufgezeichnet, dass vor 38 Minuten koordinierter Konvergenzzeit einen Abriss jeglicher Kommunikation aufzeigt. Die bisherigen Messdaten beruhen auf einer rudimentären Übertragung von zwei kleineren Messstationen die sich auf den Planetenobjekten Pluto und Ceres befinden. Aufgrund der Laufzeitunterschiede können Rückschlüsse auf ein Ereignis in der Erdbahn gezogen werden.«

Auf dem Screen konnte man einen roten Kreis sehen, der sich konzentrisch von einem Punkt aus in der Nähe der Erde ausbreitete. Ein Gemurmel ging durch den Raum.

Dotep fuhr unbeirrt fort.

»Unsere Telemetriedaten aller Objekte mit Transponder sind zeitgleich mit der Ausbreitung des Ereignisses verloren gegangen, als Epizentrum sehen sie...«

Das Bild zoomte weiter an die Erde heran.

»... die letzte verzeichnete Position der Station K-73.«

Sichtlich um Fassung bemüht fragte der Lord Commander der Koroneta, Sengon, in Richtung seines Kollegen Dotep:

»Wie viel Schiffe haben wir zu Zeit im System?«

Ein jüngerer Ga-Yee Offizier meldete sich zu Wort.

»3 Schlachtkreuzer, 7 zivile Transporter, 2700 Transportshuttles, 4 Jägerstaffeln mit jeweils 24 Maschinen in direkter Umgebung von Arda. Derzeit als Bürger der Konvergenz 45.133 gemeldete Zivilisten und eine militärische Besatzung von 8933 Protektoren.«

»Was ist mit Ares? Haben wir Informationen von den Docks?«

»Nein, Herr, wie schon gesagt, die Kommunikation im gesamten System ist abgerissen. Es gibt weitere beunruhigende Nachrichten von unserer Basis auf Sildron, die die Telemetrie aus dem System empfangen hat.«

Er stand auf und ging vor zum Screen. Einige Diagramme erschienen dort und der junge Offizier schaute auf die angezeigten Werte.

»Ein Telemetriefragment der KA-629 Aresanii deckt sich mit unseren Subraummessungen. Wir sehen hier eine Verzerrung im L-Bandbereich und die Fortpflanzung eines starken Pulses...«

»Kommen Sie bitte auf den Punkt junger Mann!«, drängte Kyuki-An ungeduldig.

»Oh ja, verzeiht mir bitte, Hohe Rätin. Die Datenbank liefert uns für dieses Strahlungsmuster einen vermutlichen Einsatz einer Antimateriewaffe. Durch die mutmaßliche Zündung außerhalb der Atmosphäre hätte die Waffe eine erhebliche Schadenswirkung in ihrer Umgebung. Schiffe würden bis weit über die Mondbahn hinaus schwer beschädigt oder zerstört werden, der Strahlungsimpuls pflanzt sich mindestens bis zum Asteriodengürtel, wenn nicht gar bis zum Jupiter fort. Falls eine der beiden Messstationen wieder übertragungsbereit sein sollte, sind wir hier auf Sensor-Daten angewiesen, die lediglich mit Lichtgeschwindigkeit unterwegs sind. Das wären für Ceres aufgrund seiner Opposition ungefähr 25 Minuten, vom Pluto erst in ungefähr 5 Stunden.«

Chisan blickte in die Runde.

»Gibt es schon Aufklärungsflüge in die Region?«

»Ja Herr, die Staffel aus Sildron ist soeben aufgestiegen, ein schneller Kreuzer von S'raasii verlässt in wenigen Minuten den Orbit. Der erste Kontakt mit dem Halio-System bei Höchstgeschwindigkeit findet in frühestens 7 Stunden statt.«

»Verdammt. Das ist zuviel Zeit. Bleiben Sie dran, wir brauchen so schnell wie möglich Aufklärungsergebnisse aus der Region. Hohe Rätin, ich schlage eine Mobilmachung vor, solange wir nicht genau wissen mit wem oder mit was wir es zu tun haben.«

Kyuki-An schaute ihn überrascht an und überlegte. Dann blickte sie in die Runde und fragte.

»Was meinen die anderen Vertreter der Protektoren? Sind alle der Meinung dass wir deswegen unsere gesamte Verteidigung aktivieren sollten?«

Die Koroneta-Offizierin Vaneria meldete sich zu Wort:

»Hohe Rätin, mir widerstrebt es, den äußersten Fall anzunehmen. Aber wenn wirklich jemand die schlimmste Waffe einzusetzen vermag, die dieser Teil der Galaxis jemals ertragen musste, dann sollten wir zumindest vorbereitet sein.«

»Das ist kein Kriegseinsatz! Wir wollen Aufklärung über den Vorfall haben!«, rief die Hohe Rätin energisch und ließ ihre Faust auf den Tisch fallen.

»Diesen Fall muss ich zuerst einmal mit dem Trium klären. Setzen Sie derweil alles an, was an Erstmaßnahmen notwendig ist, ich will aber nichts, aber auch rein gar nichts bemerken, was unsere Nachbarn nervös machen könnte. Dies muss zuerst diplomatisch geklärt werden. Haben Sie mich alle verstanden? Wir ziehen nicht in den Krieg! Wir werden aufklären, was passiert ist und dann adäquat und durchdacht darauf reagieren.«

Alle verbeugten sich vor der Hohen Rätin und signalisierten volle Zustimmung, als sie sich von ihrem Platz erhob.

»Den nächsten Lagebericht in spätestens einer Stunde hier, in diesem Raum.«

Mit diesem Worten verließ sie den Raum und bog ab in ihr Privatgemach.

KAPITEL 24

»Ich wusste nicht, was mich erwarten würde, als wir an diesem Tage auf Sildron den Alarm erhielten. Ich war jung, noch mitten in der Ausbildung, hatte noch nicht mal die SubCo-Lizenz in der Tasche. Wir waren unerfahrene Bridgeburner-Rekruten und damit diejenigen, die in die klapperigsten Kisten eingepfercht werden würden. Ich hatte Angst, den ganzen Flug lang, in der Enge, schwitzend, und unzählige Stunden wartend, ohne zu wissen, wohin es so übereilt gehen würde. Was ich dann erlebte, übertraf alle meine Erwartungen bei weitem. Nie wieder würde ich mich über solch eine Lage beschweren, nie wieder Angst davor haben. Denn ich habe gesehen, was diesen Ardai widerfahren war.«

Elisa saß auf dem Balkon und wunderte sich über die Geschäftigkeit drüben in der Basis. Eine ganze Jägerstaffel war in kürzester Zeit aufgestiegen und sie glaubte von drüben den Einsatzalarm hören zu können.

Sie wollte nach dem ComScan auf dem Tisch vor ihr greifen, was ihr aber aufgrund ihres riesigen Bauches nur schwer gelang.

Sie seufzte und begann sich aus ihrem gemütlichen Lehnstuhl hochzuarbeiten. Als sie am Balkongeländer stand und den Blick hinter den Schiffen hinauf in den

Orbit schweifen ließ, drückte sie blind auf das Display.

Einen Moment später erklang eine vertraute Stimme aus dem Gerät.

»Hey Liz, gehts endlich los? Darf ich nun mit, anstatt Anton? Jipiee, hehe, das geschieht ihm recht!«

Elisa lachte.

»Nein Mo, alles noch drin, der Junge hats wohl nicht so eilig. Aber weißt du was drüben auf der Basis los ist?«

»Nein, keine Ahnung. Hab nichts mitbekommen.«

Ein Schmerz ließ Elisa zusammenzucken.

»Au, verdammt.«

»Was ist los?«, fragte Mohini sichtlich besorgt.

Elisa setzte sich wieder.

»Ach, nicht so schlimm, der kleine tritt manchmal ganz schön heftig zu. Seit einer Stunde macht er Kickbox-Übungen. Er ahnt wohl was da draußen für eine harte Welt auf ihn wartet.«

Mohini musste lachen.

»Weißt du was, ich hab eh keine Lust mehr zu pauken, ich komm rüber zu dir, OK?«

»Alles klar, ich freu mich, bis gleich.«

Sie beendete die Verbindung und blickte aufs Display. Das Hintergrundbild zeigte sie und Anton im Schnee, letzten Winter in den Alpen, ein Kuss kurz bevor er ihr einen Schneeball auf den Kopf gedrückt hatte. Sie musste schmunzeln über diese schöne Erinnerung.

Sie tippte auf die Verbindung zu Anton.

Der Verbindungsaufbau dauerte. Und dauerte.

Nichts geschah. Sie versuchte es noch einmal und spürte wie sie und der Junge unter ihrem Herzen unruhiger wurde.

Dann erschien die Meldung auf dem Display mit

einer Sprachnachricht.

»Derzeit sind alle Verbindungen in das HALIO-System überlastet, bitte versuchen Sie es zu einem späteren Zeitpunkt noch mal. Entschuldigen Sie bitte die Unannehmlichkeiten, wir informieren sie, sobald die Verb...«

Sie brach ab und seufzte. Na super. Anton würde sich jetzt auf dem Übergangsbrimborium vergnügen und sie war alleine hier. Und er meldete sich nicht.

Sie schüttelte den Kopf und musste lachen. Nein Quatsch, sie hatte ihn ja selber weggeschickt und sie wusste auch, dass er den ganzen offiziellen Kram gar nicht mochte.

Ohje, diese Gedanken waren bestimmt wieder dem Hormon-Cocktail geschuldet, der in ihr wütete.

Aber sie fühlte dann doch in diesem Moment eine gewisse Beunruhigung. Sind die Raum-Jäger nur für ein Manöver rausgeflogen? Hat das was mit den Verbindungsproblemen in Richtung Erde zu tun?

Sie nahm den ComScan in die Hand und überlegte, ob sie es noch mal versuchen sollte.

Ein Klang an der Tür verriet ihr, dass jemand davor stand.

»Ich bins Liz, mach auf.«, hörte sie Mo's Stimme von draußen.

Elisa ging in Richtung Tür und sagte zum Raumcomputer.

»Tür öffnen.«

Die Tür glitt zur Seite und Mohini kam rein, sah sie und starrte auf Elisas Bauch.

»Sag mal, der wird auch jeden Tag größer, bist du sicher, dass das Riesenbaby da überhaupt durchpasst?«

Sie umarmten sich lachend.

»Nicht dass da aus versehen doch noch ein Koroneta-Baby wächst, meine Güte.«, flachste Mohini weiter.

Elisa gab ihr mit gespielter Empörung einen Klaps und ging rüber zum Nahrungsreplikator.

»Kaffee?«

»Klar!«

Mohinis ComScan piepte kurz.

»Und hast du schon eine Idee, was auf der Basis los ist?«

»Keine Ahnung, seitdem ich im Ausbildungsdienst bin, bekomme ich kaum noch was mit. Wahrscheinlich irgendein Manöver oder so.«

Sie nestelte das Gerät aus der Tasche und blickte aufs Display.

»Ich bin grad so zugeschüttet mit Konvergenz-Handelsrecht, ich weiß schon gar nicht mehr wo mir der Kopf steht. Ich dachte alles wäre einfacher ohne Geld aber …«

Sie stockte und las weiter auf dem Display.

Elisa dreht sich zu ihr herum.

»Was ist los?«

Mohini blickte irritiert zu ihr auf.

»Ach... ich muss mal schnell zurückrufen, irgendwas wegen meiner letzten Hausarbeit, bin gleich wieder da. Bisschen weniger Milch, ja?«

Mohini stand auf und verließ Elisas Apartment. Die schaute ihr hinterher und zuckte mit den Achseln. Jaja, Hausarbeit, das war bestimmt ihr neuer Typ. Elisa grinste und ging mit dem Tablett wieder raus auf den Balkon.

*

»Mohini hier, warum triggert ihr mich über den Reservistenkanal an? Ist irgendwas passiert?«

»Hör zu, wir wissen noch nichts genaues, aber es

wurde eine Teilmobilmachung angeordnet. Wir brauchen dich auf der KSS Hogran. Sie wird in ungefähr einer Stunde im Orbit um Sildron sein. Wir haben einen Versorgungsflug mit höchster Prio.«

»Ist das dein Ernst? Ich hab in drei Wochen Abschlussprüfung und ich kann Liz jetzt nicht alleine lassen! Was ist denn los? Wo soll ich denn ausgerechnet jetzt hin?«

»Sorry, das sind die Befehle, wir brauchen dich, ihr seid am nächsten dran.«

»Wo dran? Verdammt, jetzt hör mit der Heimlichtuerei auf! WO sind wir am nächsten dran?«

Kurzes Schweigen.

»Halio. Das ganze System ist nicht mehr erreichbar. Man vermutet einen Antimaterie-Waffeneinsatz im Erdorbit. Wir müssen rein und schauen was da los ist. Und ob noch was zu retten ist.«

Mohini ließ das ComScan sinken und starrte durch den Flur, hinüber auf die Tür zu Elisas Apartment.

Sie nahm die Stimme ihres Kameraden kaum wahr, die aus dem Lautsprecher kam. Ihr Herz schlug ihr bis zu den Ohren, ein kalter Schreck breitete sich in ihren Adern aus.

Sie schluckte und nahm das Gerät wieder hoch.

»Hör zu, schick mir die Sammelkoordinaten aufs Gerät, ich muss hier zuerst was klären.«

»Ok, aber halt dich bereit, wir können nicht auf dich warten.«

Sie beendete die Verbindung und steckte das Gerät in ihre Hosentasche. Sie zitterte am ganzen Körper und versuchte sich zu beruhigen.

*

»Hey, lad deinen neuen Loverboy doch einfach mal

ein, würde mich total freuen den mal kennenzulernen.«, rief Elisa vom Balkon, als sie hörte wie Mohini wieder ins Apartment kam.

Sie wunderte sich darüber, das keine Antwort kam und als sie sich zur Tür drehte stand Mohini einfach nur da. Elisa erblickte ihren Gesichtsausdruck, sie war blass und rang sichtlich um Fassung. Elisa rutschte die Kaffeetasse aus der Hand und kippte auf den kleinen Tisch.

Mohini wollte etwas sagen, aber man sah ihr an, dass sie nicht wusste, was. Ihr fehlten die Worte. Bei den meisten Menschen dieser Welt hätte sie keine Probleme damit gehabt, ihnen ausdruckslos ins Gesicht zu lügen, schnell zu irgendeiner Geschichte zu wechseln.

Aber nicht bei der letzten, besten Freundin die ihr noch geblieben war.

»Was ist los? Was ist passiert?«, fragte Elisa aufgeregt.

*

»Konvergenz-Transporter, hier Jäger K-1701, wie ist ihr Status?«

Vykoian wischte sich das Blut aus dem Gesicht und öffnete die Augen. Die Abschattautomatik der Scheiben verdeckte einen Punkt im All vor ihnen, von dem ein irres Flackern ausging. Die Reflexionen waren auf dem Mond zu sehen, das Bild war total irreal und der vollkommen überforderte SubCo wusste nicht so recht, wo er sich befand und was er nun tun sollte.

»Konvergenz-Transporter, hier Jäger K-1701, bitte geben Sie mir eine Statusmeldung, ich bin manövrierunfähig und befinde mich auf Kollisionskurs. Verdammt, kann mich denn keiner von euch hören?«

Vykoian blickte sich verwirrt auf der Brücke um.

Der NavO und zwei andere Crewmitglieder, die er gerade nicht zuordnen konnte, rappelten sich in ähnlicher Orientierungslosigkeit auf. Vor ihm lag die Leiche des Steuermanns.

»Computer, Systemstatus, Zusammenfassung.«

»Hüllenintegrität 92%, Antriebsenergie 70%, Fluglage stabilisiert, Strahlungsschirm auf 60%, Tendenz fallend, Künstliche Schwerkraft und Trägheitsdämpfung zu 65% wiederhergestellt, Verluste in der Crew derzeit bei 7, 4 weiter schwer verletzt. Ein Jäger der Fekis-Klasse befindet sich auf Kollisionskurs, Kurskorrektur erforderlich in 14 Sekunden.«

»Computer, einen Abfangkurs einnehmen. Jäger 1701, können Sie aussteigen?«, reagierte Vykoian endlich.

»Aussteigen? Seid ihr irre? Aber danke für die Nachfrage, ich dachte schon ich zerschelle auf dem größten Schrotthaufen in der ganzen Galaxis. Lasst euch mal was einfallen, viel Zeit bleibt nicht mehr.«

Ein Crewmitglied meldete sich, die Teleporter-Technikerin.

»Commander, Entschuldigung, SubCommander, ich könnte den Teleporter auf ihn programmieren und ihn da rausholen.«

Vykoian schaute sie kurz skeptisch an, nickte aber dann.

»Versuchen Sie es! Computer, Ausweichroutine einleiten und das beste Teleportfenster errechnen.«

Das Schiff bewegte sich und die Crew musste sich festhalten. Der NavO übergab sich neben sein Pult.

Der Jäger raste mit beängstigender Geschwindigkeit auf das Kolonieschiff zu. Es sah danach aus, als würde er im vorderen Brückenteil der Aressani einschlagen. Der Koloss beschleunigte immer stärker, aber die Flugbahn sah weiterhin nicht gut aus.

Die Teleportertechnikerin rief von einer Konsole herüber.

»Teleportfenster offen, ich gebe Energie aufs System. Schildanpassung erfolgt... jetzt!«

»Hey, was habt ihr vor ? Nicht abhauen. Heee, Heee, AAAAHHHH, WAAAA...«

Das Geschrei des Piloten und die Übertragung brachen mit einem Rauschen ab.

Man erkannte einen Lichtschein im Cockpit des heranrasenden Jägers, dann spürten sie eine Erschütterung. Das kleine Schiff wurde vom Schutzschild der Aressani in einem Feuerball zerrissen.

»Wir haben ihn, SubCo, Ladebucht 2, Komplex 1.«

»Er soll sofort auf die Brücke kommen, vielleicht weiß er, was da los ist. Haben wir Telemetrie? Kommunikation?«

»Nein SubCo, Langstrecken-COM ist komplett tot, das gesamte HALIO-System antwortet nicht mehr. Ich scanne... Computer, Scanunterstützung, volle Erfassung auf allen Kanälen, wir brauchen ein umfassendes Lagebild.«

»Daten werden aufbereitet...«

Vykoian blickte dankbar zur Teleportertechnikerin herüber, die konzentriert an ihrer Konsole arbeitete.

Einige Augenblicke später zischte die Tür zur Brücke und glitt zur Hälfte auf, blieb dann aber mit einem Quietschen im Rahmen hängen. Die Kreatur, die von zwei weiteren Technikern gefolgt hindurchtrat, schaute missbilligend auf die kaputte Tür und fing sofort an wild zu schimpfen.

»Es steht in meiner Akte, meinem Dienstausweis und auf meiner Erkennungsmarke, dass mich NIEMAND mit diesem Scheiß Materieteleporter durch den Raum schießen soll, verflucht! Das steht ausdrücklich da drin, klar?«

Vykoian drehte sich um und staunte über den kleinen, aber wütend aufstampfenden Joomesi, der sich hier über seine Rettung beschwerte. Er musterte ihn kurz und seufzte.

»Willkommen an Bord, macht euch nützlich, die Steuerkonsole ist frei ich brauche dringend einen Piloten, SubCo...«

»Chegunchqukk Chegunoiye Jo-omok, Sir. Na danke, nicht mal kurz aufs Klo, bevor man hier gleich wieder an die Arbeit darf.«

Cheg humpelte nach vorne zum Steuerpult und schob angewidert den Leichnam zur Seite. Er fuhr sich das Pult auf seine Höhe herunter und schüttelte den Kopf ungläubig.

»Auf was für einem Schrotthaufen haben die euch denn hier abgeladen, verdammt. Was kann denn das Ding hier?«

Die Technikerin antwortete frech.

»Zum Beispiel herumtrudelnde Joomesi aus dem All fischen, das kann das Ding.«

Vykoian wollte etwas sagen, aber der Cheg drehte sich zu ihr herum und grinste.

»Ja, So verstehen wir uns. Sehr gut. Welcher Kurs, Commander?«

Vykoian überlegte kurz.

»Nur SubCo, meine Name ist Vykoian und ich, keine Ahnung... lassen Sie uns schauen, ob wir helfen können. In den Arda-Orbit, ich will wissen was da vor sich geht.«

»Warnung! Ein erhöhtes Strahlungsrisiko geht von der ehemaligen Position der Station K-73 aus, Warnung!«, ertönte die Stimme des Computers.

»SubCo, ich schlage einen weiten Bogen außerhalb des Strahlungsbereiches vor, eine Annäherung an Arda von der gegenüberliegenden Seite.«

»Ja, machen wirs so, in der Zwischenzeit will ich Reparaturen an den Trägheitsdämpfern und an der Com haben, gibt es jemanden, der sich um die Verletzten kümmert?«

»Die Krankenstation ist besetzt, Techniker Hua hat erste Hilfsmaßnahmen eingeleitet.«, antwortete der NavO.

»Gut dann auf, egal was da los ist, wir haben wenig Zeit.«

Die Triebwerke erschütterten das Schiff und die Aressanii schwenkte auf einen weiten Bogenkurs um die Erde ein.

Der Anblick war gespenstisch. Eine kleine gleißend helle Sonne brannte im Orbit der Erde, keine zweitausend Kilometer über dem Pazifik. Immer wieder zuckten Ausbrüche von Plasma wie irre Tentakel hin und her, peitschten hinunter durch die Atmosphäre und hinterliessen katastrophale Narben auf der Oberfläche.

Der NavO meldete sich mit neuen Daten.

»SubCo, es handelt sich bei dem Objekt um eine Singularität mit einem Antimateriefeuer am Ereignishorizont. Ich kann Fragmente eines Klasse 10 Eindämmungsfeldes im Orbit erkennen, welches aber kurz vor dem Kollaps steht.«

Alle schauten zu ihm herüber. Die Teleportertechnikerin stutzte und fragte dann.

»Heißt das, dass ein weiterer Strahlungsausbruch zu befürchten ist?«

Cheg antwortete.

»Wenn wir Pech haben, wirds sogar schlimmer als der erste. Dieses Ding wird sich in den Planeten reinfressen und vermutlich alles vernichten, was jemals nach Leben aussah.«

Er drehte sich mit ernster Miene zu Vykoian um.

Der SubCo versuchte einen klaren Gedanken zu fassen und fragte mit brüchiger Stimme.

»Wie viele Lebensformen können wir dort unten scannen?«

Die Technikerin zog die Achseln hoch.

»Da sind mehrere Milliarden Menschen und Konvergenzler, keine Ahnung. Auf der Anomalie zugewandten Seite wird es die meisten erwischt haben, aber auf der Seite, auf die wir zufliegen müssten noch Überlebende zu finden sein.«

Vykoian trat ein paar Schritte nach vorne, stellte sich neben die Technikerin und überlegte. Er schaute zu ihr, auf ihr Namensschild und dann in ihre Augen.

»Nakima, wie viele bekommen wir da raus?«

Sie schaute ihn mit großen Augen an.

»SubCo, ich, also … vielleicht ein paar tausend, allein die Sensorerfassung … ich weiß es nicht, so was wurde noch nie versucht. Die Strahlung wird die Erfassung stören, sodass viele wahrscheinlich …«

Sie brach in Tränen aus und konnte nicht mehr weiter sprechen.

Vykoian fasste sie an die Schulter und lächelte sie traurig an.

»Jede, Nakima! Jede einzelne Seele, egal wie viele es am Ende sein werden. Wir sind hier die letzte Hoffnung für die Wesen von Arda. Wir werden den Computer mit der höchsten Leistung für die Scanner und Teleporter einsetzen. Bitte, programmieren Sie es so, damit wir den maximalen Durchsatz haben. Auch wenn einige Signaturen unterwegs verloren gehen… andere werden hier ankommen.«

Sie nickte, während ihr die Tränen die Wangen hinunterliefen, schüttelte kurz den Kopf, wie um wach zu werden und begann sich dann der Teleporter-Konsole zu widmen.

Vykoian ging hinüber zu Cheg und winkte den NavO herbei.

»Wir brauchen einen Fluchtkurs. Wir sollten dabei die ganze Zeit auf Standby bleiben. Machen Sie eine der Messsonden bereit um die Anomalie genau zu beobachten. Ich will wissen, wann es Zeit ist hier zu verschwinden.«

»Jawohl SubCo, Sie können sich auf uns verlassen.«

*

»Lord Protector, wir haben wieder Kontakt auf einer Low-Band Subraumfrequenz, reine Textkommunikation, rudimentäre Statusmeldungen.«

»Auf den Screen!«

Der Offizier erklärte die Symbole und Grafiken auf dem Screen.

»Im inneren Halio-System gibt es keine Anzeichen von Kommunikation, mit Ausnahme der KA-629 Aressanii, die sich auf Evakuierungskurs befindet.

Der Mars meldet zwar einige Zerstörungen an den Orbitanlagen, aber keine Verluste. Die Kommunikation wird im Moment wieder aufgebaut.«

»Evakuierung? Was haben die vor und warum? Wer hat dort das Kommando?«

»SubCommander Vykoian, von den Transporttruppen auf dem Mars. Wenn wir von den zu erwartenden hohen Verlusten ausgehen, müsste er zur Zeit auch tatsächlich der ranghöchste Offizier im ganzen Halio-System sein. Die Technikcrews und Schiffe auf dem Mars melden bedingte Einsatzbereitschaft, es gibt noch drei

Minenschiffe die im Asteroidengürtel ...«

»Wollen Sie damit sagen, dass wir so eine Evakuierung unterstützen sollen? Wo ist der Sinn darin? Was geht da denn vor?«

Der Lord Protector stand auf, sichtlich erregt. Die Hohe Rätin gebot ihm, sich zu beruhigen.

»Lord Protector, werte Anwesende, der Offizier vor Ort versucht zu tun was er für richtig hält. Wir sollten Vertrauen in seine Fähigkeiten haben, schließlich ist er von ihnen hier ausgebildet worden, habe ich recht?«

Sie blickte auffordernd in die Runde und erntete Zustimmung, wenn auch teilweise mit ein wenig Widerwillen.

»Senden Sie SubCommander Vykoian eine Nachricht. Er hat freie Hand, bis unsere Unterstützungskräfte im Halio-System eintreffen. Alle noch verfügbaren Schiffe dort werden ihm bis auf weiteres direkt unterstellt. Die Situation scheint sehr dramatisch zu sein, ein ganzes Volk wird seine Heimat verlieren und wir wissen nicht, wie viele Leben noch gerettet werden können.«

Die Hohe Rätin stand ebenfalls auf und winkte den Lord Protector zu sich.

»Wir haben eine Audienz beim Trium, Lord Protector, jetzt können wir vorerst nur abwarten, was passieren wird.«

Der Lord Protector nickte ihr zu und blickte in die Runde, die sich aufzulösen begann.

*

Auf dem Weg zum innersten Ratsgebäude, zu den Räumlichkeiten des Triums, nahm Kyuki-An den alten Krieger am Arm und begann leise mit ihm zu sprechen.

»Hört mir zu Chisan, dieses Ereignis wird in der

Politik der Konvergenz eine schwere Erschütterung auslösen. Wenn es tatsächlich dazu kommt, dass der ganze Planet Arda unter solch einer hohen Verlustzahl verloren geht, wird sich das auf alle Aspekte der Exploration für jetzt und alle Zukunft auswirken.«

Er nickte und brummte.

»Das ist eine Katastrophe, die alles verändern wird. Dabei wollten wir doch nur das beste für Arda erreichen. Ich verstehe nicht, wie es zu so etwas kommen konnte.«

Sie schaute ihn ernst an.

»Ich denke, es gibt einige, die sich diesen Verlauf genauso erhofft haben.«

Sein Gesichtsausdruck wurde härter.

»Meint ihr, diesen elenden Soona-Verräter und seine Unterstützer? Pah... entweder ist das nur ein dummes Gerücht oder diese Zenketi-Schlangen stecken dahinter. Vielleicht auch die Vreeja, wer weiß das schon.«

»Wir können es nicht wissen. Noch nicht. Und meine Befürchtung ist, dass einige von denen, die es wissen, selbst in dieser fürchterlichen Katastrophe umgekommen sind.«

Er blieb vor dem Eingangsbereich zum Trium stehen, zwei Gardisten vor dem Durchgang nahmen Haltung an und grüßten respektvoll.

»Wie wird unsere Strategie sein? Was raten wir dem Trium?«

Kyuki-An seufzte.

»Ich weiß es nicht. Vielleicht sollten wir uns auf die Weisheit des Triums verlassen.«

Chisan starrte sie verwundert an.

»Ihr seid ratlos, Hohe Rätin? Das beunruhigt mich sehr, wenn ich aufrichtig sein darf.«

Sie lächelte ihn an.

»Nicht ratlos, mein lieber Chisan, nur unschlüssig über das was wir als nächstes tun sollten. Was wurde damals aus Porokan? Ein militärisches Sperrgebiet, bis heute. Niemand konnte mehr zurück. Die meisten von uns haben daraus sehr viel gelernt. Die bitterste Lektion, die man sich vorstellen kann.«

Chisan kraulte sich sein Kinn und dachte nach.

»Erschreckend, wenn eine hochgeschätzte Edukatorin so etwas als Hohe Rätin der Protektion vorschlägt … ich kann mich allerdings nicht einer gewissen Zustimmung erwehren.«

»Vorausgesetzt natürlich, irgendjemand überlebt dieses Inferno. Aber lasst uns später darüber diskutieren, man wartet auf uns voller Ungeduld. Ich denke, man wird auch das Okton des Krieges einberufen, sicher ist sicher.«

Die Gardisten traten zur Seite und das Kraftfeld im Durchgang löste sich auf. Einer der Sekretäre des Triums erwartete beide schon und geleitete sie in einen Besprechungsraum.

*

Das Sani-Shuttle setzte in einer großen Staubwolke zur Landung auf dem Flugdeck des Hospitals an.

Elisa weinte vor Schmerzen und Sorge, aber Mohini hielt ihre Hand fest, auch als die beiden Sanis die Trage aus dem Shuttle herausbugsierten.

Mohini hatte nichts mehr sagen müssen, Elisa war sofort klar, dass etwas schreckliches passiert war und dass ihr geliebter Mann und Vater ihres Kindes mittendrin steckte.

Die Crew beeilte sich, mit der werdenden Mutter in den Entbindungsraum zu gelangen, denn so viel Zeit, wie sich der Kleine in den letzten Tagen gelassen hatte, so sehr beeilte er sich nun, endlich hinaus zu kommen. Es war als ob er spürte, dass seine Zeit gekommen war, seine Mutter gequält vom Schmerz, ob körperlich oder seelisch, einerlei.

Der kleine Kopf war schon zu sehen, als sich Mohinis ComScan meldete. Es war ihr Marschbefehl, mit höchster Dringlichkeit. Sie musste aufbrechen.

Elisa klammerte sich an ihrer Hand fest, zerdrückte sie fast dabei.

Mohini zögerte einen Moment und blickte Elisa in ihre traurigen Augen. Dann schaute sie noch mal auf den ComScan, deaktivierte das Gerät und ließ es einfach auf den Boden fallen.

Mohini wusste, es gab wichtigeres im Leben. Eine Stimme tief in ihr sagte ihr, dass sie nichts mehr ausrichten konnte, als jetzt und hier bei ihrer Freundin zu sein. Hier wartete ein neues Leben auf sie, dort wo sie hingehen sollte, vermutlich nur der Tod.

*

»Commander, Fluchtkurs aktiviert, voller Schub in 10 Sekunden!«, rief Cheg durch den Lärm der Alarmsysteme herüber.

Vykoian schlug das Herz bis zum Hals, er erkannte auf dem Screen das zuckende Pulsieren der kleinen Sonne, dem Zeichen, das vom Versagen der Eindämmung um die Singularität kündete.

Es war vorbei.

Sie konnten nichts mehr tun.

Er atmete tief durch und blickte entschlossen herüber zu Nakima.

»Abbruch der Transportaktivität, Fluchtkurs mit maximaler Geschwindigkeit, volle Energie!«

Ein Beben erfasste das Schiff und trotz wiederhergestellter Trägheitskompensation spürten alle die harte Wende und die darauf folgende Beschleunigung.

Die Erde und das Plasmagebilde gerieten aus dem Sichtfeld, die Vibrationen wurden heftiger und die Brückencrew musste sich an allem festkrallen, was ihnen zur Verfügung stand.

Die letzten zwei Stunden hatten alle an Bord die letzten Nerven gekostet.

Ständige Ausfälle und Energietransfers zwischen Teleporter, Schildsystemen, künstlicher Schwerkraft und den Trägheitskompensatoren waren eine immense Belastung für die überforderte Crew.

Hinzu kamen die andockenden Schiffe jeglicher Bauart, die es von der Erde zu ihnen hoch geschafft hatten. Und eine schnell improvisierte Sauerstoffversorgung, die es zu errichten galt, um mehr als zwei Dutzend Crewmitglieder mit atembarer Luft zu versorgen.

Es herrschte ein absolut unkontrollierbares Chaos, das jetzt seinen Höhepunkt erfuhr.

»Volle Energie auf die Antriebssysteme, Zusammenbruch des Heckschildes.«, meldete der NavO.

Wenn das Trägheitssystem nun versagte, würden alle zerquetscht werden, ohne Heckschilde würde die drohende Plasmaexplosion vermutlich die meisten von ihnen in den hinteren Sektionen braten.

Vykoian hatte Angst. Er hatte einfach pure Angst. Nicht nur um sich, sondern um alle, die er jetzt unter seiner Obhut hatte. Seine Knie zitterten und drohten zu versagen. Nakima trat herüber zu ihm und fing ihn auf, als er zusammensackte.

Er blickte sie verzweifelt an.

»Wie viele haben wir?«

»Wir hatten rund zehn Millionen Signaturen im Erfassungscomputer, aber geschafft haben es weniger.

Keine 900.000.«

Bei den Geistern des Tarù, nur so wenige.

»Die angedockten Schiffe haben vielleicht noch mal ein paar tausend Ardai an Bord, SubCo. Mehr nicht. Mehr konnten wir auch nicht schaffen. Es ist kein Platz mehr.«

Sie brach in Tränen aus und Vykoian nahm sie fest in den Arm.

Der NavO meldete sich.

»SubCo, die Sauerstoffvorräte für die Ardai werden nur für ungefähr sechs Stunden ausreichen, Wasser gibt es keines, die Heizenergie für die Laderäume reicht nicht aus, in drei Stunden wird es dort unter den Gefrierpunkt fallen.«

»Kontaktieren Sie die Flotte …«

Die Screens erhellten sich schlagartig und Bilder der zurückliegenden Erde erschienen. Aus der kleinen Sonne erwuchsen violette Tentakel, die wie Peitschen um den Planeten schlugen. Nun war es soweit.

Das war das Ende allen Lebens auf dieser Welt.

Weniger als eine Million Ardai.

Vykoian nahm all seine Kraft zusammen und hoffte, dass wenigstens die Wesen an Bord seines Schiffes eine Chance bekämen. Sonst wäre alles sinnlos gewesen.

Elisa blickte hinunter ins Tal und staunte darüber, wie schnell die Bauarbeiten an den großen Kuppelträgern vorwärts schritten.

Man konnte in der flirrenden Hitze kaum erkennen, wo die Baustelle anfing und wo sie endete. Der tief eingeschnittene Canyon erstreckte sich über Dutzende von Kilometern am Rande des Gebirgszuges des Djab Tiluani entlang.

Der kleine Erin schlummerte friedlich in seinem Tragetuch, er bekam noch nichts von dem geschäftigen Treiben dort unten im Tal mit.

Tausende und abertausende der kleinen, Igluartigen Container waren am Boden des Canyons zu erkennen. Hier oben, in der Stadt, war das Leben noch halbwegs normal, aber dort unten in den Lagern, herrschte ein kaum zu bändigendes Chaos. Es war eine Aufgabe, die sie alle zusammen schweißte, die letzten Überlebenden der Erde.

Sie mussten sich nun eine neue Heimstatt errichten, hier am Rande der Wüste von Sildron. Weniger als eine Million Menschen waren übrig geblieben und nun begann für sie hier in der Diaspora ein neues Leben, Lichtjahre von ihrer alten Heimat entfernt.

Elisas ComScan meldete sich mit einem leisem Vibrieren und sie griff nach dem Gerät an ihrem Gürtel. Sie seufzte. Inständig hatte sie gehofft, es wäre Mohini. Oder Anton.

Sie wartete insgeheim immer noch darauf, dass eines Tages der ersehnte Anruf kommen würde. Das ihr geliebter Anton einfach nur ohne Com-Verbindung irgendwie auf der Erde gestrandet wäre, die letzten Monate vielleicht in irgendeinem Bunker überlebt hätte oder irgendetwas derartiges, absurdes.

Es wäre ihr egal gewesen wie, auch wenn die Geschichte noch so abwegig und abenteuerlich sein mochte. Hauptsache, Anton wäre wieder bei ihr und könnte erleben wie ihr beider Sohn aufwachsen würde.

Ganz in Gedanken las sie die reale, kurze Nachricht von Fari und betätigte dann die Schaltfläche für einen Rückruf.

Es dauerte einen Moment und dann meldete er sich direkt bei ihr.

»Hey, wie gehts dir und dem kleinen?«

Sie lächelte und antwortete ihm.

»Soweit, ganz gut. Na ja...«, ihr Blick verfinsterte sich sofort wieder.

Fari sprach weiter.

»Hör zu, das mit Mohini konnte leider nicht anders geregelt werden. Sie wurde wegen ihrer Befehlsverweigerung strafversetzt. Wir befinden uns immer noch im Ausnahmezustand, da kennt das Okton leider keine Gnade. Es tut mir leid dir das sagen zu müssen, aber glaub mir, irgendwann, wird sie vielleicht wieder zurückkommen.«

Elisa antwortete nur knapp.

»Ich verstehe. Gut, wenn du meinst.«

Man hätte Mohini hier so gut gebrauchen können, gerade beim Aufbau der Kolonie. Elisa brauchte sie und vermisste sie. Sie fühlte sich so allein, ohne jemanden, der ihr nahe stand. Bis auf den kleinen Erin.

»Elisa, die Ratsversammlungen möchten ein Vertretungsgremium einsetzen, damit die Menschen und die Konvergenz-Versorger besser zusammenarbeiten. Ich hätte dich gerne als Sprecherin dabei, was meinst du?«

Sie schüttelte den Kopf und gab ihm verächtlich zurück:

»Ich soll Politik machen? Ich glaube die dünne Luft auf Arda ist dir wohl nicht richtig bekommen. Nein, nein, mein Lieber, vergiss das mal gleich wieder. Das sollen andere machen. Ich habe mich hier um eine Familie zu kümmern, ich muss zusehen, dass es eine Zukunft für uns und vor allem für meinen kleinen Erin hier gibt. Lass mal gut sein, Fari, ich weiß das es von dir nur gut gemeint ist, du willst mich auf andere Gedanken bringen, aber vergiss es.«

Fari seufzte.

»Schade. Ich könnte mir das mit dir so gut vorstellen.«

Ein Warnton bei Fari im Hintergrund erklang.

»Oh, ich werde gleich aus der Echtzeit-Com rausfallen, Elisa Schatz, ich muss weiter. Wir sehen uns in ein paar Wochen, gib dem kleinen einen Kuss vom Onkel mit der Glaskugel.«

Sie musste lachen.

»Das werde ich, pass gut auf dich auf, Onkel.«

Er winkte auf dem kleinen Display noch mal, dann verzerrte das Bild und die Verbindung brach ab.

Sie blickte hinauf zum Himmel, wo man die riesigen Transportschiffe im Orbit erkennen konnte.

Nach der großen Evakuierung wurden nun Millionen Tonnen von Baumaterial und Lebensmitteln hier herunter gebracht. Man richtete sich auf eine lange Zeit ein, hier auf dem Wüstenplaneten, auf dem die gemeinsame Geschichte von Elisa und ihren Freunden einst begann. Aida und Jeka, die schon von Jahren aus ihrem Leben gerissen wurden und dann auch noch ihr geliebter Anton.

Die Menschen, die nun noch übrig waren, hatten das schwere Los gezogen, die Zeugen der schlimmsten Katastrophe der Erdgeschichte geworden zu sein.

Immerhin, ein kleiner Rest durfte nun im Exil überleben und dafür sorgen, dass die unrühmliche Geschichte der Menschheit nicht vergessen werden würde. Vorerst. Immerhin das hatten sie den Dinosauriern voraus.

Fari hatte ihr zuvor etwas von einer ›Operation Ulkion‹ erzählt, die zumindest Ardas Flora in den Teilen der Erde retten sollte, die nicht vollkommen zerstört waren. Man ging davon aus, dass alle höheren Lebewesen getötet wurden, aber Pflanzen und einfache Tiere überlebt haben könnten. Es gab eine Chance, den Planeten in ein paar hundert Jahren wieder lebensfähig zu gestalten. Ein Funken Hoffnung, für spätere Generationen vielleicht, aber nicht für die nächsten.

Nicht für diejenigen, die hier nun im Sommer des Jahres 2083 auf Sildron ihre Zuflucht finden durften, mit der Gnade der ehemaligen Besatzer, unter dem Auge der Konvergenz.

Elisa drehte sich um und trottete langsam zurück zum Haus. Sie teilte ihr Apartment mittlerweile mit einer ganzen Familie, die ihr Zuhause verloren hatte. Wobei, Familie nicht der richtige Begriff war, aber irgendwie waren alle in dieser Enge zu so etwas zusammengewachsen.

Ein älteres Yolngu-Paar aus Australien, eine Grönländerin und ein Kanadier um die 30. Dann sprangen da noch die vier elternlosen Kinder aus Eritrea, Bolivien, Jamaika und Schweden herum, die sie schon freudig im Flur begrüßten, ihrem beengten aber vor der glutheißen Sonne geschützten Spielplatz.

Das war nun also die Zukunft.

Eine Zukunft als geflüchtete Minderheit, ein zutiefst traumatisiertes Volk der Übriggebliebenen. Und dabei hatte die Suche nach den Schuldigen an dieser Katastrophe noch längst nicht begonnen. Niemand traute sich, offen darüber nachzudenken, denn es hätten so viele gewesen sein können.

Tausende von ehemaligen ERA-Kämpfern und anderen Erdwiderständlern hatten wahrscheinlich unter den geretteten überlebt.

Wie sollte eine neue menschliche Gesellschaft damit überhaupt zurecht kommen?

Die Erde war zerstört und es gab kein Zurück mehr auf den toten Planeten.

So konnten alle nur noch den Blick nach vorne richten, in eine ungewisse Zukunft, unter fremden Sternen.

NACHWORT

Ist es das Ende?

Sicherlich nicht das Ende, dass ihr euch vorgestellt habt, denn es war die Intention des Buches, auf jeden Fall KEIN Happy End zu produzieren.

Natürlich fließen in die Geschichte die Elemente Schicksal, Berechnung, Fügung, Verrat und weiteres mit ein, aber unter dem Strich läuft es auf die Fehlbarkeit von Wesen heraus, egal ob irdischer oder außerirdischer Natur.

Mit dieser Geschichte wollte ich zeigen, dass ich davon überzeugt bin, dass es nicht immer nur um Überlegenheit und Perfektion geht, sondern gerade die Fehlbarkeit und Un-Perfektion es ist, was uns Menschen und vermutlich auch andere biologische Wesen in diesem Universum ausmacht.

Das Leben ist voller Dynamik, voller guter und schlechter Eigenschaften und die Kunst liegt darin, die verschiedenen Aspekte zu einer Harmonie zu vereinen. So wie auch die Föderation bei Star Trek trotz ihres hehren Anspruches auch dunkle Seiten (wie z.B. die berüchtigte Sektion 31) hat, wollte ich diese Fehlbarkeit auch als Teil der Konvergenz darstellen.

Nichts ist perfekt.

Und das könnte einer der gemeinsamen Nenner im Universum sein, der uns als Wesen verbinden kann. Der gemeinsame Nenner, der Fremdartigkeiten auflösen kann. Ob nun im Maßstab von Lichtjahren oder nur einhundert Kilometern, ob luftleere Schwärze oder nur ein Ozean zwischen uns liegt, irgendwie gehören wir alle zusammen, ob schwarz, ob weiß, ob Sauerstoff-, Methanol- oder Überhauptnicht-Atmer.

Diese Geschichten um RebEarth sollen einen Blick über den Tellerrand unser kleinen Welt hinaus geben, auch wenn es sich nur um Fiktion handelt. Und mit der pessimistischen, ebenfalls fiktionalen Einschätzung meinerseits, dass wir es ohne äußeren Faktor vielleicht nicht schaffen, unseren Planeten und unsere Zivilisation unbeschadet durch das nächste Jahrhundert zu bringen.

Aber, es gibt den Titel »RebEarth« für die Reihe der Geschichten und weil die Hoffnung ja bekanntlich zuletzt stirbt, wird es eine Fortsetzung geben, die sich mit einer wiedergeborenen Erde beschäftigen wird. Schließlich muss es ja irgendwie einen Sinn ergeben, wenn man nicht nur wichtige Hauptpersonen während eines Buches sterben lässt sondern auch mal eben eine fast komplette Menschheit. Ich gebe zu, es war gruselig und bewegend, den letzten Teil mit der Explosion der Hawking-Station und der Zerstörung der Erde zu schreiben. So etwas schreibt man nicht nüchtern einfach herunter, es war eine ziemlich heftige Erfahrung kann ich nur sagen. Sogar beim letzten großen Korrekturlauf, war ich selbst von der Handlung sehr bewegt und habe mit den Protagonisten heftigst mitgelitten, interessant oder?

Erst im Fluss des Schreibens fiel mir auf, dass ich sehr viele starke Frauenrollen im Buch etabliert hatte, irgendwie der Idee folgend, auch einen gewissen Ausgleich zu den sonst eher männlich dominierten Heldengeschichten zu finden. Dabei sind ein paar sehr interessante Charakterentwürfe entstanden, die euch hoffentlich so auch gefallen haben.

Eine kleine Anekdote als Beispiel dazu ist, als ich begann die Hohe Rätin Gonalika in die Geschichte einzuführen. Zu dieser Zeit hatte ich gerade die Serie »The Expanse« mit großer Begeisterung verschlungen und so wuchs der Charakter unbewusst zu einer Chrisjen Avasarala von Porokan heran. Eine meiner Lieblingscharaktere, die ich ebenfalls sehr betrauere.

Ich lasse euch wahrscheinlich mit vielen Fragen zurück, kann euch aber damit trösten, dass die Geschichte im Band »Refugio« weiter erzählt wird. Die verbliebene Menschheit steht vor völlig neuen Herausforderungen, dem Aufbau einer neuen Zivilisation, der gemeinsamen Bewältigung der Vergangenheit und nicht zuletzt ihrer neuen Rolle im Universum. Es gibt viele Herausforderungen und Chancen, damit aber auch neue Geschichten mit neuen Figuren.

Ursprünglich hatte ich die beiden Bücher ›Quarantäne‹ und ›Nemesis‹ zusammen geschrieben und konzipiert. Die Geschichte hatte sich im Ursprungsmanuskript quasi von vorne und von hinten jeweils bis zu Mitte entwickelt, also ungefähr dorthin, wo jetzt die Trennung der beiden Bände stattfand. Der anfängliche Werdegang Aidas und tatsächlich der größte Teil des ›Finales‹ hier in ›Nemesis‹ entstanden ganz zu Beginn des Schreibprojektes im Jahr 2017. Die Zusammenführung dieser beiden Storyteile in der Mitte, mitsamt der Entwicklung der Logik, war eine der größten Herausforderungen für mich als Neuling in der schreibenden Zunft. Das fertige Manuskript umfasste noch rund 800 Seiten und daher musste das Buch geteilt und gekürzt werden, was mir wirklich sehr schwer fiel.

»Refugio« wird dort ansetzen, wo manch andere Dystopie erst ihren Anfang nimmt. In jedem Ende steckt ein Neubeginn und birgt einen gewissen Zauber. Aida hat uns durch ihre Welt geführt und aus ihrer Perspektive geschildert. Nun hat sich eine weitaus größere

Perspektive eröffnet, die Erde steht nicht mehr alleine im Fokus. Das Spiel der Mächte hat nun galaktische Dimensionen angenommen, soviel sei vorweg verraten.

Ja es gibt Hoffnung und ich würde mich sehr freuen, wenn ihr weiter in die Welt von »RebEarth« eintauchen würdet. Schließlich deutet der Titel der Reihe auf eine Wiedergeburt der Erde hin ;-)

Bis dahin vielen Dank an alle, die die Story bis hier hin gelesen haben und natürlich allen, die mir dabei geholfen haben, das Werk ans Licht der Welt zu bringen.

GLOSSAR

Dramatis Personae

Aida Tammimi - Eine ehemalige Widerstandskämpferin von der Erde, Rekrutin im Geheimdienst der Protektion geb. 2059 AD /203 nZ

Anton Müller - Ein ehemaliger Widerstandskämpfer von der Erde, Rekrut im Geheimdienst der Protektion, geb. 2056 AD / 200 nZ

Nesrin Mereyem Sistani - Auch bekannt unter den Namen Nemesis, Mery, Nem Eine Auftragskillerin, im Dienst der ERA geb. 2052 AD / 196 nZ

Elisa McGregor - Auszubildende im Edukationsdienst der Konvergenz, geb. 2058 AD / 202 nZ

Mohini Patel - Ehemalige Widerstandskämpferin von der Erde, Rekrutin im Geheimdienst der Protektion, geb. 2052 AD / 196 nZ

SubCommander Jekaterina Semjonova (Jeka) - Offizierin im Geheimdienst der Protektion, Abstammung von der Erde, EURUSSIA-Fraktion, geb. 2031 AD / 175 nZ

Fari Sonkonaliwetos Jureswatin - Abteilungsleiter im Geheimdienst der Protektion, Volk der Ga-Yee, geb. 1996 AD / 135 nZ

Commander Dotep Tolanu - Offizier der Protektoren, Verbindungsoffizier zum Geheimdienst, Volk der Senekai, geb. 1975 AD / 114 nZ

SubCommander Chegunchqukk Chegunoiye Jo-omok (Cheg) Joomesi-Pilot von Jumina Prime, geb. 2031 AD / 175 nZ

Lord Protector Namaho Chisan - Oberbefehlshaber der Protektoren, Volk der Kentara, geb. 2011 AD / 157 nZ

Gonalika Tjo-Ness - Hohe Rätin der Geheimdienstkoordination, später Botschafterin auf Arda, vom Volke der Porokanii, geb. 2027 AD / 173 nZ

Kyuki-An - Hohe Rätin der Protektion, vom Volke der Porokanii, geb. 2046 AD / 192 nZ

Watanabe Suzako - Auch bekannt als »Der rote Vogel« ERA-Führer geb. 2047 AD / 191 nZ

Kallor - Zielbezeichnung für den hochrangigen nicht-Ardai in der ERA

Matayo (Tuck) - Aidas ERA-Kontaktperson auf der Erde geb. 2057 AD / 201 nZ

SubCommander Vykoian - Erster Offizier auf der KSS-Aressani geb. 2055 AD / 199 nZ

Keito Wasan - Nukleartechniker der ERA

Geert van Dyck / David - ERA-Missionsspezialist

Laura - ERA-Spezialistin aus der Führungsriege

Orte

Arda - Die Erde

Ares - Der Mars

Tarù - Die zentrale Regierungswelt der Konvergenz

Ga-Yee - Faris Heimatwelt

Sildron - Der Wüstenplanet

Theti-7 - Ein Planet am Rand der Konvergenz, ein düsterer Ort mit Ruinen der Geruni und der alten Novari-Republik

Novari-Republik - Ein untergegangenes Sternenreich, das im Großen Galaktischen Krieg vernichtet wurde.

Titel und Ränge

Die Protektoren der Konvergenz und analog dazu die Geheimdienstorganisationen kennen keine kleinteiligen Rangordnungen wie aus dem Militär der Erde. Hier zählen zum Rang die jeweiligen Zuordnungen zur Aufgabe und im Zweifel das Dienstalter.

SubCommander entspricht den Unteroffiziers- oder Offiziersrängen bishin zum Pendant eines Hauptmanns/Captains. Sie dürfen selbstständig Mannschaften führen oder Schiffe bis zu einer gewissen Größe kommandieren.

Commander entspricht dem Rang eines Captains/ Hauptmanns oder höher, meist als Vorgesetzte oder Kommandeure einer Einheit, einer Station, eines größeren Raumfahrzeuges oder ähnlichem.

Lord Commander entsprechen dem Rang von Generälen oder Admirälen, befehligen meist größere Standorte oder Flottenverbände, größere Kommandoabschnitte zu denen mehrere Sternensysteme gehören oder ähnliches. Ebenso besetzen sie den obersten Stab der Befehlshaber und Berater.

Lord Protektor ist der Oberbefehlshaber der Protektion.

Der Hohe Rat der Protektion entspricht einem Verteidigungsminister und ist auf politischer Ebene für die Protektion zuständig.

Der Hohe Rat der Geheimdienstkoordination entspricht einem »Geheimdienstminister«

Verfassung und politische Organisation der Konvergenz

Das Politische System der Konvergenz setzt sich im wesentlichen aus vier Elementen zusammen.

1. Der Hohe Rat der Berater und Beauftragten. In der Analogie zu Ministerien bilden sie ein Spezialisten-Gremium für verschiedene Aufgabenbereiche, meist als Vorstände der verschiedenen Kasten und Konvergenzweiter Organisationen. Zur Zeit ist der Hohe Rat mit 37 Mitgliedern besetzt.

2. Der Hohen Rat der Repräsentanten und Gesandten. Er wird zusammengesetzt aus den direkt gewählten oder bestimmten Repräsentanten ihres Volkes oder ihres Planeten. Derzeit besteht dieser Rat aus 79 Mitgliedern für die jeweiligen Mitgliedswelten.

3. Die große Ratsversammlung, die sich aus Abgeordneten der Teilwelten zusammensetzt. Es gibt einen Paritätischen Schlüssel, nachdem die Mitgliedswelten Kontingente in den Rat berufen dürfen. Das lokale Wahl- oder Bestimmungsverfahren obliegt den Mitgliedswelten selbst. Derzeit hat die große Ratsversammlung 2766 Mitglieder.

4. Das Trium. Die Oberste Aufsicht und letztendlich regierende Gewalt hat das sogenannte Trium inne. Das Trium bildet sich aus den Reihen des jeweiligen

Rates bestimmten Vorsitzenden, die gemeinsam als oberstes Gremium die Arbeit der Räte koordinieren.

Diese Vorsitzenden können jederzeit von ihrem Rat abgewählt oder neu bestimmt werden, alle drei fungieren als Staatsoberhaupt und müssen Konsensentscheidungen fällen.

Alle drei Ratsversammlungen müssen der Zusammensetzung des Trium zustimmen.

Das Trium schlägt die Zusammensetzung des Hohen Rates der Beauftragten und Berater vor, der von den beiden anderen Kammern bestätigt werden muss.

Es gibt keine gemeinsamen Wahlperioden, die Zusammensetzung der großen Ratsversammlung kann sich dadurch jederzeit dynamisch ändern.

Die Abgeordneten stehen über ein besonderes Kommunikationssystem ständig miteinander in Verbindung, ihre Anwesenheit auf Tarù steht ihnen dabei frei, es gibt nur wenige Versammlungen mit Anwesenheitspflicht.

Das Trium ist die oberste Instanz der Gerichtsbarkeit, wenn Fälle nicht mehr im Rahmen des Justizsystems ausreichend behandelt werden können. Für besonders schwere Fälle kann ein Sondersenat eingerichtet werden, bei dem das Trium, der Hohe Rat für Justiz und eine ungerade Anzahl zwischen 11 und 19 zufällig ausgewählter Abgeordneter die Entscheidungsfindung treffen müssen.

Im Kriegsfall wird das Trium um 5 Mitglieder erweitert, das sogenannte Okton des Krieges.

Hierfür werden traditionell die größten truppenstellenden Völker bedacht, meist 2 Koroneta, 2 Senekai und der neutrale Hohe Rat der Protektoren.

Das Okton wird zum Antritt als oberste Kriegsführung von allen Ratsversammlungen bestätigt, falls möglich.

Die Hohen Räte Berater und Beauftragter werden durch jeweilige Gremien unterstützt, die sich verschiedenartig zusammensetzten, je nach Aufgabenstellung oder Zuständigkeitsbereich.

Beispielsweise setzt sich der Geheimdienstrat aus Vertretern der verschiedenen Teildienste zusammen, wenn es um Exekutive Aufgaben geht.

Zur Kontrolle wiederum sitzen dort auch Vertreter aus anderen Ratsbereichen zusammen. Der Vorsitz des Geheimdienstrates ist als Hoher Rat für Geheimdienstangelegenheiten direkt dem Ratsgremium und dem Trium gegenüber verantwortlich.

Die Diplomatische Außenvertretung der Konvergenz wird vom Hohen Rat der Nachbarschaft wahrgenommen, dessen Gremium aus den Botschaftern besteht die aktiv oder passiv die Konvergenz vertreten.

Hier ist die Besetzung durch Protektoren streng verboten, ehemalige Protektoren werden einer intensiven Prüfung unterzogen, bevor ihnen eine Aufgabe im diplomatischen Dienst zugestanden wird.

Die Gremien sind größtenteils aus der Mitte der Abgeordneten der Großen Ratsversammlung besetzt, so dass die politische Kontrolle und Mitbestimmung gewährleistet ist.

Solange sich eine Person im Trium befindet, wird sie nicht mehr als Einzelperson angesprochen oder behandelt. Es gibt immer nur das Trium, das spricht, das Trium das handelt. Das Trium ist immer eine Einheit und handelt im Dienste der Konvergenz.

Das Zeitsystem der Konvergenz beruft sich auf das Gründungsjahr der Konvergenz, das auch als »Jahr der Zusammenkunft« bezeichnet wird. Hinter die Jahreszahl wird die Abkürzung nZ oder n.Z. für »nach der Zusammenkunft« angegeben.

Als Überblick in einer Vergleichstafel:

Ereignis	Erde (AD)	Konvergenz (nZ)
Gründung Konvergenz	1854	0
Doteps Geburt	1975	114
Faris Geburt	1986	125
Jekas Geburt	2031	175
Entdeckung der Erde	2051	195
Mohinis Geburt	2052	196
Antons Geburt	2055	199
Elisas Geburt	2058	202
Aidas Geburt	2059	203
Beginn Exploration Erde	2065	210
Ausbruch Seuche auf Arda	2071	215
Jekas Hochzeit	2072	216
Verhängung der Quarantäne	2073	217
Q4 Aidas Gefangennahme	2077	221
Weltkooperationsrat	2081	225
Souveränität der Erde	2083	227